她
与
灯

著

她等待刀锋已久

Waiting for light for a longtime

中国致公出版社 · 北京

目录
CONTENTS

Waiting

科别：_____

____年___月___日

For Light

医师签字：

|余漕|　|岳翎|

Waiting for light for a long time

岳翎渴望成为一个戴着手环的病人，
躺在余溏所掌控的病床之上，
安静地把那千疮百孔的一生治愈。

Waiting for light for a long time

Waiting for

♪

light for a long time

想念拆成一万种，散落生活，
却从来都不够用。

CHAPTER 01

这也算艳遇？

◀ ❚❚ ▶ —————— 00:01

"男人的成功在此一举，而我就是这一举之上的男人！"

自从查收了一封期刊过稿邮件后，魏寒阳就像一匹脱缰的野马，在客厅里奔跑了几个来回，最后甚至光脚蹦上了余溏家的白色沙发，举着余溏刚刚从超市买回来的煮奶锅，一副"中二晚期"索性放飞自我的憨样。

余溏抬头白了魏寒阳一眼，伸手去拿锅。

"魏寒阳，你快三十岁了。"

魏寒阳像条泥鳅一样从沙发上滑下来："说真的，老余，别不好意思。哥哥是干什么的？护士长李小姐亲自盖章认证的，'A 大附院'男科科室的'定海神针'，资深的妇女之友，专业辅助两性非情感问题五年。那什么……"他神秘兮兮地从裤兜里摸出一盒蓝色包装的计生用品，递到余溏眼前，"你这次去 C 城，带上它，哥保管你一举成功！"

余溏嫌弃地撇开魏寒阳的手，继续收拾行李，边收拾边说："买机票，我带你去 C 城治病。"

魏寒阳垮下脸，伸开大长腿往沙发上一躺："你看你，不专业了吧？临床心理学家又治不了神经病。"

这一句自我调侃逗笑了余溏。魏寒阳趁机凑上去说道："要不是科室不同意我调班，我怎么可能让你一个人去 C 城？"

他说完，吧唧了两下嘴，抱着手臂又窝回沙发里，困惑地说道：

"不过话又说回来，你一个心胸外科的医生，为什么会被邀请去参加那什么心理学论坛？"

余溏将行李箱推到门口，随手把被魏寒阳踢乱的拖鞋放好，转身说道："C城的这个心理论坛会研讨关于不常见恐惧症的问题。"

余溏一说"恐惧症"，魏寒阳就懂了："知道，你那个奇怪的老毛病——雨恐惧症。"

说完，他下意识地看了一眼窗外："哪天走，定了吗？"

"后天下午的飞机。你坐过去点儿。"

魏寒阳不情愿地挪了挪屁股："那你找谁代班呢？"

"胡宇。"

"哦……"

魏寒阳刚说完，天上就炸了一道雷。

暴雨将至的四月黄昏，风却是静的，压抑得魏寒阳欲言又止，聒噪不起来。

然而魏寒阳也就只消停了几十秒。

余溏刚想闭着眼睛养会儿神，魏寒阳突然猛地一拍大腿，从沙发上弹起来："老余呀！金箍棒在水里面才是擎天柱，要不你雨夜……嗯！"

他停顿了一会儿，双手"啪"地拍在一起："……来一场。奇怪的病用奇怪的方法治，说不定就好了呢？"

余溏眼也不睁地指向门口："出去。"

魏寒阳立马弱下来装孙子："别呀，哥，我管你叫哥，我还没吃饭呢！"

余溏和魏寒阳认识快二十年了，就连余溏也说不清楚，魏寒阳是怎么一步一步地"浪"出当下的风格的。不过，有人想正儿八经地活着，却被戏剧化的命运逼着耍猴戏；有人明明从头到脚都透露"戏精"的气息，嬉笑怒骂着和全世界抬杠，进了一次手术室，出来就打听哪个寺庙出家靠谱。这些都是余溏轮转到急诊的时候看到的事。

管你之前在哪里装疯卖傻，只要脱了衣服往手术台上一躺，都得要夹紧屁股，抠着脚趾，战战兢兢地做个"正经"的病人。

余溏慢慢发觉，医院就是这么一个"荒诞"的地方——有一堆被迫"正经"的病人和一堆被这些病人蹂躏得怎么都正经不起来的医生。

魏寒阳之前轮转过妇产科和泌尿外科两个科室，经常接触各种"诚实"的体液，也许最后他就是在这些不堪启齿的人间疾苦里走火入魔，才修成了现在这么个"污妖王"。但不管怎么说，在这个"中二欢脱即是身心健康"的时代，魏寒阳这样的"沙雕"总是让人讨厌不起来。

这不，当余溏在机场被安检人员从外套口袋里摸出那盒计生用品的时候，他并没有太生气，只是觉得有点儿尴尬。眼见安检小姐姐笑嘻嘻地把计生用品递还回来，他赶紧接住，一把装进口袋，随即甩开长腿快速朝候机厅逃去。他自以为自己的样子很狼狈，岂知别人的关注点完全不在他落荒而逃这件事上。

就在他走出十几米后，刚才那个搜出计生用品的安检妹子忍不住跟旁边的同事悄悄赞叹了一句："刚才那个人的手，绝了！"

真的是绝了。

从进机场开始，这趟被魏寒阳用计生用品定下基调的 C 城之行，在其他人眼中就一直没走过音。就连平时一本正经、不苟言笑的张潮声在给他批假的时候，都没忍住开了个"过去要注意身体"的中年油腻玩笑。

即便余溏觉得很尴尬，但也不知道该解释什么，因为他只是去治病的。

"A 大附院"里除了魏寒阳以外，没有人知道他对雨的恐惧已经到了影响生活的程度，女同事甚至觉得这个听起来多少有些愍的癔症，和他平时严谨、专业的形象形成了一种奇特的"反差萌"。她们私下里讨论的"画风"，连魏寒阳这种自称"妇女之友"的人都理解不了。

"听说心胸外科的余医生昨天晚上又支援你们急诊了。"

"算什么支援哪？昨晚雨下得太大了，他在门口站了半天没敢走，我们就叫他帮了一个忙。"

"啊？余医生那么怕下雨啊。"

"是啊，很搞笑吧？"

"不搞笑啊。"

"哈？"

"我觉得他真的好可爱呀！"

"哈哈哈……"

魏寒阳跟余溏转述这些话的时候，顺便酸了他一下："这人要是脸长得好看了，真的干什么都可以呀。"

　　然而余溏却一点儿都笑不出来。

　　世上的人千奇百怪，其中不乏健身猛男怕火、怕狗，这都很正常。但他偏偏怕下雨，怕下雨就算了，还怕得一下雨就不敢睡觉，必须拉直接近一米八的身子，靠喝酒才能闭眼。魏寒阳调侃他说，别人是遇水蛟龙化神龙，他是遇水大神变智障。话是毒了一点儿，但想想还真的挺贴切的。

　　为了在医院的同事面前堵住魏寒阳的嘴，余溏没少投喂他。

　　每次看着魏寒阳坐在自家沙发上啃着他做的卤排骨，余溏就下定决心一定要治好这个毛病。

　　然而他反复折腾了几年，症状非但没减轻，反而越来越严重。

　　他是心胸外科的医生，拿手术刀的手是绝对不能受精神类药物影响的，所以他才迫切地想要搞清楚，这个内在病症出现在自己身上的根本原因是什么，以便辅助后期的认知性治疗。

　　这次余溏之所以要去Ｃ城，也是因为上个月张曼告诉他，在研讨会期间，有个国外的心理学家会组织一场非正式的座谈会，讨论恐惧症的各种内外因。其间除了邀请心理学家之外，也邀请了长期受各种恐惧症折磨的患者们参加。

　　因此，即便举办地有点儿远，余溏还是决定花几天时间去看看。

　　此行的目的有理有据，再正经不过。

　　可是Ｃ城是个什么样的城市？古太里走时装秀、星红路边啃兔头，洋得花里胡哨，却也土得烟熏火燎。

　　伴随着微信语音里魏寒阳的那句"他来了，他来了"的"魔性"背景音乐，余溏硬是不受控地在这个西南城市里走出了"魔性"的步伐。

　　外地人第一次到Ｃ城，总会被Ｃ城司机的普通话给说蒙，但司机往往不知道自己的口音有多么令人"上头"。从机场路到民南路的十几分钟里，话题愣是从娱乐八卦一路扯到了Ａ股指数，最后落在司机和他老婆的"狗血"情感八卦上。余溏凭着自身的耐心和好脾气，结合语境连蒙带猜，晕头转向地和司机驴唇不对马嘴地聊了一路。

　　虽然不知道到底聊了些什么，但等车子接近市中心酒店的时候，余溏倒是把自己近几年的非医学储备吐了个干净，颇有一种大脑进水"咣咣"响的不真实感。

他刚想喝口水冷静一下，司机却猛地踩了一脚刹车，刚拧开的矿泉水泼了他一身，司机忙抽了几张纸递给他："哎呀，不好意思，不好意思。"

余溏一边擦衬衣上的水，一边看向前面。

前面已经有人下车朝路口聚集了，司机摇下车窗，随便逮了一个女人问道："哎，姐子，我问哈喃（问一下你），前面爪子咯哦（怎么啦）？"

"爪子咯？碾死人得哇，血鼓铃铛的。哎呀，惨得很，惨得很。"

在这一段对话当中，余溏只听懂了"死人"两个字："不好意思，是出车祸了吗？"

他说着下了车。女人回头看了一眼这个又高又瘦的男人，瞬间对司机失去了兴趣。

"是嘞，但帅哥你最好不要切看（去看），有点儿吓……"

她话还没说完，"帅哥"已经挤到人群里去了，留下女人和司机大眼瞪小眼。司机摸了一把鼻子："哎，现在的外地人这么喜欢看热闹啊。"

世界就是这么魔幻。

余溏挤出人群，看见一个男人满脸是血地倒在地上，肇事的女司机吓得直哭，不停地跟周围的人解释："不是我撞的，是他自己突然冲出来的。我……我没撞他，没撞他呀。"

另外还有一个女人跪在男人的身旁，试图把男人扭曲的脖子扶正，看起来倒是比女司机要冷静得多。

"你先让开，让我看看。"

余溏的话直截了当，没顾上礼貌，女人却敏锐地从他的语气中猜出了他的职业。

"你是医生吗？"

"是。"

听到余溏的答复，她迅速地站起来让到一边，转身把挤过来看热闹的人推出两步远，用方言呵斥："莫挡起，不要妨碍人家救人！"

余溏蹲下来快速检视了一遍伤者的基本情况。

伤者意识基本是清醒的，也还能出声，但肋骨处严重骨折，造成了开放性气胸，导致伤者呼吸极度困难。

余溏撩起伤者的衣服找到了胸壁创口，但手边一时没什么可利用的东西。他只能先用手捂住创口，暂时性地封闭创口。

余溏抬头朝那个女人喊："打 120 了吗？"

"打了。"

余溏扫了一眼道路上的车辆。因为这场车祸，路口堵得厉害，加上临近晚高峰，救护车要进来肯定艰难。伤者的创口虽然暂时封闭，但如果不尽快进行胸腔闭式引流，可能会导致伤者休克。

余溏跪下来换了一个更节省体力的姿势，抬头刚想说话，却见那个女人已经踩着高跟鞋果断地冲向了车道："能开走的都开走，给救护车让道！"

在她精准的引导下，车道迅速扯开一条口子，几分钟后，救护车抵达了现场。

院前急救紧接着展开，余溏对急救人员简明地说明了初步检视的情况，摊着血淋淋的手退到了路边，这才猛地记起自己是个语言不通的外地人，全部身家都在刚才的那辆出租车上。而此时正是晚高峰时段，到处堵得水泄不通，哪里还找得到刚才的那辆出租车。

余溏闭上眼睛——很好。

他把老天想要的人捡了回来，老天不开心，所以一脚把他踹了？

三十分钟以后，一辆大陆 CONTINENTAL 停在余溏面前。后座的车窗降下，余浙把手搭在车窗上，看了一眼余溏习惯性摊在胸前的血手："你去哪儿吃人了吗？"

余溏站着没动："你要嫌我把你车弄脏了，就拿点儿钱给我，我自己打车。"

余浙笑了一声，打开车门，坐到了座位的另外一边。

"行了，你下飞机后就该给我打电话。妈听说你今天过来，前天就在餐厅订了位置，逼我把今天下午的会取消，来给你做司机。我待命了一下午，你手机一直打不通。"

见余溏坐进车里，司机小郑立即递了一包湿巾过来。

余溏接过来道了谢，又问："请问有没有水？"

余浙拧开一瓶水，顶到余溏的嘴边："来，余大医生请喝水。"

余溏移开他的手："你有病吧？"

余浙笑着朝后视镜扬了扬下巴："你不用管，开车。"

"哎，好。那余总，现在是去'子非'吗？"

余浙看了一眼腕表："回一趟家再过去。"

说完又对余溏说："先去我那儿洗个澡，换一身衣服。你这身衣服太吓人了。"

余溏用湿巾暂时擦了擦手，接过水喝了一口："你家里有我能穿的衣服吗？"

余浙摊开手："你随便试，不喜欢的就烧了。"

余浙说完自己也拧开了一瓶水："出租车公司那边我已经让人去交涉了，你的箱子和包我让他们明天直接送到我家去。我的意思是，你今天在我那儿将就一晚上。"

余溏没有抬头："你家里没人吗？"

"人……"

余浙的手指在膝盖上敲了敲："哦，有一个做家政的。你觉得不习惯就叫她走，我明天一早去大连，今天晚上在机场那边住。你可以随便来。"

余溏对余浙的私生活并不感兴趣。

他们是一对没有血缘关系的兄弟。余溏两岁的时候，母亲张曼带着他嫁给了当时还是茶叶公司老板的余江山。

余江山是那个时代的中专生，过去在县里的畜牧局里工作，后来虽然下海做生意发财了，但也一直没忘记自己是个文化人，很重视子女的教育。然而他的亲儿子却完全不像他，成绩一塌糊涂，从十五六岁起就经常半夜不回家，整夜整夜地在外面和人喝酒、打架。

相反，余溏从小到大一路耀眼。余江山也就逐渐把自己的执念转移到这个没有血缘关系的儿子身上来了，反倒把亲儿子丢给张曼。后妈有多难当，余溏不知道，但他记得那个时候张曼经常在半夜被叫到派出所去，把鼻青脸肿的余浙领回家。把余浙推到房间里，等他睡着以后，张曼又一个人坐在客厅里，关着灯哭。

不过很奇怪的是，在余溏准备高考那段时间里，余浙突然间转了性，开始跟着张曼认真地学习打理公司的事务。也就是在那个时候，余溏遭遇了一次车祸，在医院里躺了大半个暑假。伤好以后，余溏关于高三那一年的记忆，有一段成了空白，很短，大概只有一周的时间，对于度日如年的漫长高三时光来说微不足道，他也没有为难自己非要去把它找回来。

他因此错过了余浙浪子回头的高光时刻。不过，他倒也见证了之后余浙在生意场上的光速成长。

不得不承认，在念书这一方面，余浙远远比不上余溏，但他很有做生意的灵性，没几年就在 C 城创立了一家产销一体的茶叶公司。这几年生意越做越大，后来他又投资 C 城的房地产，随着房价上涨，他的个人资产翻了好几倍。去年余江山因癌症去世，他就把张曼接到了 C 城生活，顺势接手了余江山和张曼在 A 市的所有生意。

自从余浙去了 C 城以后，他们两个就彻底走上了不同的人生轨道，变得跟普通亲戚一样，逢年过节才见一次面，关系说不上有多好，但总的来说也不坏。

近一两年，余家有些长辈要给余浙介绍对象，余溏才慢慢地听到了一些关于余浙生活上的事。说什么的都有，比如他在 C 城已经有了儿子，天南地北地养着好几个女人。当然也有好的，说他这么多年不结婚，是因为忘不了学生时代的初恋……

不论是哪一种说法，余溏都觉得很扯。就像魏寒阳说的——现在的人总觉得有钱人比普通人多几个肾一样，你哥这种成功人士的身体，标准配置应该是内分泌失调，四十岁以后都要排队到我诊室外报到。

余浙目前的样子看起来当然没有魏寒阳说的那么夸张，但也不代表余溏认可那些借着余浙来满足自身的猎奇心理的人。

"你这血是怎么弄的？"余浙打破余溏的沉默，盯着他揉成一团的湿巾发问。

余溏扫了一眼自己的袖口，没打算细说。

"车祸，救人。"

"哦，人救回来了吗？"

"应该是吧。"

余浙听他说完，拍了拍膝盖上溅到的水，拧紧瓶盖接着问："是个什么人？"

余溏看了他一眼："没必要像过年在亲戚面前那样硬聊吧。"

"那不然呢？"

余浙把水放进置物盒里："大眼瞪小眼，一路跟你瞪回去吗？"

余溏没吭声。

余浙早就习惯了这种跟余溏说话说一半就卡断的节奏，他自然地换了一个话题："你最近在医院工作得怎么样？"

"还行。"

"听说你们医院搬地方了，想不想换一个房子？"

余溏笑了笑："我的贷款才还了两年。"

点到为止，余浙没去说让彼此不痛快的话："行吧，想换的时候跟我说，我找那边的人给你参考一下。"

余溏敷衍地"嗯"了一声，转头朝车外面看去，车子已经驶进了住宅区。

余浙住在一个靠近草堂的别墅区，几十栋独栋的中式大宅被簇拥在一看就年岁不小的古木中。

司机把车停进地库，替两个人按了电梯："我在这儿等您，还是过一会儿来接您？"

余浙问了余溏一句："你洗澡要多久？"

没等余溏说话，他又接着说道："算了，你等我给你打完电话再过来接我们。"

他说完，走进电梯随手挡住电梯门："从这边上去。"

电梯入户直达客厅，余浙脱掉西装外套，随手丢在沙发上，扯开领带，喊了一个女人的名字："岳翎，把二楼的浴缸放满水。"

"好。"

楼上回应余浙的声音很冷淡，透着像蛇皮一样的又冷又滑的感觉。

余溏抬头朝二楼看去。岳翎穿着一身深蓝色的丝绸长裙从楼梯上走了下来。

余溏一愣。虽然她换了衣服，但余溏还是一眼就认出她是之前在车祸现场的那个女人。

比起余溏的错愕，岳翎并没有露出任何多余的表情。

她好像是刚刚换过衣服，头发还收在领口里。她反手抖出头发，径直从余溏的身边走过去，把余浙丢在沙发上的西装外套捡起来折挂在手上，转身对余溏说："先生先上去吧，我去给先生拿一条新的浴巾。"

岳翎说完，又转向余浙的方向："公司的陈小姐打电话来，说你的手机占线，她想跟你确认你明天的行程，我记下来放在茶几上了。"

余浙"嗯"了一声："你一会儿帮他找一身我的衣服。"

"什么样的？"

"不要太正式。"

"好。"

她答应过后又看向余溏："先生，你的外套。"

"哦。"

余溏有些不习惯，动作就跟着僵硬起来，衬衣上的袖扣卡住了外头的袖子。

余浙看着岳翎："帮忙啊。"

"不用！"余溏说着，惶急地甩了甩手臂，突然听到"啪"的一声，是盒状物体落地的声音。

余溏的心里有种不祥的预感，低头一看，果然看见那盒计生用品明晃晃地躺在地板上。

那一刻，余溏恨不得掐死远在千里之外的魏寒阳。

"噗。"余浙用脚尖碰了碰那盒东西，把它的正面翻了过来，没忍住笑了出来。

然而余溏内在的思维就是那么淳朴、简单，一点儿也不花里胡哨，他掷地有声地否认："不是我的。"

余浙听完没说话，忍着笑坐到沙发上去了。

岳翎弯腰捡起地上的计生用品，反手拿着，扫了一眼："过期了，我一会儿出去帮先生买一盒回来。"

过期……

余溏被扎了个痛彻心扉。

魏寒阳是个魔鬼吧！

余溏在暴走的边缘。好在面前的女人点到即止，没有去触碰他最后的底线，她随手把那盒过期的计生用品丢进了垃圾桶里，抱着两个人的外套往楼上走去。

余浙端着茶杯坐在沙发上，吹着茶上面的漂花，笑话他："医院工作有这么忙吗？这东西也能放过期。"

余溏转过身："余浙！你是不是有病？！"

他不太会骂人，急的时候骂的翻来覆去就是从魏寒阳那里学来的几个字。

余浙摊开手："行，行，行。我有病，我有病，你赶紧上去洗澡。"

话音刚落，二楼楼梯口的灯全部都亮了。余溏抬起头，看见岳翎站在楼道上，一边等水放满，一边扎马尾。暖黄色的灯光给了她恰到好处的阴影，像在慎重地保护着什么脆弱的东西，以至于看得久了会有一种冒犯她的感觉。

余溏移开眼光，尽量压低声音，转向余浙。

"喂。"

"说。"

让他说，他又不知道说什么。

余浙听余溏半天没吭声，抬头扫了余溏一眼，又看了看站在楼道上的岳翎，万事了然于心。

"你觉得她是谁？"

余溏仍然没有说话。余浙把平板架在膝盖上，拿起水杯喝了口水，自顾自回答："不要乱想，这是我请的家政阿姨，负责洗衣、做饭、打扫卫生，包吃、包住，工资一个月八千块钱。"

余溏不自觉地皱眉。其他的都还好，最后那个数字却触碰到了余溏的敏感区域，让他想到了在外科病房里，护士常常用具体的床号来称呼病人时的情景。

"× 床，余医生来查房。"

那个被叫作 × 床的病人听到自己的号码之后，立即惶恐卑微地朝他看过来，手足无措，想说话，又唯恐自己的无知让医生厌烦，尽管他的入院资料上的职业一栏可能写的是某知名大学的教授。

定义一个人，摧毁他对自己的认知，就是如此容易。

"对了。"余浙咳嗽了一声，用夹在手指上的 Apple pencil（触控笔）指着岳翎，继续对他说，"她姓岳，你可以叫她'小岳'，不过……"

余浙顿了顿，嘴角不易察觉地一提："她也挺喜欢别人喊她'岳姐'

的，你需要什么就跟她说。"

张曼的饭局定在 K 巷里的一个叫"子非"的地方。

巨大的圆桌包间内，除了他们三个人之外，还有几个公司的高层。从年龄上看，他们都是长辈，男女都有。但他们显然离医疗行业很远，虽说是被"大太子"抓来陪"二太子"的，倒也都不敢在"生老病死"这种事情上胡说八道。于是余溏一个人莫名其妙地掌握了全场的话语权，没过多久就把气氛给聊尴尬了。

陪客们最后听得发愣，看着满桌的油脂和糖分，脑子里翻转的全是余溏刚才说的血管和内脏，半天都下不了口。

为了迁就余溏的肠胃，本来就点的不辣的菜。余浙看这些人不肯吃，自己就吃得更没意思，菜没动几口，酒倒是喝了几巡，喝得有三分醉的时候，他就跟别人讨论下半年去云南建厂的事去了。

看见余浙在这边聊开了，张曼便把余溏带到阳台上，叫了一壶茶。

余溏陪张曼坐下，拿着青花瓷的茶器看了一圈，然后就放下了："我的肠胃不好，喝不了绿茶。"

"知道。"

张曼接过他的杯子放下，招手叫服务员过来，给他倒了一杯温开水。

"你之前打电话跟我说，现在遇到下雨天你都睡不着觉，是不是？"

余溏点了点头。

张曼皱起眉："以前还好，现在怎么越来越严重了？你之前看的医生怎么说？"

余溏喝了一口水，尽量让语气听起来轻松一些。

"做了一段时间的系统脱敏治疗，刚开始还是有效果的，但是后来又反复了。现在还好吧，暂时没影响工作，我也在想办法调整。谢谢妈给我介绍这边的座谈会。"

张曼的眼神有些黯淡："我也不懂这些，也不知道对你好不好？"

余溏看着杯子里反射的灯光："先不说有没有作用吧，我自己也想对这个问题多些专业上的了解。总之，谢谢你。"

张曼摇了摇头："说实话，我是想着一年到头都很难见到你，这个座谈会在 C 城这边，你如果愿意过来，我还能陪着你在 C 城到处玩儿几天。你是外科医生，其实不应该在这些地方钻牛角尖。我听说这种心理上的问题，少想一点儿会好很多。"

余溏给张曼添了一杯茶："我知道。"

张曼的神色这才缓和下来："你这几天住在哪儿呢？要不搬到我那儿去住？"

"今晚我在哥那儿住一晚上，明天拿到行李以后，还是去主办方提供的酒店住，应该要方便一点儿。"

张曼笑了笑："你说你，这么大个人了，还能把行李弄丢。"

余溏转头朝楼下看去，自嘲道："是啊，脑子不好用。"

"是工作太累了吧？"

余溏摇了摇头："现在没有以前那么累了。"

张曼看着他的眼睛，突然把最关切的话题搬了出来："那有女朋友了吗？"

"没有。"

"没有也没关系，慢慢来，不要因为着急就随便找个什么人谈，不好。"

余溏抬起头，问她："我哥呢？"

"你哥……"

张曼抿了一下嘴唇："再看吧，他心思没放在这件事上。"

她说完就没出声了，撑着下巴看楼下的食客。余溏犹豫了一下，还是开口说道："你在 C 城是不是住得不习惯哪？要不等我的房子装修好，你跟我回 A 市去生活吧。"

"挺好的。"

这三个字她说得有些着急，说完之后甚至还朝余浙处看了一眼。余溏顺着她的视线看过去的时候，余浙正好端着酒杯朝阳台走来："妈，一会儿让小郑开车送你回去。"

张曼朝他身后看去，见除了刚才的几个人之外，又来了几个年轻的女人。

"怎么？你们要换地方啊？"

"对。"

说完，他又看向余溏："去皇城老妈吃火锅，你去不去？"

余溏端着杯子说："你想弄死我，是不是？"

"也对。"

余浙边说边笑："你去了，把筷子往锅里一杵，跟做解剖一样，我们也别吃了。这样吧，你跟妈一起坐车回去。我让小郑先送妈，再送你。"

"不用麻烦了。你让司机送妈回去，我打车。"

余浙一手掏出手机来给司机打电话，一手去裤兜里拿烟："我那儿不是什么车都开得进去的。"

他倒是没有夸张。小郑把车停到住宅区的大门口时，车牌识别系统刚好出了故障，正在维修。

保安拒绝通融，小郑只好给岳翎打了个电话。十几分钟过后，岳翎亲自出来交涉，门口的保安才让他们通行。

接近晚上十点，住宅区的车道上几乎没有车，周遭十分安静。

小郑把车开进去以后，岳翎却远远地跟在后面走，并没有上车。余溏下车后站在别墅门口等了几分钟，她才从林荫道上走到门灯下。

"你没有密码？"

"没有。"

"哈。"

她轻笑了一声，打开密码锁让他进门。

"你不是他的弟弟吗？"

"是，不过我们不在一个地方工作。"

"这样啊。"

她说着，打开了玄关的灯。

"那个，岳……"

"我叫岳翎，不叫'小岳'，也不叫'岳姐'。"

她一口气把余溏的话堵了回去，弯腰换好拖鞋，然后又把鞋柜上的一只盒子递过来。

"帮你买的新的，'至尊超薄'。"

"什么……"

余溏接过来一看："我都说了，那个不是我的！"

"不是你的？"

她说着，朝他走近一步，身上玫瑰调的香水味压迫性地钻入余溏的感官中，眼神中的光芒和余浙在时完全不一样。嘲讽、轻蔑、戏谑、玩味……各种戒备和恶意，在她脸上应有尽有，十分精彩。

"哦，还有你这样的男人，觉得把计生用品带在身上很不好意思？有些人觉得掏出这玩意儿就像掏枪一样帅。"

如果魏寒阳在的话，一定能听明白她在用言语演绎什么，但他此时却几乎要被这一盒计生用品逼到墙角了。

好在这个时候，衣兜里的手机突然响了起来，余溏低头见是魏寒阳打来的，赶忙接了起来，却没有注意到魏寒阳打的是视频电话，而他的镜头此时对准的正是面前的岳翎，以及……她手上的那盒"至尊超薄"。

电话那头，魏寒阳像吃了兴奋剂一样："余木头，哥说什么来着？真的一举成功了呀！"

余溏猛地反应过来，手忙脚乱地恨不得把手机藏到外套里去。

"喂，喂，喂……人家胡医生也想看你旁边的妹子呢，你遮什么啊？"

"你没事少给我打电话，我现在能吃了你。"

他少有地对魏寒阳放了狠话。电话那头的胡宇有点儿诧异，在魏寒阳边上小声地问："这……这是余医生？"

魏寒阳根本不知道余溏现在肾上腺素值飙升，脸涨得跟要炸了一样，他还吊儿郎当地抓着手机继续点火。

"不是，我说余……"

"挂了！"

"嘿！这木头……"

余溏按下了挂断键，玄关一下子安静了下来。

岳翎仍然举着那盒计生用品，挑眉问他："要不要冰块？"

"……"余溏无言以对。

岳翎把东西往他的外套兜里一塞，随手抽了一张湿巾，边擦手边往客厅里走。

余溏站在玄关门口解释："对不起呀，那是我朋友，刚刚是在跟我开玩笑。"

他为魏寒阳调侃他，却无端地把岳翎牵扯进来而觉得抱歉。

然而她只是回头轻描淡写地说了一句："没事啊，男人不都是这样的吗？"

　　"你为什么会这样想？不是所有的男人都这样……"

　　岳翎停住脚步："你这样说无非是想把自己择出来。"

　　余溏怔住，他完全招架不住这种直接掀翻十层皮，开胸见心脏的犀利，这种羞耻感，似乎和病人们脱干净后躺在无影灯下的感觉相似。

　　"别这么清高地把自己择出来。"

　　她毫不顾忌地又割了他一层皮，但不知道为什么，语气中竟然有些怜悯的意味。

　　"什么意思？"

　　岳翎收敛表情，把手臂靠在沙发靠背上："你这样会很不合群，他们会肆无忌惮地调侃你，就像刚刚那样。虽然他们有可能觉得那是为你好。"

　　她说完，重新露出了一个笑容："加油啊，余医生。"

　　加什么油啊？余溏在房间里坐了半天，也没想明白她最后说的那句话是什么意思。

　　魏寒阳的电话又打了过来，余溏接通后对着他就是一通吼："你是不是有病？！"

　　"你除了这句话还会说什么？"

　　"……"

　　"哎，好了，好了，说正事，你周几回来呀？"

　　"下周二，怎么了？"

　　"哦，我朋友的女儿小可可，就是你也认识的那个，今天在胡宇那儿确诊了法洛四联症，手术指征已经有了。但是这个小孩吧，心肺血管可能发育得不太好，胡宇说情况比较复杂，我朋友夫妻俩听了心里觉得不踏实。所以他们想等你回来，咨询咨询你的意见。"

　　"你们目前是怎么考虑的？"

　　"可能考虑做锁骨下动脉和肺动脉吻合术，姑息性的。"

　　余溏走到阳台上："你们是想让我给她做手术吗？"

　　"哎，对。"

　　魏寒阳"啧"了一声："我发现你突然开窍了。"

"你再说下去，我就挂了。"

"别呀，别呀，我封口。"

余溏咳嗽了一声，捏了捏鼻子："我回去看了报告再说。你让你的朋友还是要以患儿的实际情况为重，注意观察，可以先挂我下周的门诊号。"

"好，够兄弟，回来我请你……"

魏寒阳话没说完，就听见听筒里传来一连串"噼里啪啦"的响声。

"你那儿怎么啦？放鞭炮啊？！"

余溏果断地挂断了魏寒阳的电话，打开房门去楼下查看。

一楼此时只有厨房里的灯是亮着的。余溏走进去的时候，地板上果然跟炸完烟花似的，岳翎正蹲在门口收拾。

被打碎的是一套做工很讲究的香兰舍紫阳花浮雕碗，是去年余溏出国参加医学会议的时候买回来送给余浙的伴手礼。不得不说命运弄人，他亲自挑、亲自买、亲自寄，今天也亲自看它们"了结一生"。然而他来不及缅怀，抬头就看见灶火上还烧着一只煮奶锅，锅底已经快被烧穿了。

岳翎这业务水平简直是差得要命，余溏突然怀疑一个月八千块钱的家政工资是余浙乱编的。

"关火呀！"

"慌什么？"

岳翎端着碎片，冷冷地抬起头，转身看了一眼灶台，这才腾出一只手去关火，接着端起煮奶锅就往水槽走。

"你干什么？！"

"啐……你吼什么？"

"不是……你先放下！先放下，有话好好说！"

他一直不善言辞，仅有的一点儿非专业的语言储备，要么来自魏寒阳，要么来自港星，这会儿一急竟然蹦出了港腔，听得他自己都尴尬了。

岳翎把锅放回灶上，双手撑着灶台边沿，揶揄道："你当演警匪片呢？"

余溏站在门口，无奈地拍了拍额头，一时之间也懒得去管什么交流艺术，指着水槽一通吐槽："这是常识啊，锅烧成这样，搁在冷水里马上就裂了。"

他说完，跨过地上的碎片，拿抹布揭开锅盖，里面煮的东西黑乎乎的，团成一坨，看起来像是面。

"你是要……煮饭？"

岳翎用筷子把锅里焦成一坨的东西挑到碗里，丝毫没有搞砸事情的局促和尴尬："晚上没吃饭，现在饿了。"

说着，她抬头看了一眼余溏，又看了看碗里的"炭"，嘴角向上一扬，竟然伸手把碗递了过去："吃吗？我再煮一碗。"

她淡定的言语加上"细思极恐"的逻辑，让余溏的额头渗出了汗。

——她是认真的吗？

他不想再被她带偏了，索性取下门后的围裙给自己套上，然后摘下手表，挽起衬衣的袖口。

"还有别的锅吗？"

他说完，似乎是嫌岳翎碍事，跟着又添了一句："你站过去一点儿吧。"

岳翎从橱柜里翻出一只锅，搁到灶台上，随后她走到厨房门口，站在背光处，靠墙绞着自己睡衣上的腰带玩："让余先生给我做饭，不合适吧。"

余溏反手系上围裙带子，打开冰箱，蹲下身："我觉得我哥一定是有病，才会请你做家政。"

他说着，取出一盒小葱。

冰箱里的东西摆放得很整齐，并且都用保鲜盒分门别类地装好了，盒子上还贴着买入的时间，有些甚至还写着保质期。这让他这个强迫症患者产生了极大的舒适感。

他很快地把要用的所有食材都挪了出来，在案板旁整齐地摆好，转头问岳翎："有病吗？不是……"

令人着急的语言节奏把他带到了沟里，他还没来得急解释，门口犀利的"话刀子"已经飞了过来："你看谁都有病吧？"

她说完，转身就要走。

"不是，我是说有没有冰块。"

岳翎停住脚步，抱着手臂回过头："做饭要什么冰块？"

"你的脚背肿了。"

岳翎这才想起，刚才落下的那一叠碗中有几个砸在了她的脚背上。当时倒不是很疼，这会儿脚背竟然肿得老高。

她抬头又看了一眼余溏，发现他像要进手术室时那样，正举着刚刚洗好的手望着她。他一脸不知道问题出在什么地方的表情，既真诚，又透着说不出的傻气。

"烤箱下面有个制冰机。"

岳翎给了彼此一个台阶。

余溏从制冰机里取出了一堆冰块，用几张厨房纸包好递给她："知道怎么冷敷吧？"

岳翎靠在门上，并不伸手去接："不知道。"

余溏听完想都没想就蹲了下去："那你站好，我教你。"说着就要去抬她的脚。

谁知她突然往后退了一步，低头凝视着他伸到一半的手，眼神逐渐从戒备转向不可思议："你是不是有病啊？"

"什么病？"

这回轮到岳翎翻白眼了。

"算了。你给我，我自己来。"

厨房里终于安静下来，气氛跟战争结束后双方各自打扫战场时一样。各自的心里充斥着刚才没发挥好的反思和对敌方不明套路的怀疑。

余溏一边切葱，一边回忆刚才的对话。他和岳翎的交锋虽浅，但能隐约感觉到她戏谑背后的戒备。这种和精神上的脆弱相关的东西，都是他搞不定的。

要说实话，比起对付思维活跃、活蹦乱跳的女人，余溏还是更愿意对付在无影灯下主动躺好的女人。

可是当这个想法以文字的形式浮现在他脑子里的时候，他居然被一种不可自抑的、带着暧昧的指引吓到，差点儿切到自己的手。

岳翎捏着冰包，看着在灶台前对付葱花的医生。他比一般的男人都要高，身材偏瘦，背脊笔直，骨架棱角分明，是那种能把衬衫穿得很好看的男人。

"你多大了？"

看着男人的骨相，岳翎突然想问一个具体点儿的问题。

"二十八岁。"

他一面回答，一面把切好的葱花放到一边，接着又"哐哐哐"地切完了一盘黄瓜丝。

锅里猪油熔化得刚刚好，余溏把葱段和蒜一起放进油里炸香，等到葱段变黄以后把油滤到一个空碗里，再熟练地把生抽、老抽、糖、味精、香油等调味料依次加入其中。这种甜口的东西显然是南方的做法，岳翎被那精致的卖相勾出了食欲。

"面是要硬一点儿，还是要软一点儿？"

"吃软不吃硬。"

"好。"

五分钟后，余溏端着两碗油亮亮的葱油拌面坐到了岳翎的对面。

"你这碗的面软一些。"

岳翎拿着筷子，没有立即下口。

"你不喜欢吃葱油面吗？"

"不是，你先吃。"

余溏老实地先埋头吸了一口面，却听到她说："从我碗里挑些去吃。"

"啊？"

"我吃不了这么多。"

她的反应有些奇怪，眼神和言语里依旧带着戒备，但出于边界感，余溏还是决定尊重她。

"那我去重新拿双筷子。"

他说完，去厨房拿了一双新筷子出来，从岳翎的碗里挑了一筷子面，放进自己的碗里，低头吃了一口。

岳翎一直看着他吃下去，才动筷子。

猪油的醇厚裹着葱花的香气，一下子治愈了她。岳翎吃得很沉默，也很认真，眼睛却还是会偶尔瞥向对面的余溏。

余溏想找个什么话题来打破沉默，纠结了半天，结果还是不合时宜地问起了年纪。

"你……多大了？"

"比你小两岁。"

"这么年轻？为什么要做家政啊？"

他刚说完，又觉得这似乎踩到了职业歧视的线："我的意思是……"

"因为你哥人傻钱多。"

岳翎打断他的解释，咬断面条，喝了一口果汁。

她这话说得倒挺中肯的。余溏点头表示认可，继续低头吃面。

她突然反问："你是当医生的，为什么饭做得这么好？"

"小的时候喜欢切东西，后来喜欢做饭。"

余溏实话实说，完全没反应过来这种话旁人听起来会觉得有点儿恐怖。

"强迫症？"她端着碗，直切要害。

余溏惊异于她精准又敏锐的判断，以至于对她现在在这个别墅里做家政的处境感到可惜，但理智还是让他保持住了之前的边界感，没有自以为是地给出意见。

"喂。"

"啊？"

她架起筷子，撑着下巴，认真地看着余溏。

"你是处男吗？"

余溏愣了大概三秒，突然"噌"的一声站起来，把椅子向后划拉。金属的椅子腿摩擦大理石地板发出的声音，逼得岳翎牙齿直泛酸。

她抬手按住耳朵，继续盯着他。一分钟以后，对面的男人缓缓地坐了下来，埋头把整碗面扒拉进了嘴里，然后收拾碗筷进了厨房。

厨房里传来"哗啦啦"的水声，岳翎拔开兽首瓶塞，给自己倒了一杯玫瑰酒。透过五光十色的杯壁，余溏的背影在她眼中"啪"地变成了一堆光斑。

等余溏洗好碗出来的时候，客厅里的灯已经关了，空气里残留着一丝玫瑰酒的味道，淡淡的，收拢在她刚才坐过的地方。

于是，余溏在夜里失眠了。

第二天，他睡到了接近十点才醒来。岳翎早就不在了，饭桌上留着一碗煮得惨不忍睹的黑米粥。

余溏坐下来，刚将就着吃了两口，保安就把出租车公司送来的行李搬过来了。他只好端起碗，迅速地喝完，起身去把行李挪到客厅。

其他东西都还好，明天座谈会的邀请函他倒想拿出来好好看看，顺便趁着这天没事，根据上面的内容看一些资料。

他给自己倒了一杯水，坐在沙发上拿出了笔记本电脑，正想找本书来垫鼠标，忽然发现手边有几本厚厚的临床心理学的专业书。他随手拿起一本来看，发现扉页上作者那处竟然写着岳翎的名字。

他接着又连翻了几本，发现作者那栏写的都是岳翎。

这些并不是简单的心理学科普书，有两本甚至是国外的原版书。

余溏也是在文献里摸爬滚打了八九年的人，视线扫到这里他突然反应过来，连忙打开搜索引擎，在检索框内输入了"岳翎"两个字。

搜索引擎的首页多数信息都是关于一个同名女演员的。余溏翻到第四页的时候，看到了一篇论文，题目叫《复杂系统理论在临床心理学领域的应用》，论文的作者是岳翎，名字后面跟着的是一所国内知名的重点大学。

余溏登录自己的平台账号，下载了整篇论文，看到作者的联系邮箱后，发现有点儿眼熟。

他随即打开自己的邮箱，找到一封之前给他发送座谈会相关资料的邮件，对比了发件人的邮箱和论文作者的邮箱之后，他突然哽了一下。

第二天，余溏的想法在 B 酒店的大堂里得到了印证。

他受邀参加的座谈会不属于这次心理学论坛的正式会议，因此时间被安排到了晚餐后。

余溏把行李搬入房间，睡了一会儿，又在酒店楼顶的咖啡馆喝了一杯咖啡。他下楼的时候，当天下午场次的论文发表刚刚结束。

参会人员还大多聚集在会议大厅门口交流。站在人群里的岳翎，化了精致的淡妆，穿着灰蓝色套装、同色系的高跟鞋，胸口抱着一沓会议资料，正半蹲着迁就着一位女性老教授的身高，认真地回应她的问题。

她无疑是人群中最年轻、最好看的。

她的皮肤是"冷白皮"，肩颈线条修长，五官不算特别浓，左眼角边长了一颗褐色的痣，不注意看是看不到的。余溏之前一直找不到语言来形容她的气质，但看到这颗痣后，却突然有了灵感。怎么说呢？她身上有一种上个世纪的风情——高高的旗袍领矜持地包裹住她大部分的皮肤，但却好像是为了让人去遐想她传统衣料下面那件黑色蕾丝的西洋抹胸而存在的。

余溏一眼就看到了她，接着他想起前天晚上，她问他是不是处男的语调，隐约发觉岳翎的形象是分裂的。

别墅里的岳翎像条滑腻腻的蛇一样，自如地游行着戏谑他，好像不喜欢一切东西。但别墅外的她姿容姣好，诚恳、冷静、专业、自信，几乎可以给当代独立女性做样板。

"你怎么在这里？"

余溏抬起头时，岳翎已经告别了身边的人，径直朝他走了过来。

"你忘了你给我发过座谈会的资料？"

"给你？"她挑了挑眉。

"嗯。"

岳翎偏头："你是狗恐惧症？猫恐惧症？还是女人恐惧症？"

余溏自行消化掉她再次凸显出的"敌意"，认真地回答："我害怕下雨。"

听了他的回答，岳翎倒真的回想起了这个人。"哦，有将近十年恐雨症史的那位先生。"随后她语调一转，"你怎么知道给你发邮件的人是我？"

"搜到了你的论文。"

她挑眉："人肉搜索是犯法的。"

"那对不起。"

他竟然毫不犹豫地道歉。岳翎忍不住转头朝向旁边笑了一声，把碎发挽到耳后："现在的医生这么好骗吗？"

"所以你前天晚上为什么要骗我？"

岳翎看着时间差不多了，没打算再跟他掰扯，抱着资料转身朝电梯走去，随口反问："我骗你什么？"

余溏跟上去应声说道："家政的事。你有你的专业，为什么要去我哥家里做家政？"

岳翎停下脚步："男人消遣完，也会抽一支烟，问'你这么年轻，为什么要出来做这个'。你指望对方怎么回答？"

余溏一时分辨不清楚，她是在自损还是在损他。

"况且那不算骗你。"

她回过头："我的确在你哥家里做家政，工资八千块钱一个月，每天工作两个小时，搞砸了的地方他自己会收拾。我说了，他人傻钱多，这个时薪、这种老板，在C城去哪里找？谁会跟钱过不去？"

余溏欲言又止。其实他一开口就意识到了，这个话题一直在敏感的区域内游移。他原本也想就势收敛，不要越界，只是他没有料到的是，她不惜自损八百，也要杀他一千。

"余医生，人是很复杂的。"

她说着，扫了一眼会议室门口的立牌。牌子上写着在会议中会发表的论文的题目和发表者的名字，她的名字在最后一排，被立牌下的白色花饰簇拥着。

"会写几篇论文的人也不一定都住在象牙塔里，更何况我已经毕业一年了。"

她刚说完，前面忽然走过来一个会场的工作人员。

"岳医生，李教授在找你。"

岳翎凝视着余溏的眼睛慢慢收敛掉气焰，她换了一副平和的表情转过身："我这边刚刚结束，马上就上去。"

"等一下，我想问你……"

"哦，对。"她打断余溏，"座谈会在四楼，六点开始。余医生你也是这次座谈会的受邀人，我这边倒是可以带你上去。"

余溏没有在意她在外人面前用礼节拉出的距离感，继续追问："你是精神科医生？"

岳翎笑了笑，没有否认，但紧接着又补充了一句："今天我不是。"

余溏很快理解了岳翎所谓的"今天我不是"是什么意思。

所谓的会场其实是一个带客厅的套房，沙发很大、很舒服。在场的除了那位外籍专家之外，还有几位国内的精神科专家，剩下的是患者，有男有女，年纪大的已经有七八十岁了，年轻的看起来还没有成年。

岳翎并没有和那些专业人士坐在一起。她和其中一个教授简短地打过招呼以后，就拿着平板电脑坐到了余溏旁边给患者们准备的空位上。

余溏侧身看向她："所以你也有恐惧症吗？"

岳翎划着平板电脑的屏幕，头也没抬："很奇怪吗？"

"那你怕什么？"

她料到了余溏会问这个问题，然而真正听到的时候，手里的电容笔还是在平板电脑的屏幕上杵了杵。

她没有说话，余溏也没有接着追问。两个人沉默了几分钟，余溏突然开口说："不好意思。"

岳翎放下笔笑了笑："没事。"

她说完，侧过身冷不防地又丢出一句："余医生，你一定是个处男。"

余溏很想反驳，但又无奈地发现，他的确没有可以反驳这句话的底气。

而岳翎正托着下巴看他，架在食指和中指之间的笔一上一下地动着，和那天她在别墅里看他时的表情一模一样。

"你很在意我是不是处男吗？"

她点了点头。

"挺在意的。"

"为什么？"

"哈哈哈……"

她用手撑着额头，埋头耸肩笑了好半天。

此时座谈会开始了。

组织这次会议的是一个澳大利亚的临床心理学家，他会说汉语，语速也不快。但为了便于沟通，整个座谈会基本上是由刚才那位和岳翎打招呼的李姓教授主持进行的。

因为这不是学术性的会议，所以几位教授都很放松。李教授就目前几种被广泛认可的恐惧症病因和发病机制进行了一段简单的介绍。

余溏习惯性地拿出了自己的钢笔和笔记本，又从背包里取出眼镜戴上。

岳翎侧头看着余溏的手。她不得不承认，这个人的手指很好看，修长、骨节分明，淡青色的血管衬着白皙的皮肤，让岳翎无端地感觉到一种肢体性的痛感。这种痛感，是和欲望相关的。它很冰冷，冷到几乎令她战栗。

余溏不知道岳翎的目光正落在他的手上，他在一件事情上的专注度足以令他暂时摒弃感官感受。

岳翎看着他跟着李教授的思路，逐渐画出了完整的思维导图。不知道为什么，在余溏放笔的那一刻，她忽然觉得眼前的场景有点儿熟悉，甚至在这个房间里闻到了一阵应该只存在于她小时候的气息。那种气味淡淡的，很像某个中午安静的校园里，大片大片的桑树林被太阳蒸过的味道。

余溏撑着下巴在思考。李教授讲到的发病机制，粗略分下来是三种——遗传、生化、社会心理。

基于他的专业，前两者很好理解，但都与他的病症没有关系。至于最后的"社会心理"这一项，概念比较抽象，李教授并没有在这个场合下展开来说。

他习惯性地拿笔在概念上画了个圈，然后伸展手臂，靠向沙发。

"关于社会心理这一块的病发机制，目前的研究很复杂，但也算为几种治疗方式提供了传播比较广泛的理论基础。"

余溏抬起头，岳翎正看着他的笔记本。

他坐直身体："可以讲得详细一点儿吗？"

岳翎看了一眼李教授，他已经放下红外线笔，走到患者中间："没事，大家可以自由地沟通。单纯性恐惧症的病发机制，相对于广场恐惧症或者社交恐惧症来说，要复杂得多。临床中如果能把握病发根源，对后期的行为治疗是很有帮助的，我们很想了解大家的病症的具体诱因，这对我们的研究和临床治疗来说，都是很珍贵的材料。"

岳翎听完李教授的话，转头对余溏说道："你蹲下来，我跟你说。"

"什么？"

"你太高了，我不想说话声音太大，影响到教授与别人交流。"

余溏听了她的理由，竟然没有犹豫，把背包挪到一边，屈膝在岳翎的身边蹲下。笔记本没有地方放，他索性单膝触地，把笔记本放在另外一只膝盖上，旋转出笔帽，低头等着她开口。

岳翎却半天没出声。

"怎么了？"

"没怎么。"

岳翎悻悻地一笑，抱着手臂，像只猫一样窝入沙发里："就是怀疑你和你哥是不是一对父母生的。"

她说完，倒也没给余溏机会去纠结到底该不该坦白他和余浙的关系。她直接弯腰凑到他的耳边，接着刚才的问题继续解释。

"所谓社会心理学的恐惧症病发机制研究，就是用条件反射理论来解释恐惧症的发生机制，大概在 19 世纪初由西方的心理学家提出的。他们认为恐惧症状的扩展和持续是由于症状的反复出现，使得焦虑情绪条件化，而当患者对具体的事物或者场景产生焦虑以后，就会下意识地回避。你会产生回避吗？"

"会。"

余溏调整了一下腿的姿势，让自己能蹲得稳当一些，抬头继续说道："我会尽量待在室内不出去，并且把窗户关上，把窗帘拉好。如果这样还不能入睡，也会尝试喝点儿酒。"

她狡黠地看着他："不是只喝一点儿吧。"

余溏没有再否认："对，我会刻意喝醉。"

岳翎满意他目前的诚实，喝了一口茶杯里的水，撑着下巴继续解释："这种类似的回避行为，会同时阻碍条件化的消退，导致恐惧产生并不断恶化，这也是行为治疗法的理论基础。你前期如果接受过脱敏性治疗的话，你的精神科医生应该给你解释过，什么是条件化消退。"

余溏在笔记本上快速写下她说的关键词："这个我基本能理解。"

"所以，现阶段的恐惧症治疗其实是一种自我意识的对抗，精神科医生给你开的苯二氮卓类药只是辅助缓解病症发作时产生的焦虑情绪。你的医生让你尝试过劳拉西泮、艾司唑仑或者阿普唑这几种药吗？"

"有建议过药物治疗，但是……"

"你的职业不允许？"

余溏看着笔记上的字迹，点头："是的，而且在发作的时候，我的感受不是焦虑，而是恐惧。甚至还有一点儿……"

他逼着自己回忆："甚至还有一点儿愧疚。"

"愧疚？"

岳翎拿起水杯，一不小心撞到了余溏的胳膊。他手里的钢笔没握稳，一下子滚到了沙发底下。

"不好意思……"

"没事，我来捡。"

他说着已经打开手机的手电筒，挽起衬衣的袖子，弯腰趴了下去。

这世上在沾染尘埃之后能清白的东西，大概只有修养。

岳翎直起身，看着他袖口上沾染上的灰尘，突然想要收回之前她对他说过的一些话。

余溏并不知道她情绪上微妙的转变，捡完笔后就重新蹲了回去。

"你刚才说，恐惧症的治疗是一种自我意识的对抗。具体是和什么的对抗？"

"也可以理解成和诱因的对抗。你还记得你是从什么时候开始恐惧下雨的吗？"

"高三那年的暑假，再具体的时间我就说不上来了。"

"你在那年的雨天遭遇过什么吗？或者你自己做过什么？"

余溏低头说："我那年遇到过一次车祸，但我记得那天没有下雨。"

岳翎架起腿，尖头的鞋尖离余溏的膝盖只有两三厘米。余溏下意识地往后挪了挪，岳翎看了一眼自己的脚尖，跟着把腿放了下来。

"所以这就是治疗单纯性恐惧症最难的地方，几乎很少有患者能够回忆起来自己最初产生恐惧的原因是什么，更不用谈对抗了。"

余溏写完最后几个字，习惯性地把钢笔夹到衬衣的口袋上，他反问岳翎："既然你是精神科医生，你有办法找到自己最初产生恐惧的原因吗？"

岳翎听完他的这句话，肩膀不可自抑地一抖。

余溏不知道自己的话让她回想起了什么事情，然而自此之后，整场座谈会岳翎都拒绝沟通，最后甚至抱着手臂坐到了角落里的单人沙发上。

她一旦表露出戒备，余溏就觉得他不能再试图去侵犯她的领域。于是他识趣地坐回自己的位置，把注意力转到这场座谈会上的其他患者的讲述中。

所谓单纯性恐惧症，也就是对某一个具体的场景、具体的事物产生焦虑情绪的病症，每个人的恐惧对象都不相同。

余溏注意到，正如岳翎所说的那样，患者大多能够很清晰地描述出他们面对恐惧事物时的感受，然而一旦被问到最初产生恐惧的原因，却基本上都说不上来。

除了一个戴墨镜和口罩的女人。

这个女人最开始是坐在岳翎身边的，岳翎挪位置以后，她也就跟着挪开了，坐到了岳翎对面的沙发上。她是整个座谈会上，最后一个开口的人。

女人描述的是性恐惧症。她开口说第一句话时，余溏就发现岳翎畏寒似的抱起了手臂，随后几乎以一种蜷缩的姿势窝进了单人沙发里。

女人讲述她与丈夫是相亲认识的，闪电般迅速结婚。结婚之后，她对夫妻生活产生了恐惧感，但她羞于和丈夫谈论自己的感受，以为随着夫妻感情的加深，这种恐惧的感觉也会随着消失，谁知后来甚至开始产生恶心的反应。目前他们面临离婚，而她的症状已经严重到无法和男性进行肢体接触的地步了。

女人说到最后，忍不住伏在岳翎对面的茶几上掩面痛哭。岳翎沉默地望着她，两个女人之间的默契甚至有点儿诡异。

过了一会儿，岳翎从包里取出一包纸递给尚在抽泣的女人。等那个女人接过去后，岳翎又迅速地恢复到了之前抱着手臂的姿势。

女人平静下来以后，座谈会也很快结束了。

余溏跟着岳翎从房间里走出来，她走到门口时突然踩歪，险些崴到脚。余溏一把扶住她的手臂，她却像被什么烫到一样，猛地甩开。

"你……"

余溏犹豫了一下："你要不要去喝个什么热的东西？看你好像不太舒服。"

岳翎拢了拢有些松垮的头发："喝东西就算了，我想去洗个脸。"

她说着，朝着卫生间的方向走去，走了几步又回过头："我问你一个问题。"

"你问。"

岳翎抿了抿嘴唇："作为普通人，你怎么想最后开口的那个女人？"

余溏坦诚："我觉得她应该从一开始就拒绝丈夫的需求。"

岳翎又问："你知道精神科医生会怎么处理吗？"

余溏摇头。

岳翎脸上露出一个令余溏觉得和她的形象有些不相符的笑容。

"会用苯二氮䓬类的药物来控制住她的焦虑情绪，抵抗由这个恐惧症所产生的抑郁情绪；会指导她去和她那个也许根本就没有必要沟通的丈夫进一步沟通，如果她有需求，也许还会引导她和她的丈夫再次尝试。但绝对不会像你说的那样，建议她拒绝。"

余溏从她的表述中听出一点儿出于职业的逆反情绪。

"余医生。"

余溏没有出声，抬头看向她。

岳翎转过身，换了一个相对柔和的语气："我想收回我之前对你说过的一些话，包括我之前说人很复杂。我现在想换一种说法，人也许不复杂，但人群很复杂。医生必须要和患者保持距离感，才会专注于患者最根本的需求。咱们永远也不知道，一个在你面前痛哭流涕，说一定要离婚的女人，在走出医院的大门的时候，在走进人群面对她的父母子女的时候，会不会把她之前所做的所有的决定瞬间全部推翻。就好像你之前在车祸现场救的那个人一样。"

余溏怔了怔，他记得岳翎当时是跟着救护车走的，而他自己则因为丢了行李自顾不暇，才没有去细想岳翎和那个男人之间的关系。

"你认识出车祸的那个男人？"

"他是我的病人。"

岳翎的眼神一暗："他那天来复诊拿药的时候，跟我说他已经走出了她女儿去世的阴影了，现在也找了新的工作，我下了班和他一起从楼里走出去，没想到……就出了那天的事。"

她说完咳嗽了一声："你明白我在说什么吧？"

"难道是他自己……"

岳翎没有否认。

"我后来去医院问过，因为你在现场的急救得当，他活下来了。余医生，对于这件事，我真的很谢谢你。作为感谢……"

她一边说一边转身朝前走，伸出一只手朝余溏挥了挥："你今天咨询我的问题，我不收门诊费。我希望你不要把你在这里见过我的事情告诉你哥，有机会的话，咱们下次再见。"

余溏眼看着她转过走廊的拐角，消失在一大片华丽、色彩鲜艳的壁画后面。

之后的两天里，他都没有再见过岳翎。

张曼像个资深地陪一样，把行程安排得很紧凑，愣是利用仅有的两天时间，带着余溏把 C 城周边的景点逛了个遍。逛到最后把她的关节炎都给逛发作了，余溏又陪她在医院待了一天。

第六天下午，余浙给余溏打了一个电话，说他早上已经回 C 城了，问余溏晚上要不要去家里吃个饭。余溏想起岳翎的话，借口说去和以前同门的几个师弟吃饭，拒绝了余浙。

余浙也没说什么，闲扯了几句就把电话挂了。

余溏一个人在酒店里收拾行李。接近晚饭时间的时候，魏寒阳给他打来了微信语音电话。

余溏开了免提，把手机扔在床上，坐在床边，一边叠衣服一边问："你下班了？"

"我跟你说，你家里的快递我帮你取了，一堆书，死沉死沉的。"

"谢谢啊。我的猫呢？你喂了吗？"

"你的猫？哈哈，医院里这么多护士抢着给你喂呢，整个儿胖了一圈。咦——你那边在做什么？'呼啦呼啦'的声音。"

余溏有点儿想笑，魏寒阳和岳翎一样，都是语言上的巨人，但他们一个明显是词汇量"爆棚"的刻薄的文艺青年，一个是词汇风格稀奇古怪的、有"中二病"的"肥宅"。

"我在弄行李箱的压缩袋。"

魏寒阳"哦"了一声："对了，我确定一下，老余，你是明天回来吧？"

"对，明天晚上的飞机。"

"要我去接你吗？"

"不用，我的车停在机场。"

"哈，有钱人哪，有钱人。"

"你每次打电话，能不能先把正事说了再讲废话？"

魏寒阳在那边拍了拍额头："哦，对，差点儿忘了。小可可的父母预约了你周三的门诊，但是我看那个号在时间上有点儿晚了。你这边有没有要做的检查？我明天让胡宇在门诊那边帮个忙，让他们把检查先做了，把报告拿上。"

余溏放下手上的东西，拿起手机说道："暂时没有这个必要。胡宇那边的报告我简单看了一下，虽然还有一些补充检查没做，但我想等见到孩子和父母问一下情况再说。你让他们也不要着急，既然前期手术是姑息性的，那么整个的治疗时间肯定会拖长。"

"这个我知道。"

"对了，你帮我看一眼，明天晚上的天气怎么样。"

"嘿！"

魏寒阳在那边一拍大腿："那你就幸运了。你一走，我们这儿就下暴雨。昨天我的车差点儿被淹在地库里。今天早上天才放晴，接下来一周都是好天气。不过……你等一下。"

他似乎是翻手机去了，隔了十几秒才出声。

"C城今晚好像有雷雨。你这会儿一个人在酒店吗？"

余溏站起身拉开窗帘向窗外看去，果然看见窗户上已经爬上了像裂纹一样的水痕。

"上次的那个妹子呢？今天不在呀？"

"魏寒阳，我警告你呀，不要再乱说我和人家女孩子的事。你损我就算了，人家女孩子跟你没关系。"

魏寒阳在那边"啧"了几声："你这护得也太明显了。"说完，他压低声音，"真是你的C城艳遇啊。"

如果这都算艳遇的话……

"挂了，我还要收东西。"

余溏不想让这个话题在魏寒阳那里深入下去，魏寒阳只当他急着要去关窗、锁门，不再掰扯。

"那你今天晚上自己扛着，后天院里见。我跟胡宇吃饭去了。"

"好。"

CHAPTER 02
酒后乱性？

◀ ❚❚ ▶ ——— 00:33

　　挂掉魏寒阳的语音电话后，余溏倒真的去把房间里所有的门窗都锁上了。遮光窗帘一合上，室内顿时就变得很暗。余溏打开灯，闭着眼睛深深地吸了一口气。他本来想说在临走之前去台琴路吃顿火锅的，现在看来，连去酒店外面吃一碗面都不可能了。

　　就像之前他对岳翎讲的那样，面对下雨这件事，他并没有恐惧症患者通常所有的焦虑感，反而有特别具体的恐惧感，和看鬼片时的感觉一样，严重的时候他会后背发冷，浑身恶寒。

　　但这些他都还能忍受，令他最无法理解的，是随着恐惧而来的"愧疚"。这种"愧疚"毫无来由，却能让他整晚整晚地睡不着觉。

　　今晚 C 城的这场雨，就像是为了他刻意地憋了几天放出的"大招儿"。没过多久，外面就开始电闪雷鸣，房间里的落地玻璃窗被风吹得"哗哗哗"地响。余溏戴上耳机，拿出之前在飞机上看了四分之一的《血管介入治疗学》，准备去酒店顶楼的咖啡厅对付一晚。

　　谁知他刚换了鞋，就听见外面有人在敲门。

　　"不好意思，我应该是挂了'请勿打扰'的牌子吧。"

　　门外的人沉默，过了好一会儿才开口。

　　"是我，余医生。岳翎。"

　　岳翎来这个地方找他，这是余溏没有想到的。他有些局促，回头看了一眼自己的房间，行李收拾好了，床上也还算整洁，没什么见不得人的。

"你不方便吗？"

"没有，就我一个人。"

这多此一举的解释一说出口，余溏就想给自己一巴掌。

外面传来一声轻笑。

"那可以开门吗？"

余溏硬着头皮打开门，第一眼看到的是放地上的一大袋子啤酒。

岳翎靠在门边，穿着那天在别墅里穿的深蓝色的真丝刺绣长裙，头发垂在肩膀的一边，用一条墨绿色的发带绑着，沾了雨水的发丝黏黏腻腻地贴在脖子上，牛血红的唇色衬得她五官浓重。

"帮我个忙。"她说话直截了当。

余溏张口想说"不太方便"之类的话，谁知岳翎把地上装啤酒的袋子提起来，拎到他的手边："提着。"

那袋啤酒少说也有二十听，早就超过了一个女生能承受的程度。余溏看到她的手在发抖，几乎是下意识地伸手接了过去。

岳翎趁着这个空当，一瘸一拐地走进了房间。

余溏把啤酒放在茶几上，转头看她时她已经坐到了沙发上，脱下了高跟鞋，赤脚踩着地毯，用手拧着头发上的水。

"你的脚又怎么了？"

岳翎把脚向后缩了缩："在路上摔的。"

"要我帮你看一下吗？"

岳翎笑了一声，靠在沙发上抬头看着他："你看我今天身上有可以付你诊费的东西吗？"

"……"

余溏接不上这种段位的话。这话乍一听像是她在撩拨他，可他一旦失言，就一定会被臊得面红耳赤。

"我给你倒杯热水吧。"

他转移了话题，去给岳翎倒水。虽然他对岳翎的不请自来感到错愕，但出于对自己为人处世的要求，他还是想尽力维护这个女孩儿的形象。

"你怎么知道我住在这个房间？"他把水杯递给岳翎。

岳翎接过来喝了一口，把湿发别到脑后："你以为只有你会人肉搜索吗？"

余溏的喉咙里一哽。

岳翎笑了笑："不要这样看着我，你这个房间是主办方安排的，我也是主办方单位的工作人员。"

她这话倒也对。余溏自顾自地点了点头，坐到岳翎的对面："我明天就要走了，你让我帮你什么？"

话刚说完，他放在茶几上的手机就响了。岳翎突然从沙发上站起来，抢先一步抓起他的手机。

"你……"

"接这个电话。"

"谁的？"

"你哥的。"

她说完把手机递向余溏："告诉他我跟你在一起。"

余溏看着手机上的来电显示，有些不可思议："你到底是什么意思？"

"你就当是救我。"

"不是，岳医生，是你来找我，我……"

"接！"

余溏语无伦次，她的眼睛却突然红了，声音也软下来，甚至有点儿发哑："求你。"

"不是……"

"我求求你。"

余溏觉得也许魏寒阳说的话是对的，他应该在二十五岁以前谈一次恋爱，这样他就会懂得女人是种什么样的生物。她们会在什么时候哭，会在什么时候笑？自己应该用什么样的态度去应对这些情绪，才不至于被女人牵着鼻子走？

但事实上，他对女人除了生理结构上的了解之外，其余一无所知。他只知道，比起被岳翎调侃，他更搞不定岳翎在他面前哭。

"喂。"

直到电话接通，余溏都还没有考虑好要不要答应岳翎。电话那头的人明显很火大。

"余溏，你在 B 酒店吗？"

"对。"

"你一个人？"

余溏握着手机看向岳翎——她把全身都蜷缩了起来，抱着腿坐在沙发上，手指抓着袖子，抿着唇没有出声。

"不是。"

听到这句话，电话那边爆了一个粗口。

"是不是岳翎去找你了？！我告诉你，余溏，你马上让她出来，我就在酒店楼下！"

这突然提高的音量逼得余溏把手机拿远："你们到底怎么了？"

"你少管！"

"什么少管！我看她身上都是伤，是不是你弄的？！"

他突然回嘴，余浙一时没反应过来。

"你让她来接我电话！"

余溏被他的语气激怒了："不可能！你先说，你是怎么把人弄成这样的？！"

"余溏！你不要因为她长得漂亮，就同情她，会上当受骗的，这个女人贱得很！"

余溏有些憋闷，不自觉地走到窗边，一把拉开了窗帘："余浙，你知不知道你在说什么？"

电话那边的余浙咬牙切齿地说："你不要后悔……"

"你能不能冷静一点儿？"

"冷静什么？！你告诉她，她今天要是不回来，我明天就让人去'四院'，去她的办公室里找她！"

那边说完，把电话挂断了。

余溏错愕地握着电话，突然发现自己正面对着窗外的大雨，心脏突然一悸，正要拉窗帘，岳翎已经先他一步把窗帘拉上了。

"你也会生气？"

余溏深吸了一口气，把手机扔到床上。

"你自己再去开一个房间吧。"

"我不。"

"岳医生，我明天就走了，我不想管你跟我哥之间的事。"

"那你让我今天在这儿待一晚上就可以了。你这里他不敢来。"

余溏坐到床边，埋头冷静了一会儿。

"你跟我哥究竟是什么关系？"

"可以不回答吗？"

她说她不想回答，那么答案就已经呼之欲出了。

"岳医生，我哥这个人在感情上是没有那么好，但你也不是那种依附他才能生活的人。你如果不喜欢他，完全可以离开他。钱对女人来说，不是最重要的。"

岳翎用一张卫生纸擦掉嘴唇上的口红。

"深夜聊聊天？"

"你说什么？"

"我说你是在主持电台情感类节目吗？"

"……"

此时她已经收起了眼泪。如果不是看见她脸上的泪痕，余溏几乎回想不起来她刚才哭过。

岳翎坐回沙发上，端起他倒给她的水，一口一口地喝完了。

"余医生，你还记得，我跟你说过人群很复杂吧？"

余溏下意识地点头。

岳翎抿着唇笑了笑："所以，你能不问了吗？"

余溏撑着额头，呼了口气。平静下来之后，他也觉得自己似乎太真情实感了一点儿。明天就要回去了，短时间他也不想再来，但岳翎要他救她，仅这一晚。既然他连余浙都骂了，那救就救吧。他这样想着，站起身。

"你去哪里？"

"打电话让前台再送一床被子来，我睡沙发。"

"你睡得着吗？"

余溏拿起电话："睡不着，闭着眼养神。"

他说完，看向窗帘处。雨越下越大，哪怕酒店的隔音不错，"轰隆隆"的雷声还是不断地纠缠着他的神经。

余溏的肩膀有些发抖。他转过身，强迫自己冷静下来，尽量忽略外面的声音。

"逃避只会强化你的恐惧感。今天我在这儿就算了，你一个人平静的时候，最好试着回忆一下你第一次对雨产生恐惧时，你究竟在做什么？"

也不知道出于什么原因，她好像在试图帮他。

余溏没有回应她，此时他的喉咙正发紧，甚至没忍住咳嗽了一声。

岳翎趴在沙发靠背上，伸手把灯光稍微调暗了一点儿，转头接着对他说："先不要急着打电话。你坐下来，像我这样，试着一口一口地慢慢吞咽。"

余溏没动。

岳翎又"啧"了他一声："快点儿。"她说着，示意他去床边，"坐那儿。"

她衣着凌乱地坐在那儿，却又在很严肃地说话，模样看起来又脆弱，又有那么一点儿滑稽。

余溏倒也没有别的选择，索性就依照她的话坐下，按着吞咽了几下，喉咙里的紧绷感果然舒缓了不少。

"好点儿了吧？"

"嗯。"

岳翎抱着双腿，又缩到了灯影里。

"你有没有注意到，你刚才跟余浙打电话的时候拉开窗帘了？"

"嗯。"

"你当时的恐惧感强烈吗？"

余溏摇了摇头："不算强烈。"

"那愧疚感呢？"

余溏一愣。他突然发现，和余浙争吵的时候，他竟然没有感觉到之前的"愧疚"，甚至还有一种报复性的暗爽。他一时不知道怎么描述这种感觉。

岳翎倒也没有继续追问他，她光着脚走到茶几边，从袋子里取出几罐啤酒，打开一罐递给余溏。

"这算我今天在你这儿的房费。谢谢你收留我。"

说完，她又给自己开了一罐啤酒，自作主张地跟余溏碰了个杯。

"干杯，余医生。"

岳翎应该是余溏活到现在见过的酒量最好的人。跟余溏一个科室的医生，下班没事的时候也都爱找个场子喝几杯，但大多是为了消遣。毕竟手术室里的氛围再好，也没人敢晃着个宿醉过后不清醒的脑袋去给病人锯胸骨。一般有兴趣去聚一聚的人，一过晚上十点就差不多都散了。余溏到现在为止，也只和魏寒阳相互探过酒量的底。

魏寒阳的酒量和他比算是半斤八两，不说三杯倒，喝五杯也到极限了。魏寒阳喝醉之后，甚至会在大街上踢正步。旁人稍不注意，他就能拿着甜筒去路边采访卡车司机。不过据魏寒阳说，余溏的酒品是让人省心的，喝断片了就什么也不说，老老实实地躺平了"挺尸"。

余溏对魏寒阳的话深信不疑，所以今晚也是仗着自己这样的酒品，放开了和岳翎喝酒。但显然，岳翎是他探不到底的女人。她从拉开第一罐啤酒开始，就一直盘腿缩在沙发上，用食指和拇指捏着啤酒罐，手腕弯曲，腕骨拱向余溏的方向，抬起手仰头就喝了四分之一。

她那被雨水淋湿的头发此时已变得干燥，粗糙的发丝散落在眼前，偶尔有几根发丝顺着酒水一起进入了她的口中。

半个小时后，茶几上已经摆了四五个空罐子，每一个罐子的边沿都沾着她没有卸干净的口红。

余溏不好一直看着岳翎，但不看她，就不自觉地喝了很多酒。

两个人坐在各自的领域里对付着同一种液体。岳翎喝得耳朵微微有些发红，忽然开口说："叫瓶红酒上来喝吧。"

"……"

余溏没有吭声。岳翎有些不开心地放下啤酒罐，把手肘撑在膝盖上，用手托着下巴看他："嗯？喝不喝？"

余溏揉了揉太阳穴，他脸上的每一个毛孔都不受控地在拼命呼吸，人已经在"昏迷"的边缘。

"不要混着喝酒……啤酒里的组胺是加速酒精渗透的，混着红酒喝的话，会加重肝脏、胃肠和肾的……"

"我想喝。"

她打断他的长篇大论，用手背蹭了蹭脸颊。房间的暖光里，这个动作在无意间带出了一点儿既危险又令余溏绝望的信号，他突然就说不下去了。

"呃……那你喝吧。"他说完，抱着枕头直接栽到沙发的另外一头，把脑袋塞到了枕头下面。

岳翎直起背，喊了他一声："余医生。"

沙发那头的人完全没有反应。

岳翎松开已经盘得有点儿发麻的腿，刚要从沙发上下来，在沙发上躺好的余溏却突然开了口："魏寒阳，你骗我！"

岳翎被吓了一跳，坐着没有动。余溏慢慢地翻过身，仰面靠在沙发上，用手遮着眼睛："你说我喝醉了就'挺尸'……你骗我……"

外面的雨声和雷声继续打架，闪电惨白的光一次一次地打破着室内的光线平衡。岳翎平复下来，看着满身红得跟熟虾一般的男人。他体形修长，肌肉的线条流畅而自然，手臂、小腿乃至胸口都没有令她感到不适的任何凸起。他的衬衣领口此时还完完整整地扣着，哪怕他因为身上热去扯了领口好几次，最终也没有把第一颗扣子松开。他看上去有点儿憨，躺在那儿没有任何攻击性。

"魏寒阳是谁？"她开口问他。

"我最好的朋友，一个二百五……"

两句话全是真话。诚然是他过于天真，被唯一一个见过他喝断片的人骗了，但酒精的确是解除世人语言封印的恩物。酒穿肠而过，令他豁然开朗。

"岳医生……你到底是我哥的什么人哪？"

岳翎把窗帘拉开一丝缝。雨中的灯光像一道又一道的刀锋，划在玻璃窗上发出刺眼的光芒。她也有点儿醉了。

"岳医生。"余溏又叫了她一声。

岳翎仰头又喝了一口酒，晒他："喝醉了，话还这么多。"

"我说……你应该走。"

"走到哪儿去？"

"走到哪儿去……哦，哪儿都可以……总之不要跟余浙在一起……把他……踢了……我跟你说，我知道他小的时候，打架、恐吓、偷钱……什么都做。"

在酒精的作用下，他说出了少年时代时会对同龄人做出的最朴素的评价。他并没有意识到，在成年之后和性扯上关系的评价体系里，还有因为"控制""沉沦"而生出的恶性弃权。

岳翎沉默地听完他的胡话，反手把凌乱的头发全部拢到耳朵后面。

"那你帮我吧。"

能帮岳翎什么，他是不知道的，但酒后本来就不用对说的话负责，他只需要表达自己的态度就可以。

于是他果断地点头，含糊地说了好几声"好"。

岳翎笑了笑，抬头把剩下的啤酒一口喝完："你以为你是个医生，就能救得了所有人？"

余溏听完这句话，打了个酒嗝，然后沉默了。

岳翎摇摇头，转身往浴室走。但她还没有走到浴室门口，余溏又开了口："我读书时的梦想，就是以后要当一个能救人的好医生……"

岳翎的脚在地毯上一绊，耳朵里突然传来一声尖锐的鸣响。她不得已伸手按住耳后的穴位。

"你说什么？"

"……"

没有声音再回应她。

余溏咳嗽了几声，终于把身体挺直了。

暴雨袭城，劈天盖地。

雨中璀璨无比的城市灯火，把室内的人影衬得无比清晰。

最暖的光、最有包裹感的白色被褥、最封闭且最有安全感的沙发角落、最能让人逃避现实的酒精，都没有办法让同处一室的两个人真正地平静下来。

余溏做了一个噩梦，梦里他三十五岁了，某天一个女人牵着一个小孩子来找他，让那个小孩子叫他"爸爸"。在没有性经验的时候做出这种梦，过于惊悚，他一下子睁开了眼睛。

天已经透亮，窗帘是拉开的，耀眼的阳光洒在实木地板上。余溏突然有一种恍若隔世的错觉，浑身酸痛得像被谁打了一样。

他翻身坐起来，这才发现自己不知道什么时候从床上摔到了地上。

他眼前有些模糊，于是习惯性地伸手去床头柜上摸眼镜，谁知道却在柜子上抓住了一团冰冰凉凉的东西。他没在意，顺手往边上一丢，继续去摸。他这回倒是摸到了眼镜，但随同眼镜一起被抓回来的还有一只盒子——蓝色的，"至尊超薄"。

余溏突然反应过来，自己刚才摸到的那一团冰冰凉凉的东西是什么，一下子清醒得不能再清醒。他赶紧摸了摸身上，又掀开被子看了一眼，瞬间像被敲了天灵盖，差点儿从地上弹起来。

昨晚发生了什么？下暴雨，他准备去酒店的咖啡馆看书，然后岳翎来找他，再然后他和余浙在电话里吵了一架，最后他和岳翎一起喝酒，那么结果是？

余溏闭上眼睛。结果是岳翎把他给扒了，还是他酒后乱性，自己把自己给扒了？他一时无语，脑子里只有一句连他自己都觉得很搞笑的话——魏寒阳，你完了！

无论如何，天总算是放晴了。暴雨之后，C城的早晨明媚又温暖。

岳翎在酒店的自助餐厅里慢慢地吃了一顿早餐，又去酒店内部的服装店给自己买了一身套装。她的脚还没好，于是她又配了一双平底皮鞋。店员说她这一身还应该再搭配一条丝巾。她虽然知道这是捆绑销售的策略，但竟然也没反对，站在镜子前反反复复地比对了很多条丝巾。

在这个过程中，她的手机一直在响。店员见她站在镜子前面没有反应，忍不住把她的包拿过来提醒她："不好意思，小姐，打扰您了。您的手机从刚才开始就一直在响，您要接吗？"

岳翎接过包，掏出手机看了一眼——二十几个未接电话，全部来自余浙。她按下接听键，把手机夹在下巴和肩膀之间，腾出手对着镜子解脖子上的丝巾。

"喂，你不用上班吗？"

余浙的声音有些哑，听得出来是在刻意压抑情绪。

"你在什么地方？"

"酒店里面，在买衣服。"

她说着，取下脖子上试戴的丝巾，递给一旁的店员："我觉得这一条颜色有点儿暗，你拿那条酒红色的给我试试。"

"好的，小姐。"

"欸，对了。"

"是，小姐。"

岳翎眯起眼，往后仰身："酒红色的是刺绣的吗？"

"是的，是我们这边唯一的一条纯手工刺绣的丝巾。"

"岳翎！"听筒那边传来一声怒吼。

"你等一下！"

她对着听筒陡然提高了说话的音量，随后又自然地把音量压下来，继续对店员说道："不好意思，那上面绣的是什么呢？我是说花纹。"

这种地方的店员都知道要尊重客人的隐私。即便被岳翎的反应吓了一跳，店员也只当是客人和电话里的人有争执，什么都没有过问，仍然保持着微笑，回答岳翎的问题："酒红色的这一条上面绣的是白鹤和白玉兰花，很优雅，很符合小姐您的气质。"

"好，拿给我看看。"

她说完，退到镜子后面的沙发上坐下。电话那头的人已然是忍无可忍了。

"岳翎，你忘了你上一次逃跑，后果是什么吗？"

岳翎翘起了腿。新买的鞋子大了半码，并不是很跟脚。她一勾脚，鞋跟就掉了下来。鞋在她的脚上轻浮地晃动着。

"忘了。"

"啊！"

那边的人突然提高了音量。

"是谁跪在地上求我，让我不要把那些照片发到她单位去的？啊？是谁求我原谅的？啊？"

岳翎面无表情地听着听筒里不断传来的刺耳的话，冷静地按下手机侧面的音量键。

"是我，那又怎么样？"

电话那边的人显然没有料到她会是这种反应，大概安静了三秒钟。

"你敢跑？！"

岳翎放下手机，退出通话的界面，在微信当中打开相册，发了一连串的图片过去，随后对着话筒说道："我知道你要做什么，无非是要把我的那些照片和视频发给'四院'的人。不过，余浙，你以为只有你会使这种下三烂的手段吗？我建议你先看看你的微信，再决定要怎么做。"

那边沉默了几分钟。

"你什么意思？"

"没什么意思，你对'四院'公开我的照片，我就把你弟弟的照片发到他的单位。"

"哈……岳翎，你以为我会管他？"

电话那边不知道是什么东西碎了，"啪"的一声脆响："我跟他一点儿关系都没有！"

岳翎仰起了脖子。优越的天鹅颈哪怕不戴什么昂贵的项链或丝巾，也一样优雅。她伸手摸了摸脖子侧面的一条淤痕："你们是没有血缘关系，但如果张曼知道，她引以为傲的儿子是因为你而身败名裂的，她还会不会想拿她的公司来帮你洗钱？"

电话那边又是一阵沉默。

店员已经把丝巾取来了。岳翎站起身，接过丝巾绕在脖子上。

"你查我？"余浙咬牙切齿，像是要咬碎她的骨头。

岳翎笑了一声："你还不知道我吗？你是个'阴间鬼'，我是条'阳间蛇'。"

余溏在经历了整整一个白天的"头脑风暴"之后，终于顶着个满是乱七八糟想法的脑袋上了飞机。

飞机起飞之前，他本来想打个电话给余浙，问一问岳翎的联系方式，但一想到岳翎和余浙之间的关系，又觉得这通电话暂时不要打。于是他翻出之前给他发邀请函的那个邮箱，准备给岳翎写一封邮件。可写邮件的界面打开了半天，他竟然连一个字也敲不上去。

他仍不知道前一天晚上到底发生了什么。按照现在的医学观点，血液中的酒精浓度超过百分之零点零九时，男性就几乎丧失了性刺激，但这也只是理论。

余溏曾经有过短暂的失忆，后来就总怀疑自己的记忆准不准确。所以此时他甚至有些后悔，当时自己因为过于尴尬，看也没看就把那一团东西给扔了，不然带回去也许还能想办法做个病理检查。

他就这么一边后悔，一边陷入自我怀疑，脑子里浮现出几个关键词：

——酒后乱性。括号：谁先乱的性？

——道歉。括号：不管怎么样，他道歉。

——补偿。括号：不管怎么样，他补偿。

甚至还有个很荒谬的关键词——负责。加个括号——不管怎么样，他负责。

无论他用什么样的逻辑把这些词串联起来，那都是一段很魔幻的话。

余溏本来在想，要不要打电话咨询一下魏寒阳这个"专业人士"。可是当他打开手机翻到魏寒阳的名字时，又觉得他是在自取其辱。他是来 C 城治病的，谁能想到最后在自己的酒店房间里，可能把自己搞"失身"了。如果魏寒阳知道了这件事，肯定要笑抽在地上。

余溏越想越"上头"，不得已要找点事来分散注意力。于是他把手机放在膝盖上，转身准备去背包里拿他的那本《血管介入治疗学》。

"先生，您好。"空姐走到他面前微笑着弯下腰，"我们的航班要起飞了，请您关闭手机。"

"不好意思。"

他赶忙低头拿起手机，想单手划掉邮箱的界面，然而一不小心输入了一个字母"r"，接着他一着急，错点了发送键，于是一个内涵诡异的字母就这样被发了出去。余溏看着屏幕上"发送成功"四个绿字，在空姐的注视下，硬生生把自己的太阳穴按出了一个窝。

飞机毫无情绪地冲上了万米高空。

星河万里，就这样在物理上暂时切断了他和那个女人的关联。

大约三个小时以后，航班降落在 A 市机场。机场里接机的人已经不多了，夜里气温有点儿低。余溏去取了行李，又在衬衣外面套了一件牛仔外套，直接下到地下三层停车场去取车。

他走到停车位的时候，看见林秧正靠在他的车门上，不耐烦地看手表。

余溏一边走，一边按车钥匙。车门开锁，林秧被吓得一下子弹开。她抬头看见余溏，随即换了笑脸。

"嘿！你总算出来了，为什么手机不开机呀？"

"你来这儿做什么？"

余溏提着行李绕到后备箱，林秧也跟着绕了过去。

"小心，我要放行李。"

林秧往后退了一步，打开手机的手电筒帮他照明。

"魏医生说你在 C 城认识妹子了。"

余溏关上后备箱，抬手看了一眼表："走。"

"去哪儿啊？"

余溏已经迈开腿往电梯走了："带你去打车。"

"余溏！"林秧直呼其名，"我人都来了，你就不能把我送回去？"

余溏按住电梯："已经快 22 点了。我昨晚一晚上都没睡好，明天一早要看门诊，现在只想回去睡一觉。"

"我想跟你吃个饭，就这么难吗？我明天在上海也有通告，一早就要赶飞机。"

"我这会儿吃不下。"

"吃不下是什么意思？"

她已经站到了余溏面前，仰头看着他："在 C 城被骗了？是哪个'绿茶'？我去替你泼了。"

余溏突然有些气愤，似乎接受不了"绿茶"这个词落在那个女人的头上。

"林秧，你是不是有病？"

林秧顶嘴："有啊，你一直不给治。"

余溏的语料库再次告急，只能去掏手机。手机的开机界面照亮了他的脸。林秧突然着急地说道："你要给谁打电话？"

"给你的经纪人。"

"别打！"

她说着，把原本卡在下巴上的口罩拉起来，快步走进电梯。

"说得跟我非要上你的车一样，我还怕被'狗仔'拍呢！"

余溏没在意她发泄出来的情绪，松开按住电梯门的手，趁电梯门还没自动合上，放平声音认真地对她说："林秧，以后不要再来找我了。"

林秧一把撑开即将要关上的电梯门："你这次回来，整个人都变得很怪。"

余溏看着她的手："松手，上面还有人在等我呢。"

林秧眯起眼睛："你是不是喜欢男人哪？"

余溏这次倒是想都没想，就直接回应说："对，我喜欢魏寒阳。"

"你……行！"林秧终于哑口无言。

余溏看着电梯已经上了地面二楼，转身回到自己的车里，把手机放到支架上准备导航。

黑色的屏幕刚一亮起，就蹦出一条邮箱收信提示。余溏想起飞机起飞前他错手发的那个"r"，手一下子滑到了膝盖上。

他对自己很无语，但还是忍不住点开了那条回复。

发信的邮箱地址是岳翎的，回复的内容只有一句话，外加一个搞笑的表情——没想到余医生是这么含蓄的一个人。

余溏眯着眼扫完这一句话，一下子把手机扣在了副驾驶位上。

第二天，余溏一走进"A大附院"的门诊楼，就看见魏寒阳拿着一盒牛奶从楼梯上跑下来。

"你去哪儿？"

"一会儿去跟陈主任的手术。"他说着指了指二楼，"我下来上个厕所，那上面的厕所真的是常年紧张。"

魏寒阳说完，看了一眼大厅屏幕上的时间："还有半个小时才到上班时间呢，你今天来得可真早。"

"醒了就起来了。"

魏寒阳"哦"了一声："行了，我先不跟你说了，忙去了。"

"寒阳，你等一下。"

魏寒阳吸完最后一口奶，一边找垃圾桶一边答应："赶紧说。"

"你中午有事吗？"

"没事啊。"

"那你来办公室找我。"

"说小可可的问题是吧。"

"嗯。"

"行，我跟完手术就去找你。"

他说完，指了指手腕上的表："真不聊了，走了啊。"

魏寒阳走后，余溏独自去往医院四楼的心胸外科门诊，出电梯的时候正好遇见同科室的胡宇。

胡宇是余溏的同门师弟，人很正直，性格也很好。

"师哥，休息得好吗？"

"还行。"

"哦，对了。"胡宇说着，朝候诊的人群里看去，"上次魏寒阳跟你说的那个小女孩儿已经来了。对，在……在那儿。"

余溏朝着胡宇手指的方向点了点头。

"师哥，你这会儿有空吗？我简单跟你说一下她的情况。"

余溏看了看手表："来我诊室里说吧。"

两个人穿过候诊的人群，走进诊室。余溏把外套脱下来，挂到门后，站到一边换衣服。

"我开始还以为你们已经把患儿收院了。"

胡宇摊开手："徐主任的手术排期太满了，前几天又插了两个跟陈院长走关系进来的病人。但我看那个小孩儿的预后没有那么乐观，拖不起，所以我就干脆建议他们直接挂你的门诊号了。从你这边收入院，刚好直接排你的手术，这样大家都不尴尬。"

余溏倒了一杯热水放在桌子上："好，我今天看过具体情况以后再定合适的入院时间。我这边也有两台很急的手术。"

"嗯，那我不打扰你，先出去了。"

胡宇说完，带上门走了。

余溏站起身去洗了个手，准备把手机调成静音，却刚好看到小区物业打来电话。余溏接起来，那边的声音很客气。

"请问是一三〇二的业主余溏余先生吗？"

"对，是我。"

"是这样的，余先生。您家楼下一二〇二的住户反映您家里的卫生间在漏水，麻烦您回来以后配合我们看一看，有可能是管道的问题。"

余溏有些尴尬："不好意思，我今天晚上回去，可能会有点儿晚了。"

"那这个……"物业明显有点儿为难。

余溏低头："这样吧，你把住户的联系方式给我，我自己跟他沟通一下。"

"欸，这样也好。住户是刚搬进来的，手机号是 C 城的号码，先给您说一声。"

物业说到"C 城"两个字时，余溏无端地觉得心虚。但物业显然是很乐意让两个业主自己解决问题的，没给他机会后悔，电话挂断之后就把一二〇二住户的手机号码发了过来。余溏看门诊接诊的时间差不多到了，就暂时简单地编辑了一条短信发送过去，说自己会尽快跟对方联系。那边也很通情达理，迅速回复了一个"好的"。

上午的门诊是最忙的，余溏看完最后一个号时，已经十二点了。小可可的父母不放心，去住院部排完手术的时间以后，又折返回余溏的办公室，问了接近半个小时的问题。

要让病人的家属完全理解心脏病患儿的情况以及手术的风险是很难的，尤其是这种伴有肺动脉狭窄的先天性心脏问题。余溏尽力做了沟通，但那对夫妇临出去的时候，还是忧心忡忡的。

送走他们以后，余溏去饮水机前重新给自己倒了一杯热水，准备给一二〇二的住户打电话。护士小刘站在门口叫他："余医生。"

余溏端着水杯抬起头："有事吗？"

比起魏寒阳，他真的太容易让一段明明很好的对话开展不下去。

"那个……"

小刘有点儿尴尬："看你还没走，就帮你打了饭，放在你办公室里了。"

"哦，谢谢。下次我有空的时候帮你打。"

"啊？"小刘脸上的表情一时间有些精彩。

魏寒阳从她的背后侧身挤进门诊室，笑嘻嘻地拍了拍小刘的肩膀："你中午不去趴一会儿啊？你看你那个黑眼圈。"

"有黑眼圈吗？我今天遮瑕了呀？欸，小林，快借个镜子给我看看。"

她一面说着，一面借着这个话到护士站找同事去了。

魏寒阳关上门诊室的门，坐到余溏对面："你真厉害呀，'下次我有空的时候帮你打'这种话你也说得出来。"

余溏抬起头："不正常吗？"

"正常，在你这儿很正常，但人家妹子不是这么想的呀。哦，你觉得人家帮你一次，你帮人一次就扯平了？人家妹子还就是想让你多欠欠她，欠得越多越好，最好欠到你还不起……"

魏寒阳忘我地发表着他的"高见"，余溏的注意力却在"还不起"这三个字上。传统意义上，一个男人会在什么情况下还不起呢？余溏觉得这可以延伸成一个特别复杂的社会问题，但好像也可以缩小成一个特别简单的生理问题。比如前天晚上，他和岳翎之间的问题。

"喂。"

"啊？"

魏寒阳拿手在他的眼前晃了晃："你在想什么？"

余溏靠向椅背："寒阳，我问你个问题。"

魏寒阳摆了一个和余溏一样的姿势："来，你问。"

余溏看向一边："是个私事。"

"你说。"

余溏吸了一口气，脑子里开始不受控地酝酿说辞，然而在即将要开口的时候，却突然觉得浑身不自在。他不得已拿起水杯"咕咚咕咚"地喝水，喝完后"咚"的一声把水杯放在桌面上。

魏寒阳的目光跟着他的动作一上一下，最后诧异地落在余溏的脸上。

"你什么意思啊？"

魏寒阳的话音刚落，余溏却猛地站起身："还是算了。"

余溏说完，又去倒水。

魏寒阳转身把手搭在椅背上，一脸看神经病的样子："你怕不是在逗我？"

余溏给自己倒了一杯冷水，站在饮水机边又一口气喝完了。这一波物理降温的操作奏效以后，他的脑子总算清醒一点儿了。他走到办公桌后面重新坐下："你就当我没说吧。"

魏寒阳翘起凳子腿，晃荡着大长腿，用膝盖有一下没一下地撞着电脑的主机。

"你有点儿怪。"

余溏打开自己的笔记本："你怎么和林秧说一样的话？"

"林秧？谁呀？那个明星啊？她又来找你了？"

余溏抬起头："你还问我？我的航班号是谁告诉她的？"

"啊……哈……哈哈……"

魏寒阳干笑了几声："美女问我，我能不说吗？你别告诉我她真追到机场去了！"

余溏取出挂在白大褂上的笔，摘下笔帽，没有出声。

魏寒阳凑近余溏："你摸她的胸了？"

余溏头也没抬："心脏触诊也算？"

魏寒阳点头："算哪，算哪。你完了，你完了。老余，你这就叫欠得还不起。"

"那你的直肠检查算什么？"

这一句是无缝衔接在魏寒阳说的话的尾音之后的，魏寒阳听完差点儿把椅子掀翻："我的天，你现在怎么'污'成这样了？"

"什么'污'？"

魏寒阳一愣，通常情况下，和别人斗嘴他都是不会输的，但也怕余溏一本正经地出奇招。毕竟两个人都是医生，这种基于专业知识的联想最为致命，他都快有画面感了。

"好了，好了。打住，说你的正事。"

余溏这边已经把笔记本摊开放到了他面前，在自己安排的时间上画了一个圈。

"我查了我自己的排期，患儿的手术最快能安排在下周四。"

魏寒阳"嗯"了一声："好嘞，哥欠你一顿饭。"

余溏没去接这个话，认真地说道："但现在有一个问题。"

魏寒阳看向笔记本："什么问题？"

余溏用笔头指着一行标注："我今天看诊的时候，顺便问了一句患儿母亲妊娠期的服药情况。她说有服用这种药来治疗神经痛的经历。我大概算了一下时间，应该是在妊娠早期。"

魏寒阳看了一眼药品名："含苯妥英钠？"

"对，致畸类药。这有可能是患儿出现心脏问题的最初原因。"

魏寒阳摸了摸额头，迟疑了一下，还是说出口了："我觉得她吃这药恐怕不是用来治神经痛的。"

余溏抬头看他："那是什么，抗抑郁吗？"

魏寒阳看着余溏的笔记本，点了点头："可能是。"

余溏沉默了几秒钟："我跟你说这个问题，是因为我感觉患儿的父亲很在意这件事。如果是一般的病人，我可能会直说。但因为他们是你的朋友，所以我没有说得太直白。"

魏寒阳点头："我知道。"

"寒阳，具体的情况我也没立场过多去了解，但我想你应该知道这个情况。毕竟这个患儿的治疗是长期性的，我这边也需要家属的想法统一。"

魏寒阳"嗯"了一声："我懂你的意思，我来沟通。"

余溏收回笔记本，把笔夹回胸口的口袋，突然脱口说了一句："现在的婚姻关系真复杂。"魏寒阳思考着余溏之前说的话，正准备站起来，猛一听这话，一屁股又坐回椅子上。

"不是，你刚才说什么？"

余溏不觉得自己说的这句话里有什么奇怪的意思，反而在想岳翎的那句话——也许人并不复杂，但人群很复杂。

他过去像关闭创口一样，严丝合缝地关闭了自己内在的感知力，现在倒是觉得人的内心还是应该要有一点儿痛觉的，这样性格上才会有敏感性和柔软性，不然搞不懂男女关系，就很容易一方事后蹦迪，另一方事后蹦火葬场。

当然，这是性格和经历使然，与性别并没有什么太大的关系。

"你变了，你变了，你真的变了。"魏寒阳一连感叹了好几声。

"是你不正经。"余溏开始收拾办公桌。

魏寒阳聊不下去了，摊开手，耸了耸肩："行，你正经。走吧，吃你的爱心饭去。"

"吃不下，你去吃吧。"

魏寒阳撑着桌子站起身："行吧，那下了班我们一起吃饭。我今天不值班，一会儿问问胡宇去不去。"

余溏也站起身："我回办公室趴一会儿，下午再说。"

"那咱们一起走。"

经过办公室里的这一场聊天，余溏彻底把给一二〇二住户打电话的事忘了。

下班的时候，魏寒阳把跟他一个科室的三个医生约了出来，加上余溏和胡宇，六个人去吃了火锅。虽然没有喝酒，但毕竟是男科的"四大污王"聚首，等他们各自炸裂地秀完就已经接近晚上九点了。

魏寒阳和余溏住在同一个小区，两个人把车一前一后地开入地库后，魏寒阳提出要上楼看看余溏家的"辣鸡"。

"我给你家的'辣鸡'买了名牌的新品猫粮。你等我一下，我去后备箱里取。"

余溏锁好车，无奈地看着魏寒阳的背影，摇了摇头。

说起"辣鸡"这个名字，他也是很无语的。这只猫是余溏在垃圾桶里捡的，刚被捡到的时候很惨，吐得满身都是，毛全部粘在一起，被余溏带到宠物医院折腾了一周，才算是活了过来。

兽医说，一般被丢出来的猫都有先天性的疾病。这只猫也不例外，有肥厚性心肌病，很有可能活不过半年，但余溏倒是硬生生地把它养到了两岁。魏寒阳总说，这都要得益于他给猫取的这个好养活的名字——辣鸡。

"来，来，来。你提着，给我干儿子带上去。"他俨然把"辣鸡"当成了自家的猫。

余溏看着那袋半人高的猫粮："'辣鸡'他干爸？"

魏寒阳"嘿"了一声："我警告你呀，别骂你自己呀。"

余溏笑了笑，提着猫粮往电梯里走。魏寒阳在他后面喊："你先上去，我忘锁车了。"

"那你快点儿啊。"

余溏独自上了电梯，按楼层的时候才突然想起今天中午那个忘了打的电话。他不由得拍了拍自己的脑袋，取消了十三楼的按键，改按了十二楼的按键。

电梯很快抵达了十二楼。余溏径直走到一二〇二，发现那家的门竟然是开着的，客厅里一片狼藉，连个下脚的地方都没有。

"不好意思……打扰一下。"

里面没有人回应，像是没人在家。余溏正有点儿不解，电梯的门开了，一个穿着白衬衣和牛仔裤的女人背对着他，拖出一大袋行李。

余溏回头看了她一眼，差点儿栽倒在客厅里。

以前魏寒阳在形容一段缘分的时候，很喜欢用"狗屎"来代替"狗血"。余溏此时不得不承认，魏寒阳对语言的把握炉火纯青。

这是一段什么狗屎般的缘分？余溏在心里思量了一下他身为男性的立场，放弃了埋头走掉的选项。但除此之外，他也看不到别的选项，于是沉默地站在原地没有动。

岳翎拖着行李，人是退着走的，因此暂时没有看到余溏。结果她退到门口的时候，直接一脚踩在了余溏的脚背上。

余溏憋了一口气，仍然没有出声。岳翎皱了皱眉转过身去看。

四目相对的那三秒，对余溏而言，可以说是另外一种意义上的"天雷勾地火"。

他在心里跟自己说——站好，站好，站好。

他确实是没动，就是看起来有点儿僵硬。相比他的局促，岳翎却爽朗地笑了。她擦了一把额头上的汗，摘掉手上的白线手套，把它丢在地上，叉着腰，仰着头说道："余医生，我再说一次，人肉搜索是犯法的。"

余溏此时没心情去辩论究竟是谁人肉搜索了谁。他唯一纠结的是，他们事后在异地再次见面，那种事是应该女人先提，还是男人先提？如果是女人先提，会不会显得他没有担当？如果是他先提，会不会显得有点儿猥琐？

岳翎猜到他惶然的原因是什么，但她没有提："余医生，你不能一直盯着我看吧。"

余溏一哽："我没盯着你看。"

"那你让开，我好拖东西。"

"我帮你拖。"

行动能掩盖言语上的尴尬，他庆幸眼前还有这一袋子行李给他缓解尴尬。但不幸的是，楼下的"不确定因素"此时也上来了。

"老余，我在上面等你半天，你也不上来。跑十二楼来干什么？"

魏寒阳在楼道里一边走一边打量岳翎，走近了又看到正在客厅里"干活"的余溏。

"你这是……"

"你别说话。"

"啊？"

魏寒阳看向岳翎，然后指着余溏说："妹子，他这是……"

"岳医生！"余溏突然提高了音量。

"你楼下还有行李吗？"

岳翎抿唇，笑着点头："还有很多，都在地库 B 区那边。"

"好。"

余溏说完就朝电梯走去，走了几步又回头看魏寒阳："你站在那儿干什么？"

他的语气很冲，脾气不是一般的大，吓得魏寒阳都结巴了："那个，我……我……我跟人家妹子聊天啊……"

余溏两三步跨了回来，把魏寒阳拎到了身边。魏寒阳一脸无辜地被他扯着往前走。

"不是，我说老余……你到底要干吗？"

余溏头也没回，拼命地戳着电梯的按钮："帮邻居搬行李！"

魏寒阳无奈地说道："那为什么我也要去呀……"

余溏不知道她是如何在一天之内，把她的所有家当全部搬到了他的楼下的。近十个行李袋，他和魏寒阳足足来回跑了三趟才全部搬完。

魏寒阳事后撑着膝盖站在门口，上气不接下气地抱怨："我明天还有三台手术要跟，你……"

"喏，喝水。"

魏寒阳的面前出现了一只手。他抬起头，看见去洗了一把脸回来的岳翎，她脸上的皮肤有些潮湿，耳朵后绑着一条深绿色的天鹅绒发带，整个人清清爽爽地站在门口，手里拿着一听可乐。

"谢谢呀。"魏寒阳接过来一口干掉一半，"那个，妹子……"

魏寒阳的话才开了个头，余溏就一把夺过了魏寒阳手里的可乐："明天手术多就早点儿回去睡觉，聊什么聊？"

魏寒阳抹了一把汗："嘿，你小子今天的思想很危险哪。来，来，来，妹子，我跟你说，我们'附院'的这个小'木鱼'，你别看他长得挺条顺的，其实风流得很……"

"我知道。"岳翎背靠着墙，轻飘飘地吐出了让余溏喉咙着火的三个字。

"噗，你知道。"魏寒阳一下子精神了，"你怎么知道的？"

"魏寒阳！"

"啊？"

魏寒阳还没反应过来，就被余溏拽着肩膀拖到了电梯里，像扔货物一样被扔了进去。

电梯门一关上，楼道里的聒噪突然全部停止，安静得只能听到电梯运行的声音。余溏焦躁地等着下一趟上行的电梯，但一楼的人不知道在搬什么东西，电梯的数字一直不跳。

岳翎提着他放在门口的猫粮走过来："你养猫啊？"

"对，养。"他说得很快，说完后喉结一动。

"什么猫啊？我也很想养一只。"

"是一只'英短'。"

他仍然盯着电梯上的数字，背绷得很直。

岳翎把猫粮递给他："今天谢谢你和你的那位朋友，改天我请你们吃饭。"

"不用。"

岳翎笑了笑，突然把话题转到了那个他想问又不敢问的问题上："你……很在意自己还是不是处男吗？"

"不是！我不在意自己是不是处男！"

余溏无法理解，这么尴尬的回答自己怎么就脱口而出了。

"岳医生，我的意思是……"

他转过身，目光却还是看向一边，下意识地辅以解释的手势，一门心思地专注在语言的组织上。

"我的意思是，不管那天晚上在酒店发生了什么事，我都很抱歉。我不应该在你面前喝酒，更不应该喝醉，喝醉了也不应该……那什么。对，总之，我不是在为我自己找借口。你有什么要求，尽管提出来。在我能力范围之内的，我一定尽量去做。我要表达的是，刚才那个人是我的朋友，他一直开玩笑损我。我绝对不是什么不正经的人，我……"

"电梯来了。"

他一直看着地板，拼命地说话，压根儿没注意到电梯门已经打开了好久。他听到岳翎的声音这才回过头，只见电梯里站着两个外卖小哥和一位老婆婆，那位老婆婆还贴心地帮他挡着电梯门，三个人看他的表情各不相同，但都同样精彩。

岳翎笑着往后退了一步："快上去吧。"

余溏已经分不清楚，究竟是电梯里的人更尴尬，还是电梯外面的人更尴尬。他几乎是拿出最后的一点儿理智绷着脸上的电梯，脑子里的脑浆马上要沸腾了。

电梯的数字跳到十三，楼道里的感应灯也熄灭了。岳翎低头笑了笑，抱起手臂，转身慢慢地走回一二〇二。

房间内依旧一片狼藉，岳翎避开客厅里乱堆的行李，在沙发上坐了下来。客厅的灯坏了，新的灯明天才能送来，卫生间里仍然在"滴答滴答"地漏水，带来的东西一样也不想整理。

辗转一千多公里来到这里，她既狼狈又疲倦。可是，这也是这么多年以来她觉得最安稳的一个夜晚。她脱掉鞋子，靠在沙发上打开手机，把物业发给她的那个电话号码翻出来，将余溏的名字标了上去。刚刚标完，她就收到了一条发件人为"余溏"的短信：

——今天忘了卫生间漏水的事，明天下午我找人来修水管。

岳翎笑了笑，她明白余溏此时需要平复情绪，于是只回了一个最没有情绪的"好"字。

发送完成之后，她就放下了手机，仰头静静地闭上了眼睛。不知道过了多久，她的手机忽然振动起来。岳翎在沙发上翻了一个身，她人是醒的，但却没去理会。直到手机第四次振动，她才从沙发上站起身，看了一眼来电显示。"余浙"两个字明晃晃地出现在屏幕上。

岳翎拿起手机走到阳台上，按下了接听键。

"喂。"

"你以为换了号，我就找不到你了吗？"

岳翎将手臂搭在栏杆上，望向楼下川流不息的街道。深夜里的风吹着她的头发，温柔地拂过耳边。

她用一只脚一下一下地点着地板，颔首说道："没有，我知道你余浙很厉害，一定能找得到我。"

电话那边的人冷笑了一声："你在 M 国偷偷给你妈转医院了，还不准原医院的人向其他人透露转院的信息。可以呀，岳翎，为了离开我，你计划多久了？"

"也没多久，就一年多吧。"她的声音不大，却带着对抗性。

"厉害，还知道躲到 A 市去。"

"对。"

她挽起碎发："我一直很喜欢这里。"

"喜欢？"余浙依旧是冷笑，"你现在住在余溏楼下，对吧？"

"这你也查到了？"

她说完，去冰箱里拿了一盒柠檬茶，用肩膀夹着手机，腾出手来去插吸管。塑料纸的声音给人一种很大的舒适感，她低头吸了一口，尽量让自己保持平静。

"现在我住的这个地方挺好的。你要是来找你弟弟，咱们也可以见个面。"

电话那边的人换了一种嘲讽的语气："睡了一晚，就喜欢上余溏了？"

"怎么？你舍不得把你弟弟给我？"

电话那边的人一下子被这句话给激怒了，骂了句脏话。

"不给算了。"岳翎轻笑了一声。

话音刚落，岳翎清晰地听到了一阵急促的喘气声。余浙接下来说的话，极尽恶毒，从器官到姓名，杀人不见血地对她进行了一连串的羞辱。岳翎静静地听到最后，只回敬了一声冷笑。

余浙的声音有些沙哑："你笑什么？"

"我不笑干什么？我哭吗？"

"你哭啊！"

他几乎是在咆哮："你以前不是很能哭吗？在我面前演得跟真的一样。我要不是看你可怜，早就把你丢到大街上去了。你现在跟我笑？啊？你敢跟我笑？"

"余浙。"她突然叫了一声他的名字，声音平和，又带着一丝余浙已经很熟悉的撩拨。

余浙一愣，却不料她接着笑道："冷静点儿，不要在手机里跟女人说这些话，特别可怜，你知道吗？"

"你……"

她没有给他说话的机会，紧接着说道："你不就是想让我承认我下贱吗？我告诉你，不可能。哪怕你这个人带给我的阴影一辈子也消除不了，我也不会因此责怪我自己，哪怕只是一点点。所以你如果想要报复我，就直接来。我虽然单枪匹马，连个完整的记忆都没有，但是没关系，我可以赌上我的一辈子，拉上你跟我一起死。"

余浙捏紧了手机："岳翎，你是不是疯了？你要跟我斗？你知道跟我斗的人最后都是什么下场吗？"

"知道。"

"不对，不对！"

余浙忽然暴怒起来："你以前不是这个样子的！"

"你也说了呀，那都是演的。"

"你究竟要干什么？！我供你上大学、读研，我到底要怎么对你你才满意？啊？我给你钱，给你地方住。我喜欢你才这样，你现在在这儿跟我矫情什么？还要跟我一起死，你也配？"

"行了。"岳翎把话筒拿得离耳朵远了一些。

"你再说下去，就要开始给你自己洗脑了。你清醒点儿吧。你要记住，你根本不喜欢我，也不要拿什么你爱我来给你自己找借口。如果你还希望咱们之间有关联，那我们就做敌人，相杀就好，不要相爱。不然，我怕你把自己搞成精神病患者，最后要来挂我的门诊。"

"你……"

"我听烦了，我要开录音了。"

"……"

电话那边的人陷入了沉默，十几秒钟之后，电话被挂断。岳翎听着电话里的忙音，眼睛慢慢地红了起来。她放下手机，刚想关机，却看到余溏又发了一条短信给她。

——我给"辣鸡"做了猫饭，也给你做了一份，加盐的，放在你家门口了。

岳翎看着这条短信，半天没有动。

她从这条短信里读出了四个信息：

第一，他家那只英国短毛猫的名字叫"辣鸡"。

第二，他给一个女人做猫饭。

第三，他给一个女人做饭食，还放在人家门口。

第四，虽然很搞笑，但他是在认真地想怎么补偿她这件事。

岳翎翻出手机里的那几张照片，想笑又笑不出来。来自这个男人的善意，此时落在身上，她竟然觉得有点儿疼。

CHAPTER 03

他们的关系

◁ ⅠⅠ ▷ ———— 01:00

　　岳翎花了整整一天的时间来整理她从 C 城搬来的所有东西，和在战前准备物资、修筑防御工事一样慎重。除了慎重以外，她还带着一点儿肾上腺素逐渐上升的亢奋。明明只是一个容身之地，却含有她"大庇天下寒士"的妄念。

　　她如果要和过去的人生决裂，最直接的办法是把此时孤独的日子尽兴地过好。所以她现在想要做的事情，一样样的，十分具体，比如出去买很多的食物和饮料把冰箱填满；比如等下午新的水晶吊灯送来，她就可以窝在沙发里，一边喝东西一边看 A 市精神卫生中心寄给她的资料。

　　谁知她换了衣服打开门刚想出去，一只蓝灰色的猫就优哉游哉地从楼道里走了进来，接着一屁股坐在了她沙发前的地毯上，开心地舔着自己的爪子。

　　岳翎蹲下身去打量它，它一点儿都不害怕，睁着黑漆漆的眼睛认真地打量着岳翎。

　　那是一只英国短毛猫，体形比一般的成年猫要小一些。按照概率来说，它的名字很可能叫"辣鸡"。

　　"小……'辣鸡'？"

　　岳翎觉得这个名字"中二"到有些烫嘴，然而回应她的猫叫声柔软又温暖。那只猫仰着脖子，一副神气的样子，好像对自己的名字很满意。

岳翎盘腿坐在地毯上，手撑在膝盖上发笑。她实在想不明白，余溏那样的一个人，怎么会给自己的猫取这么个让人不好形容的名字？

　　"你怎么从家里跑到我这儿来了？"

　　岳翎把一张卫生纸揉成纸团，靠在沙发上丢来丢去地逗"辣鸡"玩。"辣鸡"全情投入地参与着这个人类敷衍它的游戏，又是跳，又是扑。几分钟过后，它就被一个纸团带出了所有的真情实感。

　　都说猫随主人，岳翎突然有些明白它为什么是余溏养的猫了。

　　"喵。"它一把按住了那个纸团，翻了个身，用两只前爪抱着纸团又咬又扯。

　　岳翎坐在一边看着它玩，过了一会儿，她慢慢地试探着向它伸出一只手。然而还没等她去摸，那小猫的脑袋就自己送了过来。它眯着眼睛，"呼噜呼噜"地叫着，蹭着她的手掌。

　　伸手就给摸。岳翎愣了愣，它这种毫无防备，对她掏心掏肺的模样，倒是真的很像它的主人。

　　"你可真是只'神仙猫猫'。"

　　岳翎说着，将"辣鸡"搂到怀里。它一动也不动，缩着四肢呆呆地望着岳翎，眼睛水汪汪的，又无辜又可怜。

　　岳翎站起身，让它安稳地趴在她的肩上，用一只手托着它的屁股。

　　"走吧，抱你上去找你的主人。"

　　然而，当她抱着"辣鸡"上了十三楼，才发现余溏还没有回来。

　　她突然想起来，余溏下午是拜托物业的工作人员带修理工师傅上来查看卫生间漏水情况的。这小"辣鸡"多半是趁着修理工师傅修水管的时候悄悄地溜出来的，迷路了才跑到楼下来。

　　不过这会儿物业的工作人员和修理工师傅都已经走了。余溏不在，她只好又把"辣鸡"抱回了自己家里。

　　"下来吧，给你找点儿吃的。"

　　她弯下腰想要放"辣鸡"下来，谁知它竟然不肯从她的身上下来，缩在她的怀里拼命地扒拉她的外套。

　　"真是……"

　　岳翎没有办法，索性在沙发上躺平，任由它在自己的肚子和胸口上踩来踩去。

没过多久，它玩累了，竟然撑开四只脚，趴在她的肚子上睡着了。

岳翎拿来一个靠枕，枕在自己的头下，轻轻地摸着它的猫鼻子。

喜欢肢体触碰的生物，不管是人还是动物，都有一种不惧遍体鳞伤的勇气。

岳翎对自己专业所面对的问题，有个一以贯之的认识——意识即地狱，人心隔肚皮。

她觉得这个世上最基本的关系，大概可以概括为：

敏感的人为钝感的人哭；纵欲的人为禁欲的人哭；纯粹的人为复杂的人哭。

总之，谁谨慎，谁吃香喝辣；谁无畏，谁上刀山下油锅；谁看得开，谁得永生；谁看不开，谁得精神病。

岳翎以为自己的心已经凉透了，没想到，在这只柔软的猫儿身上，她的心好像又重新温了起来。

也许是因为猫的肚子过于温暖，岳翎搂着它竟也不知不觉地睡着了。等她醒来的时候天已经开始黑了，外面在刮风，新换的窗帘被吹得"哗啦啦"地响。

岳翎看了一眼手机，十九点三十分。

"辣鸡"趴在地上玩着她的拖鞋。岳翎揉了揉太阳穴，翻身坐起来，突然反应过来，楼上那位应该已经下班了。她忙把"辣鸡"从地上捞起来，换了鞋出门，往楼上走去。

她刚爬上十三楼，就听见了魏寒阳的声音："我说你也是，你明知道咱们'辣鸡'心脏不好，你还敢让人进门修什么水管，现在'辣鸡'跟着他们跑没了吧？现在外面刮这么大的风，'辣鸡'在外面待一晚上……"

他不想说不吉利的话，"唉"了一声，转开话锋说道："现在怎么办？"

余溏低着头在包里找钥匙："我穿件衣服出去继续找，你自己回去吧，找到了我跟你说。"

"嘿，那是我干儿子！我也要去找。"

魏寒阳刚说完，岳翎怀中的"辣鸡"忽然叫了一声。

魏寒阳猛地回头："哪儿呢？哪儿呢？"

余溏也跟着回过头。

岳翎弯腰把"辣鸡"放下来:"它在我那儿待了一会儿。放心,我什么都没给它吃。"

魏寒阳赶忙把"辣鸡"抱起来,他抬头看向岳翎:"这位妹子,上次哥哥是被老余扔进电梯里了才没请你吃饭,但是今天,哥哥一定要请你吃个饭。"

余溏上前,站到魏寒阳前面:"不要你请,我请她。"

魏寒阳又挤到他们中间,把猫往余溏的怀里一塞:"要你管?我请我干儿子的恩人。"

余溏看向岳翎,表情认真,情感到位,一本正经地说:"不准让他请。"

岳翎看着余溏的样子,觉得有些好笑。她摊开手,耸耸肩:"我没说要让你们请我吃饭。"

说完,她又摸了摸余溏怀里的"辣鸡":"你的猫真乖,摸起来好治愈。"

"没……没有。"

他把目光从岳翎的手指上移开:"它很不乖的,不知道有没有搞坏你家的东西?"

岳翎笑了笑:"你把它养得很乖。刚才听你们说它有心脏病?一点儿也看不出来。"

余溏刚要开口,魏寒阳抢着说道:"架不住我们哥俩会养啊。不过真的谢谢你,小'辣鸡'有肥厚性心肌病,如果走丢一整天,基本上就算找回来也没用了。妹子,说真的呀,你今天必须给我这个面子。火锅、烧烤、海鲜、日料、法餐,你随意选,我都请你。"

"魏寒阳,我说了我请。"余溏说着,脖子上的青筋都渐渐地鼓了起来。

魏寒阳回头:"凭什么?凭你长得帅呀?"

"……"

"我请你们。"

"妹子,那怎么行?"

岳翎偏过头,笑着看向魏寒阳:"别争,就听姐姐的话。"

她说完，转身："我回家拿件衣服咱们就走。你们在地库门口等我，不用开车了，我开。"

"什么……姐姐？"

魏寒阳看着岳翎的背影，拽了拽余溏的袖子。

"喂，她多大？"

"二十六岁。"

"你怎么知道得这么具体？"

"你的话能少点儿吗？"

余溏说完，一手抱着"辣鸡"，一手继续找钥匙。魏寒阳还在一旁自言自语："二十六岁，挺好的，就是不知道她有没有男朋友……"

余溏掏出钥匙，一下子捅进了锁孔，金属摩擦的声音有点儿刺耳。

魏寒阳回头看了他一眼，压根儿不知道余溏的心里已经翻江倒海了，还一个劲儿地说："老余呀，我说像你这种……这种新的锁，是不是得给它搞点儿润滑油？"

余溏一把推开门，一时间想把脑子摘出来冲一冲。

岳翎把车开出地库的时候，两个男人已经站在路边等着了。

余溏换掉了衬衣，穿了一件米白色的连帽衫，一条宽松的牛仔裤，默默地站在风口处。

岳翎把车停下。

"上来。"

魏寒阳拉开车门就想要去坐副驾驶位，结果被余溏从背后硬给拽到了后排。

岳翎等他们坐定，抬起手打开了车顶的天窗，连上蓝牙，随机播放了一首《房客》，回头说了一句："请你们吃日料。"

"好啊，我最爱吃日料了。"

余溏不明白自己为什么就是特别想在这个时候呛魏寒阳，脱口说了一句："魏寒阳，你不是吃了生鱼片就要吐的吗？"

魏寒阳翻了个白眼儿："你恶心不恶心？"

"不想听你说假话。"

他说完朝车窗外看去，任凭魏寒阳冲自己挤眉弄眼。

"妹子，他……他……他最近真的有点儿不正常，你不要介意。"

岳翎看着后视镜笑了笑："没事。"

魏寒阳扒着前排的座位，凑近岳翎，说道："你开车开得可以呀，拿驾照几年了？"

岳翎丢开一只手，把吹得有些蓬松的头发向后一拢："快六年了。"

魏寒阳点了点头："老司机了，怪不得。对了，老是'妹子''妹子'地叫你，还不知道你的名字呢。你叫什么呀？"

"岳翎。岳飞的岳，翎毛的翎。"

"这么有文化的名字。那你现在是做什么工作的？"

"在精神科工作。"

"哇，精神科的医生吗？那咱们算是半个同行啊。你在哪家医院任职？"

岳翎把车驶入辅道："以前在'四院'，最近刚到 A 市精神卫生中心工作，不过这周还没有上班。"

她说这话的时候，目光瞟向靠在后座上的余溏。余溏仍然绷着脸，一言不发地看着车窗外，然而手上的动作却一点儿都不小——魏寒阳的裤腰带差点儿被他扯下来。魏寒阳忍无可忍，回头道："我和人家岳翎说不得话啊？！"

余溏直接说道："对，你不要说话。"

"我不说，你说呀？"

"我说就我说。"

岳翎握着方向盘，突然笑出了声："你要说什么？"

"……"

余溏不敢看后视镜里的那双眼睛，索性又使劲拽了一把魏寒阳的裤子。

魏寒阳认命地向后一倒，在他耳边咬牙切齿地说："断人姻缘，如那什么……嗯？"

魏寒阳的意思其实已经很明显了。哪怕他们对女人的态度和观念不相同，余溏还是很自然地感受到了魏寒阳蠢蠢欲动的内心。所以整顿晚饭，他都在竭尽全力地揭魏寒阳的短，逼得魏寒阳在桌子下面给他发微信，威胁他再这样就要叫林秧过来了。

即便是这样，余溏也没有罢休。他用自己并不占优势的词汇量和魏寒阳顶嘴，但凡听到一个可能让岳翎不舒服的字眼儿，他就不肯让岳翎接话，自己硬顶上去，尴尬地和魏寒阳掰扯。

岳翎身上有"裂痕"，并不明显，但他在座谈会上清晰地看见过一次，后来又在酒店的房间里看过一次。所以哪怕此时她在他们面前谈笑风生，在魏寒阳的言语攻势之下仍然占尽上风，余溏还是担心，有些东西会顺着那道并不明显的"裂痕"悄悄地渗进去。

"魏寒阳。"

魏寒阳捏着鼻子转过身："又怎么了呀？"

"你说话正经点儿。"

魏寒阳摊开手，欲哭无泪，一副"你看我都要被这位姐姐玩死了"的表情。

岳翎叫了一杯无酒精的饮品，埋头在一堆吸管里挑拣，随口说道："你们科室平时都这么有意思吗？"

她手上戴了一块白色腕表，银色的表盘在灯下随着她手腕的晃动光芒璀璨。

"不过你刚才说的，我不完全赞同。"

她说着，挑了一根蓝色的吸管插入杯中，搅浑了杯底的果糖。

"男人的成败也不是在此一举。"

她的声音慵懒，尾音处自带一点儿性感的颤抖。

"还是得什么领域都看看，什么东西都学学。"

"这个……"

余溏看着魏寒阳慢慢地缩起肩膀，想起他们在别墅里她问他是不是处男的场景，突然没忍住笑了一声。

至于魏寒阳，他叱咤"附院"这么多年，从御姐到萌妹，没有哪个妹子能不被他聊晕的。他还从来没在一个女人面前这么怂过——什么乱七八糟的想法都不敢有，甚至要收着点儿气才敢跟她说话。

"这个，岳医生的观念真的是很……"他边说边看余溏。

"很……什么呀？"余溏摘掉一颗虾头，头也没抬。

"你自己说不出来，不要看我。"

"……"

魏寒阳觉得自己今天是被这两个人针对了，刚才"撩妹"的气焰一下子全没了。他一夙下来，还真的想起了一件事。

"哦，对了，岳医生，我对你们精神科不是很了解，你是主攻哪一个方向的？"

岳翎撑着下巴："精神科没有其他科室划分得那么细致，而且每一种病症都有各种情绪问题交叉。所以你如果非要问我是主攻哪一个方向，那我只能说我比较着重研究单纯性恐惧症的问题。"

"单纯性恐惧症……"

魏寒阳和余溏碰了个杯："不就是治你的病的吗？可以呀，老余，你这是备了个专业医生在楼下呢。"

余溏夹了一只甜虾，还是有什么说什么的思维逻辑："我没找人家做我的主治医生。"

魏寒阳撇了撇嘴，转头对岳翎说："是这样的，岳医生，我还真有一件正经事，想请你帮个忙。"

"你说。"

"这个……我有一个好朋友……是做 IT 行业的，叫张慕。他老婆和他是青梅竹马，两个人二十出头就结婚了。他们现在有一个女儿，叫小可可，前段时间小可可在我们医院确诊了'法洛四联症'，现在计划在老余那儿做手术。"

岳翎抿着吸管："嗯，心胸外科的事我能帮上什么忙？"

魏寒阳看了一眼余溏，余溏便接话说："这种先天性的心脏病，致病因素是很多的，但是我问患儿母亲在妊娠期的服药史的时候，发现她服用过苯妥英钠类药物。"

岳翎松开吸管："哦，抗抑郁类药物，你们现在考虑的是药物致畸？"

余溏点了点头："对。这个信息对现阶段的治疗虽然已经没有什么帮助了，但是因为这个患儿的母亲的情绪问题，目前手术沟通很艰难。"

岳翎沉默了几秒钟，抬头问道："情绪问题和她丈夫有关吗？"

魏寒阳忙应声："对，对，对。张慕很爱他这个女儿，所以……唉，我也不知道该怎么说。"

岳翎点了点头："患儿母亲目前还有在看精神科吗？"

"目前应该没有。"

岳翎抱着手臂靠向靠背，低头想了一会儿。

"好，魏医生你可以把我推荐给她。"

"谢谢你呀，岳医生。那这样的话，我就把你的信息推给张慕的老婆了。"

"嗯，可以让她下周来找我。"

"好嘞。"

魏寒阳一边说一边站起身："那我先去一趟卫生间。"

"你要是去结账的话，就不用了。"岳翎端起杯子，笑着看向他，"我刚才已经付过钱了，还顺便给魏医生叫了一份冰激凌。"

"啊？我吃不下了。"

岳翎搅动着杯中的冰块："说好了听姐姐的。"

魏寒阳有些发愣，他已经分不清楚她是在撩他还是在损他。他站着纠结了半天，终于认命地坐了回来。

世俗男女的第一场对决里，男方就彻底败下阵来。被揭掉了这一层油腻的皮之后，魏寒阳突然变得特别乖巧，老实巴交地坐在余溏的身边，一口一口地吃岳翎给他点的冰激凌。

他们吃到了接近晚上十点。岳翎把车子驶回小区后，魏寒阳要了岳翎的联系方式，耷拉着脑袋往自己家的楼栋走了。

岳翎和余溏站在一起等电梯。地库里的灯光有些昏暗，岳翎抬头看着电梯上的提示灯，突然开口说道："你今天好像一直很想帮我？"

余溏看着地面："什么？"

岳翎转过身："你不想魏医生跟我说那么多话吗？"

余溏把手揣进裤兜里："我知道他平时是一个什么样的人，所以觉得你可能不太喜欢听他说话。"

"所以你就帮我顶回去。"

余溏抬起头，发现岳翎在笑。与她在C城时戏谑和挑衅的笑容不同，这个笑容很朴素，也很柔和。

"其实没关系，我从很小的时候开始，就知道怎么保护自己了。可能你看到过我在你哥别墅里的样子后，会觉得我是一个不太好的人。"

"岳医生，我没有这样想过你。"

岳翎笑了笑："你怎么想不重要，因为那些事对我来说，只是当时那种境遇下的产物而已。"

"我……"余溏取下眼镜，捏了捏鼻梁，试图掩盖他失语的尴尬。

岳翎没有让他僵着，继续说道："我知道你是一个很好的人。"

她说着，垂下眼帘："从你说话和做事的方式，还有你养的猫身上都能看得出来，所以你不用想着要补偿我什么。那天晚上发生的事，对我来说或许是个很重要的转折点，但对你来说一点儿都不重要。"

余溏低头："虽然你这样说，但我还是不太能原谅自己做了不尊重女性的事。"

岳翎笑了笑："余医生，你这样做人，不会觉得你自己和别人格格不入吗？"

余溏沉默了一会儿，点了点头："会吧。"

说着，他抬头望了一眼楼层的数字："但我认为不是我的错。"

他说完，转身看向岳翎，声音很平缓："我一直很想当一个好医生，可是在当好医生之前，还得先做好一个人，别人才敢把命放心地交到我的手上。打开一颗心脏这种事情和治疗感冒不一样。我这几年越来越发现，患者对我的要求除了技术和知识上的之外，还有很大一部分是道德层面上的。"

他又说到了岳翎记忆中的那句话。岳翎的脑中顿时像有一只锤子突然敲到了一颗玻璃珠，声音清脆——我长大以后，想当一个好医生。

这句话出现时没有场景，也没有人物，就这么孤零零地存在于她的记忆里。岳翎只记得，她喜欢过说这话的人。

但是活到现在，纯粹的喜欢对岳翎来说已经很奢侈了，她到底还要不要把这种感情引入人生中？似乎也并不受她的控制。虽然她把很多遭遇归咎于境遇的问题，但境遇毕竟是个和"因果"相关的概念。她几乎拼尽了所有的智慧和意志，才在社会上找到了一个随时都可能崩塌的"人设"。

余医生是真的，岳医生却是假的。

岳翎抿着唇沉默了一会儿，觉得眼睛有点儿不舒服。她抬起头看头顶上唯一的灯，开口笑道："怎么说着说着，突然有点儿想喝酒了。"

"我家里有很多。"

余溏说完之后，又紧接着解释："我从来不乱喝酒，是因为下雨天睡不着，才存着拿来助眠的。你要是不方便去我那儿，我就先上去给你拿下来，我这次不跟你喝。"

岳翎摆摆手："我就是这么一说，你别当真。"

她说完，电梯也刚好下来了。岳翎埋头往里走，险些和电梯里的另外一个女生撞上。那个女生穿着一条黑色的连衣裙，光着腿，嘴唇有些发白。

"余溏，可算把你等回来了！我差点儿就走了！"

余溏看清楚是谁后，下意识地往后退了一步。

"林秧，我不是告诉过你，不要再来找我吗？"

林秧走出电梯："脚在我身上，你说了又不算。"说着，她从包里拿出一本书，"你看，这是你之前说想买的那本外文原版书，我这次去上海，专门让助理去找的。"

余溏把书接过来看了一眼，伸手去包里掏手机："多少钱？"

"你什么意思啊？"

她说完，不开心地朝余溏走了几步，身上的香水味扑面而来。余溏有些尴尬地看向岳翎。

林秧这才注意到余溏身边还站着一个女生，瞬间生出了敌意。她把岳翎上下打量了一遍，踩着高跟鞋走到岳翎的面前。

"这位小姐是？"

"哦。"岳翎把手包递给余溏。余溏不知道她要做什么，有些发蒙地提了过去。

谁知她竟然石破天惊地说："你好，我是他的姑妈。你在追我家小溏吗？"

"姑妈……"

"对。"

岳翎笑着点了点头，接着先发制人，抱着手臂开始上下打量起林秧来，一连串地问了好几个问题："你几岁了？从哪个学校毕业的？现在在做什么？父母是做什么的？"

林秧本来还不太相信，但岳翎这一连串的问题过于真实，导致她半信半疑，突然不太敢看岳翎了。

"有……有你这么年轻的姑妈吗？"

岳翎挑眉，继续打量她："很会说话呀，姑娘。我也确实不老，但你说我年轻，我还挺喜欢听的。"

岳翎说完，转头看向余溏："什么时候找的女朋友？也不跟家里说。"

余溏演不出来，但也不知道怎么才能更好地处理当下的情形，索性低着头不说话。

林秧看余溏皱着眉，以为他被岳翎训了不高兴，忙上来给他"解围"："不是，是我不让他说的。"

这话一出口，说明林秧倒是真的信了岳翎的话，语气也变得小心起来，甚至用上了敬语："您……真是他姑妈啊？"

"对呀，他光屁股的时候我都见过。"

余溏想到了"天雷地火"的画面，林秧却想到了温馨可爱的画面。

"真的啊？"

岳翎点头："嗯。"

林秧彻底信了："姑妈呀，我跟你说……"

余溏听到林秧喊这一声"姑妈"时，额头上的青筋都鼓了出来。岳翎却全然不跳戏，情绪连贯，表情自然，顺势接着说道："你这叫法，怎么，你们都定下来了吗？"

"定了，当然定了！他要对我负责的！"

余溏实在忍不住了："林秧，你是不是有病？我跟你说了一万次了，那叫胸部触诊！"

林秧往岳翎的身后一闪："姑妈，你看他，他每次生气就说我有病。"

岳翎任由林秧挽着她的胳膊："那是他的职业病。"

岳翎说着，抬起手腕看了一眼表："都这个时候了，小溏，咱们家还是很传统的。你们这是第几次这么晚见面啊？"

林秧听她这样说，忙抢着说道："姑妈，我发誓，这是第一次。我以前从来不会这么晚来找余溏的，余溏也从来没有让我进过他家的门。我们家也是很传统的……"

余溏按住太阳穴："林秧，你到底在说什么？"

"我……我解释给姑妈听啊，我……"

岳翎转头看向林秧："那你早点儿回去吧，不过……"

她说着又看向余溏："哎，小溏，你今天喝酒了，要不我开车送她回去？"

"不，不，不麻烦姑妈，我自己叫车。"

林秧说完，松开岳翎的手臂，对余溏摆摆手，边退后边说："我走了啊，你早点儿休息。"

余溏一把拽住林秧的包链："你站住。"

"干吗？你没听姑妈说现在已经很晚了吗？"

余溏抬起手："书到底多少钱？"

林秧刚要说话，就听岳翎在边上说了一句："我们家不许男孩子要女孩儿的东西。"

林秧听完疯狂点头："我懂，我懂。四百块钱，你转我微信吧。"

余溏看着林秧的背影，觉得不可思议。

"余医生。"

"啊？"

"电梯来了。"余溏这才走进电梯。

岳翎正对着电梯的墙壁拢头发，看见墙壁上映出的余溏呆滞的表情。

"怎么了？"

余溏回过神，拍了拍后脑勺儿："林秧从来没有这么听话过。"

岳翎放下手臂："临床心理学虽然是和精神有过创伤的人打交道，但我平时也会看一些人际心理学的书，用以辅助沟通，毕竟我更多时候要沟通的是病人的家属。对了，我看她很眼熟。"

余溏"嗯"了一声："她是艺人。"

"哦，你这么一说我想起来了，她是去年那部很火的清宫戏里的女主角吧？"

余溏揣起手："我不经常看这些。"

"她多大了啊？"

"二十二岁。"

"真年轻啊。"

岳翎说完，靠向电梯墙："我说句矫情的话。这个年纪的女孩子，她们的真心就像珍珠一样珍贵。"

余溏听完这句话，转身走到她的面前。他的个子高，刚好能看到岳翎的头顶。不知道她用了什么香波，头发上有一丝玫瑰花的香气。

"所以你今天才说你是我姑妈吗？"

"嗯。"

岳翎看着自己脚边的影子，没有抬头："从心理学的角度出发，今天不论你和我解释什么，都会在她的心里触发焦虑感，进而让她产生要和我对抗的心理。我跟你住在同一栋楼里，如果她经常来找你，那以后可能还要解释无数遍。但这也不重要，重要的是我也是女生。我觉得女生和女生之间，没有必要为了某一个男人伤害彼此的尊严。"

她说完，语气一顿："我这样说你可能会不开心。"

"不会，我认可。"他说了令人很温暖的几个字，说得温柔又笃定。

岳翎从认识余溏开始，他就一直这样柔和地对她说话。不疾不徐，不卑不亢。

他根本不懂拿捏与女生之间的距离，仅仅是凭着修养在和岳翎相处。所以岳翎没有从他身上看到任何上层精英男性的优越感，反而在他的言谈中窥见了一点儿"仁"性。

和她奋不顾身地"拥抱"残酷不同，在余溏这里，她能听见一种类似云层翻涌的声音。岳翎喜欢这种声音，但是又怕它是与"爆裂之声"相对的另外一种"靡靡之音"。所以她没有坦诚自己的感受，伸手拿过他提在手上的包："你可真憨。"

余溏笑了笑："你怎么也跟我一样？我词穷的时候说别人有病，你词穷的时候就说别人憨。我妈以前跟我说，'憨'在C城方言里是个褒义词，如果你觉得什么东西可爱，就说那个东西憨，比如觉得熊猫可爱，就说它很憨。"

他用一个方言语境的解释，把岳翎不愿意表露的言外之意说了出来，没有让任何一个人尴尬。就像人向猫伸出逗弄的手，猫一下子把人的手指咬住。人原以为它要报复，谁知道它只是用牙齿在皮肤上刮了刮，最后报以温暖的舌头。

岳翎听完这一段话，收敛住了言语中所有的刺，沉默了下来。

电梯抵达十二楼，岳翎站直了身体："我到了，先走了啊。"

"欸，岳医生……"余溏按住电梯门唤住她。

岳翎回头："你今天已经赢了，还要说什么吗？"

余溏的手在电梯门上不自觉地抠了抠："不是，我想问问你，你是不是很喜欢'辣鸡'啊？"

岳翎点头承认："对呀，你的猫是一只'治愈系'的'神仙猫猫'，它可遇不可求。"

"那要是你想跟它玩，可以给我发短信。我如果在家里，就把它抱下来。"

这一段话撩起了岳翎类似保鲜膜一样透明的保护层，她突然有一种暴露自我的痛感。

"你……"她捏了捏手指，"到底是什么意思？"

余溏看见她的神色，这才觉得自己的话有些唐突："我冒犯到你了吗？"

"不是。我只是觉得你没必要这样。你是心胸外科医生，打开的是人的胸腔，不是人的大脑。"

"嗯。"

他平静地点了点头，继而接着说道："那就当我谢谢你，谢谢你帮寒阳的朋友。我不太会说话，那个……'猫偿'？"

"……"

岳翎转过身，心想这个人的小学语文考试可能都没有及过格。

五月初，A 市一日入夏。

岳翎把车停在了 A 市精神卫生中心的停车场里，头顶的太阳突然被云遮住了。

岳翎抬起头，南边的天空乌云翻涌，眼看着要下雨。她下意识地看了一眼时间，余溏的上班时间是上午八点半，按照他要提前出门的习惯，这会儿应该已经到单位了。

岳翎对自己的这个想法有些无语，她放下手臂，按了按太阳穴，锁完车快步往门诊大楼走。

这里和"四院"不大一样，A 市精神卫生中心的病人和医生的比例严重不协调。岳翎所在的急性精神病科室加上岳翎只有八位医生，但是他们却要面对将近两百位住院病人。

岳翎除了在门诊的首诊工作以外，还要负责病区的工作。收病人、开验单、开药单，整个上午她几乎一刻也没停下来。她趁着去卫生间的空当想去自动售货机那儿买一罐咖啡，刚好遇见急性精神病科室的主任林涛。

林涛年近五十岁，在精神卫生中心工作了二十多年，工作非常严谨，为人和气，技术也过硬，科室里大部分的人都很认可他。他也是李教授的好朋友，岳翎在C城的时候，听李教授说过一些他的事。听说他妻子去世很多年了，他自己一个人带大了女儿，一直没有再婚。

"岳医生，喝什么？"

林涛站在售货机前，主动问岳翎。

岳翎看着售货机上的图标："主任请我喝吗？"

"是啊，第一天上班，辛苦了。"

岳翎没有推辞，指着售货机第二排的咖啡："我喝咖啡。"

林涛弯腰取出咖啡递给岳翎："上午你还剩多少个号没看？"

岳翎拉开咖啡的拉环："还剩三个。"

"那快了。"

岳翎点了点头："嗯，主任今天不去病区吗？"

"今天肖礼年在病区。岳医生第一天上门诊，所以我过来看看，有没有什么需要帮忙的？"

"还好，就是系统用得还不太顺。谢谢主任。"

"系统的问题你可以咨询王灿。"

"好。"她一边说着，一边理平白袍的袖口。

岳翎虽然是一位年轻的医生，但她没有大部分新人入职时的惶恐。在她入职前的沟通阶段，林涛就看到了她的专业和认真，入职后她对行政人员和病人的态度也都自然得体，林涛很认可她。

"那林主任，我先去忙了，下次再和您沟通。"

"好，去忙吧。"

岳翎没有太在意这段插曲，在回去的路上喝掉了整罐咖啡，没有把它带回诊室。

接近中午十二点，走廊上已经没有几个候诊的人了。岳翎回到诊室，打开叫号系统，系统显示下一个患者的名字叫姜素。

她请护士叫号，趁着这个时候埋头揉脖子。不一会儿门口传来了女人的声音。

"岳医生。"

"请进。"

女人拉开凳子，沿着边坐下。

"岳医生，我叫姜素。"

岳翎抬起头。面前的女人很漂亮，穿着灰色的中长袖连衣裙，白色的平底单鞋，头发松松地扎在后面，脸上化了妆，但眼神有些憔悴。

"我是……哦，我是魏寒阳魏医生介绍过来找你的。"

岳翎翻开病历本，朝门外面看了看。

"你好，没有家属陪你来吗？"

姜素有些局促："没有，我是自己一个人来的。"

岳翎没有再多问，站起身去关上了诊室的门。

"我已经大概了解了一些你的情况。"

姜素的手在玻璃垫板的边沿上摩挲着："是魏医生跟您说的吧……"

岳翎看着她的手指，没有立即回答她的问题，弯腰从侧面的抽屉里取出一个纸杯，倒了一杯水给她。

"哦，谢谢。"

姜素接过来也没喝，只是握在手里。但是，在手和目光有了杯子这个稳定点之后，她的情绪倒是慢慢地平缓了下来。

岳翎取出笔："我想先确定的是，你之前在专科医院就诊过吗？"

"就诊过。"

"确诊的是什么？是复合型的吗？还是单一的抑郁症？"

"当时是在我们县城的医院看的，太久了……我记不太清楚了。"

"没关系，那记得吃过什么药吗？"

"一直在吃抗抑郁的药，但后来突然发现怀孕了，就把药停了。"

岳翎写字的手顿了顿，抬头问她："你既然知道自己在妊娠初期有服药的情况，为什么不终止妊娠？"

姜素的肩膀一抖，岳翎清晰地看到了她手腕上竖起的汗毛。她放下笔看了一眼空调上的数字，抬头对护士说："麻烦帮我把温度稍微调高一点儿。"

感觉到室内的温度稍稍升高，岳翎指了指她手里的纸杯："先喝口水吧。"

姜素抿了抿唇，整个人坐在那儿，身体十分僵硬。

"我怀孕的时候年纪很小，不懂……"

岳翎听她说完，看着姜素，沉默了一会儿。这一段沉默引起了姜素的不安，但她仍然把目光聚焦在面前的纸杯上，不肯抬头看岳翎。

岳翎把目光从她的身上移开，一手撑着下巴，一手在病历上继续记录。

"姜小姐，在我给你做常规问卷调查之前，我想先了解一个信息。"

"嗯。"

"你和你丈夫的第一次夫妻生活，发生在你多少岁的时候？"

她说完，用笔尖在纸上一点："哦，不对，问得不太准确，我指的不是你们结婚以后，而是你和你丈夫的第一次性生活。"

姜素下意识地把凳子往后挪了挪："可以……不说吗？"

岳翎压住病历，弯着腰稍微朝姜素靠近："当然可以，不过，我也需要给你一些建议。你告诉我的信息越真实，我能帮你的就越多，反之，会无限地延长治疗期。"

姜素不知不觉地把纸杯捏得有点儿变形。岳翎没有再出声，捏着笔杆静静地等待她回答。大概过了一分钟，姜素终于把头埋到了桌子上，与此同时说出了一个数字——十八岁。

话题一旦被撕开口子，后面的交谈就会变得稍微容易一些。她喝了两口水，调整了一下情绪，接着说道："我们是在县城一起长大的，家里人都觉得我们以后就是一对，所以，事情发生以后我们就在老家订了婚。他来 A 市上大学，我也就跟过来打工了。刚开始还好，我们的感情也不错，但是后来他就对我没有那么好了。我在 A 市没有认识的人，工作上也不顺利，这些事情跟他很难沟通。他脾气很大，我觉得自己受了很多委屈，久而久之，情绪就莫名其妙地变得糟糕起来了。"

岳翎安静地听她说完，等她的心情平复了，才开口说道："你目前的情况，可能我会建议你转到临床心理科，进行长时间的咨询性治疗。药物只是针对情绪进行缓解，当然如果你信任我，也可以私下与我交流。我目前在这个科室收治病人，时间上过于紧张，很难真正帮到你。"

姜素用手撑着额头，应了一声。

岳翎接着说道："心理咨询的过程其实是很花费精力的，如果病人特别想改变现状，并愿意配合使用科学的咨询方法，那么效果可能比想象中的更快。相反，如果病人想改变的动力不够，那医生也就无法治疗病人。除此之外，这个过程里面最重要的就是看开和信任医生，不要一味地纠结在情绪本身上，治疗要达到的最终效果是改变你对当前处境的应对方式，转变你对身边人的根本态度。我再说明白一点儿，就是需要你改变对丈夫和婚姻的态度。"

姜素沉默了很久，才说了一句："谢谢你，岳医生。"

岳翎看着玻璃垫板上她抠落的指甲油的碎片，起身说道："这样吧，咱们还是做一个常规问卷调查。护士，麻烦带她去咨询室。"

姜素也站起身："医生，你是不是快下班了？"

"哦，对，"岳翎扫了一眼电脑上的时间，"不过下午我也在门诊。你填好问卷之后，下午两点直接来找我就行了。"

"好。"

午休时间，同科室的王灿过来找岳翎。岳翎刚换好衣服，站在电脑前补录一条信息。

王灿敲了敲门："岳医生，还不下班吗？"

岳翎抬头："马上就走，这个检查报告不知道为什么，回传进系统里面就提取不出来了，我在看能不能手动录入进去。"

王灿走到她身边，拿过鼠标点了几下："你的权限好像有问题，这个这会儿处理不了，下午我帮你问问吧，先去吃饭。去食堂吗？"

岳翎摇头："不了，我打算去外面吃。"

王灿叹了口气："吃大餐吗？"

岳翎笑了笑："工作辛苦，当然要吃点儿好的。"

王灿调侃："有钱人家的女儿啊。"

岳翎拿起自己的包："从哪里看出来的？"

王灿跟着她一起走出门："做咱们这一行的，谁的眼睛不毒呢？"

岳翎回过头："那走，请你出去吃饭，谢谢你下午帮我弄系统。"

王灿拍了拍手："好呀，刚好咱们是同一科室的，交流交流。听主任说，你是李教授的学生？"

"嗯。"

岳翎倒是没想在这个地方和他聊太多，直接问他："附近有什么好吃的？"

王灿走到了岳翎前面："最近修路，不好找店。走，我带你去。"

　　岳翎和王灿走出门诊中心大门，发现早晨开始下的雨现在已经停了。

　　门诊中心前面在修地铁的延长线，路面被挖得乱七八糟，此时到处都是水坑。岳翎站在门口等王灿开车过来，有些无聊地掏出手机。

　　魏寒阳和余溏分别给她发了一条短信。魏寒阳发的那条的内容比较直接，问她姜素今天上午有没有来找她，岳翎回了他一条——下班以后详细说。余溏发的那条就有点儿扯了，说今晚他和魏寒阳都值班，想请她喂一下家里的"辣鸡"。

　　岳翎刚想问余溏她怎么进他家，字还没打完，就紧接着收到了一条短信——我给你在物业那儿留了一把钥匙。

　　岳翎看着短信的内容笑了笑，删掉输入框里的内容，想拿他之前那个"猫偿"来调侃他。

　　她刚打了两个字，听见背后传来吵架的声音。她放下手机回头，看见一个男人拽着姜素从医院的侧门走出来，边骂边往停车场走。

　　"咱们的女儿还在医院里，你还有心情来看你的病，把女儿丢给护工就不管了？小可可醒了哭着找你，你就是这样当妈的呀？！"

　　以姜素的力气甩不开他，只能去抓他的头发："女儿的命是命，我的命就不是命了，是不是？！"

　　男人一把把她抵到墙上："女儿的病是怎么搞的？还不是你在怀孕的时候乱吃药啊！你现在还有脸到这里来，你是怕别人不知道我张慕的老婆是个精神病啊！"

　　"我那是救自己的命，不是乱吃药！你在乱说什么？！"

　　"我胡说？你就是精神病！"

　　姜素瞬间情绪失控，崩溃地哭出声来。张慕往四周看了一眼，伸手用力地捂住姜素的嘴。

　　"又开始给我哭！自从结了婚你就一直哭，怀孕也哭，生孩子也哭！现在孩子生病了，你还哭！姜素，谁活得不累呀？就你矫情！我加班到晚上十二点，回到家还要看你寻死觅活，闹得家里鸡飞狗跳的，我是不是上辈子欠你的？你要这样报复我，啊？我告诉你，要是我女儿的病治不好，你跟我都不要活了！"

　　姜素的肩膀不受控地抖动。张慕根本不知道这是什么信号，反而因为慌乱把姜素的口鼻越捂越紧。

岳翎几步走过去，屈肘照着他抬起的手臂臂弯处就是一劈。人的臂弯处神经集中，张慕瞬间痛得蹲下了身，岳翎顺势把姜素拉到身后，朝从车上下来的王灿喊："王灿，叫保安！"

然而就在她分神跟王灿说话的那个空当，姜素突然用力地甩开岳翎的手，径直往对面的街道上冲去。

岳翎几乎是下意识地转身，跟着姜素一起冲了出去。

因为在修地铁，道路有一大半都被蓝色的围挡围了起来，所以来往的车辆都在只有原先路一半宽的道路上行驶。到了吃饭时间，车辆虽然不多，但是车速都很快，岳翎很快就发现自己不可能在姜素冲上街道前拦住她，索性一把抓住了她肩上的包链，果断地往自己的方向用力地一拽。

姜素被背后突如其来的力道一拉扯，身子猛地失去平衡向后倒去，所有的重量瞬间压到了岳翎的身上。岳翎的膝盖一软，接着就听到了自己的尾椎骨和地面垂直接触的声音。这种痛是流窜的，同时也是令人窒息的。她连喊都还没喊出来，眼眶就先红了。

"岳医生！你怎么样？"

岳翎躺在地上，半天才说出一句话："先把病人带进去。"

门诊中心的其他医生和保安都围了过来，七手八脚地把姜素扶了起来。

王灿要去扶岳翎，却听她说："等一下，先不要碰我，我站不起来了。"

王灿这才发现，她的脸都白了。

"A大附院"一楼的急诊科里，余溏从四楼匆匆地下来，刚好在急诊室外面遇到了在骨科会诊的朱医生。

"欸，余医生，没去吃饭吗？"

"哦，还没有。"

他有些茫然："朱医生，你是下来会诊刚才从精神卫生中心送来急诊的病人的吗？"

"对。"

"情况怎么样？"

朱医生看着他的神情："怎么？你认识她啊？"

"跟我住在一块儿的，那什么……不对。"他对自己在这个时候嘴瓢感到很无语，"我是说我们住一栋楼。"

朱医生拍了拍他的肩膀，一脸"我是过来人，我都懂"的表情。

"刚才看了片子，还好，尾椎骨骨裂，但不严重，其他的都是外伤，已经在处理了。但是她好像磕到后脑勺了，那方面的检查今天出不了结果，所以急诊这边建议她留院观察。现在她应该在留观室那边。"

"好，谢谢。"

余溏径直走进留观室，看见魏寒阳也在。他没有对岳翎说什么，只是冲着魏寒阳说道："你给我出来。"

正值中午休息时间，楼道里的人不算多。魏寒阳揣着手，跟余溏走到楼道尽头的窗户下面，开口说道："岳医生的医药费我……"

"你那到底是什么朋友？"余溏打断魏寒阳，压低了声音，盯着他的脸说道。

魏寒阳被他盯得难受，下意识地把头转向一边："我也不知道张慕他那么混蛋哪。我刚才也被气得不行。"

"你气有什么用？"

魏寒阳的气焰刚刚起来，正想骂张慕，就又被余溏吼了下去。

"我……"

"交朋友也要有判断力。如果她今天出事，你后面怎么处理！"

魏寒阳被余溏说得脖子一挺："怎么处理？我魏寒阳以身相许，我后半辈子要养她。"

余溏一巴掌拍在窗台上："你有病吧？魏寒阳！"

魏寒阳被余溏突如其来的一嗓子吓了一跳，头往后一缩："你今天怎么这么凶啊？"

余溏也意识到自己有点儿失态，调整了一下情绪，转身往留观室走去。魏寒阳想要跟过去，结果被余溏回头扔了一句："你该去哪儿去哪儿。"

魏寒阳站在楼道上愣了几秒钟，往窗外看了一眼——天低云厚，又有要下雨的预兆。他抓了抓头发，转身去往二楼，一边走一边念叨：

"说好的遇雨变智障，怎么改喷火了？"

留观室这边，岳翎正平躺在床上看手机，连余溥走进来她都不知道。

她穿着一件白色的宽松衬衣，袖子挽到了臂弯处，手臂上有好几处擦伤和淤青。

"不要看手机，躺好休息。"

岳翎听到旁边的声音，锁了屏，侧脸看向余溥："你下来干什么？没上班哪？"

余溥在床边的椅子上坐下："还有半个小时才到上班时间。"

"你从住院部过来的？还是从门诊下来的？"

"我今天在门诊。"

"哦。"

岳翎说完，撑着床面试图翻身，但刚一用力就痛得倒吸了一口气。

余溥忙站起身："你要干什么？"

岳翎望着天花板抿了抿唇："实在是躺得难受了，我要翻个身。"

"着力点不对，你抓住我的手腕。"

"啊？"

"让你抓住我的手腕，我给你一个支撑点。你试着慢慢翻身，我扶住你的腰。"

他说着，半跪到了病床上。

岳翎的声音忽然一颤："你……不要离我这么近。"

余溥一怔，虽然只有一瞬间，但他还是在岳翎的眼中看到了一丝类似恐惧的东西。

"好。"

他把腿放了下来，往后退了一步，弯下腰，一手撑着床沿，将另一只手伸给她。

"试着来，不要勉强。"

岳翎这才握住他的手腕，借着力慢慢地翻身侧躺下来。

"搞得我像个残废一样。"

她说完，又为自己刚才的失态感到一丝后悔。

"不好意思。"

"你饿不饿？"

余溏没让她往下说，把脖子上的听诊器取下来放进兜里，弯腰帮她把床稍稍调高了一些。

岳翎呼了一口气出来，尽量让自己的声音自然一些："痛得哪里还有胃口？刚才魏医生给我削了半个苹果。"

余溏退回椅子上坐下："我找人去职工食堂给你打点儿吃的。"

岳翎看了看床头的桌子："算了吧，好麻烦。一会儿我把剩下的那半个苹果啃了就好了。你去上班吧。我这就一点儿轻微骨裂，没什么大不了的。"

余溏突然提高了音量："算你幸运。你自己也是医生，但我看你一点儿轻重都不知道。"

岳翎把手枕在脸下看着余溏，忽然垂下眼帘笑了笑。

"怎么……了？"

岳翎忍着疼："欸，你在医院骂人这么厉害吗？"

余溏一愣，"我没骂你。"他说完拿起桌子上的半个苹果，"刀……刀在哪儿？"

"下面的柜子里。"

余溏拉开抽屉，把刀拿起来又放下，僵着脖子："我去洗一下手。"

他刚走到门口，正好遇见留观室的护士走进来。

"岳翎。"护士喊道。

岳翎配合地举了一下手："这儿。"

护士走到她床前："你晚上有人陪护吗？"

"暂时没有。我准备请一位护工，你们可以帮我联系一下吗？"

护士点头："可以，你确定需要，我就帮你联系。"

岳翎点了点头："那麻烦你了。"

余溏转过身看着岳翎的背影，她微微蜷缩着身子，后脑勺儿上还裹着一块纱布，模样着实有点儿可怜。

一个人住院的人，余溏见得不少，但是像岳翎这样情绪克制、思路清晰的人，倒是见得不多。

她并没有回避身体上的伤痛，也没有把它当成宣泄情绪的借口，仍然对周围的人保持着距离和礼节。

身为医生，余溏对这样的病人会有敬意，但不知道为什么，面对岳翎，除了敬意之外，他心里还有一些其他的感觉。虽然他尽力想以医生的身份去和岳翎说话，但是平时完全可以脱口而出的话，现在却必须要琢磨几遍才能说出口，并且一出口就变了味儿。

他索性放弃了思考，直接问出了想问的话。

"岳医生。"

"啊？"

"你后面怎么办？"

岳翎是朝向窗户躺着的，没有办法看到余溏的神情，听他问，她就随口反问了一句："什么后面怎么办？"

"回家以后怎么办？你父母他们在哪儿？"

岳翎迟疑了一会儿。

"在 A 市吗？"

"不在，在国外。"

"那你在这边有认识的朋友吗？"

岳翎听完这句话，忽然沉默了。这个问题对她来说有些残酷。她在 A 市有朋友吗？应该是有的。她是在 A 市长大的，如果她记得出车祸之前的人和事的话，或许她这个时候还能打几个电话给她的朋友，但是现在，她连一个名字也说不出来。

"没事，我自己……"

"明天我接你出院。"余溏打断她，"明天早上我交了班就过来。你不用收拾东西，我让魏寒阳来帮你收拾，他值班要比我闲一点儿。等他收拾好了我过来拿行李，你直接去我那儿。"

他说完，没有给她拒绝的机会，转身出去洗手了，回来之后也没理她的意见，坐在床边安静地削着手上的苹果。

他手上的功力和大部分外科医生一样，精准而又稳定。如果换作平时，岳翎会觉得看这个男人削苹果是一种享受，但是现在她还沉浸在要被这个人扛回家的震撼中。而且最要命的是，他知道自己在言语上斗不过她，索性以沉默回击。岳翎觉得自己的脑袋快要炸了。

"你是不是聋了？"

余溏把苹果分成小块，送到岳翎的嘴边。岳翎被疼痛锁在床上，根本躲不过，不得已只好吃了。他立即又送了一块过来。

岳翎忍无可忍："余溏，我是个女的，你是男的。你把我接到你家里去，我晚上上厕所怎么办？"

余溏认真地分着苹果。岳翎被他那认真的样子给气笑了："你是认真的吗？"

"轻微骨裂可以自己上厕所的。"

他说着抬起头："我是认真的。我家里有帮我做卫生的钟点工阿姨。我晚上把第二天早上和中午的饭做好，请她帮你热一热。她也可以照顾一下你。晚饭等我回来做。"

"那我白天……"

"白天你要是觉得无聊，我让'辣鸡'陪你。你也可以玩我的电脑，我把笔记本电脑留给你。"

岳翎按住额头，被他这一通安排堵得一句话也说不出来了。

也许医院就像是他的领地。一直觉得自己在利用他的岳翎，此时忽然第一次感觉到，她也受制于余溏。

整整一晚上，她都在回想余溏说的那些琐碎又具体的话，甚至想起了"辣鸡"柔软的毛爪子……

外面"轰隆隆"地下着倾盆大雨，她竟然想哭，而且没有任何理由。

第二天早上，王灿抱着一大束花来看岳翎。魏寒阳正在帮岳翎收拾东西，看见王灿进来，显示出一脸的戒备。

"你是……"

"哦，我是岳医生的同事，过来看看她。"

岳翎刚刚换了衣服从卫生间里走出来："你怎么来了？"

"来看看你，顺便跟你说一下门诊上的调整。"

岳翎轻轻地靠着窗坐下："我已经看到文件了。"

"嗯，那就好。反正你安心养病，其他的都不需要操心。"

他说着，打量了一圈岳翎："你怎么样？"

岳翎笑了笑："还好吧，可以回去休息了。"

她说完又问："姜素的情况怎么样？"

王灿叹了一口气："已经收院治疗了。她的病情还算稳定，但目前情绪问题很大。"

岳翎低头想了想："情绪应该是暂时性的。他丈夫呢？"

"他送了点儿东西给她就走了，说他的小孩儿还在医院。唉，说起来也是挺惨的。"

魏寒阳听王灿说完，跟了一句："张慕在儿科病房那边。他们女儿今天的情况也不是很好。"

他这话说得很没底气，岳翎侧过头对魏寒阳说："我对他们有个建议。"

"你说。"

"我建议他们分居。姜素那边，我会和临床心理科一起沟通。至于张慕那边，你能不能想办法劝劝他？"

魏寒阳埋着头："分居的话，小可可怎么办？"

"这不影响他们共同照顾小可可，但是，目前张慕的态度和他对抑郁症的认知，都不太适合再和姜素相处。我还不知道姜素具体的心理需求和改变动机，所以我暂时不主张他们离婚，只是就当下的情况提供咨询建议，你看你能不能帮帮忙？"

魏寒阳站起身："那我去打个电话。"

岳翎看着他出去，反手揉了揉腰。

王灿看着她手臂上的伤，问道："你不能开车了吧？"

岳翎笑了笑："这个月可能都开不了。"

"那等会儿有人送你吗？"

岳翎刚想回答，头顶就传来一个"有"字。

岳翎回过头，看见余溏正站在门口，手里的杯子里冒着腾腾的热气。他换了衣服，穿着灰色的连帽衫，背着一个黑色的背包，穿着宽松的牛仔裤和白色的运动鞋，眼镜也摘掉了。他虽然看起来有些疲惫，但面容依然清爽、干净。

路过的护士跟他打了个招呼："余医生，下班了？"

"嗯，你们辛苦了。"

他说着把杯子递给岳翎，自己站在床边："收拾好了吗？"

岳翎点头："嗯，差不多了。"

"魏寒阳呢？"他往门外看了一眼。

岳翎喝了一口他带来的热水，缓了缓嗓子，朝门外指了指："出去打电话了。我就只有这一个包。"

"好。"

他应着弯腰提起岳翎的包，又把那一大捧花抱到怀里："我先把东西拿到车里，再过来接你。"

余溏说完，就在一众护士的窃窃私语中走了出去。

王灿看着余溏的背影，问岳翎："他是你男朋友啊？是这个医院的医生？如此受广大女同胞的爱戴。"

岳翎笑了笑："我说他是我侄儿，你信吗？"

王灿撇嘴，冲着她竖了个大拇指："那你爸爸可真牛。"

王灿和余溏一样，逻辑就是这么朴素又精准，没有弯弯绕绕，总是能直达荷尔蒙的本质和人类遗传的根源。这种少了一点儿复杂的性格别具吸引力，让岳翎这样的人感到暂时的安定。

如果换成别的男人，岳翎绝对不会让自己封闭在他的车里。在非公共场合，给自己留足和男人肢体对抗的空间，对她来说一直是失忆后的本能。但此时的她坐在余溏的副驾驶位上，却没有感到激烈的抗拒。

"你先坐好，我打个电话。"余溏一边说，一边关上副驾驶位的车门。

岳翎几乎是脱口而出："不要锁车门。"

这也是一个没什么必要的要求，余溏虽然不甚理解，但也没有多问。他把驾驶位这边的车门开着，自己站在车外岳翎看得见的地方给超市的人打电话。

上午的医院停车场，进出的车辆不多。下过雨的天空云层翻涌，像动漫里的画面。而车外的余溏身形清瘦，也有些不太真实。

"行，先帮我送这些吧，如果上海青不新鲜的话，我就不要了。"

他买东西有自己的节奏，星期一买哪些，周末又要买哪些，生活超市的配送员和他之间早已经有了默契。于是他很快就结束了通话，坐进车里放好手机，伸手准备去帮岳翎系安全带。

岳翎的身子明显地僵了一下，肩膀也跟着耸了起来，余溏见状立即把手收回到挡杆上。

他像之前一样，没有自以为是地去问她紧张的原因，而是安静地等着她平复。待她缓和下来，他才看着她说道："你要是不舒服，就跟我说。我下车到你那边帮你系也可以。"

岳翎抿了抿嘴唇，在他平实的声音里放松了肩膀："没事，你不要介意。"

余溏这才重新伸出手："你受伤以后说话没有以前那么犀利了。"

"所以我不喜欢当病人。"

"谁喜欢当病人？"

岳翎摇了摇头："你不懂，我不是想回避病痛，只是不喜欢处于弱势的自己，很没有尊严。"

余溏的手一顿："对不起，有的时候我在医院对病人没有那么克制，回去以后我会调整跟你说话的语气。"

他说着替她系好安全带，又把座椅靠背降了一半下去。

"来，你尽量把腰放松。我给你塞一个抱枕。"

岳翎看着他反手去后座拿抱枕，不禁说道："你一个男生的车里，放这么多抱枕。"

余溏把抱枕塞到她的腰后："我妈上次说我的车坐着不舒服，我就买了一些。其实我自己怎么凑合都可以，但你们坐车的时候，如果想睡一会儿，可能还是需要点儿这些东西。"

岳翎把头靠在车窗上："你挺会生活的。"

这是这么久以来，她难得的一句不带任何揶揄的褒奖。余溏侧头看了岳翎一眼，她闭着眼睛，五官渐渐松弛。

"我开慢一点儿，有任何不舒服你都开口。"

"好。"

CHAPTER 04

为情自杀

01:29

车驶上二环的高架，错开了进城上班的早高峰，不到半个小时就到达了小区。

回到家里一打开门，“辣鸡”就从客厅里跑过来蹭腿。余溏放下岳翎的东西，给“辣鸡”倒了一碗猫粮。“辣鸡”被饿了一晚上，顶着碗就往墙边撞，吃得后腿都蹬了起来。

岳翎看着把整张猫脸都埋进碗里的“辣鸡”，不禁笑了。

“本来说我帮你喂的，结果把它饿成了这样。”

余溏洗完手，抽出一张纸巾，一边擦手，一边看着“辣鸡”说：“没事，它太胖了。”

说完，他转身去房间里拿了一条薄毯子出来，又把客厅的空调打开。

“你在沙发上躺一会儿吧。我去把床上的东西换了。”

“你让我睡你的房间吗？”

“嗯，我家就只有一个房间里有床。另外一个房间是我的书房。”

岳翎把自己慢慢挪到沙发上坐下：“那你睡哪儿？”

余溏摸了摸“辣鸡”的脑袋：“我睡沙发，让‘辣鸡’睡在地上。”

岳翎靠在沙发上，环顾四周。客厅里的装潢是偏日式的冷淡风格，家具几乎都是原木色，软装以灰色为主，暖色系的照明，看起来很温暖。

“余医生。”

“嗯？”

"这是你自己的房子吗？"

"对，买的时候是清水房，装修大概花了二十来万。"

"首付是多少钱呢？"

余溏拿了一个枕头出来给岳翎："你想买房子吗？"

岳翎试着把腿缩进毯子里，自嘲地笑了笑："我先算算我什么时候能存够首付的钱。"

"前两年还好，今年 A 市的房价涨得太快了，你要是买首套房的话……"

余溏的话还没说完，门口就传来了敲门声。他走过去打开门，超市送货的人笑嘻嘻地跟他打招呼："余医生今天没上班哪？"

余溏把东西挪进玄关："刚下班。"

"下班还要做饭，真是辛苦了。"

余溏笑了笑："你们下班不是自己做饭啊？"

送货的人看着岳翎笑道："也是，也是，我们的老婆都是享福的命。"

余溏把最后一桶葵花籽油搬进来，站在门口又和他寒暄了一两句，才把门关上。

岳翎靠在沙发上，一直静静地听着他和送货人的对话。

日常生活的细节是没有办法演绎和遮盖的。他的确是一个很会享受生活的人——认识这个城市大部分的道路，有自己喜欢的超市，有自己熟悉并省时的购物方式，家里有舒服的被子和枕头，甚至连拖鞋都是又柔软又干净的。

岳翎明白，这个世上大部分的心理疾病，最后都能被生活本身治愈，这使得医药的介入看起来更像是辅助治疗。而人性是复杂的，人与人的相处也很复杂，好比余溏治愈了岳翎，但张慕几乎毁掉了姜素。

在亲眼目睹了姜素和张慕相互摧毁的争执以后，岳翎觉得余溏在这个房子里说的每一句话，都有令她正视生活本身的安定力量。

"我去做午饭，你玩不玩 iPad（平板电脑）？我给你拿。"

"有游戏吗？"

"有，好像是寒阳下载的，我只玩过一次。"

"那你给我吧。"

余溏把 iPad 递给岳翎。"辣鸡"也跟着跳上了沙发，又把头凑到了岳翎的手掌下面。

余溏走过去一把把"辣鸡"拎下来，放在地毯上，又蹲下来摸着它的脑袋认真地说道："在下面陪着她，不可以上去踩她。"

岳翎不禁笑了："你对它的要求也太高了吧？"

余溏站起身："它再上来，你就叫我。"

"辣鸡"蹲在余溏脚边叫了一声，自此之后，真的再也没有上过沙发，乖乖地趴在地毯上。岳翎一伸手，它就凑上来让她摸。

余溏在厨房里做饭，岳翎在客厅里玩游戏、撸猫。上午的时间一下子就过去了。

中午余溏做了三菜一汤，土豆炖牛肉、虾仁炒玉米、清炒上海青，还有一大碗莲藕排骨汤。

他把饭菜都放在客厅里的茶几上，自己盘腿坐在岳翎对面的地毯上，把电视打开，盛了一碗汤递给岳翎。

"我下午想睡一会儿。"

"明天是不是有手术？"

"对。"

余溏夹了一筷子上海青："小可可的情况不乐观。我之前和他父亲沟通过了，明天要再做一次手术。"

他说着，反手按了按眉心："这种先天性的心脏病，伴随肺动脉狭窄，百分之九十的患儿都会在十岁以前夭折。"

"手术介入也不行吗？"

余溏沉默地摇了摇头。岳翎端着碗喝了一口汤，看着桌上的饭菜，也没有出声。

过了一会儿，余溏抬头看向她："岳医生。"

"什么？"

"我没有把握救回那个孩子。你有没有把握救回孩子的母亲？"

"你说姜素吗？"

"对。"

岳翎轻轻地摇了摇头。

"辣鸡"又蹭到了她的腿边，望着她手里的汤碗。余溏拽住"辣鸡"的爪子，把它拉回自己的脚边："回来，你不能吃。"

岳翎松开一只手，挽了挽头发："人如果也能这么听话就好了。"

"姜素不配合治疗？"

"不是。"岳翎夹起一片上海青，"和你的病人害怕治疗过程不一样，她应该很想配合治疗，但是她的意志并不完全受她自己控制。"

余溏放下碗筷沉默了一会儿。电视里在播放一个搞笑综艺节目，作为节目嘉宾的林秧在屏幕上玩得开怀大笑，笑声让余溏有些尴尬。他拿起遥控器换台，看着屏幕问岳翎："你的病人像姜素这样自杀的多吗？"

岳翎抿了抿唇："在我面前自杀的并不多，除了你在 C 城救过的那个男人之外，就只有姜素。但是我听说的自杀的患者却有很多，他们往往好转之后被家人接出院，没过多久就因为拒绝服药而病情恶化，然后自杀。"

岳翎说完，喉咙有些发紧。

"其实药物和认知行为疗法对精神问题的治疗已经有很明显的效果了，但是医生最大的敌人有的时候不是精神问题本身，而是患者身边最亲密的人。"

余溏吞下一口牛肉，沉默了一会儿，低头说道："那你呢？"

岳翎一怔："我什么？"

"你的恐惧症，敌人是我哥吗？"

岳翎端汤碗的手一颤，汤水一下子荡了出来。她赶忙收敛精神稳住自己的手，低头看向趴在余溏身边的"辣鸡"，勉强压制住情绪。

"余医生，你最好离我远一点儿。"

"我知道。"

他埋头继续吃那一盘岳翎不怎么动的牛肉："你不要把我想得太不堪。我这么多年都一个人生活，是有点儿迟钝。但你放心，只要你不允许，我就不会自以为是。"

余溏在家里践行了他之前说出的话，在沙发上一缩就是两个星期。岳翎每天早上都是听着他出去时的关门声醒来的。

她走出房间就看见早饭摆在饭桌上，每天的早饭都不重样——有时是煎鸡蛋配烤土司，有时是面条，有时是皮蛋瘦肉粥加一点儿凉拌海带丝。

至于午饭，他都给她留在冰箱里。虽然是头一天晚上做好的，但一点儿都不敷衍，有青豆烧鸭子，有清蒸鲈鱼，还有他做的北方版"网红"牛奶麻辣烫。岳翎后来甚至有些期待每天打开冰箱的那一刻。

余溏家里的钟点工一般在中午十二点过来，是一个四十来岁的来自S省的阿姨，姓杭。岳翎一听她的口音就觉得很亲切。她跟岳翎说，她帮余溏打扫卫生已经快两年了，第一次看到余溏家里有女孩子，一开始还以为是余溏的女朋友，结果余溏说是他的姑妈。

岳翎哭笑不得，为了避免和林秧的尴尬而随口一扯的关系，在余溏那里竟然"贯彻落实"到底了。

但这样也好，她早已受够了凌乱、扭曲的男女关系——距离过近，名声过烂，像一锅煮开了又冷、冷了又煮开的浓汤。她从那锅汤里爬了出来，但汤还在火上熬着。

她早已没力气自我唏嘘，所以选择冷眼旁观别人的生活。

余溏下班的时间不是很固定，但他会尽量在晚上八点以前回来。他回来也不多说什么，换了衣服就进厨房去捣鼓。岳翎抱着"辣鸡"靠在沙发上看文献，不自觉地就要去猜他在煮什么。

"你这么拼做什么？"

他端着菜从厨房里走出来，扯了个垫子过来，仍然坐在岳翎对面的地毯上。

岳翎放下电脑："你也经常看文献到半夜一两点哪？"

余溏把筷子递给岳翎："平时做手术没时间看，但不看又不行，现代医学进步太快了，尤其在心胸外科和脑外科这两项上面。去年我和徐主任去日本参加一个研讨会，不瞒你说，真的很受刺激。"

他说完见岳翎没回答，自嘲地笑了笑："不好意思，我又自以为是了。"

岳翎揉了揉"辣鸡"的脑袋："来，跟我一起嘲笑他。"

余溏也伸了一只手过去："它不会，它随我。"

两个人的手指在猫的脑袋上凑到了一起，岳翎的手指迅速地缩到了"辣鸡"的脖子下面。

此时空调的温度开得有些低，岳翎的手指也有些发凉。"辣鸡"抬起了脖子，试图从岳翎的怀里爬出来。余溏把它的脑袋一按："别动，你以前都让我暖手的，今天也要乖。"

岳翎明白，他在为她敏感的举动解围，一时之间不知道该说些什么好；于是埋头，不知不觉地又多吃了一碗饭。

晚饭吃到尾声，余溏起身收拾碗筷。

电视仍然开着，播放的是一个美食类节目，氛围欢乐。

岳翎坐在沙发上看了一会儿，正准备起身去刷牙，放在茶几上的手机突然振动了起来。余溏从厨房里走出来，擦干净手，拿起手机，直接递到了岳翎的手中。

岳翎看见是一个陌生的本地号码，便随手接了起来。

"喂，请问是岳翎吗？"

"对，是我。"

"你是岳观的姐姐，是吧？"

岳翎忽然心里一沉。

"是，请问您是？"

"我是岳观的辅导员，我姓周。是这样的，岳观在校外和人打架，现在正在派出所，希望您能赶紧过来这边处理一下。"

岳翎听完这句话，喉咙一紧，忙咳嗽了一声，接着问："我想问一下，我弟弟人有没有事？"

那边似乎是跟什么人确定了一下，转过来继续说道："他没事，被他打的人有些皮外伤。"

"好，麻烦您了，周老师。请您把地址发给我，我马上过去。"

"这也是我们的责任，肯定谈不上麻烦。我给您打这个电话，是因为之前他留的父母的电话都打不通。我们做了好多工作，他才说了您的电话。您现在在 A 市吧？"

"我在。"

"那就太好了，我现在把地址发给你。"

岳翎放下电话，转身看见余溏正站在她身后。

"出什么事了？"

岳翎拿起放在沙发角落里的包："我去一趟派出所。"

余溏摘下身上的围裙："我跟你去。"

"余医生，这件事跟你没有关系。我不想让你知道，也不想让你参与！"

她的情绪突然有一些失控。

余溏几步跟到门口："那你要这个样子一个人打车吗？"

岳翎抿了抿唇。余溏接着说道："你才稍微可以走动，不要把自己的身体不当回事。如果你不想我参与，我在派出所外面等你就是。我是很想补偿你，但我早就说过了，如果你不允许，我就不会自以为是。"

岳翎一时间站着没有动，但余溏却看见她捏在裤缝处的手指微微有些发抖。

余溏蹲下身放平语调："我帮你换鞋。"

他刚触碰到岳翎的脚，就听到头顶传来一阵沉重的呼吸声。

"怎么了？"

他抬起头来，看见岳翎正仰着头，喉咙处一下一下地吞咽着。这个方式她曾经在 C 城的酒店里教过余溏，用于失控时缓和情绪。

"你不要再跟我说话。我告诉你，我现在不能哭。"

送岳翎去派出所的路上，余溏一直都没有再出声。

夜里风有些大，车窗外不断晃过辉煌的灯火。

岳翎大多时候都在打电话。情绪克制下来之后，她的语气又恢复成了余溏在 C 城遇见她时的冷淡。她一只手抵在嘴唇和鼻子之间，一只手握住手机，冷静地应答着电话那一头的人，自始至终都没有向余溏这边看一眼。

余溏看着从车里切割而过的灯光，这才发觉，岳翎这一段时间蜷缩在他家的沙发上逗弄着"辣鸡"时，温柔的模样，只是她偶尔露出来的虚像而已。在她自己的事情上，岳翎完全没有试图让余溏参与，甚至连靠近都不准许。

不知道为什么，余溏竟然有些失落。不是因为他丢失了岳翎的虚像，而是因为他感受到了两人之间建立信赖的不易。

他从前以为，男女之间只要有了肉体关系，也就应该同时拥有"精神契约"，甚至建立起生活上的联系。不过显而易见的是，岳翎根本就不屑于要这些。

车逐渐接近导航上的终点，余溏把车停到路边，想去扶岳翎下车。岳翎已经打开车门，撑着座椅的靠背下来了。她没有理会余溏，一面接电话，一面朝派出所里走。

余溏在她身后说道:"我把车挪到停车场去,有需要就给我打电话。"

岳翎突然回过头,站在派出所门口的一片浓荫下,对他说道:"你帮我去买一条巧克力吧。"

余溏点头:"哪一种?"

"有一个本地的老牌子,叫'帝金'。如果有的话,就买牛奶口味的。"

派出所里,岳观一个人坐在走廊上,身上零星的血迹已经干了。他穿着一件黑色的 T 恤衫、深色牛仔裤和黑色运动鞋,整个人就像一团黑色的影子。

岳观是岳翎的亲弟弟。但自从岳观上大学以后,岳翎就很少见他,只是定期向他的户头里打钱,充作他的学费和生活费;岳观也从来不会主动联系岳翎。姐弟俩就像约好了一样,各自躲着对方,像两只被迫离群的幼狼一样,拼命地学习,拼命地生活。

辅导员周老师陪着岳翎站在走廊里:"岳观很优秀,成绩一直是我们系里的第一名,几个教专业课的教授都很喜欢他。他和同学的人际关系也处得很好,这次不知道是怎么了,会和校外的人起这么大的争执。"

岳翎看着地面,没有出声。

周老师看她似乎有些站不住,以为她在生气,转而劝她:"您也别生气,岳观也认识到错误了。那个被打的人刚开始不愿意调解,我们还都担心岳观会不会转为拘留,不过现在还好,他出去接了个电话回来就愿意调解了。我们这边赔点儿医药费,一会儿就能把孩子带走。"

岳翎点了点头:"让你们费心了。"

"应该的。不过,我们也想问一下您,岳观的父母目前……"

"哦。"岳翎转过身,"我们的父母目前都在国外。以后岳观有什么事,您联系我就好。"

"好。"

他们说着,派出所的民警走过来对岳翎说:"医药费的问题,你们可以跟我们去调解室协商。协商好以后就可以走了。"

"好,我可以先跟岳观说几句话吗?"

民警朝走廊上看了一眼:"可以,我们过去等你。"

"谢谢。"

岳翎说完,扶着腰慢慢地走到走廊上,试图靠着岳观坐下。

岳观抬头看了她一眼："你残废了？"

他虽然嘴上这么说，但还是抬起手给了她一个支撑点。

岳翎扶着岳观坐下来，仰头呼出一口气，随之"赞"他："你厉害了。"

岳观冷笑一声："没你厉害。"

岳翎像揉"辣鸡"一样揉了揉他的头。他随即往边上一偏，提高音量吼道："神经病啊！"

岳翎不在意他的语气不善，而是放下手臂，看了看他的脸："先说你吃亏了没有？"

岳观抬起头："没有。要不是有人拉着，我非把他掐死。"

岳翎笑了一声："行，没吃亏，你就还是我弟。"

岳观看着岳翎："你不问我为什么打架？"

岳翎没有看他，捏着手机用手不自然地在腿上摩挲，半晌才问他："你想说吗？"

岳观突然蹲下身，一把握住岳翎的手："你告诉我，你这几年究竟在 C 城干什么？"

岳翎没有动："他们跟你说什么了？"

岳观沉默了下来，握着岳翎的手却开始发抖："他们什么都没说，但给我看了一堆……什么照片。"

他说着，用手指甲狠狠地抠紧了岳翎的手背。岳翎看着自己的手背皱了皱眉，任凭他剜着肉，仍然没有吭声。

"岳翎，我告诉你！"岳观后面的话几乎是从齿缝里出来的，"我想杀了他们。"

岳翎被他的力道拽得身子一偏，眼眶顿时红了。

"你少给我哭啊，我绝对不会跟你说什么好话。"

"哭个鬼，我痛。我尾椎骨骨裂，还没好全。"

岳观听完立刻松了手："谁在整你？"

岳翎抬起头："我说你一个学生，说话能不能别这么社会？没人整我，我自己摔的。"

"你个傻子。"

岳翎毫不客气地揪住他的头发："你骂谁呢？我是你姐！"

他"噌"的一声从地上站了起来，居高临下地对着岳翎的头顶就是一通吼。

"骂的就是我姐那个大傻子。"

"你再骂！"

"怕你呀？！"

他说着说着，突然就颓了，声音是越来越大，气焰却越来越弱。

"岳翎，我以后工作了就把这几年的钱全部还给你。"

"不好意思，我现在就要。"

岳翎冲着他伸出一只手，结果手被他毫不客气地打了一巴掌："出去我就去卖肾。"

岳翎看着自己通红的手掌，笑了笑："然后呢？跟我断绝关系，是吧？"

"我要当你哥！我让你看看怎么压姊妹一头，怎么罩着下面的兄弟。不然你以为个个都像你这样当姐姐？回 A 市也不跟我说一声，我问了一圈人才找到你的新手机号。你当我死了，我还想着要给你烧香呢。"

姐弟俩差不多有一年没见了，一见面就掏心掏肺地一阵激烈对骂，谁都不肯认输，一个比一个厉害。但这场对抗就好像刮骨疗毒，顷刻之间清空五脏六腑的"毒气"。空荡荡的走廊里只有一盏灯，岳翎仰起头，灯光正好落在她的头顶。

"臭小子，你给我拼命地读书，我要送你出国。"

她的话刚说完，突然被粗暴地推了一把后脑勺儿："你做梦！"

岳翎一把按住头，抬头反骂："跟你说了我有伤！你再推我，我弄死你！"

"弄啊！弄不死，你是我妹！"

里面的民警被这姐弟俩的对话给搞蒙了，赶紧出来调解。

"我们这里才调解好，两位还是冷静点儿。年轻人是该教育，但还是要注意方式啊，是吧？这位姐姐……"

"谁是你姐？她是我姐！"

民警被这突如其来的一声给吓了一跳，偏偏还找不到什么话来训斥他。

岳翎看这场面一度尴尬，压低声音对岳观说道："你给我坐好。"

岳观这才坐下来，双手搭在膝上不说话。

岳翎对民警笑了笑："不好意思，警察同志，我没教育好他。"

民警揉了揉太阳穴，一脸无奈："算了，算了。先过来这边解决医药费的问题吧。"

"好。"

岳翎站起身，回头对岳观说道："你就在这儿坐着，等我回来。"

岳观也跟着站了起来："你要给那个混蛋钱？"

"对，你不满意？"

"我……"

"说不出就别说。岳观，我告诉你，社会有社会的规则。我的钱和你的拳头，一样都很硬。"

"那你的脊梁骨呢？"

他脱口而出，可说完就后悔了。然而话已经出了口，再后悔也收不回来了。

岳翎忍住疼痛，在走廊尽头沉默了几秒，转身看向岳观："少给我阴阳怪气的。你如果觉得我不配做你姐，你就拼命，以后赚了大钱用钱砸死我。"

派出所的停车场里，余溏靠在驾驶位上看手机。院内交流群里，有一个医生正在询问一个胸腹部挤压伤后出现肾梗死的病例。几个教授讨论过后，有人又在群里找出了余溏。余溏随口问了一句："肌红蛋白数值高不高？"

那边还没有回话，岳翎的电话就打了过来。

"喂。事办好了吗？"

"嗯，你在什么地方？"

余溏看了一眼车外面："停车场靠后的位置，我打开车的双闪灯，你能看见吗？"

那边沉默了一会儿，接着说道："看到了，我们现在过去。"

余溏挂了电话，开门下车等岳翎，不一会儿就看见岳翎领着一个比她高一头的男生走了过来。

岳翎的嘴唇有些发白，额头上也渗着虚汗，显然是疼的。因为有另外一个人在场，余溏没有立即开口。

岳翎看了一眼手表，回头对岳观说："送也送过来了，你自己打车回去吧，有事给我打电话。"

她刚说完，手机忽然响了。岳翎低头看了一眼屏幕，按下了挂断键。结果不到五秒钟，那边又打了过来。

"我去接个电话，你自己回学校。"

岳观看着她走远的背影，吐了三个字："你少管。"

他说完，转头看向站在车门前的余溏。盛夏的深夜，两个人头顶的巨冠榆树叶发出细响，两个高瘦的影子被拖得老长，而两个人都一脸诧异。

"你叫什么名字？"岳观首先开了口。

"余溏。"

"什么？养鱼的那个鱼塘？"

"不是……"

"你等会儿。"岳观从裤兜里掏出手机，打开备忘录。

"哪个 yú？"

"'多余'的'余'。"

"哪个 táng？"

"三点水加一个'唐朝'的'唐'。"

这个字不是很好找，岳观翻来覆去也没找到，索性打了一个"蜜糖"的"糖"。他提行敲下"职业"两个字，又问余溏："从事什么职业？"

"医生。"

"哪个医院？"

"A 大附属医院。"

"本地人？"

"算是。"

"谈过几个女朋友？"

"没谈过。"

"手机号码？"

"1523333×××ׯ"

"车牌号？"

"AAYL223。"

岳观对他的过度配合充满疑惑："你怎么答得这么顺？哪家骗子公司培训的？"

"骗子你个头。"岳翎突然从背后一把抓过岳观的手机，扫了一眼上面的记录，"你搞什么？"

岳观一把夺回手机："还给我。"

岳翎把手揣进衣兜："回学校吧，别耽搁了，不然一会儿进不去寝室了。"

"我问你一个问题。"

"行了，有问题打电话。"

"我要当面问。"他说着，瞟了余溏一眼，"他是谁呀？"

"朋友。"

"你有个鬼的朋友。"

听他这么一说，岳翎突然不说话了。物极必反，极度冷静的终点就是极度敏感。长年被盔甲保护的皮肤反而最容易被划开，岳翎开始后悔让岳观跟了过来。

姐弟一场，互相看见对方的不堪，找准对方的软肋，揍起来毫不手软。岳观不愧是她的弟弟，哪怕被岳观扎破了肺管，岳翎还是想给他点个赞。

"赶紧走，趁我还没找到东西抽你。"

岳观听了这话，非但没离开，反而走到了余溏面前。两个人身高差不多，互相平视。

岳观仰起脖子："余医生，我告诉你，我姐从小到大一直都在虐我，小的时候拿乒乓球拍打我的脑袋，长大了拿羽毛球拍抽我。虽然她借口她出车祸失忆，一样都不承认，但我全都记得。你不要惹她，不然我不会放过你。"

余溏听完，就找出了这段话的逻辑漏洞："你从小被她打，最后你不放过的为什么是我？"

岳观一怔："不是……"

"你是学什么的？"

"啊？"

"你的专业是什么？"

岳观突然被反问，一下子没反应过来，下意识地实话实说："电气工程啊。"

"哦。"

"你什么意思？"

余溏看向岳翎："可以说吗？"

岳翎笑着点头："说。"

"好。"

他答应了一声，才抬起头，平静地看着岳观："没什么其他的意思，就是觉得你说话的逻辑差了点儿。"

"……"

岳翎实在忍不住，扶着后背，一边笑得全身发抖，一边疼得抽气。

两个男人仍然直直地立在树荫下，各自演着自己单纯的内心戏。

岳翎低头看了一眼那条署名"余浙"的短信，慢慢地咽了一下口水。

残杀之后的一口烈酒相庆，消毒杀菌，止血清淤，同时也点燃了伤口，痛得她不能自已。

然而如果可以，她还是会选择跟这两个年轻的男人干下这一杯让人又哭又笑的"烈酒"。

岳观走后，岳翎又在树荫下站了一会儿。

"巧克力买到了吗？"她突然问了一句。

"买到了。"

"我现在想吃一块。"

她说着向他伸出了手，一只不知道什么时候被指甲抓得红一块、白一块的手。

"给你。"

与岳翎的手不同，余溏的腕骨凹凸分明，皮肤肌理平滑，血管的青色不深也不浅，暗暗地显示着年轻男人的清瘦。

岳翎接过巧克力，坐到副驾驶位上，撕开包装纸，低头咬了口。

余溏也跟着坐进车里："你很喜欢吃巧克力？"

"心情不好的时候吃。"

"只吃这个牌子的吗？"

岳翎听着他的声音，看了一眼手里的包装纸。

她为什么只吃这个牌子的巧克力？因为它便宜，岳观很喜欢吃，而余浙不认识。

要在这个世界上找到和她想摆脱的过去无关，而又和她想记住的回忆有关的东西，已经很难了。然而，这"帝金"也在逐年减产，即将退出市场。岳翎自己也不知道，这个世上"专属"于她的糖果还剩下几颗。

她不太想回答余溽的问题，静静地闭上眼睛，把头靠到了车窗上。

等岳翎醒来的时候，车已经停在了地下车库里。

车并没有熄火，空调也还开着。余溽靠在驾驶位的椅背上，不知道什么时候也睡着了。

岳翎低头，看到手机上余浙发来短信的提示还在。她在余溽身边点开了短信，一个字一个字地读下去。内容不长，只有一句话："下周五我去 A 市，上午去公司开会，下午的时间留给你。"

岳翎的手指在屏幕边沿狠狠地一抓，接着她快速地回了一行字："记住你刚才在电话里答应我的话。"

那边很快地回复了她。岳翎抿着唇，盯着最后那几个扎眼的字，心里的恶心怎么都压不下去。

她无意间转头，看见余溽温柔平静的睡容。

他的稳妥，却并不能安抚岳翎。

岳翎闭上眼睛，剥开最后一块巧克力塞进嘴里，劣质糖精的味道在口腔中流窜。即使舍不得它融化，但最后它还是融化了。

周四下午，余溽刚结束最后一台手术，换了衣服从通过间里走出来，正遇见张慕上来找他。

"余医生，我想问一下我们小可可下一步的治疗方案。"

余溽还没有说话，护士长迎面走来提醒："余医生，刚才徐主任找你。"

余溽点了点头："好，我等下过去。"

他说完，又对张慕说道："边走边说吧。"

张慕也刚下班，背包里的电脑还没来得及放下。背包压得他有些难受，他索性放下来用手提着，又抹了一把额头上的汗："小可可什么时候可以进行治疗性的手术啊？"

余溏一面回复科室的消息，一面说："我其实已经跟你们沟通过几次了，上一次的手术主要是帮小可可的右心室流出道补片加宽，以便我们后期解除右室流出道梗阻的问题。但目前小可可的年龄还太小，纠治手术的风险偏大，所以近期不会考虑下一轮手术。小可可的妈妈前天来了一次医院，询问了小可可出院的问题。下周一我会给小可可再做一次检查，如果情况良好的话，你们可以考虑接她出院。"

"出院？她那是不想给孩子花钱！这才做完手术多久就要出院？"

余溏没吭声，步子却加快了一些。

张慕跟上几步："余医生，她一个女的什么都不懂，她……"

余溏突然站住，把手揣进口袋里看着张慕说道："这个决定你们家属要自行达成一致。我作为医生，既会判断患儿的情况，也会尊重你们家属的意见。还有，性别不影响理智，患儿母亲的话也不影响我的专业。我还有事先走了，有事请问管床医生。"

他说完准备下楼，谁知刚一转身，就看见了站在电梯口的岳翎。她穿了一身卡其色的套装，露着白皙修长的腿，化着精致的妆容，在住院部里尤为显眼。

"你怎么来了？"

"来复查。"她回答得很简单，不着意地扫了一眼他身后的张慕。

"不好沟通吗？"

余溏侧身挡住她的目光："你不用管这个人，交给我和魏寒阳吧。你想办法帮你的病人就好。"

"嗯。"

见她没有多说什么，余溏这才问她："你是打车过来的吗？"

"没有，出小区的时候遇见魏寒阳了。他说他回来拿U盘，顺便送我过来。"

余溏点了点头："你的复查结果怎么样？"

"还行吧，不过要真正恢复到正常生活，还要一段时间。"

余溏脱口而出："没事，你慢慢养。"说完又赶紧解释，"别误会。"

岳翎笑着反问："误会什么？"

"也是，能误会什么？"他说完自嘲地笑了笑，"吃饭了吗？"

"还没。"

余溏看了一眼表："你等一会儿。我去找一下我们主任，等下带你去职工食堂吃点儿吧。"

岳翎把挎在臂弯处的包提到了肩膀上："你今天很累不想做饭吗？"

"不是，这几天太忙，没顾上去超市。要不我先送你回去，然后我再去超市看看？"

"我今天请你吃饭吧，"她仰起头，"就当我谢谢你这一段时间的照顾。"

余溏没有立即答应，犹豫了一阵，终于开口说道："你刚才不是说，你的伤还要一段时间才好吗？"

"我没说现在就搬下去。"

她说完，似乎也觉得这句话揭示人心过于赤裸，甚至于有些自以为是，于是也跟着补了一个解释："我很喜欢'辣鸡'。"

余溏说不出来他们在这段对话里有什么默契，总之他有些开心。

他正准备问她去吃什么，又听她说道："对了，我明天要出去一天，晚上也不会回去。"

"有事吗？"

"对……"岳翎下意识地捏了捏挎包链子，"一个朋友结婚。"

她的语气很冷淡，说完又觉得自己的情绪没有匹配上这件事，就抬头又露了个笑脸："新娘是我以前的师姐。我去做伴娘。"

"伤还没好，别被人闹了。"

"嗯。"

她应声点了点头："对了，你想吃什么？"

"你请客，你说了算哪。"

"吃火锅吧，特别辣的那种。"

余溏摇头："你还在养伤。"

"我不管，我太想吃了，叫上魏医生一起吧。"

经过岳翎受伤那件事情以后，魏寒阳在岳翎面前就一直有点儿怵。这几天看见岳翎恢复得还不错，他才逐渐放飞自我起来，这会儿正夹着毛肚在锅里晃荡，自我吹嘘："岳医生，你早说你爱吃这个，我一定陪着你把 A 市的火锅都吃遍。我吃火锅，绝对是'附院'里最专业的，不像老余这个尿货，喂……"

他回头看向余溏，余溏被辣得满脸通红，整个人好像在冒着白气。

"我说……要不要给你买一瓶牛奶呀？"

余溏低着头："你不要说话。"

岳翎夹起一块虾滑，抬头看着余溏："点的是鸳鸯锅，你为什么不吃清汤的？"

魏寒阳附和："对呀，你以前不是只吃清汤的吗？"

余溏看着气定神闲的魏寒阳，不知怎么就是生气。这个世上有一些无聊却要命的胜负欲，比如在当下这个"火锅江湖"里，他和魏寒阳到底谁能陪她多战一轮，就显得尤为重要。即便他没有那样好的肠胃，他也不想输。

魏寒阳根本不知道为什么余溏今天和辣锅杠上了，还在一边眉飞色舞地和岳翎说话。

"我以前就看老余吃过一次辣锅。"

"什么时候？"

"他哥有一次来看他，请他还有我们几个朋友吃火锅，吃的是三环外面的那家 C 城火锅。哎，对了老余，你哥是 C 城人吧。"

"不是。"

余溏喝了一口水："他在 C 城做生意做了很多年。"

"难怪，他吃辣、喝酒都特别痛快。我还记得，他说的那叫什么'龙门阵'。啧，天南地北，荤素搭配，比那些做脱口秀的还有意思。说起来，老余，你和你哥真是一点儿都不像。"

说完他又补了一句："不过也对，你们没有血缘关系。岳医生，你是独生子女吧？"

岳翎从清汤锅里夹了一片海带芽："不是，我还有一个弟弟。"

"那你们像吗？"

岳翎放下筷子看向余溏，反问他："你觉得像吗？"

余溏已经被辣得有点儿发蒙，也没多想，随口说出感受："不是很像。"

魏寒阳一怔："什么？你都见过岳医生的弟弟了？"

余溏听他这样说，不知道哪里来了一股"豪气"，又夹了一片在辣锅里吸饱了辣汤的嫩牛肉。

"对,我们还聊了一会儿。"

魏寒阳看他夹了一片肉,也跟着夹了一片。

"敢吃辣锅了不起呀?!我这片是裹了辣椒的麻辣牛肉。"

"那你放我碗里,我吃。"

"凭什么?凭你长得帅呀?"

"对呀,我长得比你帅。"

"……"

岳翎撑着下巴,听他们的对话,不知不觉地也夹了一片麻辣牛肉。那种锅底的厚辣混合着肉片上辣椒末的爆辣,在口腔里炸开,刺激的感觉直冲脑门,让人爽得"上头"。

岳翎认为,人在面对极端厌恶的事情时,是需要一些生理发泄的。所以她今晚点了特辣的锅底,本来是想在冲鼻的辛辣里以毒攻毒,流出些鼻涕和眼泪,结果余溥的反应却让她最后笑了出来。

火锅店里在放音乐,歌词耳熟能详,但岳翎一直不太确定这首歌的基调是喜还是悲。乍听起来好像是一派风流潇洒,但细听却又更像侠士痛失所爱,隐姓埋名后,聊以自慰的一首悲歌。

这首歌,恰如她此时的处境。

周五这天,余溥只有上午的门诊,于是中午在办公室收拾东西。魏寒阳握着一杯冰美式进来,坐在他的位置上翘起了腿,把他从上到下看了个遍。

余溥摘下脖子上的听诊器放在桌子上,回过头去拿挂在椅背上的外套:"起来,压到我衣服了。"

魏寒阳突然"啪"的一声把咖啡往桌上一放,劈头盖脸地说道:"你行啊,老余,跟哥哥还搞地下情啊。"

余溥面无表情地继续扯自己的外套:"我什么时候跟你搞地下情了?"

魏寒阳摊开一只手,放下腿,坐直身体:"少打岔,老实点儿。"

"我要下班了,你有话就赶紧说。"

他说完放弃了衣服,转身背上包,拿着杯子走到饮水机旁等水烧开。魏寒阳起身,几步跨到他的面前:"岳医生住在你家这么久,我怎么不知道啊？"

余溏挑眉道："你现在不是知道了吗？"

魏寒阳被他这么一说，瞬间炸了："你……你这是什么态度啊？说好了我偷井盖养她的！"

余溏接了一杯开水，端着水杯转过身："你喜欢她呀？"

魏寒阳看了看他手里的水杯，逐渐有些结巴："对……对呀，怎么，不明显吗？不是……你端着开水做什么？"

他说着朝后退了几步，退到椅子上坐下，挠了挠后脑勺儿："现在不敢直接追。"

余溏突然拖了一把椅子，坐到魏寒阳的对面。魏寒阳正陷在自我纠结之中，一抬头，愣是被余溏的脸给吓了一跳："你干什么！"

余溏盯着魏寒阳的脸，几乎把魏寒阳看发毛了。

"老余……"

"我不同意。"

"啊？"

余溏一把拽出被魏寒阳坐在屁股下的外套。魏寒阳被扯得差点儿从椅子上摔下去，慌忙地抓住桌沿。

"你发什么神经啊？"

余溏站起来就往办公室外走："反正我不同意。"

魏寒阳跟着站起来往外追："你要是不同意，也要说清楚啊。你要是喜欢她，咱们一起追呀。我又没有说不准你追，你踺什么踺？"

余溏头也不回。

魏寒阳站在门口吼道："你不等我？你以为你能把车开回去呀！外面下雨了！"

A市发出暴雨橙色预警，伴随大风，街边绿化带里的树被吹得犹如群魔乱舞。

车子的雨刮器几乎失去了作用。雨水"噼里啪啦"地砸在车窗上，隔着玻璃，有一种刀林箭雨在头顶戛然而止的突兀感。岳翎在后座上闭着眼睛，无端地觉得失落。

出租车司机把车暂时停到路边，回头对岳翎说："小姐呀，我看这个雨太大了，前面又堵得厉害。你要是不介意，咱们先在这儿停一会儿，等雨小点儿再走吧。"

岳翎听着车外的雨声，看了一眼时间，已经过了下午两点。

手机的屏幕突然亮起，岳翎低头一看，是余浙。

"喂。"

长时间没有说话，她的喉咙有些发哑，在说话之前咳嗽了一声。

"你迟到了。"

对方的声音里倒是听不出什么情绪。岳翎把手机靠近窗边："我去做了个指甲。"

电话那头的人笑了一声："还记得做美甲呀？什么颜色的？"

"酒红色。"

"迫不及待。"

"迫不及待被我抓伤吗？"

"哈哈。"

对方直接叫出了她的名字："岳翎，我一直都很怀念刚刚认识你的那会儿。你疯狂地反抗我，不过前面反抗得越厉害，后面哭得越好听。最近这几年你把爪子剪了，戏也的确越演越好，搞得我都要忘了你以前有多野。"

岳翎看着后视镜里自己的模样，妆容完美，锁骨分明。

"想跟我玩'回忆杀'呀。"

"玩啊。"

"那你还记得你喝的是什么酒吗？"

"记得。"

岳翎拢了拢耳旁的头发："叫一瓶红酒，酒醒好我就到了。"

她说完挂断了电话，低头抱住了自己的肩膀。司机从后视镜里看了她一眼，试探着问道："小姐，你是不是艺人啊？"

岳翎没有抬头："为什么这么问？"

"哦，B 酒店那边今天有一个什么电视剧的发布会。小姐去酒店，又穿得这么漂亮，不是艺人啊？"

"不是。"

岳翎从包里拿出口红和镜子，补了个妆，随口说："艺人也坐出租车吗？"

司机拍了拍方向盘，带着看尽世事的语气："这些明星艺人啊，当红的当然很有钱，不红的有的时候还不如打工的。这一片新楼盘多，经纪公司也多，我们在这个区载客，载的艺人多了去了。"

正说着，雨渐渐小了，司机赶紧发动了汽车："还是赶紧把您送过去。再等一会儿，酒店那边就开始堵了。"

司机说得倒是没有错。因为发布会和下雨，路上滞留的车很多，上了酒店前面的辅道以后，路就堵得水泄不通。

岳翎撑着伞，走进酒店大堂。发布会的各种物料已经铺设完毕，女明星们精致的美充斥着她的感官，门外的人都被连绵的伞面湮没了。

岳翎站在楼梯口拨通了余浙的电话："我到了。"

"嗯，来十一楼的西餐厅，我等你。"

"为什么不直接去房间？"

"先要喂猫啊。"

说完，电话便挂断了。

岳翎上到十一楼的西餐厅，门口的服务生过来为她引路："您好！是岳小姐吗？"

岳翎点了点头。

"余先生在窗边的四号桌等您，我带您过去。"

岳翎转头朝窗边看去，余浙穿着一套灰色的西装，背对着她坐着。

岳翎跟着服务生走到窗边，落地玻璃窗上爬满了裂痕一般的雨痕。余浙正在跟公司的人讲电话，看到两个人过来，就冲着服务生摆了摆手，示意服务生离开，接着又点了点自己对面的座位。

座位上放着一份刚煎好的西冷牛排，五分熟，汁水饱满。岳翎放下包，拿起刀叉，一边吃，一边等他讲完电话。吃到牛排还剩三分之一的时候，面前的男人才放下手机，伸手解开衬衣的领扣，帮她去挽耳边的湿发。

岳翎把身子往后一仰。他的手抓了个空，然而他并没有生气。

"反应这么大？"

他说着，把手肘放在桌面上，双手交握撑着下巴："过来。"

岳翎重新坐直身体。余浙的脸离她只有几寸的距离，她闻到了他身上的气息，但是她并没有再往后躲，而是慢慢地把最后一块牛排吞下。

余浙笑了笑："这么不要脸吗？"

岳翎把沾着肉汁的刀刃逼到他的鼻梁前："我也可以教你不要脸。"

余浙变了脸色："拿开！"

岳翎撩开了耳边的头发，放下刀："这样就生气呀？"

"呵。"

余浙操起手："现在激怒我，对你有什么好处？"

岳翎侧了些身子，稍稍耸起左肩："当然有，能激怒你，我就很开心。"

"你现在怎么这么恶毒？"

岳翎笑笑，搅着盘子里剩下的芝麻菜："你说这个话，不觉得很搞笑吗？"

她说完喝了一口冰水："你让你的人给岳观看了哪些照片？"

余浙看着她握在玻璃杯上的手，红色的指甲上镶着水晶，在灯光的映照下光华璀璨。

余浙记得她以前说过，梦幻过头的物质之光反射到生活的实处之后，反而只剩廉价感，所以她不准余浙私自给她买任何东西，即使买了她也不会用。但她有自己的精致，身上穿的或用的，无论从质感还是风格来说，都是无可挑剔的。

余浙痛恨她的品位，因为这是她清醒的证据。在他面前，她不管怎么哭、怎么被控制、怎么瑟瑟发抖，事后仍然可以站起来去洗澡，换上真丝的长裙，体面地坐在沙发上喝一杯咖啡。

她太有意思了，而且这种"意思"是在完全不受余浙控制的情况下慢慢地丰富起来的，来自她多年的自我修炼以及临床心理学专业带来的清醒头脑。

"我说我想看照片，拿来。"

余浙回过神，她咬着叉子，正向他伸手。

"现在看还有什么意思？"

"我要判断一下，我弟弟精神受损的程度。"

"然后呢？想问我要损失费吗？"

"呵……"她笑了一声，"钱根本解决不了，我开我的价。"

"开价？"他松开握在一起的手，靠向椅背，"你有这个资格吗？我只是给他看了一些你疯疯傻傻的模样。"

岳翎撑着下巴："嗯，你厉害。"

"没有你厉害，搞到了我弟弟。"

他交握双手，凑近岳翎："怎么样？余溏人很好吧？当年我爸就是被他那个性格哄得很开心。后来我也觉得他挺好的，拼命读书，什么都不争，连亲妈都可以让给我。不过他人太好了，可能到现在都不知道你在利用他。但你放心，我不在意他的死活。岳翎，你之前不是说你要跟我同归于尽吗？可以，我没亲人了，但我可以带着你全家跟咱们一起死。"

她听完说："咱们今天都不要说假话，也不要说气话。我知道你想赢，我也是。我还想好好地工作，体面地生活。我不发疯，你也不要发疯，咱们就在下水道里斗。比起两个人一起死在阳光下面，我更希望咱们两个人之间有一个人可以阴暗地活下来。至于是你还是我，咱们各凭本事。"

她说完站起身，手仍然伸在他的面前："这回算我输了，但我再也不想看见你。"

她说着，弯腰凑近他的耳朵。淡淡的玫瑰香味萦绕着他，温柔的声音和着温热的气息扑入他的耳中。

余浙一把扣住她的手："我不放你。"

岳翎笑了笑："没用的。"

"你走不了。"

"凭什么？"

"我有诚意！"

他突然提高了音量，周围的人纷纷侧目。

岳翎冷冷地看着他："行，我看看。"

余溏在家里睡了将近四个小时，他醒来的时候，"辣鸡"正欢快地追着一只不知什么时候飞进来的虫子。他抬起手臂看了看表，已经接近晚上十点了。

他正准备站起来去给"辣鸡"弄点儿吃的，手机突然响了。他拿起手机一看，是林秧的号码。他把手机丢在沙发上，不想接听，结果手机执着地响了三遍。余溏只好按下接通键，还没开口，就听见林秧着急地说道："喂，余溏，你在医院吗？"

"没有，什么事？"

"你哥出事了。"

"我哥？"

余溏一怔："他在哪儿出的事啊？"

"在 B 酒店这边。我今天在这边参加发布会，结束的时候看到警车和救护车都来了，说有人好像在房间里割腕了。我好奇，让助理去问了一下，结果他回来说受伤的人叫余浙，是江山茶业的老总。那不就是你哥吗？现在人已经送到医院去了。"

因为一辆校车和一辆公交相撞的交通意外，医院接了很多伤者。余溏赶到医院的时候，急诊室里十分忙乱。

胡宇正在支援急诊科这边，看见余溏便趁着空当问他："嘿，不是说召'普外'的医生回来吗？怎么师兄你也回来了？"

余溏刚要说话，急诊科的护士长边走边向他招手："余医生，这边。"

余溏忙向她走过去："割腕的伤者在哪里？"

"一个小时前送来的，现在还在清创。这边联系家属的时候才发现，余医生，你是他的弟弟。"

胡宇听了这话，诧异地跟过来问："什么？刚才那个割腕的人是你哥？"

护士长说道："哦，对，胡医生是他的首诊。"

余溏转过身看向胡宇："情况怎么样？"

"哦。"

胡宇缓了个神，理了一下思路，回应："还算好，伤口虽然深，但发现得早，送来的时候人还没有休克。不过有一根肌腱被割断了，我看的时候发现已经缩进肌肉里了，外科手术可能有点儿麻烦。还有一点，他之前应该服用了安定类的药物。"

"安定类的药物？"

"嗯，还不少。师兄啊，你哥之前有精神方面的障碍吗？"

余溏摇了摇头，转头问："谁在做他的外科手术？"

"林医生去了。"

"好……"

余溏从胡宇的描述里大概掌握了余浙的伤情，回头看了一眼急诊科的状况，转身对护士长说："你们这里怎么有这么多小孩儿？"

"校车车祸，但大多都是轻伤。"

余溏点了点头："那我去找一下主任，我都回来了，就过来支援你们吧。"

护士长拍了拍他的肩膀："今天这个状况就算了吧，主任临时召回了'普外'的几位医生，你去手术室那边吧。"

胡宇也跟着说道："对，你去吧，我们也忙去了。"

手术室门口的人有些多。江山茶业也来了七八个人，他们一直守在手术室的门口。

余浙的秘书陈敏站在一边，给张曼打电话。她低着头，声音也压得很低："嗯，现在还在做手术，具体情况要等手术结束之后才知道。您先不用着急，我让人给您订的明天的机票，到时候我去机场接您。"

她正说着，抬头看见余溏正走过来，忙对电话那边说："张总，余医生在我旁边，需要我……嗯，嗯，好的。"

她说完，转身将手机递给余溏："余医生，张总让我把电话给你。"

余溏接过电话，那头的声音听起来有些疲倦。

"小溏吗？"

"妈。"

"哎，看到你哥了吗？"

余溏把手揣进口袋，抬头看了一眼手术室门上的指示灯："还没有，我今天下午休假，也是刚刚才赶到医院。"

张曼压低声音咳嗽了好几声，说："现在人怎么样？"

余溏握着手机，走到走廊尽头坐下来："我刚才问了首诊的医生，说伤口比较深，伤到了肌腱。失血倒不算太多，器官受损情况应该也不严重。"

"哦，行……"张曼的声音逐渐有些迟滞。

余溏把手臂撑在膝盖上，弯着腰放低了声音："妈，你不舒服吗？"

"没有，没有。我就是有点儿乱，不知道你哥为什么会突然割腕。"

余溏看了陈敏一眼："我一会儿去了解。"

"嗯。"

电话那边应了一声，转而又说道：“但你也别太辛苦，陈敏和你哥公司的人在，有事让他们处理。”

余溏点了点头：“知道。还有，妈，你要过来吗？”

“过来看看吧，也看看你。”

“那我明天去机场接你。”

“不用了，我让你哥的助理来接我。你安心上班吧。”

余溏点了点头：“你早点儿睡。”

“好。”

余溏刚挂了电话，手术室的指示灯就灭了。

“余浙的家属过来。”

守在门口的人赶紧站起身，朝余溏看过来。余溏忙快步走过去：“林主任辛苦了。”

“哦，是余医生啊。”

“嗯，我是伤者的弟弟。”

“好，手术没什么问题，其他器官也没有出现缺氧损伤。你也是医生，我就不多说了，一会儿去病房看他就好。”

余溏往旁边让了一步：“谢谢你，林主任。”

“应该的。”

林主任的眼光有些诧异，但也明白在这种场合下并不适合和同事多说什么。

“那我先走了。”

他说完向余溏点了点头，转身进去了。

陈敏抱着手臂走到余溏面前，抬起头对他说道：“余医生，今晚我们这边安排人陪余总。派出所民警在下面，有个情况可能还是要找你了解一下。”

余溏转过身：“什么？”

“我们去酒店调了监控，今天晚上和余总在一起的是一个女人。她刚才自己来了医院，现在警方正在下面询问她。”

涉及余浙混乱的人际关系，余溏实在有些排斥。陈敏见他站着没动，接着说道：“那要不然我们先去了解一下，过后再跟你说一声？”

余溏顺着她的意思点头：“好，辛苦你们了，我去看看我哥。”

他说完看了一眼走廊的窗外。刚停了几个小时的雨，此时又下了起来。幽深如洞穴的窗子里燃着几盏遥远的街灯，灯光被雨水浇得支离破碎。

他头皮上忽然像被细针愚弄过一般，一阵一阵地疼，那种无端的愧疚感好像从虚无的针孔里冒了出来。他不得已用手拍了拍后脑勺儿，转身快步朝余浙的病房走去。

心胸外科的诊室内，岳翎静静地坐在椅子上。她淋过雨，头发和衣服都还是湿的。她向护士要了一杯水，吃下之前治疗尾椎骨骨裂的药，接着将双手握成拳，放在桌面上。

两个民警相互看了一眼："能简单地跟我们说明一下情况吗？"

岳翎仰起下巴："他是为我自杀的。"

民警有些摸不透她的态度。她虽然没有什么令人不快的情绪，但好像又透着点儿漫不经心。

"为什么会为你自杀？"

"为情。"

岳翎的言辞简单又绝情。她说完朝后靠去，用一只手抱住另外一只手臂，身上的淡红色衬衣湿润地贴在身上，印出的蕾丝胸衣的纹路透着淡淡的性感。她的姿势颓丧，却又没有任何怯意，甚至带着一点儿并不针对面前人的挑衅。

"我们以前算是在一起过吧。后来我不想要他了，就单方面分手了。他这次是从 C 城过来找我的，但我不想再跟他有任何瓜葛了。"

"所以他就自杀了？"

岳翎笑了笑："我劝过他，走到这一步我和他谁都不想，但他不听。我也想不通，江山茶业这么大的产业，老总却是个疯子。我保存了一些他给我发的短信，也有之前几通电话的录音。如果你们需要，我可以提供给你们。"

她边说边摇头，拿起杯子又喝了一口水，低头看着水杯中自己的倒影。

"不过，我走的时候他只是用自杀威胁我，并没有真的动手。我也不知道他到底是怎么想的，等他醒了你们可以再问问他。"

民警拧着笔帽："你说的这些我们会去核实。等一下你可能还要跟我们去所里录一份完整的口供。"

"嗯。"

岳翎松开手臂："我想自己开车过去。"

两个民警低声交流了一会儿，其中一个人对她说了一句："可以。"

"谢谢。"

岳翎说完起身往外面走去，此时已经是深夜。

她冒着雨走进停车场，四下无人，除了"哗啦啦"的雨声之外，什么都听不见。她打开车门，却没有坐进驾驶位，反而缩进了后座，然后脱掉高跟鞋，抱着肩膀把整个身子团在了一起。

此时，她除了口鼻中呼出来的气息以外，从头发到脚趾，从皮肤到骨头，都是冷的，但缩成团这个动作给了她虚幻的暖意。她睁着眼睛，看着被头发遮蔽视线后的那片黑暗，肩膀开始发抖，慢慢地把从刚才就开始拼命地掩藏的恐惧露了出来。

情感本是万物的虚像，与理智相对。谁也没有把握说自己这一辈子都不会在其中迷失。这世上有太多的人全然不知自己深陷斯德哥尔摩综合征之中无法自拔。更狼狈的是，舆论对这些人大多只有两种态度——同情或讽刺。

就在他们快要被黑色的水淹死，突然想要活下去的时候，岸上的人反而把稻草团成球，塞入了他们的鼻孔和嘴巴，然后奔走相告："救不起来啦！你看他们死得有多惨。太惨了，太惨了。"

岳翎一直在拒绝这些稻草。她明白，这些东西非但救不了她，还会不断地伤害她。

当"爱"和"温暖"不足以和人性的猎奇、虚荣、优越感对抗的时候，所有的"声援"都具有摧毁的力量，所以她宁可警惕那些凶猛的恶意，也不要相信自以为是的善意。于是岳翎从一开始就决定一人抗争，哪怕会受到"偏执"的反噬，她也不会因此退缩。

当岳翎独自一人从派出所走出来的时候，她感觉到前所未有的安心。那种摒弃掉所有不确定因素，将前因后果全部纳入自己掌控之下的安全感，就像是在暗夜里燃烧的风灯，指引着路人前行，光虽微弱，却让人感觉十分温暖。

她独自坐进驾驶位。在来的路上，她给车加过油，所以此时油箱还是满的；手机的电量也显示满格。从前不屑一顾的公众号"心灵鸡汤"的桥段此时忽然有了些意思。

岳翎打开车载广播，她常听的那个电台正在播放深夜音乐节目，而男主持人的声音竟有些像余溏。她听了一路，当把车开进地下车库时，主持人刚好推荐到她很喜欢的一首歌。岳翎就坐在车里安静地听了一会儿，她不想下车，也不想回家。

歌一首一首地听下去。也不知道过了多久，她突然听到有人轻轻地敲她的车窗。岳翎慢慢地睁开眼睛，看见了余溏。

她降下车窗，车窗外面的"辣鸡"忽然冒出一个毛茸茸的脑袋，然后欢快地扑到了她的胸前。

岳翎下意识地搂住那团温暖的毛球："你把它带下来干什么？"

"陪你。"他站在车外，没有说多余的话。

"辣鸡"直接在她的车上开启探索模式，顺着她的胸爬上了座椅靠背，然后一个不小心，"啪"的一声翻到了后座上。岳翎忙解开安全带，转过身去把它捞回怀里。

余溏伸手摸了摸"辣鸡"的头，轻声哄它："乖一点儿，这不是我的车。"

岳翎轻轻地捏住"辣鸡"的脚，让它在自己的肚子上安分下来。

"你怎么下来了？"

"哦，我刚刚从医院回来。家里没有啤酒了，我突然想起昨天买的还放在车上，就下来拿。"

一说到啤酒，岳翎倒是反应了过来："外面还在下雨吗？"

余溏点了点头："对，很大，我睡不着。"

他说完抬起手上的袋子："你喝不喝？"

"喝。"她说着打开车门锁，"上来坐吧。"

"好。"

余溏坐进车里，把座椅的距离向后移了一点儿，才勉强伸直腿。他把装着啤酒的袋子放在脚边，弯腰取出一罐递给岳翎。

岳翎接过啤酒："你不喝吗？"

余溏摇了摇头："你喝我就不喝了。"

"怕醉？"

"是啊，不想在你面前再喝醉了。"

岳翎笑了笑，拉开啤酒罐仰头喝了一口。她并不是很喜欢麦芽的香气，但她喜欢喉部被刺激的感觉，这能让她稍稍地放松，说出一些她原本不打算说的话。

"对不起。"她喝完大半罐后，一只手放下啤酒罐，一只手轻轻地捏着"辣鸡"的耳朵，"昨天骗了你，我并没有去参加婚礼。"

"没事。"

余溏也伸出手去，摸着"辣鸡"的下巴，同时仔细地避免了与她的肢体接触。

"你没有义务什么都跟我说，况且我也不是个很会帮别人出主意的人。"他说完笑了笑，"你冷不冷？"

"有一点儿。"

"那我把我的外套给你。"

"你不冷吗？"

"嗯。"

他点了点头："我还好。"

岳翎裹上余溏的外套，两个人便靠在椅背上各自沉默了一会儿。他突然轻声问她："你刚才坐在车里是不是哭了？"

岳翎垂着头看着手中的啤酒："你看到了吗？"

"嗯，我不知道你今天那么难过。"

岳翎摇了摇头："我不难过，我只是听歌听哭了。"

余溏抬眼看向她车上的屏幕："什么歌？很悲伤吗？"

岳翎摇了摇头。

"不算悲伤，但歌里面的那种不安定感挺扎人的。"

"我可以听一遍吗？"

岳翎没有拒绝："可以，你连手机的蓝牙吧。"

余溏顺着她的话掏出手机连上了蓝牙，直接在手机软件里搜索那首歌，按下了播放键。

歌手温和的声线充斥在车内，岳翎闭着眼睛静静地听着其中的歌词。

"想念拆成一万种，散落生活，却从来都不够用。"

那些刚才令她红眼的字眼儿，此时还算温柔。她下意识地看了一眼坐在副驾驶位上的人，他闭着眼睛，呼吸声均匀。

岳翎忽然觉得这一幕有点儿熟悉。她忙集中精神想要去那片黑暗的回忆里把这个相似的场景给抓出来，然而却是徒劳。于是她有些不甘地捏了捏"辣鸡"的腿，"辣鸡"仿佛也感觉到了不安，轻轻地叫了一声。

余溏睁开眼睛："怎么了？"

"没怎么。"

她犹豫了几秒钟，忽然脱口而出："余医生……"

"嗯？"

"你以前和女生一起听过歌吗？"

余溏没有立即回答他，似乎是在回忆。

"听过。"

几分钟后他才再次开口："那时我还在念小学，听歌的工具也只有MP3。我妈很忙，经常不在家，我妈每次出去的时候怕我乱跑，就会趁我睡着把我反锁在家里。我醒来害怕，不断地敲门，那时门外面有个女生经常从门缝里塞一只耳机进来，陪我听整整一天的音乐。"

岳翎笑了笑，由衷地说道："那个小女孩儿真好。"

"是啊，可是我一直不知道她是谁。"

他说完低头沉默了一会儿，细枝末节一旦生出，就又联系到了"根茎"上。他垂下眼帘："知道我为什么会学医吗？"

岳翎摇头。

"我到现在为止都还记得，那个女生跟我说，她妈妈有很严重的心脏病，治不好，随时都会死。她很害怕，说她只有妈妈，不想让她妈妈离开她。但是，医院里的医生都不肯听她说话，也不愿意回答她的问题。"

岳翎听他说完怔了怔："所以你后来才主修了心胸外科吗？"

余溏摇了摇头："我不知道是不是完全因为她，但当我成为一名医生以后，我常常在想，我还会不会遇到她？我……"

他说着顿了顿："我应该想要报答她吧。所以，我要求我自己不能轻易放弃任何一个病人，要认真地和家属沟通，尽我最大的努力尊重病人和他们的家庭。"

岳翎听他说完这一番话，长时间没有出声。

余溏按下音乐的暂停键，转头看她："你怎么不说话呀？"

岳翎把"辣鸡"抱到肩膀上："想给小女生点个赞。她如果知道你是因为她而成为一个好医生，一定很开心。"

余溏点了点头，转头看向照在墙壁上的车灯："我也希望她一切都顺利。"

他说完，低头看了看表："你的情绪好些了吗？"

岳翎笑了笑："被你和那个小女生的故事治愈了。"

"那上去休息吧。"他说着侧身打开了车门。

"余溏。"岳翎突然在背后叫了他一声。

这也是余溏第一次听见岳翎叫他的名字，他稍稍一怔，愣了几秒才回应："你说。"

"我今天晚上想抱着'辣鸡'睡。"

"好。"

他笑着答应："刚好我下午才带它去宠物店洗了个澡。"

"那你先上去吧，我想再坐一会儿。"

"行，留个灯给你。"

余溏说的每一句话都是真的。岳翎抱着"辣鸡"走进客厅时，客厅里的落地灯仍然亮着，而他已经躺在沙发上睡熟了。

外面仍旧是大雨袭城，落地玻璃窗上的雨痕像时放时收的网。余溏面前的茶几上摆着几个空了的啤酒瓶。

岳翎转过身走到窗边，轻轻地把窗帘的缝隙合上，弯腰帮余溏收拾掉茶几上的啤酒瓶。

"辣鸡"蹭着她的腿。岳翎撑着地毯坐下，伸出一只手给它，它立即把脑袋往她的手掌里钻。

岳翎看了看"辣鸡"，又看了看沙发上蜷缩的人。她想，即便余溏曾经被那样温柔地保护过，如今又有幸养到"辣鸡"这样的猫，与那么多干净美好的人和事产生关联，如今却仍然躺在只有他一个人的"病床"上。

岳翎忽然发觉，人恐惧的形式千奇百怪，但说到底，"孤独"这个内核好像都是一样的。

CHAPTER 05

他的投名状

　　第二天早上起来，余溏发现自己在沙发上睡落枕了。

　　桌子上的啤酒瓶不知什么时候被收拾掉了，取而代之的是一杯白开水。他端起来喝了一口，歪着脖子走到厨房门口，发现"辣鸡"蹲在厨房门口的地上，也是一脸茫然地歪着脑袋，几乎和他是一个角度。

　　余溏蹲下身，一只手揉着脖子，一只手摸了摸"辣鸡"的下巴。

　　"怎么了？跑到这儿蹲着。"

　　他刚说完，厨房里突然传来"啪"的一声响，"辣鸡"被吓得"噌"的一下缩到余溏的腿边。

　　余溏抬起头。厨房里传来岳翎自言自语的声音："跟我有仇是吧？"

　　余溏无奈地笑了笑，一把将"辣鸡"捞起来："跟你待久了，谁都会拆家。"

　　岳翎正站在水槽旁，无语地看着地上摔碎的盘子和那两只散了蛋黄的煎鸡蛋。听到余溏的声音，她下意识地低头在围裙上搓了搓手。

　　"来，你下来。"

　　余溏弯下腰，"辣鸡"顺势跑到了岳翎面前蹲着，仰起脑袋呆呆地望着岳翎。

　　余溏蹲下来去捡地上的碎片。早晨七点的阳光明亮而不刺眼，把盘子碎片也照得温柔起来。

　　"你昨晚是不是没吃东西？"他一边捡，一边问。

岳翎没有直接回答他："这些盘子多少钱？我赔给你。"

余溏抬起头，把手臂搭在膝盖上，晃了晃手里的碎片："不知道。这一个是去年在山上一个朋友家里烧的，他们那儿有一个窑。"

岳翎听完抿了抿唇："不好意思。"

余溏低头继续去捡，声音很平淡："没事，我喜欢盘子、杯子这些东西，一年到头买得多，被我自己摔碎的也多。它们毕竟是用的东西，都有使用期限，从买来开始，使用寿命就进入倒计时了。"

他说着站起身，用一张厨房纸把碎片包起来丢进垃圾桶，然后洗了一下手，习惯性地举着手转向岳翎："岳翎。"

"嗯？"

岳翎抬起头。她的素颜没有太好的气色，皮肤的色调裸露出了原始的冷调，苍白、干净。她穿着一套宽松的真丝睡衣，外面罩着一件乳白色的针织衫。所有肢体上的痛感和颓丧都无法掩饰，从柔软的衣料里渗出来，就像破口的皮肤在渗血，痛意虽不强烈，却足以令人抱着膝皱眉。

认识岳翎这么久以来，余溏还是第一次看到她松弛的样子。他突然想留住这一刻，于是把原本想说的话压了回去，打开冰箱拿出两个鸡蛋，敲入碗中迅速地打散。

"煎蛋加不加盐？"

"加。"她弯下腰，把在地上踩来踩去的"辣鸡"抱了起来，走到余溏身后。

余溏看着灶上的火焰："你抱'辣鸡'出去坐吧。"

他身后的人没有动，"辣鸡"伸出抓子朝他的腰上挠了一爪子。余溏往前面挪了一步："被抱着就乖一点儿。"

他说话的时候没有回头，而身后跟着猫叫声一起回应他的，是岳翎平缓的声音："我想看着学一下。"

"好。"他犹豫了一下，最终没有拒绝。

余溏庆幸自己早起了半个小时，得以在上班之前跟她面对面地吃一顿早餐。

岳翎吃东西的时候有点像"辣鸡"，很谨慎。她虽然并不刻意，但会习惯性地比他慢一步，每样东西都会等到他先下口之后，才会拿起来自己吃。

"我下周要开始上班了。"

岳翎喝掉最后一口牛奶，起身又去给自己倒了一杯热水。

余溏捏着吐司，点了点头："好。"

岳翎站在饮水机旁："我也好得差不多了，今天下午就把东西搬下去。"

余溏点了点头："要我帮你吗？"

"不用，都是些零碎的东西。"她说完摸着"辣鸡"的脑袋，"要走了，小'辣鸡'。"

"辣鸡"像是知道她在说什么，拼命地蹭她的手，恨不得自己把自己蹭秃。

余溏看着"辣鸡"，忽然问岳翎："你想不想养它啊？"

岳翎的手指轻轻地一握："我想，但我现在没有这个资格。"

"为什么？"

岳翎直起腰笑了笑："可能我觉得……我没有你那么好吧。"

她说完站起身："我收碗。"

余溏也站起身，刚想进去帮她，手机突然响了起来。他看了看来电显示，是胡宇打来的。

"喂，怎么了？"

"师兄，你现在来医院了吗？"

那边还是一如既往的嘈杂，余溏下意识地把听筒拿得远了一些。

"还没，马上就过来。"

"好，我先跟你说一声，你哥醒了，各项指标都还不错。"

"谢谢，我下了手术抽空去看他，你辛苦了。"

"没事，师兄，那我先忙了。"

余溏放下电话。岳翎正在帮"辣鸡"加猫粮，蹲在地板上。她身上的针织衫垂了一角在她的腿边，被"辣鸡"欢快地扑着玩。

"你哥怎么样了？"她忽然毫无情绪地问了这么一句。

余溏一怔："你怎么知道？"

岳翎举起自己的手机："网上有消息。"

余溏在岳翎打开的那个界面上看到了"江山茶业老总为情自杀未遂"的标题。

"你对你哥是什么感情？"

"你为什么问这个？"

岳翎站起身，凝视着余溏的眼睛："我很恨他。如果你尊重他，那我要跟你说声'对不起'。为了摆脱他，我利用过你，包括我搬来你家楼下，都是故意的。"

余溏点了点头，沉默地走到沙发上坐下。他看着地板上的人影，慢慢地开口："其实我不太了解我哥。我觉得你是了解他的，但你目前可能不愿意告诉我。"

岳翎没有说话，余溏抬起头："至于你说你利用我，我也想告诉你一件事。你知道我看到下雨，会有无端的愧疚感吧？"

"嗯。"

"不知道是因为什么，你在我家里的这段时间，我好像释怀了一些。"

岳翎沉默了。余溏的逻辑体系已经非常稳固，他并不会隐晦地去表达什么复杂的含义。但对于这一句话，岳翎觉得自己只听明白了三分之二的含义，剩下的三分之一，也许连说话的人自己都不知道。

"你什么意思？"

余溏以为岳翎的这句话是一句质问，赶忙抬头解释："我说这个话不是要把你留在我这里，你……你可以把我当成你医院里的患者，当我在寻求医生的帮助，我想治愈我的病。不是……我……"

他越说越偏向他认知里的"变态"情节，于是抓了抓头，对自己无语，用一只手反复地掐着自己的虎口，毫不客气地自我吐槽："我在说什么鬼话？"

岳翎抱着手臂，居高临下地看着余溏："你有医患关系的情结吗？还是当医生久了，想换一个角色……"

说到这里她也收住了声音，好像是不想无端地冒犯人性当中难得的那一份温顺、谦恭。所以那些她原本可以对任何男人脱口而出的奚落，在这个人面前忽然说不出口了。

"余溏，"她松开手臂走到他的面前，"过于完美的性格大部分都是假象，'温柔'的代价大多都是自伤。作为精神科医生，我很心疼那些因自伤最后万劫不复的人。如果不是有现实的亏欠，你根本没有必要对我这么好。"

"但咱们在 C 城……"

"我也不是只做过那一次。"

她打断余溏的声音:"我快二十七岁了,也不是一无所到要靠那些事来找个安身立命的地方。我无所谓,只是和你各取所需而已,或者说得再过分一点儿,那天晚上我是自愿的,但你不是。这种事情和性别一点儿关系都没有,所以要说补偿,可能应该是我补偿你。"

"不是,"他直接否定,"就算没有那天晚上的事情,我也想弥补你。"

"为什么呢?"

她笑了一声:"因为你医者仁心,觉得我可怜吗?"说着拢起身上的针织衫,"我不想要感情,简单的、复杂的我都不想要。你但凡像你哥一点儿,我都不会对你心软。但你这样一个人在我面前,我……问心有愧。"

"问心有愧"这四个字虽然从岳翎的口中说出来,但却是余溏多年来一直苦于寻觅的一个用以自解的词语。在开车去医院的路上,他一直在想这四个字。

睡落枕的后遗症严重到他的脖子稍微一扭就酸得厉害。然而他越痛,反而心里越好受,索性握拳站在医院大厅的门口,自虐性地朝着最疼的地方狠砸了几下。

"你干吗?"魏寒阳刚下了晚班,背着包从楼上下来。

"喂,听说你哥出事了?"

余溏揉了揉手,往二楼走,边走边说:"怎么你也知道了?"

魏寒阳跟着他一起往上走:"你的车停在哪个门哪?"

"二门。"

"那你没看见二门那儿有媒体吗?"

余溏想起今早在岳翎手机上看到的标题,转头对魏寒阳说:"他应该会转院。"

魏寒阳摸着额头:"重点不在他转院不转院呀。那可是你哥,江山茶业的老总。大家都说他是为情自杀的,还八卦之前在医院被警察质询的那个女人是谁。你怎么一点儿反应也没有?"

余溏解下手表,揣进衣兜里:"我不太关心我哥的私生活。还有,我赶着去做手术,你要八卦,就去找胡宇。"

魏寒阳在他身后站住："我不去找胡宇。哎，你把你家的钥匙给我，我下班要看我干儿子去。"

余溏听了这句话，收住脚步返回来："今天不准去。"

"凭什么？哥已经快一个月没撸过'辣鸡'了。"

"不准去。"

余溏也没什么好解释的，因为乱七八糟的情绪没找着对应的词，所以干脆又简单地凑了这么三个字。

魏寒阳翻了个白眼："你要么就是'不同意'，要么就是'不准去'。你要想追人家岳医生就直说，我才能给你定个情敌的性质。你要是不追，就给我留条路。"

早晨的医院里，人人都忙得不可开交。余溏根本没有多余的时间去和魏寒阳纠结这类私人情感问题。

"我上手术去了，回头再说。反正你今天老实点儿吧。她昨天凌晨两点才睡，不要去打扰她。"

"哦，两点才睡呀……那我干脆下午……嘿，不是！"

魏寒阳突然反应过来，抬头看余溏时，他已经走到转角去了。魏寒阳抬起手冲着他的背影一阵猛戳："老余，你绝了呀！人家两点睡你怎么知道？你晚上睡在人家的床底下呀？"

走廊里路过的几个护士听到这句话，捂着嘴笑："魏医生，你刚说余医生睡在谁的床底下？"

"不是……你们听错了。"

医院里的大部分玩笑都没有保鲜期，一下子笑过，刺激完多巴胺的释放就变质了。毕竟他们工作的节奏太快，每个人紧绷着的神经都不允许被杂念过多地侵袭。

上午第二台手术接台的间隙，余溏按着脖子走出手术室。

脑外科的主任张明仁在通过间换鞋，看见余溏进来，笑着跟他打了个招呼："余医生下手术了。"

余溏抬起头："在等接台。"

张明仁很喜欢这个身为后辈的青年医生，看他用手按着脖子，随口关心了一句："脖子怎么了？"

"哦。"余溏放下手，"昨晚睡落枕了。"

张明仁把换下来的鞋放进柜子里："这么年轻就有肩颈问题，不好。"

余溏笑了笑："我们科室现在连胡宇都有这方面的问题。"

张明仁站起身："忙是对的，但还是要保养身体。还有一会儿才接台，要不要去我那儿喝点儿茶？"

外科的习惯是这样，几个年纪大一点儿的教授都喜欢在等接台的间隙，去麻醉科主任的办公室喝点儿讲究的茶。

大部分时候余溏也会跟着去，听他们聊一些病例的情况，或者当天手术的心得。但今天他想趁着这个时候去看看余浙。

"我这两天一上手术，真的什么都喝不了。"

他找了个借口推迟，张明仁却看出了他的迟疑。

"哦，我忘了，你是不是要去看病人？"

余溏没有否认。张明仁倒是没有魏寒阳那么八卦："那你去吧，不耽误你时间了。"

张明仁虽然只是随口一问，但也从侧面反映出余浙的事情在医院引起的波澜不小，连他这种不爱打听事情的老教授都听说了。

余溏这几年一直都扑在自己的事业上，连新闻都不怎么看。当胡宇跟他说这件事惊动了媒体的时候，他还有点儿诧异。现在看起来，余浙这件事比他想的要复杂。

他和张明仁告别，走到"普外"的病房。

余浙靠在病床上和公司的人说话，声音虽然不算太大，但听得出来他的情绪很不好。

"下午让产业园项目的人过来，我当面听他讲。沟通做了快三个月了，究竟在做什么？"

张曼坐在病床前劝他："行了，骂了一早上的人了，休息一会儿吧。"

公司的人都不敢说话，看到医生走进来，赶紧往后面让。

张曼转过身："小溏来了。"

"嗯，妈。"余溏答应了张曼一声，又转向余浙，"哥。"

余浙稍微调整了一下语气，对自己公司的人说："行，你们先回去。"

公司的人听到"赦令"，如释重负地撤了出去。

余溏弯腰扫了一眼监测仪器上的指标，听见张曼轻声问他："没什么吧？"

"嗯。没什么。"

余溏站直身，随手拿起果篮里的一根香蕉："我吃一根。"

余浙看了他一眼："吃啊。你又没顾上吃饭哪？"

"还有一台手术，做完了再吃。"

余浙按了按额头："你也是拿命换钱。"

"你呢？拿钱换命？"

"啧，你可以呀。"

张曼在一旁笑了笑："你们两个乱说什么？小溏，过来坐。"

余溏坐到张曼的身边，放下香蕉皮："你昨天晚上到底是怎么回事？"

余溏把这个问题问出口，张曼就沉默了下来，低头慢慢地剥橘子。

"我已经跟警方说了，是我一时糊涂，自杀未遂。"

余浙说完闭上眼睛，打着点滴的手猛地握紧，脸色也跟着变了。

余溏下意识地说了一句："右手放松。"

余浙却突然劈头盖脸地吼了一通："你不是很忙吗？跑到我这儿干什么？看笑话吗？看够了就滚！"

张曼被吓了一跳，手里的橘子应声掉到了地上。她忙要站起来去捡，却被余溏拦住。

"妈，没事，我捡。"

他说完弯腰捡起橘子，起来直接对上了余浙刚才的话："你在医院对我发什么火？"

余浙撑起上半身："别拿你对病人的语气跟我说话！我是你哥！"

余溏不知道余浙的怒气来自于哪里，但他知道自己对余浙的火完全是因为岳翎而烧起来的。

"吼什么吼？安定没吃够，还想打镇静剂是不是？"

张曼有些听不下去了，忙拉开余溏："你们两个刚才还好好的，现在怎么跟斗鸡一样？还有小溏也是，平时从来没听你这么说过话。"

余溏被张曼拉到了身后，低头稍微缓和了一下自己的语气。

"我能说什么？从小到大，妈，你为他操的心最多。他现在这样是做什么？跟人家女孩儿……"

他说着想起在 C 城的那个雨夜，岳翎到酒店来找他时的那副模样。宣之于口即是冒犯，余溏本能地想要把她保护在阳光下面。

"我看你是活该！"

张曼忙拽住他："好了，好了。你也是医生啊，你这个时候刺激他做什么？"

"妈，你别管他，让他说。他在象牙塔里一蹲七八年，早把脑子蹲坏了。我花钱养着岳翎，大家心甘情愿，各取所需。你偏要当什么天使保护她。你以为你救得了谁呀？"

余浙正说得"上头"，右脸忽然一阵钝痛，顿时眼前一黑，脖子一仰，连带着头也狠狠地朝墙壁上砸去。

"你……"

余浙还没说完，刚才挨揍的地方又结结实实地挨了一拳，这下他感觉到鼻子一阵酸热。

"小溏，你干什么？！"

张曼挡在余浙的病床前："他才做完手术！"

余浙在张曼的身后低下头，发现自己被打出了鼻血。

他一时有些反应不过来，因为印象里，从小到大，余溏从来没有动手打过人。他们小的时候，余浙经常把余溏揍得鼻青脸肿，余溏也只是沉默地在家门外蹲着，不还手也不哭，甚至在余江山和张曼的面前也不告状。今天这一拳头，余溏倒像是铆足了劲儿，新仇旧恨一起算的架势。余浙一下子被打蒙了。

外面的陈敏听到里面的声音，赶紧敲门进来，看见余浙一下巴的血，忙掏出纸巾递给他。

护士长见状，急忙走进来把余溏拉了出去。一下午的时间，这件事就在"附院"传遍了。

魏寒阳原本在沙发上补觉，硬是被胡宇的"夺命连环 call（呼叫）"给吵醒了，刚接起电话就不耐烦地甩了一句余溏的口头禅："你是不是有病啊？"

胡宇根本没理他："你几点来医院啊？"

"拜托，我连着两天都在值晚班。你放过我好不好？我都困翻了。"

"你早点儿来吧。"

"早什么呀？！我要睡觉！"

"不是，师兄今天被总院下了处分。这会儿我们科室的徐主任也被一起约谈了。你快来看看，我真的搞不定。"

魏寒阳的瞌睡一下子全醒了。在他的认知里，就算自己被下了降头，余溏也不可能被下处分。

余溏在医院里真的是认真、专业到"令人发指"，从业这么久几乎没出过一点儿医疗事故。不管是病人还是病人家属，对他的医术和医德都赞不绝口。

魏寒阳赶忙翻身坐起来，光脚踩在地上去翻衣服。

"什么情况？你确定被处分的不是妇科的那个老余？"

"魏大爷，你能不贫吗？"胡宇也不客气起来，"我听说好像是在病房里，他把他哥打了。"

"什么？"魏寒阳傻眼了。

"他还打架呀？"

胡宇叹了口气："具体情况我也不清楚。外面下那么大的雨，师兄下午的手术其他人接手了。我看他一直在办公室里坐着，也不是个事啊，所以指望你过来了解了解情况。"

"哎，行，我马上换衣服过来。"

魏寒阳挂了电话，随便套了一件外套，风风火火地下楼去取车。他一走出地下停车场的电梯间，就看到了拎着一堆东西从车上下来的岳翎。

"魏医生。"

"哦，是你呀。"

"嗯。"她说着指了指他下面，"那儿没拉。"

"啊？……不好意思。"他赶忙把裤子上的拉链拽起来。

岳翎笑着问他："你怎么走得这么急？"

"我去把老余给接回来。对了，你才回来吧？外面雨下得大不大？"

"我在高架上的时候下得很大。"

"行嘞。"

他说完正要走，想起什么，又回头说道："对了，岳医生，你是不是还有老余家的钥匙啊？"

岳翎没有否认。

"你帮他喂一下'辣鸡'吧，就今晚。"

"他今晚值班吗？"

"也不是。"

魏寒阳犹豫有没有必要告诉岳翎，最后还是决定提一句。

"他今天在医院里出了一点事，我和胡宇准备把他带去喝个酒散散心。不说了，先走了啊。"

岳翎放下手里的东西，转身叫住魏寒阳："他出什么事了？"

魏寒阳抓了抓头发："我现在也不是特别清楚。听胡宇说，他在病房把他哥打了。你说搞笑不搞笑？老余打人？我现在都觉得可能是有人出现幻觉了。"

岳翎一怔："知道为什么吗？"

"谁知道啊？我走了，小'辣鸡'拜托你了。"

心胸外科主任徐开德的办公室里，余溏沉默地坐在徐开德对面的椅子上。

徐开德撑着办公桌，低头看着余溏，语气很官方："虽然是你们兄弟之间的冲突，但这里毕竟是工作场所。你是医生，你要有自己的职业精神，注意自己的职业形象。今天这件事情，对咱们科室乃至整个医院都造成了很大的影响。还好患者及患者家属低调处理，不再追究，否则后果是什么，你应该是可以预见的。"

"是。"余溏没有辩驳。

徐开德松开手，直起身，和余溏之间拉开了些距离，顺势压重了音调："余医生啊，你的情绪控制真的还需要加强。"

余溏看着自己交握在腿上的手，点了点头："对不起，主任，我接受院里所有的处分。"

徐开德叹了口气："你的专业能力整个科室都有目共睹。今天张院长在行政会上还在为你感到可惜。你看，医院领导还是很认可你的。这次虽然是口头警告，但是你要引以为戒。"

余溏点头："我会认真反省自己的错误。"

他过于配合的态度，让徐开德也说不出什么。两个人沉默地酝酿了一阵气氛后，徐开德终于拍了拍他的肩膀："行了，回去吧。明天好好调整一天。"

"好，谢谢主任。"

余溏走出徐开德的办公室，早就等在外面的魏寒阳立马凑了上来。

"怎么样？徐开德没借题发挥吧？"

余溏把手揣进衣兜："他说的都没什么问题。"

"话也不能这样说。全医院都知道你们徐主任，专业一般，官僚那一套搞得有模有样，对你不待见也不是一天两天了。这次他拿住你了，还不得把你按地上使劲儿搓呀？"

胡宇跟在魏寒阳的后面："是啊，师兄，不要太在意徐主任说的。我们大家都知道他的为人。"

余溏看着胡宇笑了笑："本来就是我犯错误，犯的也是原则上的错误。我想得清楚，你没必要跟着寒阳说这些。"

魏寒阳一把挂住余溏的肩膀："行，那不说了。你也别回办公室里傻坐着了，咱们晚上喝酒去吧，刚好你明天也休息。"

余溏挪开他的手："我今天不想喝酒。"

"那你干什么？"

余溏转头看向窗外，所有的玻璃窗都是关闭的，窗面上的雨像无数细微的裂痕。

在病房里向余浙挥出那两拳以后，他的心好像也被一根尖锐的锥子刺得裂开了，从前那些像黑水一样的愧疚感流出了一大半，他整个人突然之间轻松了许多。

同时，这件事也令他明白，治愈他恐惧的东西，竟然是对另外一人的"保护"，他赤手空拳，并为此丢盔弃甲。

"哎。老余，你不是不敢看雨吗？"魏寒阳看着他的举动，有些诧异。

"这段时间没那么怕了。"他说完朝楼下走，"等雨停了我就回去了，你们忙自己的事吧。"

胡宇看着余溏的背影，拽了拽魏寒阳的袖子："哎，看起来师兄的状态还行啊。"

魏寒阳掐着下巴："我看不是行，是'爆棚'了好吧。你知道吗？他以前只要一遇到下雨天，根本不敢站窗口边上。今天真是奇了，他被什么东西附身了吗？"

胡宇听傻了："什么东西？女鬼呀？"

魏寒阳毫不客气请他吃了个"栗子"："女鬼你个头啊。"

下午的雨一直下到了晚上十点钟。余溏正准备收东西，突然发现早上把杯子放到病房那边的护士站了。他背起包锁上办公室的门，准备过去取杯子。

晚上十点以后，大部分的病房已经熄灯了，走廊上很安静。护士长王依把水杯递给余溏，笑着问了一句："你还好吧？"

余溏接过杯子，笑了笑："没事。"

护士长从盒子里抓出一把巧克力："我儿子给你的。"

余溏接过巧克力，不由得笑了："干吗给我？"

王依一边填表，一边说："去年我儿子的手术是你做的，你忘了呀？"

王依说完停下笔，看向他继续说道："那会儿他不肯做检查，非要吃巧克力。你去魏医生那儿拿巧克力给他，他现在都还记得。今天他放学过来找我，说看你不开心，就让我拿巧克力哄你。这种巧克力吧，不是特别好，但是因为现在快停产了，很难买到，所以他有一块藏一块，从来不拿出来分享的。"

余溏看着巧克力的包装，发现是岳翎喜欢吃的那一款。

"余医生，你人特别好，对同事、对病人都没得说。虽然你家里的事我们不方便过问，但大家都希望这次的事对你的工作不要有影响。"

余溏点了点头："我知道，谢谢。"

"我该谢谢你才对。"

余溏没有再继续客套，把巧克力揣进兜里。

"那我拿走了。"

"好，慢走。"

余溏转身往电梯走。刚走到电梯口，背后忽然有人扯他的衣角。余溏回头一看，张慕的女儿小可可正眼巴巴地看着他，手背上还插着留置针，脚上也没穿鞋。

"医生哥哥……"

王依听见声音，赶紧从护士台走过来："小可可，你怎么一个人跑出来了？"

余溏弯腰看着她手上的留置针："王依，你看一下，她的手有点儿回血。"

王依让出一点儿光线，托着小可可的手看了看："嗯，是有一点儿。

一会儿我帮她推一下。"

王依说着，试图去抱她："来，带你回去睡觉了。"

小可可被王依抱起来，却仍然拽着余溏的衣服，王依有点儿无奈。

"医生哥哥下班了，咱们让他回家，好不好？"

小可可摇头。护士站的铃响了起来，王依抱着小可可一时无措。

余溏伸手把孩子接过来："没事，你先去忙，我把她抱回去。"

王依听他这样说，道了个谢，赶紧返回了护士站。

余溏低头看着小可可，她的头发有些乱，眼睛也是肿的，像是刚刚哭过。

"你爸爸呢？"

"爸爸睡着了……"

这孩子委屈的声音总是让人心疼。

"那我抱你回去找爸爸。"

"不要……可可不回去。可可要找妈妈。"

她闹着不肯走，余溏也真的就不敢往回走了，只好抱着她在走廊上的椅子上坐下。

他的确是一个本质温和、很容易被小孩亲近的人，却不擅长和孩子沟通。他看着小可可渐渐发红的眼睛，也不知道说什么，只能小心地把她想要揉眼睛的手按下来。

"妈妈什么时候来找可可呀？"

"我也不知道。"

他习惯性地说了实话。然而这句话一说出口，小可可的眼睛里就包起了"金豆子"。

余溏手足无措，耳边忽然传来一个声音："妈妈明天就能来找你了呀。"

余溏一怔，抬头看见岳翎正背着手、弯着腰站在他的面前。

"真的吗？"小可可一下子有了精神，伸着脑袋去问岳翎。

"真的。"岳翎掏出一张纸巾，擦掉孩子的眼泪。

"你去睡一觉，说不定睡醒了妈妈就来了。"

"好，可可要回去睡觉。"

"那你请医生哥哥抱你回去。"

小可可"嗯"了一声，扭头趴到余溏的肩上："医生哥哥，我要回去睡觉。"

余溏坐着没有动："岳翎，我觉得这样不好。我不能骗小孩儿。"

"嗯。"岳翎应了一声，"我知道你是什么样的人。你放心，我打电话问过王灿。王灿说姜素的阶段治疗已经结束了，今天下午就已经把出院手续办好了。"

余溏听完，不自觉地露了个微笑："不好意思，谢谢你。"

"本来也是我的工作，你把她抱回去吧，我想带你……出去走走。"

"去哪儿啊？"

"不知道，就顺着路走走，然后随便吃点儿消夜。我先去楼下等你。你不用着急，抱孩子的时候慢慢一点儿。"

余溏把小可可抱回病房，出来时果然看见岳翎站在门口的楼梯上等他。

余溏这才注意到，她穿着橄榄绿的连衣裙、黑色的绑带单鞋，头发用一根丝巾绑着，松松地垂在肩膀上，整个人看起来很轻松。

两个人沿着医院外面的马路往前走。雨停后的地面仍然潮湿，偶尔路过的汽车车灯好像在把人的影子猛地向后推。

道旁栽种的清香木香气浓郁。岳翎抬头深深地吸了一口气，忽然开口说道："你不是说要当一个好医生吗？"

"嗯。"

她说着，背过身绕到他面前，倒退着走，边走边看他："那你为什么要打架？"

"要保护你。"

岳翎脚下一顿。余溏却没有停下脚步，踩着街边的积水继续走向岳翎。

"虽然我知道你想自己保护自己。"

"你既然知道，为什么还要这么做？"

余溏一直走到她面前，低头看着她："因为我觉得我没有冒犯你，也没有违背你的意愿。我有权利拒绝和反抗我认为不对的事。我不光是为了你，也是为了我自己。在做一个医生之前，首先我想做个好人。"

岳翎躲开他的目光："那你想知道我的想法吗？"

"你说。"

岳翎转过身，深吸了一口气，慢慢地朝前面走去。

"我曾经遇到过一次车祸。等我醒来以后，我所有的社会关系全部都忘记了。我不记得我的父母是谁，也不记得我有一个弟弟。后来我自己找了很多跟这种失忆症相关的文件来看，大部分的观点都认为心因性失忆症和人的精神的自我保护机制有关。所以，我觉得我之前的社会关系应该很糟糕，糟糕到连我自己都想要把它抹杀掉。但是，我偏偏记得一个人对我说的一句话。"

她说着垂下头："那个人跟我说，他长大以后想要当一个好医生。这个人是男是女我不知道，可是我觉得他应该对我还不错。虽然这句话对我现在的人生来讲，还没有什么实质性的帮助，但也许能够证明，我……"

她指向自己："车祸之前的我，没有被这个社会完全放弃。"

迎面驶来的一辆车的车灯瞬间照亮了她的脸颊。她露出一个不带丝毫自怜的笑容，接着说道："你之前说，不知道还能不能见到那个在门口陪你听 MP3 的女孩儿，所以你要求你自己尊重每一个病人和他们的家属。我也一样，也不知道那个对我说话的人是谁，但我希望每一个心怀良医梦想的好人都能心愿达成。至少，我不能伤害他们。所以余医生……"

"来不及了。"他像知道她要说什么一般，忽然打断了她的话。

岳翎挑眉："有什么来不及的？"

"你已经睡过我了。"

"哈？"

他平静地说着这些话，带着医学生在谈论两性问题时特有的冷静。

他踩着岳翎的影子，走到离她只有一步远的地方，认真地凝视着她的眼睛："你说那天你是自愿的，我不是自愿的。我想了一下，你说得有道理。虽然我不知道我是怎么被睡的，也没什么体验，但咱们有了实质的关系，这件事我已经过不去了。"

岳翎听完他说他过不去了，险些一脚踩空。

她万万没想到，当她难得地调动起自己的专业，甚至不惜剖白自己来引导他的情绪，想要对这个憨直的外科男医生做一些打击后的疏导，并以此来回报他为她挥出的那两个扎扎实实的拳头时，他竟然能凭一己之力突破她的把控，把整个聊天的画风完全带偏。

"不是，你讹上我了，是吧？"

岳翎不自觉地朝后退了一步，他堂而皇之地跟进一步。

"我没有这么无赖。"

余溏一寸一寸地逼近岳翎。这是他第一次突破了岳翎对男性的安全距离，岳翎甚至能感觉到他的鼻息。

他实在是一个干净的人，即使穿最不经脏的白色衬衫，领口处也看不见任何一条褶皱。和他温和的性格相反，他的肢体看起来好像没什么温度，骨架的轮廓明朗，身体的线条修长，干净又细腻的皮肤令岳翎想起手术室里那些冰冷且洁净的无菌医疗器械。

岳翎记起自己在大学的时候，偶然读到过一篇外国文论。原文她已经不记得了，大概是在讨论凌虐的伤痕美与女性的身体意识。

即便她是以学术的心态阅读那篇文章，但还是从某些字眼儿里看到了进行性别讨论时的不公平性。"我是不太喜欢你对我的态度。"余溏的声音打断了岳翎的思绪。

"你在 C 城利用我，回到 A 市仍然在利用我。而且你不光做了，还理直气壮地通知我，给我洗脑。我居然一时半会儿没听懂，还对自己在那件事情上的认知产生了怀疑。我先不说性别的问题，就原则问题来说，我觉得做人不该像你这样。"

他居然在大街上教岳翎做人？更让岳翎毛骨悚然的是，有那么几秒钟她居然听进去了。

"你是认真的吗？"

"我是认真的。岳翎，我不想你用现在这样的态度对我。这对我不公平，我也接受不了。在和你相处的这一段时间里，我也有我的需求。我不接受你一直单方面地利用我。"

"我的天。"

岳翎从喉咙里逼出这么三个字。她根本无法找出一个合适的态度来应对面前这个人，因为再诚恳的心意，经过语言的误译也会多多少少地失真。像余溏这样，在自己的语料库持续性告急的情况下还能一点儿也不失真地表达内心的人，真的是天赋异禀。

岳翎对他不能戏谑，也不能调侃，因为这样会丧失掉自己基本的修养。但她也不能认真，因为这样她就败了，败给一个处男。虽然也没什么，但她竟然有点儿不甘心。

"那你的诉求是什么？"

"保护你。"

"你幼不幼稚？"

"哪里幼稚？你要说清楚，你必须说清楚。"余溏难得强势，逻辑清晰。岳翎不禁怀疑，是自己的存在激发出了余溏的天赋，还是余溏的存在泯灭了她的天赋。明明在经历了社会上的虚与委蛇之后，她已经自认为刀枪不入，能吃最辣的火锅，也能开最野的车，怎么最后却折在了这条没有一个弯的大路上了呢？

岳翎拍了拍自己的后脑勺儿，开始回忆她今天来找余溏的过程，但几乎已经回想不起来，自己到底是怎么一步一步地被余溏逼到这个境地的了。"我想吃火锅。"她开始转移话题。

"吃。"

岳翎吞了一口唾沫："我怎么觉得，你今天被医院处分了，一点儿也不难过呀？"

"你怎么知道我被处分了？"

"魏寒阳说的。"她彻底被余溏带跑偏了，竟然老实地回答起来。

"我的确没什么好难过的。我哥下次要是再伤害你，我还打他。"

"什么？"岳翎忍不住开始笑了。

"但我不会在医院打了，我私底下去找他。"

余溏说完这句话，气氛已然变得荒诞又搞笑，偏偏又让她心里熨帖得厉害。就好像发烧的额头突然被一只冰凉的手捂住，那种幸福感酸爽得让人浑身发颤。

她摇着头朝街边走了几步，在路边蹲下来，把头偏向一边，释然地笑出声。笑着笑着，她的眼睛竟然开始酸了，到最后甚至产生了针刺一般的疼痛。她这才反应过来，自己又被他搞得笑哭了。

真的是"笑哭了"——网络上发了无数次的那个表情，她到现在才领会到它的内涵。

太搞笑、太悲哀、太虐了。

"那个……"余溏看她哭了，才开始有点儿乱，"你怎么……"

岳翎摆摆手："没事，我现在脑子里全是你灌给我的水，需要一顿火锅蒸发一下。"

"那吃，我陪你吃。"

"吃特辣锅。"

"有没有爆辣锅？"

"什么……哈哈哈哈……"岳翎直接笑弯了腰，"那什么……你先在一边站好，让姐姐一个人哭一会儿。"

最终还是一顿特辣火锅堵住了余溏的嘴。

深夜的路边火锅里，各种动物内脏和脂肪煮在一起，红彤彤的。头顶的黄色大灯泡照得人背脊发痒，大片大片的无名飞虫奋不顾身地围绕着那团灼热的光。

余溏挽起了衬衣的袖子，吃到最后，甚至连手腕上的腕表也摘了下来。

岳翎咬着西瓜汁的吸管，看着和油碗奋战的余溏。她突然明白过来，之前她为什么会从他的身上看到带着破碎感的男性美。

说得土一点儿，那叫"天仙下凡"；说得雅一点儿，那叫"云降浊泥"。

只要不发生在自己身上，谁不喜欢听美好的东西碎裂时的声音呢？

"你这搞得好像要跟我歃血为盟一样，"她招手要了一瓶酸奶，"吃个火锅吃出了要命的感觉。"

余溏停下筷子，转向一旁轻轻地咳嗽了一声："我觉得不是歃血为盟，是投名状。"

"投名状？"

岳翎反手把头发扎了个马尾辫，从滚锅里捞出一个香菜丸子。

"这么难的词你也用出来了。行吧，你拿什么投？拿这顿火锅呀？还有，你的投名状要投谁？投我呀？"

"不要说得我跟你像兄弟一样，你又不是魏寒阳。"

岳翎筷子上的香菜丸子"咚"的一声掉进油碗里："这投名状是你说的，又不是我说的。"

余溏想了想，好像也对。

"那算我没表达对，应该是……"

"行了，行了，行了。"岳翎架起筷子打断他，"我知道你想说什么。你今天已经表达得够好了。"

"那你听懂了吗？"他望着岳翎的脸。

岳翎抿了抿唇："听不听得懂，在我。"

"知道，在你。"他说完拿过岳翎手边的酸奶，一口气喝了大半瓶。

岳翎撑着下巴看着在他手边亮了又灭、灭了又亮的手机屏幕："你的手机静音了吧？好像一直有人在跟你打电话。"

余溏用纸巾擦了擦手，拿起手机一看，竟然有七八个未接来电。有一个未接来电是张曼的，剩下的全部是林秧打来的。

"不想接。"

"谁呀？"

余溏重新拿起筷子："林秧。"

"接吧，这个时间找你，打了这么多电话，绝对不是为了纠缠，她有事。"

她刚说完，电话又打了进来。余溏低头一看，来电显示是魏寒阳。

余溏接起电话，说了两句话之后突然放下筷子，沉默下来。

"什么时候的事情？"

"就在刚才。"

"好，我看一下。"

他说完，抬起头对岳翎说道："你看一下微博热搜。"

岳翎的手机放在背包里。为了避免沾上油烟，背包被暂时寄存到了收银台。她刚起来往收银台走，就在一片深夜的嘈杂声里听到了"林秧"的名字。

"来，来，你看这个热搜。天哪，这是林秧吧？"

"这女的这么作贱自己吗？"

"哈哈哈，你不知道现在的经纪公司是拉皮条的呀？圈子乱得很。就说那江山茶业的老总，明明公司什么事也没有，干什么非要自杀？现在爆出来了吧？就为了这么一个女的。要演技没演技，要后台没后台，洗脑玩得挺好。"

"说得对。你说现在那些女的，一天到晚说咱们男的给她们洗脑。

我看我一天到晚活得跟孙子一样，她们一哭，哥们儿这边跪得比谁都快，谁给谁洗脑啊？女人真是脑子不清醒，等一下我把这个热搜转给我女朋友看看。"

岳翎抿了抿唇，没有出声。她从柜台里取出手机后，直接点开了微博热搜。

热搜的前三条都是关于林秧的。第一条没有任何描述，单单是她的大名，后面标着一个"爆"字。

岳翎点进热搜的第一条，靠前的几条微博里清一色都是林秧站在酒店房间门口的照片，文字描述大同小异，基本上可以概括为当红"小花"发布会后密会富商，富商为情自杀。

岳翎随便点进一条微博的评论区，往下刷的时候，逐渐捏紧了手。

"这女的厉害了呀。"

"隔夜饭都让我吐出来了，还装清纯。"

"恭喜'翻车'。"

"去年说她勾引某导演的时候，她的粉丝挂人说要'求锤'，现在'锤'来了，粉丝的脸疼不疼？"

"去年就该'翻车'的，结果她公司……"

林秧和余浙的这件事开始在网络上迅速发酵。不论是林秧经纪公司的账号，还是江山茶业的账号，都连夜发了澄清的声明。

然而事件却完全没有朝着好的方向发展，关于林秧的种种"黑料"在网络上层出不穷，有人再次翻出了她去年和某已婚导演的绯闻，甚至还有人做出了一张她出道之后的情感关系图。

王灿正准备给岳翎看那张图的时候，一号病区里的一个女患者险些扒光了自己，冲着王灿喊："来吧！来……我呀！"

岳翎把手机还给王灿，转身果断地抱起病床上的被子，一把裹住女病人的身子。

王灿早就见惯了这种场面，把手往衣兜里一揣，面无表情地叫人来控制住患者。

岳翎将病人按住，往床上推去。

"暂时没必要绑她。按住她，让她自己冷静一下。"

她刚说完，尾椎骨的伤处就被牵拉，痛得她吸了一口气。

王灿忙说道:"我说岳翎,你悠着点儿,骨裂好全了吗?别为了一个病人把自己搞瘫痪了。"

几个护士过来接替了岳翎。岳翎这才松开手,拢了拢散掉的头发。

"我没这么容易瘫痪。"

王灿一下一下地推着笔帽:"得,你就是拼。"

岳翎试着按了按自己的后背:"应该没事。"

"没事就好。哎,话说回来,之前听林主任说的时候还没在意,今天我还真自己观察到了。"

岳翎反手重新绑了一个马尾辫,一边把头发拉向两边拽紧,一边问他:"你观察到什么?"

"林主任说,你对病区的女病人的态度很符合现代医疗伦理。我应该让我们科室的人在这方面多跟你交流。"

其实赞誉和表扬在工作环境下大多是虚的,但林涛对岳翎的这个评价,她觉得是不带人情的,可以一信。

"对了,自从来上班,我就没有见过林主任了。"

王灿听她说完,欲言又止:"这样,你还有几个床没查?"

岳翎回头看了一眼病房号:"已经查完了。"

"那咱们回办公室说吧。"

岳翎跟着王灿走进急性精神科的综合办公室。赶上周末,办公室里刚好只有他们两个人。

岳翎在桌边坐下,开始写医嘱。王灿拖了一把椅子坐到岳翎身边。

"刚才就想给你看的。对了,你知道最近那个上热搜的叫林秧的女明星吧?"

岳翎听他提起这两个字,并没有出声。王灿以为她不知道:"你不看微博热搜的呀?她搞得一个有钱人为她割腕自杀呢!"

岳翎放下笔:"我一直不懂,怎么所有人都认为是她搞得余浙割腕自杀?"

王灿一愣:"余浙是谁?"

岳翎无语。这就是所谓的"信息社会",明星的名字在热搜挂了整整一天,被反反复复地蹂躏、辱骂、折磨,余浙却只有一个没有任何情感色彩的"富商"代号。

"余浙就是你说的那个富商。"

王灿把身体往后一仰："可以，你在前排'吃瓜'呀！"

"你先回答我刚才的问题。"

"什么问题？哦，你说为什么所有人都觉得是林秧搞得富商自杀？我是全程'吃瓜'的。你看哪，那天是林秧主演的那部《惬意的一生》电视剧的发布会，发布会在B酒店，那富商也是在B酒店哪，而且还有'狗仔'拍到了她站在富商房间门口的照片。照片上有时间，她那天晚上八点在富商的房门口，这富商晚上九点被人发现自杀，她还有什么好说的？"

岳翎掏出镜子补口红："就这样？那我说，那天我也在B酒店，我也路过了那个有钱人的房间，是不是我也有那样的魅力把人搞得为情自杀？"

王灿笑了："哈，岳医生你怕是少了点儿阅历支撑。来，你看这个图，这是她出道到现在的情感关系图，真精彩呀。"

岳翎扫了一眼王灿的手机，林秧年轻、精致的脸被安置在图片的最中间，有几条关系线散射开，凌乱地交错，指引向一堆她熟悉的娱乐圈内的人的照片。当然，余浙的照片也赫然展示在关系图上。

她原本为了反抗余浙而祭出的手段，却阴差阳错地把火引到了林秧的身上。岳翎看着这一幅凌乱的关系图，想起那个在地下车库里被她骗得叫"姑妈"的年轻女孩儿，心里一阵一阵地难受。

"对了，你刚才不是说你很久没看到林涛主任了吗？"

"嗯。"

王灿压低声音说："我也是昨天才知道，我们主任是林秧她爸。他最近可能在陪他女儿，请了好几天假了。"

岳翎用笔戳了一下桌子，手里的笔立即废了。

这边，余浙迅速地隐蔽在了林秧的流量背后，逃出了媒体的视野，很快就顺利地转去了私立医院。

余浙转院的那天，张曼去余溏的办公室里找他。余溏投入在一连三台复杂的手术工作上，张曼等到了晚上七点才等到他回办公室。

"妈。"

余溏虽然已经很疲倦了，但还是习惯性地给张曼倒了一杯温水。

张曼接过纸杯握在手里："累了吧？你先坐。"

余溏拖出椅子坐下，抬手按着有些僵硬的脖子。

外面太阳还没完全落下去，夕阳的余晖烘着后背，令他感觉身上有些黏腻。他拉开抽屉找出空调遥控器。

"您怎么不开空调？"

"妈还觉得有些冷呢。"

"哦。"他应了一声，随手又把遥控器放了回去。

"余浙的转院手续办好了吗？"

张曼看着余溏："你怎么这么叫他？"

"都这么大了，怎么叫都差不多。"

他说完抽出纸巾，擦了一把额头上的汗："妈，我一会儿还要写今天的病程。您去哪里？我先送您去。"

张曼按住他的手腕："小溏，你知道余浙和那个叫林秧的女明星之间到底是怎么回事吗？"

余溏站起身："您问我，不如问余浙。"

"他已经不肯对外提这件事了。"

"所以您也是外人？"

张曼抬起头："你最近说话越来越不像从前了。"

"对不起，妈。"

他勉强调整了一下语气："我今天有点儿累。"

他说完，想去笔筒里找一支笔，却发现笔筒里的笔已经被魏寒阳薅得一支也不剩了。

"不好意思，我去隔壁要一支笔。"

"妈有。"

张曼说着，从包里取出一支钢笔递给他。

余溏没接："外科丢笔丢得太快了，我已经用不惯钢笔了。"

张曼有些迟疑地把钢笔收回："我这么多年，是真的没有照顾到你。"

"没事，我生活得挺好的。"他低头笑笑。

张曼抿着唇："其实我真的不想这样。"

"知道，我懂。爸对我们很好，尤其对我好，您才想多管着哥一点儿。这些年您一直在跟我道歉，真的没有必要。您和爸都是不错的父母，我对您和爸至今没有任何不满的地方。"

张曼欲言又止。余溏已经打开电脑，开始参照医嘱回忆病程。

张曼站起来，去帮他开灯："你每天都这么忙吗？"

"差不多吧。今天病程拖得太多了，病案室催得急，所以我想补完再回去。"

"听寒阳说，你今天一连做了三台手术，现在还要写这些东西，你回去得几点了呀？"

"凌晨之前能回去。"

他说得轻描淡写，张曼的眼底却红了。

"妈以前不知道。这次来医院照顾你哥，才发现你的工作性质是这样的。"

余溏打开水杯仰头喝了一口水："还好。"

张曼摇了摇头："你小的时候就一直想当医生，我和你爸都不知道为什么。"

"就是自己喜欢。"他的眼睛盯着电脑屏幕，已经开始拒绝交流这个话题。

张曼笑了笑："你喜欢就好，还好你爸惯着你。你出车祸昏迷，他还记得你之前计划填的学校和专业。"

余溏听到这里，手指忽然在键盘上停住："妈，我想问您一个问题。"

"嗯。"

"高三那年暑假，我为什么会出那场车祸？"

"出车祸就是出车祸。有些该挨刀的司机握着方向盘，就不顾人死活了！"

不知道为什么，张曼突然提高了声音，放在办公桌上的手也猛地握成了拳。

余溏侧着眼看着她发白的关节："您一直都回避那次车祸，也不希望我提。"

"跟你说了很多次了，妈很怕想起你出车祸时的场景。"

"但我忘了一些事情啊。"

"就那么几天，能有什么事啊？即便有，那也不重要。"

"那是妈您觉得不重要！"

他在说话间不留意地压住了键盘上的"S"键，输入框里触目惊心地敲出了无数个"杀"字。余溥看着那一排"杀"字，发觉自己对张曼的语气过了。他慢慢地删着错敲的字，克制住自己的声音。

"我是从车祸以后，开始慢慢地对雨产生恐惧感的。不管我怎么想办法去治疗，都没有一点儿用处。后来我逐渐发现，我的感受好像不是恐惧，而是愧疚。这种愧疚感越来越严重，严重到我无法在雨天开车，在雨天不喝酒就睡不着。我在想，我是不是在我自己忘记的那几天里做过什么错事？"

张曼捏紧了余溥的手腕："我不准你这样想，所有人都知道，你一直都是个很好的孩子，从小到大从来没有做错过什么事。你就是因为想得太多才会产生精神障碍，变成现在这个样子。"

余溥抬头看向张曼："可是我想回想起来。"

"不要回想，妈不想去回想！"

"您没有厘清楚我的逻辑，我没有说要您帮我，我是说我自己来，所以您不应该害怕。但现在您的手在发抖，妈。"他反手握住张曼的手臂，"您到底在怕什么？"

"我走了。"

张曼突然站起身："不要跟你哥说我来找过你。"

"您不告诉我，我自己也会查。"余溥冲着她的背影追加了一句。

张曼走到门口，听到这句话，不自觉地按住胸口，转身冲余溥大声说道："你要有本事去查你就去查！反正你一直觉得我们都不是什么好人。"

门应声关上了。那一支遗留在办公桌上的钢笔静静地滚到桌子边沿，然后"啪"的一声摔在地上，摔开了笔帽。

此时在"A大"校园的主干道上，岳翎正站在自动取款机前面排队，手上的银行卡突然掉到地上。她刚蹲下身去捡，突然被人薅住一把头发："想哥哥了？"

岳翎起身回头拽住他头顶的头发就往下按："你再说一遍？"

"好，好，好……大姐，放手。"

岳翎松开手，岳观这才揉着头顶站直身子："女人，你太暴力了。"

"不服啊？取了钱打一架？"

"服。"岳观把手揣进裤兜儿，"我又不打女人。"

他说完，把她拽到一边的林荫处，自己站到了太阳底下的队伍里，还顺便抬起一只手臂，霸气地挡住落在岳翎脸上的光。

"你今天怎么想着到'Ａ大'找我呀？"

"给你生活费。"

"我不要。"

"不要拉倒。"

岳观插着手弯下腰："生气呀？来，给你。"

他说着从裤兜里摸出一沓百元钞票："拿去买裙子。"

他说完仰起头，望着天上飞过的一行鸟，吹了声口哨。

岳翎看着手上的钞票："你这钱哪里来的？"

"项目上给的。我跟你说，以后你的裙子我掏钱给你买。你就穿你喜欢的，穿给你自己看。"

岳翎摇头笑了笑，把钞票放进钱包："那你这个月的生活费我不给你了。"

"不给……对……不给。"他说着说着就没了底气，但又不肯认输。

岳翎笑了笑，取出卡递到他手上："来，里面大概有一万元，用到这学期期末。你现在先帮我取八百元出来，我明天送礼。"

"我不是给你钱了吗？"

"你给的当然留着买裙子。"

岳观拍了一巴掌，笑得露出了大白牙。

"嘿，行嘞。"

取完钱，姐弟两个人沿着林荫道往中心礼堂走去。

岳观人长得高，专业成绩排在第一名，篮球也打得好，一直是他们系里的风云人物，一路走过去有很多人跟他打招呼。

"哟，'岳神'，你女朋友啊？"

"不，不，不。我姐。"

"啧，姐姐这么漂亮。"

"漂亮也跟你没关系。"

他边说边把岳翎往后面挤。

"你在搞什么？"

"搞什么？保护你。"

"保护我就是把我挤死是吧？！"

岳观这才把她拽到自己身边："岳翎，我告诉你啊，以后再有你不喜欢的人接近你，我就算是在监狱里蹲一辈子，也要把他打得连他妈都不认识。"

岳翎没有说话，踮脚摘下他头顶的一片叶子，随手弹进风里。

说起来，余浙利用岳观对她进行的报复，的确伤到了他们姐弟俩，但也让她和岳观不需要再为了保护对方而躲着彼此，可以自如地见面，开心地交流。

从 C 城回到 A 市以后，她虽然仍没有摆脱梦魇，但是有了掌控自己的人生的力量，有了反抗的底气，甚至有了来自他人真实的支撑。

男人给予的帮扶实在相似。不管他们是什么身份，处在什么社会地位，表达真实的立场的时候大多都会选择拳头。当岳翎见到那些为她挥出去的拳头的时候，她根本什么也不用怀疑。那些拳头没有恶意，没有欺骗，也没有诉求，只是一根筋地要为她打得对方连他妈都不认识。

"喂，最近没有人再骚扰你吧？"

"没有，有人再骚扰你吗？"

"他敢来！"

他这一声音量大，引得路上很多人回头。

岳翎发现今天"A 大"里的人格外多，很多一看就是校外人员。

"你们学校今天有活动吗？"

"哦，有啊。你进来的时候没看到海报啊？今天有个电影主创见面会，在我们中心礼堂举办。"

"什么电影啊？"

"小众电影，叫《从容》。"

"小众电影为什么来了这么多人？"

"我怎么知道？可能有明星来吧。"

岳观说完随手拖住一个同系的学弟："哎，今天中心礼堂那边都有谁来？"

"你不知道啊？有林秧啊！"

岳观一脸不屑："林秧是谁呀？"

"不是吧，林秧是谁你都不知道？你没看最近江山茶业老总在酒店房间里自杀的新闻吗？"

岳观忽然感觉到岳翎挽在他胳膊上的手猛地一抓。

"怎么了？"

"没什么。"

"你是不是热着了？那谁……帮我姐买瓶水过来。"

"跑腿费。"

"行，行，你自己也买一瓶。"

岳翎在操场边拧开冰水喝了一口。岳观靠着铁网坐着，有一下没一下地拍着篮球，头顶的树叶被风吹得沙沙作响。

"哎，岳翎，什么时候去吃饭哪？"

"一会儿就去。"

"哦。"

岳观又傻又乖地继续拍球，突然说道："这些女明星也是……挺可怜的，出了这么大的事，还要来参加这种活动。啧……"

他摇了摇头，狠狠地拍了两下球。

"你怎么看这件事？"

岳观抱住球，抬头看向岳翎："我什么都不看，我没兴趣。"

他说完，见岳翎没有反应，赶紧补充："那个……也不是，我支持我姐，我姐怎么看我就怎么看。"

岳翎把空掉的瓶子递给岳观，岳观接过来准确地投入垃圾桶。

"帅吧？"

"帅。如果你能帮我搞一张见面会的入场券，就更帅了。"

岳观站起身："见面会上有你喜欢的男演员啊？"

"不是，就问你一句话，搞不搞得到？"

"小意思。"

他说完靠在铁网上打了个电话："喂，你们今天在中心礼堂吗？那什么……我想要两张电影见面会的入场券……欸，行嘞，我过去拿。"

岳观边说边把响指打得倍儿响。

"搞到了吗？"

"那必须的。走，先吃饭，一会儿带你去见面会。"

CHAPTER 06
阴差阳错

◄ ❚❚ ► ———— 02:31

　　《从容》的见面会在下午举行，从中午十二点钟开始，中心礼堂就被围得水泄不通了。媒体记者在几个出入口外架起了"长枪短炮"，万事俱备。

　　岳观拽着岳翎的胳膊，像逮小鸡似的把她带出了人堆。

　　"什么情况？也太夸张了点儿吧。"

　　岳观抹了一把汗，确认了一下座位号："来，你先坐，我去找给票的同学道个谢。"

　　"问一下多少钱，你让他算市场价给我。"

　　"行，你不用操心。"

　　他一边说着，一边挤出人群，直接挤到后排去了。

　　岳翎掏出手机，打开微博，"林秧现身 A 大"的话题已经被顶上了热搜话题的前三。

　　她点开话题，铺天盖地的恶评瞬间席卷了她的视线。

　　岳翎看着手机屏幕，抿着唇半天没有说话。她可以从这件事中抽身，但林秧不可以。事情发展到这个阶段，她还能勉强把控住不影响自己，却没有任何办法抑制舆论在林秧的身上恐怖地发酵。

　　她看着台上忙碌地布场的人，忽然在第一排的位置上发现了她的科室主任——林涛。

　　同时，林涛也看见了她。

"主任。"

"哦,是岳医生啊。"

林涛看起来很疲倦,但是看见自己科室的医生,他还是强打起精神来:"怎么样,你的伤好了吗?"

岳翎从座位上退到走廊,朝林涛走近:"已经可以正常上班了。"

"哦。"林涛点了点头,有些局促,"没想到在这里看到你。"

"嗯,我陪我弟弟来看看。"

"挺好的。"

林涛抹了一把额头上的汗水,按着太阳穴接电话。

"喂,嗯,爸在的,一会儿接你回家。"

岳翎刻意地看向了一边,不打算开启任何冒犯性的话题。

林涛笑了笑:"坐吧,我想和你聊聊。"

岳翎点了点头,在林涛的旁边坐下。

"你也听说了,是吧?"

"嗯。对不起,主任。"

林涛笑了笑:"你说对不起做什么?"

岳翎垂着头,握住手。她也不知道该怎么解释。

"就是不知道该说什么。"

林涛抬头看向台上:"我女儿小的时候就一直想做明星。我知道当明星不容易,但没想到这么不容易。"

岳翎转过头:"主任,你不生气吗?"

"生气。怎么不生气?但你看,江山茶业出了声明,林秧的公司也出了声明,该做澄清的人都做了澄清,而我应该生气的人……"他抬起手机,弹了弹屏幕,"我现在连摸都摸不到。"

"不好意思。"

林涛的肩膀一颓:"没事。其实娱乐圈那一套,我们这些当了一辈子医生的人现在根本搞不懂。什么澄清、公关、通稿……我看着他们也都是为林秧好。人家的团队那么多的人,都围着她转,指着她来做事业。我也不知道该不该发表意见,比如今天这个见面会,我是不想让她来的,但她的经纪人说,这次公开活动中的媒体没有那么杂,是个回应舆论的机会。"

他边说边摇头："也不知道结果会怎么样，反正我心里现在乱得很。"

"林秧的精神状况怎么样？"

林涛听她说完，苦笑道："这也是我想跟你说的事情。她是我的女儿，在我面前的时候情绪是收着的，所以我想麻烦你，看看能不能跟她沟通一下？"

"可以，不需要在医院的环境下沟通。"

"对，我也是这个想法。"

"谢谢主任信任我。"

"没有，岳医生，你是一位很好的精神科医生。"

他们正说着，台下的灯熄灭了。岳翎抬起头朝台上看去，明亮的舞台上，主持人和电影的主创们陆续上场。

这本来就是一部针对青年群体的小众电影，在场的媒体，包括林秧团队的人，他们的关注点都不在电影本身，所以前面的流程进行得很快。不到一小时的时间，暖场互动和电影理念的阐述环节就已经差不多结束了。

到了媒体提问环节，礼堂内部所有的灯都打开了，一众主创下意识地把林秧让到了舞台的中心位置上。

岳翎靠向椅背，习惯性地抱起手臂。

岳观从后面拍了一下她的肩膀："喂，你怎么到前面去了？"

他说完，借着腿长的优势直接翻身坐到了岳翎的身旁："我刚才问了一下我的同学，他们说一会儿见面会结束后，在西门那儿要进行交通管制。你开了车，最好提前走。"

岳翎仍然看着台上："看完就走。"

岳观在包里翻出一瓶矿泉水递给她，随口吐槽："有什么好看的？"

他说完，撑起身朝周围看了一圈："也不知道这些人是什么意思？一个个的表情跟看笑话似的。"

岳观的这一句话同时扎入了岳翎的耳朵和林涛的心脏，两个人都不由自主地咳嗽了一声。

岳观看岳翎和她身旁的男人面色都不大好，识趣地闭上了嘴巴。

媒体提问的环节开始。

首先提问的媒体是一个本地的周刊，头一个问题象征性地提给了

《从容》这部电影的导演，第二个问题就直接奔向了林秧。

"请问一下林秧小姐，对于之前您与江山茶业董事长之间的情感纠纷，您可以做一个回应吗？"

台上的林秧下意识地并拢了膝盖。为了出席活动，她穿了一条淡绿色的连衣裙，袖口和裙摆上都做了荷叶边的造型，看起来很清纯。她一局促，手就不自觉地去挽耳边的头发。岳翎清晰地听见后排一个女生讽刺地说道："好做作的一个女的。"

岳翎抿了抿唇，还没来得及想清楚该不该在这个场合出声，身旁的岳观就已经转过身去："做作什么？！"

说话的女生被吓了一跳："你神经病啊！我就吐槽一下。"

"嘿，巧了，我也就吐槽一下。"他吊儿郎当地把手挂在椅背上，看着那个女生。

"你是……电工学院的岳观。"

"对呀，怎么？你骂人还得带上我的大名啊？"

"……"

岳翎忍不住扑哧一声笑了出来。岳观转过身来伸开长腿，按着太阳穴："我就受不了你们这些张口就吐槽别人的人。"

岳翎望着台上的林秧，轻声地说道："是因为我吗？"

岳观忽然沉默，好半天才吐出一句："没有，你这几年就跟死了一样，关于你的事我一样都没听过。"

岳翎借着台上的光朝岳观看了一眼，他低着头一下一下地掐着虎口，眼睛亮亮的。

岳翎伸出手握住他的手掌。岳观忽然肩膀一颤，随即反手拎起她的手腕把她的手甩了回去。

"你够了啊，要看就好好看。"

岳翎没有再说什么。

台上，林秧握着话筒，声音克制得还算不错。

很显然，她就是为了回答这个问题而站在台上的，虽然表情有些不自然，但言语还算流畅。

"嗯，那天我只是在 B 酒店参加《惬意的一生》的发布会，所有的行程都是和剧组在一起的。所以，关于大家有争议的那张照片，只是我中途在休息间换衣服之后，从走廊里经过的一个镜头。当然，谢谢大家对我个人的关心。我想说的是，我目前仍然是以工作为重心，暂时没有去考虑个人问题。我和余先生的确不认识。我也希望大家能够对我的作品给予更多的支持，谢谢。"

她说完，起身鞠了一个躬。

岳观端起手："嗯，说得挺好，就是感觉词儿不是她写的。"

岳翎笑着说道："你说话不用这么真实。"

"本来我就觉得这件事没什么好澄清的，直接诉诸法律，告那些吃饱了没事干的人。"

"来，你要告谁？"

"告……"

岳观语塞："行吧，这些艺人也不容易。"

岳翎看了看身旁的林涛，他垂着头，没敢直接看台上的林秧。

"还有一个问题，林秧小姐，我是Ｃ网的记者。我想问一下，自从您和余先生的事情曝光以后，您的商业活动也受到了一定的影响，您目前对此是怎么看的呢？"

林秧用双手握住话筒："这个……我还是希望能够得到公众的信任吧……"

她不自觉地朝后台的经纪人看了一眼。

"那如果市场对您的公众形象存疑呢？"

岳观撑起上半身："这个人偷换概念啊。人家之前已经澄清过了，你存疑你举证啊。"

岳翎压低声音说道："小声一点儿，你坐的是前排。"

岳观这才把身子缩回去。

台上的林秧被这个记者牵着鼻子走了。虽然她是照着团队给的思路在说话，但话里的意思却越来越偏。

"那我一定会更加努力，做出更多好的作品来回馈支持我的人，希望能够弥补……不对，希望大家能够对我重拾信心……"

台下开始有些骚动。

"这就是此地无银了呀，弥补是什么意思？"

"嗨，就是她自己承认了丑闻是真的呗。不然她干吗要弥补啊？干吗要大家对她重拾信心哪？"

"对，对，对。她也太恶心了吧？自己的私生活那么乱，还要立个'清纯小公主'的'人设'。'大佬'要傍，钱也要捞，怕了，怕了。"

岳观回过头，面对几乎充斥全场的骂声，他觉得有点儿不可思议。

"这都是什么理解能力？"

林秧站在台上，脸一阵红一阵白。她不知道是应该继续回应，还是应该放下话筒坐回去，或者应该干脆退场。

场下，林秧的经纪团队刚开始碰头。林涛紧握双手望着台上的女儿，也不能为她多做什么。镜头下面的任何东西都会被放大，而镜头下对每个人的评价权早就让渡给了云端数据和大众。林涛虽然不懂娱乐圈的运作，但他也知道，如果现在经纪人把自己的女儿带下来，整个网络的风评将更加不可控制。

岳翎抓着岳观的肩膀，把他的脑袋拽了过来："想办法。"

"啊……想什么办法？"

"歪门邪道的办法。"

"你是我姐吗？"

"是啊，所以才让你想。"

岳观朝后台看了一眼，忽然拍了拍腿，转头对岳翎说："三顿火锅。"

"十顿，成交。"

"好嘞。"

岳观说完，起身奔后台去了。不到三分钟的时间，台上突然传来一声尖锐的电流声，接着灯光音响"啪"的一声全断电了。岳翎望着黑漆漆的礼堂大厅，不得不感慨，不愧是她亲弟弟搞出来的野路子。

主持人此时终于抓住一个合适的时机控场。

"不好意思啊，我们现场的电路出现了一点儿问题。请各位媒体和观众少安勿躁，也请主创和演员到后台稍微休息一下。来，大家这边请。"

林秧怔怔地跟着主创下了台，坐在下面的经纪团队立即跟了过去。

岳观从后面溜了回来："怎么样，我厉害不厉害？"

"厉害，你怎么搞的？"

"去下面的控制室啊。我在学生会待的那两年又不是白混的。"

岳翎拍了拍他的头，岳观竟然一时得意地没反应过来。

"走。"

"你不看了？"

"不看了，带你去吃火锅。"

她说完，站起身对林涛说道："主任，我先走了。您跟我说的事，我一定尽力帮忙。"

林涛抬头看向岳翎，声音和情绪仍然很克制："很感谢你，岳医生。"

岳翎跟着岳观走出中心礼堂。取车的路上，岳翎一直没有说话。岳观索性走到她前面，把手揣在裤兜里，面对着她往后退着走。

"哎，我问你，你今天为什么要帮那个女明星？"

岳翎看着他："是你帮的。"

"我还不是听你的话。什么歪门邪道……妈要知道你这样教我，把你的腿打断。"

岳翎笑了笑，没有回嘴。

"如果姐姐告诉你，是姐姐把她害成这样的，你会怎么想？"

"不可能！"

"为什么不可能？"

"你以为我不知道你这几年在做什么？"

他忽然意识到自己说漏了嘴，索性也懒得再掩饰："你那么拼命地念精神科是为了什么呀？大傻瓜一样，不知道的还真以为你是搞什么女性精神问题救助的。"

岳翎一拳打在他的肩上："让你好好念书，你查得倒是远哪。"

他也毫不客气地按住岳翎："你以为你藏得好啊？根据你给我打款的银行，还有给我买东西的网店，凭我的本事我会摸不出来线索？你个大傻瓜。不是……"

他意识到自己被她带偏了："你为什么好好的要害人家一个小姑娘啊？"

岳翎抿了抿唇："我也不想。"

"是不是因为那个给我发的照片的人？"

岳观的敏锐感真的很像岳翎，以至于被他猛地一问，岳翎一时也有些不知该怎么回答。她站住脚步，稍微整理了一下思路。

"不管怎么样，我希望你冷静一点儿。作为一个学生，你已经把我保护得很好了。"

"滚。"

"好好说话。"

"行，行，行。"

他揣着手站得端正，头却仍然歪着。

岳翎拍了拍他肩膀上蹭到的灰，认真地说道："虽然我觉得控制在一定程度的歪门邪道都是可以利用的，但这绝不代表我同意你的观点，或者同意你在时机不成熟的时候去以卵击石，做出踩法律红线的事。"

"那就让那些人肆意地害你，或者害更多的人？"

"不是，只不过我们做任何事情都是为了解决问题，然后更好地工作和生活，而不是为了去证明什么根本证明不了的真理去牺牲。你要明白，法律永远是法律，你和我不能去挑战它。"

岳观踢开脚下的一块石头："我知道。"

他说完，沉默了一会儿。

"姐。"

"嗯？"

"你谈恋爱了要告诉我。"

岳翎笑了一声："怎么突然跳到这个问题上来了？"

"你真的是个很神奇的女人，我得给你把关。比如上次说我逻辑差的那个人，就很一般。"

就很一般？

一起吃过晚饭后，岳翎开车把岳观送回学校，自己又回了一趟门诊中心取快递。她折返的时候遇上晚高峰大堵车，等回到小区的时候，差不多已经是晚上九点。她连拖带拽地把快递包裹从电梯口拉出来，"辣鸡"突然欢快地跳上了她的肩膀。

岳翎吓了一跳，赶紧反过手兜住"辣鸡"。

"你又跑到十二楼来了。"

"是我忘带钥匙了。"

岳翎的耳边传来余溏的声音。她还来不及抬头，快递包裹就已经被他从地上抱了起来。

"走。"

岳翎把"辣鸡"抱到肩上，跟上余溏的脚步。

"你是故意的吧？"

余溏回头看了她一眼："谁会故意忘记带钥匙？有病吧？"

岳翎听他说完，忽然自嘲地笑了一声。换成别的人，就算不能恰当地接住她这句话，至少也会借机"撩妹"。这样一来，岳翎反而能抓住对方的痛点进行反击。然而他正儿八经地发出了反问，岳翎倒是被他弄得尴尬了。

"行，当我没说。"她说着摇头笑了笑，掏出钥匙开门。

余溏还在边上认真地解释："晚上带'辣鸡'去楼下的宠物店里洗澡，出门的时候把钥匙忘在鞋柜上了。我想起你那儿有一把备用钥匙。"

岳翎这才想起，本来说搬回来之后就把钥匙还给他，结果后来不知怎么的，她竟忘了。

"所以你是故意不还我钥匙的吗？"

岳翎打开门，险些直接栽进去。

"欸，小心。"

岳翎扶着门整理了一下思路，半天没搞清楚，她到底是从什么时候开始说不过这个人的？

"我现在就还你，你等着。"

她刚说完，立马又尿了，突然想不起那把钥匙放在了哪儿。

"你先进来等，我去找一下。"

"不好意思，打扰你了。"

他说完，蹲在玄关的地毯上想要换鞋，却发现岳翎家的鞋柜里竟然只有一双她自己的拖鞋。

也是，她这个家自从收拾好以后，别说外人了，就连岳观也没有进来过。她一直想要把这里筑造成一个堡垒，恨不得给它砌上铜墙铁壁，只保护自己一个人，又怎么会事先为另外一个人的加入做准备呢？

"你等一下，我给你拿一双新的拖鞋。"

"哦，没事，我穿过了，你就要扔了吧。"

他很客观地陈述了一个有些残酷、伤人的事实。岳翎听他这样说，站在客厅里摸了摸鼻子，没有出声。

"我就这样。"

他说着赤脚踩了进来，顺手捡起了一团废纸，放进垃圾桶。岳翎看着他自然的举动，慢慢地松开了叉在腰上的手，不知道该说什么。她的隐疾，余溏好像全部都知道。

在岳翎存在的空间里，余溏交出了自己最大的克制。他没有去坐沙发，而是抱着"辣鸡"走到客厅的地毯上，盘腿坐下。那种表里如一、完整齐全的修养，令岳翎找不到任何抗拒的理由，甚至觉得自己在这个房间里对他过于苛责。

"行吧，想喝水就自己倒。"

她说完，走进房间去翻钥匙。

岳翎大概翻了半个小时，终于在一个收纳盒里找到了余溏的钥匙。她拿着钥匙走回客厅，发现余溏低头沉默地盯着手机。

"怎么了？"

"在看直播。"

岳翎走到他身后的沙发上坐下："你还看直播？"

岳翎说着看了一眼屏幕，发现是关于电视剧《惬意的一生》的一场宣传，剧组的主创大多都在场，但林秧没有出席。

即便如此，直播的弹幕上飘着的还全是林秧的名字。

"为什么会这样？"他垂着眼忽然问了这么一句。

岳翎把身体向沙发背上靠去："偏见啊。"

她说完忽然猛地收敛全身的气息，把腿缩到了沙发上："是个人都避免不了的偏见。"

余溏把目光落回到屏幕上："我不太懂。"

岳翎没有说话，把身子缩了下去，慢慢地趴在沙发的扶手上。"辣鸡"蹦了上来，还没在她身边蜷住，就被余溏拎了回来。

岳翎看着余溏的背影，他还在看那个直播上的弹幕，半弯着脖子，靠近衣领的地方露着半截伤痕，不知是什么时候留下的。伤痕现在已经很淡了，他有的时候会不自觉地去摸一摸。

"你现在知道女孩子的真心有多珍贵了吧？"

余溏一怔："什么意思？"

"经过这次的事情以后，她也许很难再对谁付出真心了。以前她或许还愿意相信你是个特别好的人，试图接近你、对你好，现在她可能连电话都不会再打给你了。"

余溏放下手机，转身面朝岳翎："这是不是你这样对待我的原因？"

岳翎笑了一声："我怎么对待你了？"

余溏把手臂轻轻地放在沙发上，与她的手臂之间隔出一段距离，岳翎还是有些不自在地朝后缩了缩。余溏看着她微微蜷缩的手指："不管我怎么证明自己，你还是认为我不是一个好人。"

岳翎撑起身子，居高临下。余溏为了追住她的目光，被迫仰起了头。

"那你希望我当你是什么？"

"当我是个傻瓜。"

岳翎不由得一笑："什么……"

"你已经很聪明了，可你好像真的很害怕和别人接触。那么，傻瓜会不会让你放下戒心……"

"我要一个傻瓜来做什么？"

"拿来陪伴。"

岳翎的心脏好像猛地被什么东西抓了一把。她有过很多的亲密关系，好的就像她和岳观之间，坏的就像她和余浙之间。每一段关系都像镌刻在骨头上，无论是在生理还是心理上都留下了印记。但从来没有哪一段关系配得上"陪伴"这个简简单单的词语。

所以，她这是什么垃圾一般的人生？

她情不自禁地想要抱住手臂，自嘲地笑了一声。面前的余溏却从地上一把捞起"辣鸡"来，抱到她的面前："就像'辣鸡'一样，拿来陪伴。"

岳翎看着蒙住的"辣鸡"："你拿你自己跟一只猫比吗？"

"不是。"他竟然开始认真地回答起这个问题来，"它什么都做不了，吃了睡、睡了吃，让我给它洗澡、换猫砂。我至少是个人吧？家务，我会做；钱，我也能挣一点儿。你不是说你养不好一只猫吗？我不需要你养，我比猫强。"

岳翎把头侧向一边，笑着笑着，又想哭了——这个人说话真的可以把她伤到。她就像在受了刀伤以后靠近火焰，被火焰温暖身体的同时，伤口也变得更痛。

"你跟我说这些话，到底想干什么？"

余溥把手收了回来，平放在膝盖上。

"不知道。"

他老实地表达了他对男女关系上的一无所知。岳翎默然，站起身，僵硬地走到饮水机前面去倒水。

"什么乱七八糟的？"

余溥的声音直接追了过来："我不知道，你应该知道啊。"

岳翎的手一抖，被饮水机里的开水烫得差点儿跳起来。她赶紧趁着这个话茬儿抹了一把刚才被他逼出来的眼泪。

"我该知道什么？"

"男人和女人怎么相处。"

他说完站起身："教我。"

岳翎听完最后这两个字，一下子打翻了手上的开水。水直接流到了她的脚背上，她没防备，失声叫了出来。与此同时，虚掩着的大门突然"砰"的一下被人撞开："岳翎你个大傻瓜，我跟你说了，他是个垃圾！你还敢放他进你的屋子！"

接下来岳翎经历了她人生二十七年当中最戏剧化的一幕——两个男人在沙发上扭打成一团，打到最后两败俱伤。

岳翎被迫冷静地看着这一切，如果可以，她甚至想亲自给这一幕配上一首《哈利路亚》。

等一切平息下来以后，岳观和余溥两个人并排坐在岳翎家沙发边的地毯上。

余溥递了一个冰袋给岳观。岳观看也没看就接过去，捂住自己撞肿的额头，但是只捂了一下又递给余溥："你拿去，你被我打得更肿。"

他们把男人之间无聊的胜负欲暴露无遗。岳翎很不能理解，这两个性格完全不同的男人身上，为什么会有着相同的"中二"气质。

岳翎送走闻声过来调解的物业，关上门，走到两个人的身后坐下。

"起来再打啊。"

余溥没说话。

岳观"噌"的一下站起来："我是你弟，打架你不帮我，你帮他！

而且你居然抓我的脸！"

"给我坐下！"

岳观"咚"的一声坐下："凶不死你。"

岳翎撑着下巴："你不是说，他很一般吗？"

余溏和岳观两个人异口同声："什么一般？"

岳观率先反应了过来："哦，是很一般哪。长得一般，打架也一般。"

余溏不知道他们姐弟俩在说什么，起身把冰袋递给岳翎："你的脚，自己敷一下。我先带'辣鸡'走了。"

"骂谁垃圾呢？这是我姐家，我想待就待。"

余溏无语："我说带'辣鸡'，没说带你！"

岳翎看不下去了，拍了拍岳观的头："看那儿，'辣鸡'是猫。"

"什么？猫？"

岳观转头一看，脸上的表情瞬间和善了："呀！怎么长得这么可爱？"

有句话也许是对的——男生真的都爱猫。

"'辣鸡'，走了。"

"等一下，让我摸一下。"

余溏蹲下身："摸可以，说好下次不能再打我了。"

"不打了。我姐都说了不能打你，我绝对不打了。"

岳翎揉了揉太阳穴，有那么一瞬间，她觉得有点儿丢脸。

余溏看向岳翎："你的脚被烫着了，要不要我送他回学校？"

"算了吧，我让他自己打车回去。"

摸猫的岳观这才想起自己的正事："对了，我过来是要还东西给你。"

他说着把背包打开，取出岳翎的银行卡："你的卡，本来我想拿着的，结果我晚上取钱的时候，发现里面不止一万元。"

"什么？"

"你怕是给错卡了，里面有二十多万元。"

岳观说完，看岳翎脸色有变，就放下猫，站起身正经地问她："怎么？钱不是你的呀？"

岳翎拿起手机翻出短信，果然看见一条二十万元的转账提醒。

余溏看了一眼岳翎的手机："先不要想那么多，明天打电话去银行查一下转账信息，或者等转账的人联系你。"

余溏说完，对岳观说道："走，还是我送你回学校，现在不好打车了。"

"带猫吗？"岳观兴冲冲地问。

余溏捞起"辣鸡"，走到玄关去穿鞋，随口回应他："带。"

"姐，那我坐余医生的车回去。"

岳翎翻了个白眼儿："你才把人家打了，现在好意思坐人家的车吗？"

余溏抱着猫站起身："没事，我先上去拿车钥匙。"

"我跟你一起呀。"岳观说完，转身冲岳翎挥了挥手。

"你等……"岳翎的话还没说完，房门已经被岳观反手带上了。

两个男人坐进车里，各自对着后视镜收拾了一下因为打架而凌乱的发型。

余溏把"辣鸡"放在了副驾驶位上。"辣鸡"坐在岳观腿上扒拉着前面的储物盒，不想还真的扒开了。岳观随手想去帮余溏关上，却摸到了一盒巧克力。

"哎？"他把巧克力拿了出来，"你也爱吃这个牌子的巧克力？"

"我不吃巧克力，就是买来放着。"

"给我姐？"

"对。"

岳观抱着"辣鸡"，把椅背向后放倒一半："跟你说话还挺舒服的。"

余溏看着前方笑了："我也是。"

岳观抬起头："我把天窗打开呀，你就不用开空调了。"

"开吧。"

岳观打开车的天窗，夜风"呼呼"地涌了进来，"辣鸡"一下钻到了车的后座。岳观按住乱飞的头发："今天的事对不起啊。不过，我就是担心我姐姐，毕竟我姐姐这个人脑子是有问题的。"

"为什么这么说？"

"她被车撞过，整个人被撞飞出去，后来脑子就坏了。"

岳观说完抿了抿嘴唇："那个场面是我一辈子的阴影。"

余溏下意识地降下车速："你在场？"

"对，我在场。她被撞以后昏迷了很久，我妈那会儿心脏病很严重，根本没钱救她，准备把她接回家……"他说到这里，犹豫了一下才说出了后面那两个字，"等死。"

"后来呢？"

"后来我就不是很清楚了。听我妈的意思，是有人资助她治疗。她在医院躺了快整整一个夏天吧，醒来以后连我是谁都不知道了。再后来她就去 C 城上学了，听说也是谁资助她的。但她去了 C 城以后，就跟变了一个人一样。她以前是个'学渣'，结果在 C 城参加高考，考了六百多分。"

前面是一个出路口的红绿灯，余溏踩住刹车，看向岳观。

"她在哪一年出的车祸？"

"她升高二的那一年。哎，前面的灯绿了，绿了，赶紧走。"

余溏忙回过头。

他比岳翎高两届。如果岳翎是在升高二的那一年出的车祸，那也就是在他高三毕业的那一年。

"在那年的什么时候？"

"暑假前夕。高三的学生刚刚考完高考，我姐他们还在补课。"

余溏一时沉默了。

车已经开上了学府大道，浓密的街树遮挡了大部分的光，前面只剩下车灯所照一小块视野。

"她在 C 城挺神秘的，从来不肯回来看我，但我的学费和生活费她却越给越多。我用我的途径去了解了一些情况，但至今知道得不全，现在也不太方便跟你说。"

"嗯。没事。"余溏点头表示理解。

岳观接着说道："还有，她这次回来，我也觉得她怪怪的。"

"怎么说？"

岳观转过身，出于对岳翎的保护以及对余溏的防备，他模糊了自己知道的信息："我觉得她被人盯着，但她不承认。对了，她有跟你说过什么吗？"

余溏摇了摇头："她并不信任我。"

"嘻，我就说嘛。"

岳观拍了拍大腿："我不管她愿不愿跟我说，反正她是我姐。就算她什么都不说，我也要想办法把她保护好。"

"我也是。"

岳观听完笑了一声："可以呀，姐夫。咱们统一战线，有事跟我说，我罩着你。"

"姐夫"这两个字着实让他"上头"。余溏私底下想了很多个自己在岳翎面前的身份定位，最后还是觉得"被岳翎睡过的男人"最为合适。不算太猖狂，也不算太卑微，适当地把主动权让渡一部分给岳翎，让她不至于从一开始就对他露出獠牙。

"你单方面认可我有用吗？"余溏把车靠边停下。

"没用啊。"他说得理所当然，"不过，今晚我可以请你喝顿酒，你能喝吧？"

"能。"

"车怎么办？"

"找代驾。"

岳翎把那两个男人从家里送走以后，就一直坐在沙发上没有动。

窗户开着，窗帘被风吹得一开一合。岳翎看着手机屏幕，沉默了很久，忽然抓起手机走到阳台。

这是离开 C 城以后，她第一次主动拨通余浙的电话。

"喂。"

电话那边只发出了这么一个音节，岳翎没有说话。

电话那边忽然传来一声笑："想跟我说什么？"

"钱是你打的吗？"

"呵。"余浙笑了一声，"我有必要这么做吗？"

岳翎没有说话，余浙的语气突然尖锐起来："岳翎，你现在很难受吧？"

岳翎靠在阳台的栏杆上低头朝楼下看去，远处灯火辉煌，无灯的楼底却像是一个黑洞。

"我难受什么？"

"你现在敢看娱乐新闻吗？"

岳翎没有出声。

"你以为你可以凭一己之力远离我，结果你凭一己之力把一个跟你没有半点儿关系的女人毁了。"

岳翎握着阳台的栏杆，抿住了嘴唇。

"你自己说，你是个什么好东西？"

"接着骂。"她换了一个姿势，靠着阳台的墙坐下来。

余浙冷笑："算了，我现在很可怜你。只要你回 C 城来跟我认个错，咱们还是和以前一样。"

"你恶不恶心？"

"我恶心，你恶毒，咱俩不是挺配的吗？你自己想想，你敢向余溏坦白林秧的事和你有关吗？啊？岳医生？社会精英女性？"

岳翎闭上了眼睛，喉咙像是被一只手猛地扼住，发不出声音。

"其实你的无奈，只有我知道。回来跟我在一块儿吧，你还是可以继续做你的精神科医生，继续资助你弟弟读书，给你母亲治病。你伤我的事在我这里就算了，不然你总有一天会被余溏伤得体无完肤。我不想那个时候再来捡你。"

岳翎猛地挂断了电话。

接下来整整一个晚上，她都没有睡着。

她之前觉得余浙说那句"你凭一己之力把一个跟你没有半点儿关系的女人毁了"是为了刺伤她，而那个养尊处优的明星可能并没有那么惨。但当岳翎在林秧家中见到林秧的时候，她才知道，余浙的话其实没有错。

林秧独居在市中心的一个高档小区里。岳翎去见她之前，林秧的经纪人何妍先给她打了一个电话，简单地跟她聊了一下林秧的近况。

"我们已经把她所有通告都停止了。当然这是公司的决定，目的是为了让最近的话题热度降温。但现在比较麻烦的是，林秧的精神状况越来越不好，昨天晚上还出现自残的情况。"

"所以你们为什么最近才联系我？"

何妍说话很官方，条理清晰却没有情绪："是这样的，岳医生，我们对精神科不是很了解，而且在这个时候，如果被人拍到林秧看精神科的话，对林秧的影响可能会更不好。所以我们之前先陪她去咨询了私人心理医生，做了一些心理干预和辅导。但是昨天晚上这个情况，我们大家都没想到。咨询心理医生以后，医生建议我们还是要带她去看精神科。您是林秧爸爸推荐给我们的，所以我们想让你判断一下林秧的情况。最好还是不要在这个时候让她去精神医院治疗，我们不太想给网络和媒体更多让信息发酵的机会。"

岳翎从这些理智的语言里听出了何妍身为经纪人的专业，但这让她不太舒服。不过她克制住了情绪，没有在电话里做其他的无效沟通。

"好，那请你提供一下具体的地址。"

何妍礼貌地说道："这样，我们派车过来接您。"

"不需要，我自己可以开车。"

电话那边似乎有什么顾虑，按着话筒合计了一下，十几秒钟之后才答复："好的，我把地址发到您的手机上。今天下午三点，我们等您。"

岳翎按时到达了林秧的家，开门的人正是何妍。她穿着黑色的套装，脸色有些憔悴。

"您好，是岳翎岳医生吗？"

"是。"

"您好。"

她问好之后，平静地往旁边一让："请进。"

岳翎走进客厅，林秧穿着居家服，一个人坐在沙发上，手上缠着厚厚的纱布。林秧听见门口的声音，有些僵硬地转过头，看见岳翎的脸时忽然怔住，隔了好久才勉强露一个笑容。她扶着沙发站起身："原来姑妈也是医生啊。"

何妍以为自己听错了："什么姑妈？"

岳翎被这个称谓猛地刺伤了心脏。她一时很难把眼前这个憔悴的姑娘和之前在车库里审视她的那个女孩儿联系到一起。

"就是之前帮我做心脏病手术的那个余医生啊，这是他的姑妈，我见过的。"

何妍扶住她："你能不要再提你那个心胸外科的医生了吗？"

林秧忙收住声音："不好意思啊。"

何妍转身对岳翎说："没想到您和林秧之前见过。那也好，你们先聊，我去给您倒一杯水。"

林秧拉着岳翎在沙发上坐下。

"我本来不想见医生的，但还好是你。"

岳翎环顾客厅四周，落地窗前的窗帘拉得严丝合缝，透不进来一丝光，室内的照明全部依赖灯光。

　　沙发对面的电视是开着的，但是好像被固定在一个音乐频道上。客厅的角落放着一架立式钢琴，盖着天鹅绒的钢琴罩，钢琴顶上摆着一排药瓶。岳翎大概扫了一眼，有些是维生素，有些是治疗心脏病的药，还有两三瓶助眠药，都不是处方药。

　　"你每天到底要吃多少药啊？"

　　林秧朝钢琴上看去："有几种药是我做了手术以后一直都要吃的。最近我睡不着，也有吃一点儿帮助睡眠的中成药。"

　　岳翎打量林秧，上次就已经觉得她很瘦了，这次看起来更是像个纸片人一样。

　　何妍端了一杯柠檬水给岳翎，又把一杯温水递给林秧。

　　"你今天中午是不是还没吃抗血栓的药？"

　　林秧点了点头，刚要起身去钢琴上拿药，手机却不知道在沙发的哪个角落里响起来了。林秧立即弹开，险些把腿磕到茶几上。何妍忙拽住她："你去吃药，我来找。"

　　"卡到沙发垫下面去了。"

　　岳翎站起身，给何妍让路。何妍一手拉着林秧，一手在沙发垫下抓了半天，好不容易才把手机抓起来。

　　何妍看了一眼来电显示，迅速地转身对林秧说："公司的电话。我来接，你去把药吃了。"

　　何妍说完，捂住话筒，快步往林秧的房间走去。

　　林秧站在客厅的中央，一动也不肯动。岳翎索性帮她把药瓶拿到了茶几上："你知道怎么吃吗？"

　　"知道……"林秧咳了一声，"但我不想吃了。"

　　"为什么？"

　　林秧抬头看着她："我吃完药，就又要去找余溏复诊。我现在见到他……都不知道怎么跟他说话。"

　　林秧说完，抱着膝盖慢慢地在茶几前蹲下。

　　岳翎把药瓶拧开，放到林秧的手边："跟你无关的事，你不需要跟任何人说什么。"

"无关吗？"

林秧把药从药瓶里倒出来，放在手心里，抬起一双通红的眼睛看着岳翎，露出了一个几乎令人心碎的笑容："我觉得自己都快相信网络上的那些话了。"

时针不停转动，由于整栋楼的空调使用率已经到达了峰值，电压不稳，客厅里的灯闪了一下。

林秧受了惊，岳翎忙走过去陪她一起蹲下。林秧随即下意识地往岳翎身边靠去。

"岳医生。"

"嗯，你说。"

"你能给我开些药，让我吃了以后就不去想那些话吗？"

岳翎能说什么呢？从她开始修读临床心理学到现在，她始终觉得心理问题并不能被看成一种疾病。当然，余溏曾跟她一起讨论过这个问题。岳翎记得余溏的说法，他说要定义疾病首先要了解某个失调症产生的原因，也就是所谓的"致病源"，以及这种失调症对身体产生的影响，也就是"病理生理"。

按照余溏的说法，岳翎觉得心理学对心理疾病潜在的病理生物学机制涉及甚少。医生除了对患者大脑的运作机能有那么一点儿了解之外，每个人的精神和思维对研究者来说都还是个谜。所以，药物永远无法到达真正的"致病源"。

当林秧向她问出这种问题的时候，她觉得自己身为精神科的医生，必须要说点儿什么，于是决定用一个伪命题来暂时安抚林秧。

"林秧，你要明白，药物治疗只是一方面，最重要的是我们需要帮你解决目前面临的问题。"

林秧听完忽然笑了一声，用手撑住前额不断地摇头。

"怎么解决？让我去做个检查，证明我还是个处女吗？到时候他们是不是还会说我造假，说我是个'戏精'啊？"

林秧说完，把整张脸都埋进了手臂里："我知道这件事根本解决不了的，除非我这个人不在了。"

"林秧！你能不能别说这种话？！"何妍喊道。

林秧被吓了一跳，下意地捏紧了岳翎的手。何妍握着手机从房间里走出来，意识到自己的失态以后，面向阳台自己平静了一会儿，缓和情绪后才走到林秧的身边，拎着她的胳膊把她扶了起来。

"不好意思，林秧。"

林秧乖乖地跟着她站起来："没事，我知道你现在的压力比我大。"

何妍端起林秧没有喝的水，喝了两口，然后扶着林秧坐下："我要回公司一趟，一会儿让陈姐过来陪你。你自己记得要按时吃药、吃饭。"

何妍说完转向岳翎："岳医生，我顺便送你下去吧。"

林秧不肯松开岳翎的手："你再陪我一会儿吧？"

"我下午要回医院上班，你愿意跟我去中心做一些检查和治疗吗？"

"岳医生。"

何妍试图打断岳翎，岳翎却示意她先不要说话。

"林秧，你自己考虑一下。"

林秧迟疑地点了点头。

岳翎这才站起身对何妍说："走吧，一起下去。"

林秧所在的这个住宅区临河，容积率很低，这边有个大型的湿地公园。何妍没有带着岳翎去车库，而是带她走上了一条观景步道。她一边走一边问岳翎："您目前有什么建议？"

"让她去医院就医。"岳翎没有多余的话。

"医院就医只能暂时缓解她的精神问题，但是根本解决不了目前的舆论问题。"

岳翎站住脚步："我希望何小姐明白，我只是一个精神科医生。我只需要对病人负责，不需要对你的团队负责。"

何妍也停下来，站在树荫底下看着岳翎："我们行业有我们行业的规则，我们带出一个能赚钱的艺人不容易。我们也希望艺人好好的，但我们的本职工作也要做好吧？所以……"

她顿了顿："我这次之所以请您过来，除了让您来看看林秧，还有一件更重要的事要和您沟通。"

岳翎抬起头："什么意思？"

何妍笑了笑，眉目之间暗藏疲倦："咱们边走边说吧。"

她说完，带着岳翎转向了一条人更少的步道。

"我们之前接触过了江山茶业的陈敏。"

岳翎一怔，停下了脚步。

何妍回过头："岳医生不需要这么紧张。"

"然后呢？"

"B 酒店的那件事，虽然江山茶业已经做了官方的澄清，但是现在舆论显然不太受控。按照我自己的行业经验来看，原因在于双方的澄清都太过于模糊，不够具体，给了网络太多'暧昧'的空间。所以我觉得，我们有必要做详细的调查。"

她说完，偏头观察岳翎的表情。岳翎直接迎向她的目光："你直说就好，不需要预估我的心理底线。"

"好。"

何妍站直了身："我很喜欢和您这样的人沟通。是这样的，首先跟您道个歉，毕竟这件事涉及您的隐私。我们从陈敏那里了解到，您和江山茶业的老总私交很密切，虽然发布会那天的监控录像已经被恶意删除了，但我们还是从一些渠道了解到，那天您也在 B 酒店。所以关于余总到底为什么会割腕，我想您应该能给我们提供一些信息。"

岳翎摆了摆手，打断她："我不是想听你陈述情况，我想了解在这种情况下你要我做什么？或者，你要对我做什么？"

"岳医生，咱们之间不需要这么对抗。"何妍转身和她拉开距离。

"相信您之前也发现了，您的账户上多了一些钱。这算是我们的诚意。我们只是希望，下一次声明的内容可以更加具体一些。当然，这种事情我们是站在请求者的位置上，希望获得您的理解和帮助。毕竟，实证应该是被江山茶业的余总抹掉了。我们没有实证，绝对不敢再担一条污蔑'素人'的罪名。"

"不可能。"

"我们当然会有赔偿……"

"别'我们''我们'的了！"岳翎再次打断她。

素人。她真的有些受不了这个划分立场之后，站在官方的角度定义她的称呼，就好像在率领千军万马带着面具肆无忌惮地践踏个人的意志。

"你们凭什么让我出面澄清？还有，我怎么澄清？你们是靠大众舆论活着的，而我也是靠我身边的舆论活着的，让我丢掉我自己的工作，放弃我自己的人生，来救你们吗？"

何妍试图安抚她："我说过，我们会补……"

"补偿啊？"岳翎冷笑了一声，举起手机，"你最好别说了。"

何妍看到岳翎手机上的录音界面愣了愣。

岳翎按下储存键："从你带我走这条路的时候，我就已经开始录音了。按着这条录音的内容，我可以指控你诽谤我，也可以指控你威胁我。如果你不想你的艺人被更多的负面舆论缠身，你就尽管动手。"

何妍赶忙换了一个语气："不好意思，岳医生，咱们之间有些误会。"

岳翎放下手机，接着逼问："你是怎么知道我的账户的？"

"……"何妍没吭声。

"是陈敏吗？"

何妍转向一边："这件事情，咱们还是以后再谈。"

"没有必要。何小姐，我虽然是你们所说的'素人'，但我不想受任何人的操控。我会帮林秋，尽我的全力帮她，不过我不想再看到你。如果林秋需要来中心治疗，我希望你自重。另外，你那二十万元我会转回原账户。"

岳翎说完，没有再听何妍说任何一句话，转身走下了步道。

小区大门外的太阳正毒。街道边的小叶榕虽然遮蔽了大量的日光，地面的温度却仍然高得吓人。岳翎坐进车里，把车里的空调开到最大，手却不由自主地有些发抖。出于驾驶安全的考虑，她暂时放弃了发动汽车，伸手把座椅靠背放下来，打开车里的音乐，看着路口的一团树影发呆。

没过一会儿，一辆黑色的林肯车停在她的车前面，后座上下来一个男人。岳翎反应过来想要锁车，已经来不及了。那人打开了副驾驶位的车门，岳翎在他的手腕上看到了一条触目惊心的伤疤。

"我觉得你今天可能想见见我。我带你去吃个饭吧。"

"你不在 C 城？"

"我接了你的电话就很想你了，看你这模样挺可怜的。"

岳翎靠在椅背上，偏过头朝他笑了笑："手机给我。"

"你要我的手机做什么？"

"你给不给？"

余浙没有说话，岳翎笑着说道："你怕什么？"

"哈，你是我的女人，我有什么好怕的？"

"好，这可是你说的。"

岳翎拿过他的手机，翻到了余溏的电话，拨通后按下了免提键。电话那边的人很快地接了起来。

"喂，什么事？"

岳翎咳嗽了一声，回应说："我是岳翎。"

"岳翎？等一下，余浙在……"

岳翎按下了挂断键，把手机抛给余浙："你走不走？"

"你还有脸利用他啊？"

岳翎的喉咙哽住。

余浙的手机响了起来。他看了一眼来电显示，把手机放到了耳边。

"你和岳翎在什么地方？！"

余浙把电话拿远："你疯了是不是？为了这个女人，你跟我动手、吵架，自己的工作还差点儿丢掉！我看你迟早被她玩死！"

余浙说完一把挂了电话，对岳翎说道："你也是，迟早在他身上玩死你自己。"

车门"砰"的一声被余浙关上，岳翎的心脏也跟着车门一颤。

余溏的电话再次打到她的手机上。

"喂……"这声"喂"是带着哭腔的，刚一出口，连她自己都被吓了一跳。

"你怎么了？"余溏的声音有些急。

"对不起，对不起……"

岳翎一时不知道说什么，极力地想控制住自己的声音，然而声音却抖得越来越厉害。

"什么对不起呀？"

"对不起，对不起，我又在利用你……"

余溏听她这样说，反而松了一口气："我当是怎么了。你利用就利用啊！哭什么？"

"对不起……"

她越说越想哭，一天之内所有无解、复杂的情绪突然就绷不住了。

电话那头的余溏显然是慌了："岳翎，你在哪儿啊？"

余溏在天桥下找到岳翎的时候，两个人各有各的狼狈。

天桥下面停了好几辆被突如其来的大雨困住的车。道路上很空，街边的树被风吹得东倒西歪。

余溏浑身湿透了，来的时候只披着他常年放在办公室备用的牛仔外套。岳翎车里的冷气开得很足，余溏刚一坐进车里，就捂着口鼻打了两个喷嚏。

岳翎伸手关掉空调，递了一张纸给余溏。余溏接过来擦了擦脸上的雨水，擤了擤鼻涕："下班后临时加了两个会诊，下雨了我也不敢开车。来晚了，对不起呀。"

岳翎笑了笑："我说'对不起'，你也说'对不起'。"

余溏把手放在两膝之间，不自觉地笑了笑："我也不知道说什么。"

岳翎侧过身："自从遇到你，你就一直在跟我道歉。"

"岳翎，我基本上接不住你的话。我也不想一直道歉，只是觉得你没什么安全感。我不想你一直用话顶我，你知道我也顶不过你。"

他说完，把已经湿透的外套丢到脚下，拧了一把袖子上的水。

"我明天请了假去找余浙。"

"干什么？"

"我不会让他再接近你。"

岳翎苍白地笑了笑："他是江山茶业的老总，你是一个胸外科医生，你能对他怎么样？"

"是不能怎么样。我不是他的员工，他也不能拿我怎么样。别的手段我没有，不过以后他找你一次，我揍他一次。"

岳翎摇头："你不是说你要当一个好医生吗？现在这话说得怎么这么像我那个弟弟？"

余溏看着岳翎的眼睛："保护你，我就不是一个好医生了吗？"

岳翎忽然沉默。

暴雨"噼里啪啦"地敲打着路面，使车内显得异常安静。

岳翎其实无法面对这种近乎温柔的安静，这和她自认喧哗的人生基调格格不入。因为她很早地明白，这人间的温柔不属于她，所以她一直等待的都是类似"刀锋"一样的东西。在它落下之前，做好完全的准备，抵挡、招架、反手出击，一气呵成之后，不管结局如何，她都绝对地信赖自己。

但如果问她，想不想要一些温柔的东西？这个问题对她来讲过于矛盾。因为哪怕她比任何人都想要邂逅温柔，她也不能放纵自己去沉沦其中。于是，她下意识地把背靠在了车门上，试图在狭小的车内和余溏拉开距离。

"你有没有想过？你跟我没有什么关系，没必要这么对我。"

余溏从地上捞起自己湿透的外套："如果不是要过来找你，我根本没有办法去淋这一场雨。"

岳翎一怔，这才反应过来："你到底是从什么时候开始不怕雨的？"

"从你住到我家的那天开始，我就没有那么怕雨了。所以从那个时候开始，我就很想参与你的事。"

"还是因为愧疚感，是吧？"

余溏一时不知道应该怎么回答。

岳翎忽然有些烦躁："我对你说了无数次了，在 C 城酒店的那晚是我利用了你！我不想要你的什么愧疚感！我要不起！"

"你不想要我的愧疚，那我可以喜欢你吗？"

岳翎彻底愣住。

"我喜欢你。"他放平了声音，似乎是怕吓到岳翎。

"我不谈感情……"

余溏摇了摇头："不谈感情，岳翎。"

他把手放在自己的胸口："是我，是我单方面喜欢你。"

岳翎看着余溏修长干净的手指："我没见过你这样的人。"

"这有什么好奇怪的？我也没见过你这样的人。"

他说着冲岳翎柔和地笑了笑，又问了一遍："我可以单方面喜欢你吗？"

单方面的喜欢？那单方面的拒绝会有用吗？岳翎明白，自己又在被他带偏的边缘了，可是她走不回来，也不知道是不是因为心甘情愿。总之，她没有像平常那样敏锐地跳脱出来，而是选择跟上了他的语言逻辑。

"什么叫单方面喜欢？"

"就是我喜欢你，你继续利用我。"

岳翎脱口而出："你知道现在有一个词很流……"

她还没说完，就已经开始后悔了。她刚想喝一口水做些掩饰，余溏就已经果断地"揭穿"了她。

"你想说'舔狗'……"

"我没说！"

岳翎几乎忘了自己在车里，说话的时候直起身，不小心把头磕在了车顶上。

"欸，小心。"

岳翎按住头顶："你一个不看电视、不刷微博的人，这个词是谁教给你的？"

"你弟。"队友被果断地出卖了。

岳翎咬牙切齿地说："我明天去学校捶死他。"

余溏看着她逐渐松弛下来的表情，把手按在了座椅靠背上，温和地问她："你好点儿了没有？"

"……"

岳翎没有说话。

余溏这么一问，她就不太分得出来，刚才的话是在刻意地平复她的情绪，还是本来就是他的天赋。总之，她暂时忘记了林秧憔悴的面容以及余浙的意图。

"你要不要重新搬上来和我一块儿住？"

听余溏说完这句话，岳翎的脑子里突然"嗡"地响了一声。如果说上一次的被迫同居是因为她处在病人的位置上屈从于医生的意志，那么这一次，余溏直接触碰到了她的神经敏感区域。可令岳翎自己也感到奇怪的是，她没有因为这个要求而被激起太大的情绪波动。面前的男人也是一样冷静，丝毫没有觉得自己是在提一个无理的要求。

"你什么意思？"岳翎最后还是选择退一步来抵挡。

余溏直起背，咳嗽了一声："就是单方面喜欢你的我，单方面想要和你一起生活。"

他说完又补了一句："就只是生活而已。如果你愿意交一些生活费，我就收着；如果你不愿意，那我就单方面出。总之，选择权都在你。"

岳翎的背脊微微有些发热。他好像已经完全摸清了与她相处的套路，对她只表达诉求，而不要求她回应。

十多年来疲于满足各种社会关系中各种诉求的岳翎，好像被这近乎理想的相处模式灼烧得体无完肤。

"你……"

"你知道我的情感导师是谁吗？"他忽然问了一个有点儿突兀的问题。

然而，处在不知所措的状态下的岳翎，再次自然地把自己推向了余溏的语言逻辑。

"魏寒阳啊？"

余溏摇了摇头："魏寒阳不是正经人，他对我没什么参考性。"

"那是谁？你报班了？"

"你弟弟之前告诉我，不管你经历了什么，也不管你想不想说，反正他都要保护好你。我觉得很对，所以我也开始尝试着做。"

"你们到底什么时候……"

"我们喝过几次酒了，岳翎。我值得你信任，你要不要考虑一下？不要再一个人在楼下待着，不要再把锅烧煳、把钥匙弄丢。"

"你怎么知道我把锅烧煳了？"

"我也不是第一天认识你了。"

他说着，重新把手交搭在了两膝之间："我请你考虑考虑我，因为你可以继续利用我。如果这个理由还不够，那你也可以考虑考虑因为'辣鸡'。"

岳翎低头笑了笑："我住你的房间，你不是又要睡沙发了？"

"我可以在书房放一张简易的床。没关系，我下班一般比你晚，晚上看文献也看得晚，我把书房门一关，绝对不会打扰到你。"

岳翎摇了摇头，勉强把自己的理智拉回来一点儿。

"余溏，按照社会学的理论，一个独立的人是不会毫无道理地向另外一个独立的人单方面付出的。婚姻也好，感情也好，到最后都是情感交互的过程，你却一直在说单方面。这是个伪命题，我有理由去怀疑这个问题里的社会性缺失。"

"不要说得太专业，我听不懂。"他战术性地回避了他不熟悉的领域，把思路继续拽回到具体的情感上，"你可不可以把我当成一个人？

当成你遇到的一个人，而不是你的学术样本。"

岳翎静静地看着他。他身上的雨水完全没干，反而因为此时静止的姿态，顺着他身上流畅的线条，一点儿一点儿地流下来。

"那如果我试了以后，发现自己接受不了呢？"

"那你就直接跟我说，然后搬走。接受结果是我自己要处理的问题。"

"我怕你会后悔。"

"岳翎，我不觉得你是怕我会后悔，你是怕你自己会后悔。"

岳翎浑身一颤。

天上响了一声闷雷，一辆货运卡车冒着大雨从他们的旁边驶过。溅起的水花猛然地扑向挡风玻璃，岳翎眼前的视线一下子模糊了。

她慌忙使出全身的力气，用来抵御余溏侵袭她内心的力量："我告诉你，我绝对不会后悔我自己做的任何一个决定，我绝对不允许任何人真正地伤害我。"

"嗯。"他认可。

"所以，岳翎，你不要害怕。你知道你可以信任我，只是你不愿意而已。"

岳翎的喉咙有些发痒："我……我不好你知道吗？"

他摊开一只手："可是我也不好啊。"

"没有……你很好……我……"

她沉默地低头，很久之后忽然张口："我就是一层皮，你知道吗？一层总有一天会被你揭开的皮。我虽然是个医生，可也是个病人。我的人生大部分都是假的，我没有过去的记忆，只有遭遇。我至今不知道怎么生活，没有任何美好的事物可以分享给你。"

余溏沉默了一会儿，慢慢地把手放到她的手边。他们虽然离得近，却依旧没有肌肤上的接触。

"那你想一直一个人吗？"

岳翎没有点头，也没有摇头。

"请你考虑我。"

余溏的气息随着这句话靠近，在密闭的空间里，岳翎无处可避。

安全距离"第 N+1 次"被打破。车里的空气被他带进来的水汽打湿。空调关闭之后，岳翎的脊背有些黏，她如果此时能找到一个干净的纸箱子，那么一定会像"辣鸡"一样，毫不犹豫地钻进去。

这种冲动令她忽然明白过来，人不是只有在面对恐惧和危险时才会退缩，面对坦诚和真心的时候，也一样会因胆怯而想退回那个只信赖自己的空间里。

其实按照岳翎的知识储备和感知力，她很早就应该知道，人类文明发展了几千年，人和人在生理上的关联越来越紧密，但精神上的关联却越来越难建立。

换一句更有艺术性的话来说——世界的边界越来越大，而人却越来越喜欢把自己缩在一个又一个的小盒子里。

这几年岳翎存钱买车和买房，无一不是为了在阳光底下一个人蜷缩。她一直在试图守住自己的领域，但这个"手无寸铁"的男人还是闯进来了。

"咱们说好，只是试一试。"他再次提议。

这一次，岳翎不自觉地回了一个"好"。

奉还真相

  岳翎决定搬家，把搬家的时间定在了立秋。

  那天下午，余溏结束了一个长达四个小时的心脏瓣膜置换手术，回到办公室，"咕嘟咕嘟"地喝完了一大杯凉开水。这算是他的一种坚持，为了在手术时集中注意力，他很少在预计时间较长的手术之前饱食或饮水，所以他习惯手术结束后在办公室里坐一会儿，喝点儿东西或吃点儿饼干，然后回溯一下手术过程，在笔记本上记录一些必要的信息，最后再慢慢地补充病案室要收的文件。

  魏寒阳知道余溏有这个习惯，所以刻意在他手术结束后半个小时才过来找他。谁知他刚想伸手敲门，余溏却突然开了门。魏寒阳直接栽进余溏的办公室，抬头看到余溏已经换了衣服，背上了包。

  "你现在就要走啊？"魏寒阳勉强稳住身子。

  "嗯，下班。"

  "你下午手术的病例怎么办？病案室的人不会追杀你吗？"

  "我今天晚上回来写病案。"

  余溏麻木地说完话，走了几步，才发现自己的鞋带散了，便蹲下来系。

  魏寒阳靠在办公桌的边缘，低头看着他。

  "你牛。我估计急诊科室那边知道了，又会半夜来抓你。"

  "那就抓吧，本来今天胡宇也在。"

余溏系好鞋带，边说边往外走："你出不出来？我要关门了。"

魏寒阳跟着余溏走出来："我过来找你，是想问一下你，下半年那个国际精准医学科学研讨会，医院是不是让你们科室派人参加呀？"

余溏边走边点头："是，我昨天抽空看了一眼资料，除了精准医学的课题以外，还有癌症生物学和癌症基因组学、计算生物学、微生物基因组学和遗传工程技术、临床基因组学四个单元的学术交流活动。除了我们科室，'普内科'应该也会派出人，所以去的人还是挺多的。"

"什么时候去呀？"

"国庆节之后。"

"那挺好的。"

余溏说着话，已经走到了电梯口。

魏寒阳随手帮余溏按了一下电梯下行的按钮："胡宇他们都在传，你上次打人背的那个处分，可能会影响你这次的参会资格。我去找其他科室的人打听了一下，他们的说法都不一样，搞得我也有点儿担心，所以过来问一下你。但你现在都拿到资料了，那就是没事了。"

余溏按着太阳穴。高强度的手术下来，神经痛很难抑制，他身为医生，自己也没有其他的办法缓解。

"头疼啊？吃不吃药？"

"不吃。"他说完垂下手，"其实我去不去那个研讨会都无所谓。最近的手术太多了，我根本没有时间去仔细看那些会议资料。"

魏寒阳一掌拍在他的肩上："你不要这么讨人嫌好不好？你都不知道，为了这个会议上面争得多精彩，'张王徐李'，几场大戏，你来我往，一周反转了十次，我'吃瓜'都要吃吐了。"

余溏看着电梯上的数字："我只对我自己有要求，去了就得对得起人家举办的大会。"

魏寒阳听完摸了摸耳朵："也是，你这种人包袱重。"

他们刚说完，电梯就到了。两个人一起走进了电梯。

男科在二楼。魏寒阳等门开了之后，转身向余溏做了一个"拜拜"的手势。他刚准备出去，忽然听余溏说道："要不你现在跟我回去，帮我个忙吧。"

"什么忙啊？"

"搬家。"

"你搬什么家呀？"

"不是我搬家，是岳医生。"

"岳翎吗？"

魏寒阳按住电梯门，兴奋地问："她不住在你家楼下了？哇，太好了，总算是把你的这个地理位置上的 buff（本身能力加成）给卸掉了。她搬到哪里去呀？"

余溏抬起头，推了推鼻梁上的眼镜："我家。"

"啊？"

魏寒阳直接在电梯门口"石化"，三秒钟之后才反应过来，眼前这个"老实人"极有可能是故意跟他说这件事的。

"你下班不摘眼镜，原来是在这儿等着我呢！"

魏寒阳开始情绪"暴走"："所以我这边还没开始就结束了吗？你怕是去哪里报了什么'撩妹'火箭班了吧！"

余溏靠在电梯墙上，看着魏寒阳发笑："其实还没有，是她答应试一试，看能不能和我一起生活。"

魏寒阳彻底蒙了，一把将余溏从电梯里抓出来，往走廊的角落里带。

"你们这是什么新型的相处模式啊？"

"生活模式。"

魏寒阳不可思议地看着余溏："你们……哈，不是……你这流氓耍得可真是清新脱俗啊，给哥整笑了。"

余溏看着魏寒阳，继续笑。魏寒阳第一次觉得，余溏这张人畜无害的脸突然也有那么一点儿讨人厌。

"别笑了！你赢了！我以后摆正位置，绝不乱动，可以了吧？"

"好。那我先下去了。"

余溏"深藏功与名"一般，重新走进电梯，望着天花板，笑得露出了牙齿。

此时他无法形容从这场无聊到岳翎根本不知情的争夺战中，所获取的满足感究竟有多大。

而在余溏家楼下，岳翎和岳观正在和四个编织袋较劲儿。

岳观坐在客厅中间的地板上。他人很高，伸开腿往那儿一坐就占据了大半的空间。

岳翎踢了踢他的屁股："你能不能让开？"

岳观往沙发边挪了挪，抓起茶几上的可乐喝了一口："你怎么有这么多东西呀？"

岳翎把一堆衣服胡乱地塞进编织袋里，回头对岳观说："厨房里还有一堆碗，你想一下怎么才能放进去。"

岳观欲哭无泪："我觉得你应该等我余哥回来，咱们一趟一趟地搬。照你这个收拾法，我看你一会儿拎上去，只能用剪刀把这些衣服剪开。"

岳翎站直了身，有些懊恼地丢掉被她揉得乱七八糟的裙子："那我就是不会收拾啊，有什么办法？"

岳观往门口一指："所以要等我余哥下班再收拾。"

"算了吧。"岳翎捡起衣服继续折腾，"他一般都是晚上八九点下班，回家都快十点了。"

"今天下得早。"

岳翎被这突如其来的声音吓了一跳，赶忙转过身。

为了方便把收拾好的行李拖出去，她没有关大门。余溏站在门口，已经挽好了袖子。

"余哥好。"

岳观坐在地上冲他挥手。

"'辣鸡'在上面睡觉。"

"好嘞。"

岳观"噌"的一声从地上爬了起来，迅速闪出了大门。岳翎一把揪住他的领子："不准上去逗'辣鸡'，'辣鸡'最近肠胃不好。"

岳观抬起手："我不逗它，我就去摸摸它。"

余溏让开门口的路，对岳翎说道："它看过医生，吃了药，这两天已经好多了。"

岳翎这才松开手。岳观立即窜得没影儿了。

余溏站在玄关处脱鞋，刚要踩进来，却听见岳翎说道："等一下，我给你拿双拖鞋。"

"你有吗？"

"嗯。"

岳翎蹲下身打开鞋柜，取出一双灰色的拖鞋放到地上。

"多买了一双，新的。"

"谢谢。"

他没说什么，脸上却有了笑容，弯腰换上拖鞋。

他走进岳翎的客厅，把被岳翎塞得奇形怪状的编织袋打开。

岳翎站在他的身边，低头看着那一堆衣服，抱起手臂自我嘲笑："所以我就说，我这种人过不上什么好日子，再好、再贵的东西，到了我手上都是这一副样子。"

余溏笑了笑，坐在沙发上把她揉乱的衣服一件一件拿出来。

"那以前是谁在照顾你的生活？"

岳翎盘腿坐在地毯上："我自己胡乱过日子，外面看得过去就行了。至于私底下是什么样子无所谓，反正只有我自己看得见。"

余溏弯腰放了一件毛衣在她的膝盖上。

"嗯？"岳翎不解地看着自己的膝盖。

"跟我一起叠。"

"算了吧。"岳翎垂下头，"我不会。"

他听到岳翎这么说，没有坚持，也不失落："那你帮我把灯开亮一点儿，看着我叠。"

岳翎起身去把客厅里的灯全部打开，生活中具体的画面清晰地落入了她的眼中。

余溏精准、温柔地压平了每一件衬衣的领口。

四个季节的衣服被余溏分门别类，依次装进袋子里。袋子被拉上拉链的那一刻，瞬间治愈了岳翎的强迫症。

岳翎觉得很神奇。她并没有觉得他收拾衣服的速度有多快，然而一个小时以后，客厅里已经干干净净，四个编织袋整整齐齐地放在她的面前。

余溏坐在地上，正在收最后几个碗。

岳翎望着突然之间空下来的房子，内心有些恍惚。

余溏把箱子扶起来和编织袋放在一起，站起来按了按肩膀，看着岳翎问："是不是想再坐一会儿？"

"你怎么知道？"

岳翎和余溏并排坐在空荡荡的地毯上。立秋那天的夜空里没有一丝云，星光在窗。风吹着看不见的树叶，沙沙作响。

岳翎靠着沙发，望着窗外的灯光。

"咱们这算什么关系？"

"不用想这么多。"

他说完也把背靠在了沙发上。

"除了工作以外，最重要的还是生活。衣食住行看起来简单，但却会花掉一大半的人生。所以我一直没想太多，下了班撸猫、做饭、看书，日子过着过着，就过到现在了。希望你也可以工作得开心一点儿，在生活里不要慌乱。"

岳翎闭上眼睛。室内通风以后，晚风不再受阻，温柔地充盈了整个客厅。

"你这样的人，是我们精神科医生最想要遇到的家属。如果你喜欢林秧，我或许真的能帮到她。"

余溏低下头："林秧已经有一段时间没有来医院复查了。"

岳翎抬起头："她以前有什么病？"

"快速性的心律失常。后来她在我们医院做了射频消融手术。我那时跟了那个手术，也是她的管床医生。她恢复得不错，但是血小板计数偏低，术后一直在观察血栓问题。"

他说着叹息一声："她其实也挺不容易。"

他说完，把头靠在沙发上："你还记得那个叫小可可的小患者吧？"

"嗯。她妈妈是我的病人。"

"前两天，他们把孩子接出院了。"

"不治了吗？"

"嗯。"余溏点了点头，"我昨天问了魏寒阳，魏寒阳说他们离婚了，姜素把小可可接回了县城。"

岳翎从他的语气里听到了一丝不忍："治疗中断会怎么样？"

"这些有先天性心脏病的病人，存活率本来就不高。小可可的治疗只完成了前期的姑息性手术，后期如果不跟进……"

他迟疑了一下，强制性地阻断了自己的语言逻辑。

"所以，哪怕我想当一个好医生，想救我能力范围内可以救的患者，也不能每一次都成功。很多人根本不会给你这样的机会去证明自己，对我来说，他们是病例，是我精进自身的途径，也是现代医学进程的参与者。但对他们自己来说，疾病只是一段痛苦又复杂的经历。亲密关系、血缘关系、经济基础、社会地位，这些多多少少都会因为疾病而崩塌。"

他说完，起身去厨房里倒了两杯温水，自己握着一杯，又把另外一杯递给岳翎。

"在你们精神科，这种情况应该比我看得还要多吧。"

岳翎接过水："我没有看过什么亲密关系的崩塌，我只看过放弃和遗弃，包括患者对自己的放弃以及亲人对患者的遗弃。有时也挺讽刺的，国家对我们这种医院的扶持力度越来越大，患者所要负担的费用也越来越少，病人在病区治疗的时间反而变得越来越长。有些家属会直接说：'我们没有空照顾他，把他放在你们医院，我们要放心一些。'我见过有些病人在医院一住十几年，连自己父母的样貌都不记得了。"

她说到这里停顿了一下。

"你能明白吗？当你知道你拼命拉回来的，希望他们能重新回家的病人，是已经被'家'放弃的人，心里会有多难受？"

余溏看着她："你当初为什么要学精神科？"

岳翎笑了笑："为了稳住自己吧。我的心态一直都不是很好，所以我想了解最科学的方法，以此来调整自己。后来我觉得这个专业也挺适合我的。我对社会的记忆很短暂，到现在为止只有几年时间的记忆。我很清醒，不会奢望用过去来治愈当下。我习惯鼓励患者去解决现实中的问题，而不仅仅是调整情绪。毕竟人对生活的控制力越强，精神就会越稳定。这是我一贯的观念，但最近……我很困惑。"

余溏喝了一口水："为什么？"

"因为林秧。"

她说完，松开坐得有些发麻的腿，起身坐到了沙发上。

"她的经纪人找我去看过她。我做了一个很主观的评估，初步结论是她已经形成了很严重的精神障碍。但是，那个导致她精神障碍的现实问题，我并不知道怎么帮她解决。"

她说到这里，渐渐地开始有些烦躁，两只手不自觉地扣在一起。

"怎么了？"余溏看出了她的不安，转过身看向她。

岳翎仰起头，咽了一下口水。她原本想控制住情绪中"脱缰"的那一部分，却没有成功，以至于不得不在余溏面前做出诚实的表达。

"我真的很痛恨那些窥探别人隐私、曝光别人生活的人！也很痛恨网络上那群什么都不知道却疯狂谩骂的人！他们根本不知道别人要用多少力气，才能看起来正常地活着，他们……"

"不要慌，岳翎。"

岳翎的手腕上传来一个反向拉拽的力道，并不强势，但很坚定。岳翎低头一看，是余溏拉住了她的袖口。

"不要慌。"他看着岳翎的眼睛又说了一遍，松开手用语言安抚她。

"没事的，岳翎，不要跟你自己较劲。"

岳翎抿着唇说："如果我有办法帮林秧，但是出于自私，我没有去帮她。我还值得被原谅吗？"

余溏屈膝半跪下来，抬头望着沙发上的岳翎。

"会伤害到你自己吗？"

岳翎没有回答。

"如果会伤害到你自己，就不要去做。"

岳翎低头看着他："你单方面原谅我，是吧？"

"我原谅你没有用，你要自己放过自己。"

岳翎笑了一声，双手在自己的膝盖上不安地拍了拍："好难哪。"

"那你看看我能做点儿什么？"

"为我？还是为林秧？"

"都可以。"

岳翎把腿缩到沙发上，低头想了一会儿，摇着头笑了笑。

"如果你喜欢林秧，你可能真的能够帮她。"说到这里她顿了顿，双目渐渐潮湿。

"就像你可以帮到我一样。"

岳翎说出这句话，其实已经突破了她和外人之间的沟通底线了。但是，此时她还有一句话卡在嘴边，她靠着最后一点儿防备拦着自己没有说出来——像你这样的人，真的是人间理想。

"嘿，姐，你们收好了没有？我来提东西了。"

岳翎转过头，看见岳观从门口探出了半个脑袋。

"是不是我来得不是时候，要不先……上去？"岳观用手指做了一个溜走的姿势。

岳翎还没出声，余溏就已经站了起来："来吧，你两袋，我两袋，一次就提上去了。"

岳翎也站起来："我也拿一袋。"

余溏站起身："你把门锁上就好。"

晚上，余溏做了热干面，地地道道的武汉做法，麻酱、葱花、酸萝卜丁，吃起来满口留香。

岳观吃完以后，自己打车回去了。

岳翎一个人在房间里收拾东西，余溏在隔壁的开放式书房中给自己铺床。

岳翎抱着一个枕头走出来："要不这个给你吧，我睡我自己的那个。我习惯枕硬一些的枕头。"

余溏伸手接过来："行，我衣柜里还有毛巾被和夏凉被。你要是觉得开空调冷，可以拿出来盖。"

他说完，蹲在简易床的床头，仔细地把被子上的最后一丝褶皱拉平。

"都要睡觉了，你把它弄这么整齐做什么？"

余溏站起身，取下搭在电脑椅上的外套："我一会儿要去医院。"

岳翎看了一眼手机上的时间："你今天不是做过手术吗？晚上去做什么？"

余溏走到岳翎的身边，低头看着她："我还没有写病案哪。你的病案写完了吗？"

"没有，不过我想明天再补。你今晚就要去医院写呀？"

"嗯。"他点了点头，"'附院'的病案室催病案催得很紧。而且我也习惯了，趁着现在记忆还清晰，能回忆起来的细节多赶紧写了。你洗了澡，早点儿睡吧。"

岳翎看着余溏，他已经趁着她在房间里整理的空当换了衣服。他穿的依旧是纯色的衬衣，肩袖和领口熨烫得一丝不苟。很显然，他今晚是不打算回来了。

"有时候觉得你真的不是人。"

"你骂我呀？"

他穿上外套，把平板电脑递给她："给你拿去玩，但别玩太晚了。"

岳翎接过他的平板电脑，把手背到身后："你不累吗？做了一下午手术，下班之后，又是帮我搬家又是煮面的，现在还要回去加班？"

余溏背上背包："那你陪我去吧。"

岳翎一愣，下意识地往后退了一步，手里的平板电脑"啪"的一声掉在了地上。

"完了。"

她慌乱地蹲下身去捡。余溏已经先她一步捡了起来："拿给你玩之前，我给它换了一个壳，应该经得起摔。"他说完，关上了书房里的灯。

"刚才跟你开玩笑的，我走了，你记得要好好休息。"说着，他顺手撸了一把猫爬架上的"辣鸡"。

"站好岗啊。"

他说完换了拖鞋，开门下楼了。

岳翎站在门口，发现余溏已经把他之前的旧拖鞋收了起来，转而把岳翎送给他的那双拖鞋放在了鞋柜前。

拖鞋是低饱和的浅灰色，看着确实让人安定。

岳翎转过身，把"辣鸡"从猫爬架上抱到怀里。她窝进余溏的沙发里，打开了余溏的游戏账号。"辣鸡"安安静静地趴在她的膝上充当手垫。岳翎平和地输掉了三局游戏，然后看了一眼窗外逐渐熄灭的灯光。

在他人的领域里彻底地放松自己，岳翎这还是第一次。

她靠在沙发上闭上眼睛，竟然有点儿舍不得让这个夜晚就这么过去。

第二天，岳翎走进中心的门诊大楼。王灿也刚刚从病区回来，还没来得及吃早餐，拿着牛奶边走边对岳翎说："咱们科室的主任换了。"

岳翎在台阶上停下脚步："什么时候的事？"

王灿咬着吸管说："今天下的文件，你看工作群。"

岳翎拿出手机，点开工作群，低头往上翻消息，果然看到了公告文件——林涛被调离了急性精神科。虽然这是院内正常的人事调动，但是由于他女儿林秧的事，科室内部对于他调岗的事众说纷纭。

奥论这种东西真的可怕。旋涡中的人自不必说，就连旋涡外的人也会跟着一起沉沦。

王灿看她站在楼梯口发呆，出声问她："欸，你下午去病区吗？"

岳翎这才放下手机，拢了拢头发，看了一眼手表："去，我要去查房。"

王灿走到她的前面："那行，你顺便找护士长拿一下我的 U 盘吧，我借给她拿去拷贝东西了。"

岳翎答应了一声，问："你下午不去病区了？"

王灿朝林涛的办公室扬了扬下巴："临床心理科调过来的那个新主任还没来，所以下午那个行政会我顶替他去做个记录，回来之后跟你们传达。"

岳翎顺口问他："今天病区有几个医生啊？"

王灿想了想："两个实习的，还有李平和张旭升。哦，这么一说今天下午你们收病人应该挺忙的，我看上午门诊这边的人不少。对了，上午安排你接门诊了？"

岳翎点了点头："嗯，我之前调休一天，所以就今天过来了。先不说了，我进去了。"

"好，中午找你吃饭。"

王灿走了，岳翎一个人回到诊疗室。临床心理科的一个男医生和技术部的两个工作人员正在研究她的电脑。

"怎么了？"

岳翎把脱下的外套挂在门后，从包里取出工牌，一边戴上，一边往桌子后面走。

男医生回头对她说："哦，刚才叫号系统崩溃了一次。我那边调不好，所以过来看看是不是整个系统都有问题。不好意思啊，打扰你们这边了。"

岳翎换了衣服走到门口："没事，你们先看。"

她刚说完，门诊护士就走过来问她要不要帮她叫号。岳翎点了点头："请一号和二号的病人做个准备吧，这边弄完就请他们进来。"

岳翎刚说完，忽然听到有人叫了她一声。

"岳医生。"

岳翎抬起头，便看见了一个又高又瘦的身影。这个人一身灰黑色的衣服，头发扎成马尾辫，戴着黑色的口罩。从身形和声音上判断，应该是林秧。

林秧看见岳翎转身看她，下意识地看了看周围人的反应。

岳翎看出了她的局促，侧身往边上让了让："你是一号吗？"

林秧点了点头："嗯。"

"好，进来稍等一会儿。"

诊室里的人重启了挂号系统，走到门前对岳翎说："岳医生，你这边的系统可以正常用了，我们先走了。"

"好的，谢谢呀。"

岳翎站在门口，把林秧挡在身后，等他们全部走出去以后才关上了诊室的门。

身后的林秧明显松了一口气，把身子往墙上一靠："吓死我了。"

岳翎把自己面前的椅子抽出来，示意她过来坐下："你一个人是怎么过来的？"

林秧摘下口罩，把椅子往阴影里挪了一下："自己打车过来的。"

"你的经纪人呢？"

林秧摇了摇头："我没让她知道。她要是知道了，是绝对不会允许我来这里找你的。"

岳翎看着电脑屏幕："你爸爸知道吗？"

林秧点头："知道，他知道很多话我对他说不出口，所以他也同意我来找你咨询。"

岳翎打开电脑："最近好些了吗？"

林秧摇头，把手交握在桌子上，身子也跟着倾向岳翎："岳医生，我最近真的很难受，难受到我一个人待着的时候就会控制不住想哭。之前我自己在网上也查了一些资料，结果反而让自己更不安、更害怕。我现在也不知道应该怎么办了……"

岳翎放下手中的笔，沉默地看着林秧。林秧埋着头，试图把哭泣的欲望忍回去，然而却没有成功。

她索性弯腰趴在岳翎的办公桌上："哎哟，我现在……现在真的完全平复不下来。"

岳翎"嗯"了一声，轻轻地捏住她的手腕："没事，如果现在哭对你来说还可以宣泄情绪的话，你是可以哭的。"

林秧抿着唇说："我都不敢哭了……我这段时间在妍姐面前哭了太多次了。我团队的成员也受我情绪的影响，状态变得很糟糕。我觉得我就跟个废人一样，照顾不好自己，还总给别人添麻烦……"

"但我看你最近还有公开活动啊。"

林秧的肩膀抖了抖："我根本就不想去，真的，我一点儿都不想去。骂我的人实在太多了，可是如果我不去，又没有办法履行和品牌方的合约。之前我一个人在家里的时候还好，还能睡得着觉。可是现在，哪怕从外面回到了家里，我也觉得有人在骂我，声音特别大。我后来连窗都不敢随便开了。"

她说着说着，开始啜泣，声音断断续续的，气息也接连不上。

"好……"岳翎看着她瘦可见骨的肩膀，放低了声音，"先平复情绪再慢慢表达，不然我听不太清。嗯……要不要倒一杯水给你喝？"

"嗯。"林秧哽咽着点了点头。

岳翎起身倒了一杯水递给她。林秧抬起手，宽大的袖子滑到手腕下面。岳翎一眼就看见了她手臂上的两道新的伤痕。

"你还在尝试弄伤自己？"

林秧抬起头，看了一眼自己的手臂。

"嗯，忍不住。难过的时候就想找点儿什么事，分散一下注意力。"

岳翎弯下腰，把她的手臂托到办公桌上仔细看了看。创面虽然不大，但伤口周围有了发炎性红肿的迹象。

岳翎转身走到门口，打开门对门口的护士说道："你去外科值班室那边看一下刘医生在不在，请他过来帮我看一下这个病人的伤口。"

岳翎说完，关上门，快速地走回到林秧的身边。

"林秧，如果我建议你住院，你怎么想？"

林秧怔了怔，忙站起身把手缩回了袖子里："不可以，妍姐和公司是绝对不会允许的。而且……我也不想待在医院里。我还有很多工作没有做，还有……如果我住院的话，他们一定会说我有精神病。我不想让他们这样说我，我不想……"岳翎强迫自己在情绪失控的林秧面前冷静下来，暂时不让自己被愧疚感牵着走。

"林秧，鉴于你现在的情况，我已经不能只和你个人进行沟通了，我必须要和你爸爸还有你的经纪人共同商讨治疗的方案。之后还会有很多项检查，需要你和你的工作人员配合。"

林秧往后退了一步："不行，我不要待在医院。"

岳翎尽量收住自己的情绪："林秧，你要听明白我的话，心理障碍和精神障碍是不同的。如果你是前者，我不会给出这样的建议，但你现在在认知、情感、行为和意志这些精神活动方面已经出现了严重的障碍。你目前所处的环境很不利于你的病情，所以我才会建议你留院治疗。退一步讲，即使你不愿意留院治疗，药物治疗也是必须的。但是，服药之后的副作用比较大，你也很难再继续从事现在的工作。"

"什么副作用……"林秧目光有些胆怯，"会影响……我的心脏吗？"

林秧其实已经问到了要害，但岳翎却不知道应该怎么说下去。她调整了一下语气："我问过余溥，你以前有心率方面的问题，并且也做过手术，所以我们要看过你以前的病历，做过检查以后才能着手进行药物治疗。这个过程很长，而且也有一定的风险，依照你现在的工作强度来看，是不可能达到理想效果的。但如果你放任病情发展，不配合治疗，你的精神障碍会越来越严重。"

林秧抿着嘴唇："严重了会……怎么样……"

她刚问完，岳翎还来不及开口，诊疗室的门突然被推开。何妍带着口罩走进来，一把将林秧拽到了自己的身后。

"不好意思，岳医生，打扰了。"

何妍说完回头问林秧："我让你一定要跟我说你去哪儿，你怎么记不住我的话？"

林秧抬起头："今天是我自己的时间。"

"不要跟我说这种话。今天你的两个助理都找不到你，差点儿急哭了！"

林秧的情绪还没有完全压下来，趁着这个劲儿竟然直接回顶了何妍。

"我知道你害怕我被媒体拍到。你放心，我已经够小心了！我是真的没有办法了，才来找岳医生的。而且我看了病就会回去，你能不能稍微尊重一下我的私人时间？我也是个人，我没有被卖给公司吧？！"

"你……"

"不要在我的诊室里吵！这里是医院，我上午还有很多病人要看！"

岳翎打断二人越来越激烈的对话。

何妍意识到了自己的失态，低头调整了一下语气，转身对岳翎说道："不好意思啊，岳医生，今天林秧来看诊这件事……"

"医院有医院的规定，我也有我自己的职业操守。你大可放心，病人的任何信息我们都不会泄露。"

他们正说着，门口有人敲门。岳翎走过去打开门，外科的刘医生走了进来，问岳翎："你让我过来看什么？"

岳翎看了一眼何妍，又转向林秧："过来，我请刘医生看一下你手臂上的伤口。"

"伤口？"

何妍一怔，低头朝林秧的手臂看去。

"你怎么又……"

"何小姐，你能不能先出去？！"

岳翎觉得自己已经处在发火的边缘，于是稍微调整了一下情绪，才重新开口："先出去等一会儿。等我叫你，你再进来。"

何妍看着岳翎的眼睛，没再多话，转身走出诊室，关上了门。

刘医生仔细地检查了林秧的伤口，然后抬头对岳翎说道："伤口创面不大，还好，现在可以去治疗室那边简单处理一下。"

岳翎点了点头："嗯。我帮她开单子。"

护士拿着单子带着林秧去治疗室了。岳翎走出诊室，看到何妍还等在门口。岳翎示意她进来，转身靠在门上对她说："你们还是不准备让她留院治疗，是吧？"

"不是不愿意，是她不可以。"

"好。"岳翎抱着手臂点了点头，"那心肺功能的检查今天要做吗？"

"什么意思？"

"她以前做过手术，我要对她现在的心脏功能有一个了解，才能开药。"

何妍看着岳翎的眼睛："比起药物治疗，我觉得对林秧来说，最有用的治疗还是帮她摆脱目前的舆论困境。"

岳翎转身坐到椅子上，冷冷地看着她："我告诉过你，这不可能。"

何妍朝她走近几步："我们都不想她变成现在这个样子，她才只有二十二岁，在娱乐圈还有很长的路要走。我带了她这么几年，要说没有感情是不可能的。可能我对岳医生的请求有些过分，但我还是希望岳医生再考虑考虑，毕竟我们林秧在这件事情上真的很无辜。"

岳翎的肩膀不自然地耸起，何妍的话让她陷入了一种愧疚和愤懑相互交错的纠结之中，以致她下意识地捏住了笔，在自己的笔记本上不自觉地写写画画。

何妍看着她的动作，暂时没有出声。她也有她世事洞明的智慧，能分辨对手的真实情绪。比如此时，她在岳翎眼中真切地看到了一丝自我怀疑。

"希望岳医生再……"

"你先出去。"

岳翎"啪"的一声放下了笔，笔尖在本子上划出了很长的一道痕迹。

她出声打断何妍的话，看似果断，却是不得已而为之。身为精神科医生，她比任何人都明白，此时必须从这个无解的逻辑困境里抽离出来，才能把控住自己，才能进行理智的权衡和取舍。

"后面还有别的病人。"岳翎说着，抬起头，用冷淡的语调和何妍拉开距离感。

何妍被她打断后，悻悻地点了点头。

"好，那我不打扰岳医生了。"

何妍说完，转身开门去治疗室找林秧去了。

整整一上午，岳翎都很焦虑。好在周一的门诊患者众多，她不得已要打起全部的精神去应对患者，不至于让自己陷在自我纠结里。

下午岳翎在病区查完房，科室内部开了一个简单的行政通气会议。岳翎坐在角落里听王灿介绍近期的人事变动情况，正听得有些恍惚，忽然收到了余溏的一条信息："下班了吗？"

岳翎随手回了一条信息："没有。"

那边迅速回复："我来接你。"

接着又补充了一条："我买了好多火锅食材。"

岳翎看着手机屏幕，忍不住笑了笑。余溏到现在为止，仍然什么都没有问她，什么都不知道，可他就是能在方寸之间拽住她，让她不至于无限地下坠。

她想着，索性合上笔记本，埋下头认真地和他聊天。

"为什么今天想起要吃火锅啊？"

余溏似乎在开车，回复消息的频率开始慢了下来："给你过生日。"

没有任何惊喜和套路的桥段，他就这么堂而皇之地暴露了他的目的。但岳翎并没有失望，反而觉得安心。

"你怎么知道今天是我的生日？"

余溏简单回了"岳观"两个字。岳翎想起了岳观的那张臭脸，不由得闭上眼睛，放任自己在会议上分散注意力，而那紧绷之后的松弛感销魂而诱人。她想着火锅的味道，暂时放逐了自己的焦虑。

会议结束以后，岳翎把 U 盘还给王灿。

王灿接过 U 盘，随手揣进衣兜，冲她打了个响指："谢啦，你下午这么忙，还帮我拿 U 盘。"

他跟上岳翎的脚步："晚上请你吃个饭吧？"

岳翎对着手机边走边拢头发："不了，我晚上有事。"

王灿凑到她的手机前："约男朋友啊？"

岳翎一怔，余溏算是男朋友吗？绝对不算。那要怎么定义他呢？一个和自己住在一起的异性？

岳翎想起他说晚上要煮火锅，突然想到了"饭友"这个定位。她越想越觉得饿，不由得加快了脚步。

大楼外面的风有些大，夕阳隐在鳞次栉比的高楼后面。一抬头，只能看见被晚霞染红的半边天空。

岳翎走出门诊楼，忽然看见医院大门口聚集了很多人，医院的几个行政也在。她不由得站住脚步。

王灿紧随其后地走了出来，站在岳翎的身后张望："什么情况？"

岳翎没有出声。对外联络部的肖主任从门口走回来，边走边对他们摆手。

"你们先回办公室待一会儿。"

王灿问："怎么了？"

"和媒体的一点儿摩擦，没事。你们等一下再走，或者从二病区的门绕一下。"

岳翎忽然接话说道:"算不上媒体,是'狗仔'吧?"

肖主任耸了耸肩,不好说什么。

岳翎转身往病区走。王灿也跟了上来:"这些人追新闻就跟狗追屎一样,都这么久了还没放过人家小姑娘。现在搞得林主任也调走了,唉……"

他叹了一口气:"不过今天也是够怪的,他们不去扑机场和活动现场,扑到我们医院来了。"

岳翎刚刚平复下来的心情又被搅乱了。她索性往前小跑了几步,拉开了和王灿的距离。余溏的电话刚好在这个时候打了过来。

"喂,你出来了吗?"

"没有。"

电话那头传来岳观的声音:"余哥,我觉得这儿开不进去。"

"嗯?岳观在吗?"

"在呀。"

岳观凑到了话筒前:"姐,我给你买了生日礼物。"

"你买个鬼……"

岳翎还没说完,就被余溏平和的声音自然地打断了。

"你们医院出了什么事吗?门口有记者。"

"不知道,好像和保安有点儿冲突。你们转到病区后面的这个门来吧,我等你们。"

"好,你等我找一下路。"

很快,岳翎就在病区门口看见了余溏的车。

车刚靠边停下,坐在副驾驶位上的岳观就蹦了下来,冲岳翎奔过去:"你是不是又把你自己的生日忘了呀?"

岳翎往旁边一闪:"头发这么油,别靠着我。"

岳观伸开手,一把搂住了岳翎的肩膀,把她往身边一搂:"我不。"

余溏也下了车,边走边笑着问她:"你今年二十七了?"

岳观挂在岳翎的肩上:"不是吧?哥,有你这么问的吗?"

"啊?"

余溏有些茫然。岳观翻了个白眼:"我都不敢直接说我姐的年纪。"

岳翎低头笑了笑，这种不带任何套路直接索取有效信息的语言逻辑，的确是余溏一贯的风格。不过人最有效的沟通途径本身就是真诚，所以岳翎并不觉得自己被冒犯了，反而觉得很轻松。

"对呀，二十七岁。"

她放弃了所有对抗和揶揄的打算，直接服从于他的逻辑，诚恳地回答了他的问题。

余溏站在离她不远的地方，冲她露出了一个笑容："生日快乐。上车吧，咱们回家。"

岳翎相信，余溏说的这句"咱们回家"一定没有任何煽情的意图，可在她经历了整整一天的焦虑和纠结之后，猛然听到这句话，却忽然被触动了。好在岳观松开她的肩膀，拽着她的胳膊往前走，才掩盖住了她有些失控的表情。

车上弥漫着新鲜肉类和蔬菜的味道，有一点儿腥，好像急不可耐地想被烟火烹香。

岳翎坐在副驾驶位上，听着岳观在后座像耗子一样吃着薯片，不知不觉地有些发困。她这才意识到，自己今天几乎是连轴转了整整一天。

"要不你睡一会儿吧？到了我叫你。"余溏看了她一眼，"我准备绕开二环。这会儿是高峰期，路上太堵了。"

岳翎闭着眼睛："你今天下班怎么这么早？"

"提前排了一下手术，把今天空出来了。下午门诊结束以后拼了老命，终于在五点之前把病案写完了。"

他说着，往右打方向盘，开车下到辅路。

行驶到了绕城路上，前面没有了高楼的遮蔽，他一往无前。

无数高大的街树向后掠过，黄昏时的夕阳像一颗又大又香的"鸭蛋黄"，在地平线上将坠不坠。

"我的病案还没写。"

"你们的系统可以远程写病案吗？"

"可以。"

"比我们的系统先进多了。那吃完饭你来口述，我来帮你写吧。"

岳翎笑了一声："你这个秘书太贵了，我请不起。"

余溏看着前方笑了笑："你如果愿意让我帮你，我倒给你钱。"

"你什么心态呀？"

"给你过生日的心态呀！"

岳观在后面发出了呕吐的声音。

"我不行了……"

岳翎反手一个"栗子"敲在他的脑袋上。岳观差点儿弹起来："在我余哥面前，你可不可以稍微装一下？"

岳翎没有理他，静静地闭上眼睛，夕阳的余晖落在她的脸上有一点儿温暖。

"买鱼丸了吗？"

"买了。"

"墨鱼的还是包心的？"

"都有。还买了一盒虾饺、一盒冻豆腐、一把茼蒿、一袋方竹笋。"

两个人一起生活真的是一件很神奇的事情。关于自己的一切，哪怕琐碎到"是喜欢吃茼蒿，还是喜欢吃莴笋"这种事情上，都可以被身边的人记得清清楚楚。

比起那些掩藏着无数企图和欲望的钻石和玫瑰，岳翎发自内心地期待着这一顿火锅。然而她没有想到的是，老天并没有准许她用这顿温暖的火锅来给生日画上完美的句号。

当天晚上九点钟，岳观正被岳翎关在厨房里洗碗，余溏在阳台上晾衣服，岳翎独自一个人窝在沙发里用余溏的笔记本写病案。她正写到记忆有些模糊的地方，角落里突然弹出来一个新闻框——当红女艺人林秧精神病院就医音频曝光。

岳翎看着这个标题，手指僵住。

岳观洗好了碗，一边擦手一边从厨房里走出来："姐，可不可以喝一瓶冰箱里的可乐呀？"

"耳机……"岳翎答非所问地看向他。

"什么？"

"耳机给我！"

岳观被岳翎的声音吓了一跳，赶紧去自己的背包里找耳机："你要耳机就要耳机，这么凶干什么？"

余溏也从阳台上走了过来："怎么了？"

岳翎没有说话，抓过岳观递过来的耳机，插入电脑。

余溏和岳观低头扫了一眼她打开的界面。他们抬头对视了一眼，双双掏出了手机，打开微博。

音频的内容是岳翎和林秧今天在诊室内谈话的内容。岳翎的声音被做了技术性的处理，但林秧的声音却是原原本本的。

岳观听完整段音频后，小心地坐到岳翎的身边："姐，里面另外的那个声音不会是你的吧？"

岳翎僵着背，一动不动。余溏皱着眉，翻看实时话题下面的评论。

舆论的方向朝着两个极端狂飙，一边是在疯狂地抨击录音里的医生泄露患者隐私，另一边则是在质疑这条录音的真实性，怀疑林秧卖惨式"洗白"。

后者下面的评论，言辞之激烈，让人觉得恐怖。

"林秧来找过你吗？"

岳翎听到余溏的这个问题，忽然答非所问地对着他喊了一句："我没有录音！"

余溏一愣，立即反应过来此时的她敏感地曲解了他的意图。然而他没有急于否认，半蹲下身来，抬头望着她："岳翎，摘下耳机听我说话。"

这就是余溏的天赋，他一直都知道如何在岳翎的身边撤掉"审判者"的气场，从而让她暂时放下被迫对抗的意图。

岳翎摘下耳机看向余溏，握紧手指，逐渐冷静下来。

岳观把"辣鸡"从沙发上抱到地上，拿过岳翎的手机和耳机："行了，你别听了。"

岳翎看着面前的两个人，勉强地笑了笑。

"不听就能当没发生过吗？"岳翎薅了一把自己的头发。

"你傻呀？管他的呢。你又不是他们圈子里的人，他们还能怎么样？逼你出来发声不成？"

余溏点了点头："其实他说得有道理。"

岳翎没有说话，余溏的手机突然响了。他掏出来看了一眼，是魏寒阳打来的。

"喂，老余，你人在哪里？"

"在家，怎么了？"

魏寒阳那边有点儿嘈杂："我说，不是……哎哟，别扯我。"

余溏站起身："你在医院吗？这个时间怎么这么吵？"

"我刚从住院部到了急诊这边，还在往里面走。胡宇跟急诊手术去了，我代他跟你说一声，赶紧来医院急诊这边。"

余溏回头看了一眼沉默的岳翎，皱了皱眉，问魏寒阳："今天谁值班哪？"

魏寒阳的声音让手机炸音了："你管是谁值班？林秧出事了！你们科室的徐主任在北京出差，另外一个副主任医生好像暂时没联系上。急诊科这边要你赶紧过来跟手术。"

岳观看出了余溏的脸色不对，忙走到他身旁："医院有事？你怎么这副表情？"

余溏回过头，岳翎也正看着他。

余溏并不打算对岳翎隐瞒："我马上要回医院，林秧出事入院了。"

岳翎听完这句话，忽然觉得自己的耳中尖锐地响了一声。她不得已用手拼命地按住太阳穴。

岳观忙过去扶住她的肩膀："姐，你怎么了？"

岳翎勉强抬起头，冲余溏摆了摆手："你先去医院。"

余溏知道此时不能详细地问她，于是点了点头，转身对岳观说道："你今晚先别走，照顾一下你姐姐。"说完随便从沙发上抓了一件外套，拿车钥匙往医院赶。

"附院"前面的停车场被闻讯赶来的记者围得水泄不通，但急诊这边却异常地安静。

何妍坐在手术室的门口，一直在打电话。

林秧的手术一直进行到凌晨四点才结束。余溏跟着抢救床一起走出来的时候，何妍才站起身伸手够向抢救床，但手里的手机仍然没有放下。

"你好，病人要先送进 ICU。"

"嗯，您稍等。"何妍安抚住电话那头的人，这才放下手机，"她有没有生命危险？"

余溏松开握在抢救床上的手："暂时还没有脱离危险。"

何妍看着躺在抢救床上的林秧。林秧紧紧地闭着眼睛，脸色苍白，嘴唇上没有一点儿血色。有那么一瞬间，何妍忽然觉得有点儿可笑——日日面对那些充满恶意的通稿都没有任何感觉，但此刻的痛苦却过于真实。

"小陈，今天晚上你留在医院。小徐，叫其他人跟我一起回公司。"

一直坐在凳子上没有说话的林秧父亲突然站了起来："你们现在是什么意思？人变成这样你们就不管了吗？"

何妍低头看着手机，回应林涛的话："公司那边还有很多后续的问题要处理，我们这么多人守在这里也不是办法。等明天林秧的情况稳定了，我们再回来。"

"等一下！"林涛挡住何妍，"我把女儿交给你们公司，一年见不到她几次面，但每次跟她见面，她的情绪都不好。虽然说走明星这条路是我女儿选的，她也是个成年人，我并不能在这些事情上问责你们公司，但你们现在这种态度未免也太让人心寒了吧？外面那么多记者……"

他说着，指向楼下："我们怎么去应对？"

何妍放下手机："林先生，我们是林秧团队的工作人员，一直都是以林秧的利益为先的。现在这个情况，她后续的代言、商务、剧组拍摄，全部都要受影响。身为她团队的工作人员，我们现在是要尽力把这个损失降到最低，所以还是希望你能理解我们。毕竟都到了这个时候，咱们之间最好不要相互指责。"

在信息极度不对等的情况下，林涛实在不知道如何去回应何妍滴水不漏的回应，只好颓然地退回到手术室门口的椅子上坐下。

余溏站在手术室门口听完这一段对话，沉默地走回手术室。

手术室的人在准备接台。胡宇正往通过间走，看见余溏低着头走过来，站住了跟他说："今天我们都见识了。"

余溏摘下口罩："什么？"

"你进来找那个出血点的时候，我的心都跟着提到嗓子里了。我们没一个人知道她以前做过心脏射频消融手术，今天要不是你回来，恐怕麻烦就大了。"

余溏根本没有心情和胡宇说话，他先一步走进通过间，弯腰换鞋。

"胡宇。"

"嗯？"

"你平时关注娱乐圈吗？"

"考试都来不及呢，关注什么娱乐圈？"

他说完，摘下了口罩，把口罩丢进废物篓："不过，谁也没想到几个月前的事到现在会变成这个样子。我女朋友跟我说，这个叫林秧的姑娘算是完了。"

余溏抬起头："她怎么说的？"

胡宇摇了摇头："我女朋友说，就连这种精神出了问题去精神医院就医的事，都能被歪曲成'卖惨'炒作。网上抓着不放的那件她和那个老总的事，会让她更'人设'崩塌，让她没有资格吃艺人这碗饭。但凡她还要吃这碗饭，她就该死。所以现在恐怕只有她死了，网络上才会消停。"

他说完，低头自顾自地笑了笑："你说咱们当医生，每天接那么多台手术，拼了命地救人，结果人命不光在病人那里不值钱，在网民眼里更不值钱，想想还挺讽刺的。"

余溏合上自己的柜子，取出眼镜戴上，习惯性地按了按脖子。

胡宇站起身："师兄，要不要去我的值班室睡一会儿？"

余溏摇了摇头："我先出去打个电话。"

他说着拿着手机往二楼走去。

穿过住院部和门诊大楼之间的通廊，刚好是采血大厅。这会儿大厅里一个人也没有，余溏坐到靠窗边的一个位置，拨通了岳翎的电话。电话里的通话提示音一直在响，却没有人接。

余溏抬起袖子，竟看见自己袖口上不知道什么时候沾到了一块污渍。他下意识地把袖子挽上去，这才感觉到了夜晚的温度。余溏抬头朝窗外看去，黑暗里下着细雨，雨天特有的土腥气充满他的鼻腔，他忽然感到一阵不安。

就在这个时候，岳观的电话打了过来。

"喂，余哥，你还在医院吗？"

余溏直起背："我还在。"

"我姐来找你了吗？"

"岳翎吗？她没有找我，而且我给她打电话，她也不接。"

"完了。"

岳观在那边拍了拍大腿："我给她打电话，她也不接呀！"

"不是让你看着她吗？"

"天地良心哪，我能看得住岳翎我就是她哥了。都这个时间了，她去哪儿了呀？"

余溥闭上眼睛，连续的手术让他累得有些胃疼，他勉强用手按住自己的胃部，弯下腰强迫自己理清思路。

"岳观，我觉得岳翎在林秧的事情上反应不太正常。你想一下，她有没有跟你说什么？关于林秧的？"

"林秧啊……"岳观努力地回忆了一阵，"哦，有一次，她来学校给我送钱，那天林秧演的那个电影在我们学校搞见面会。她莫名其妙地叫我给她搞票，非要去看。"

"后来呢？"

"后来林秧被媒体为难，她还逼我去把电闸搞灭了，替那个林秧解围。哎，听你这么一说，我也觉得不正常啊，我姐这个人以前连'顶流'明星长什么样都不知道。"

余溥抿了抿嘴唇："你先回学校去，我去找她。"

"都这个时间了，你去哪里找她？再说了，外面在下雨，你能开车吗？"

"试试吧，应该可以找到她。她没有来医院看林秧，那就很有可能找何妍去了。"

"何妍是谁？"岳观不明情况。

"林秧的经纪人。"

"哦，那行。要不我过来找你？我跟你一块儿去吧。"

余溥摇头："不用，你直接回学校，好好上课。"

岳观没再坚持，放低声音说："行吧，有事给我打电话。哦，对，那个林秧现在怎么样啊？救过来了吗？"

余溥已经站起了身，按着胃部，边走边说："目前来看应该算是救回来了。"

新区的 CBD 里，汇集着很多演艺公司。

岳翎把车停入地下车库，裹着风衣从车里下来。车库里什么人也没有，车却停得很满。岳翎的鞋跟敲着水泥地面，清脆的声音在昏暗的空间里回荡。她快速地朝前走，好像生怕自己后悔似的。

　　绿色指示灯终于把她带到了电梯口，她的手机信号恢复满格。

　　"喂，你们在哪儿？"

　　她拨通了何妍的电话，靠在电梯间的壁灯下。她孤单的影子一直延伸到黑暗之中，好像被没有光亮的水泥地突兀地切掉了头。

　　她看着自己的影子，轻轻地咽了一下口水。

　　电话那边似乎是在开会，高跟鞋的声音先响了起来，渐渐地把接电话的人带出了嘈杂。

　　"很感谢岳医生过来找我们。你从地下的电梯上到十八楼来，我在电梯口等你。"

　　"好。"

　　岳翎放下手机，借着反光的电梯门，再次确认了一遍自己的妆容。在开车来的路上，她无声地哭过一次，眼睛下面的眼影稍稍有些晕染，但整体看起来还算得体。她取出粉饼，迅速地补了一层妆，电梯也刚好到达了十八楼。

　　何妍站在电梯口，穿着黑色的套装，眼圈是乌青色的，看起来像熬过夜。

　　"辛苦你这么晚跑这一趟。"

　　岳翎看了一眼她的身后，会议室里的人也正透过玻璃看着她。

　　"哦，去我办公室里谈吧。今天我们公司里有点儿乱。"

　　她说完，冲岳翎挥了挥自己的手机，几十个未接电话显示在屏幕上。

　　"我一直在等你的电话。"

　　"不用了，我只有几句话，说完就走。我明天还要上班。"

　　"也行。"

　　岳翎朝何妍走近了一步："你们现在对林秧是怎么打算的？"

　　何妍摊开手："基本准备放弃她了。她的形象已经受损，有很多商务联系我们要解约。她现在面临很大的赔偿危机，这是接下来我们要重点和她谈论的问题。"

岳翎低着头没有说话，何妍站直身子。

"我知道，站在一个医生的角度，你觉得我们现在的态度很残忍，这个局面也并不是我们想看到的。在这之前，我们为林秧做了很多努力，包括希望岳医生出面澄清，但是你不止一次拒绝了我们。我们也希望林秧可以摆脱精神困境，尽量以正面的形象出现在公众视野，但是到最后，她还是选择了对自己和公司都最不负责的一条路，所以现在……"

她叹了一口气，朝身后看了看。

"我们目前还没有商讨出来最终的解决方案。你如果有兴趣知道的话，可以再等等。说实话，就算你现在愿意替林秧澄清，对市场来说可能也没什么效果了。"

岳翎冷笑了一声："我不知道你怎么能把如此恶心的话这么冷静地说出来。"

她说完，抬头看向何妍："我知道带艺人不是做慈善，但艺人也是人吧？和你我一样，是人吧？生病了需要看医生，不过分吧？"

何妍没有说话。岳翎继续说道："我建议你们采用药物辅助治疗，留院观察，你们一次也没有同意，不听取专业的意见，还把她往大众的面前推。她扛不住了，你们就说是她对自己和公司都不负责。请问你们对她负责了吗？"

何妍笑了笑："岳医生，这是在我们公司，不是在你的诊断室里。"

"那好，"岳翎往后退了一步，"那我问一问我诊断室里的录音问题。那段录音到底是怎么来的？"

何妍忽然有些局促，下意识地朝身后看了一眼，会议室的人纷纷侧过头。

"岳医生是圈外人，没必要问得这么清楚。"

"不说是吧？"岳翎笑笑，"院内电脑里的资料和文件是病人的隐私，涉及泄露问题，报警马上就可以立案。你们公司要不要担这个责任？"

何妍抿着唇："你这样做对你没有任何好处。"

"我这么做，是对我的专业和工作负责。"

何妍沉默了一会儿，按着眉心点了点头。

"好，我可以告诉你，是最近公司讨论的一个公关方法。"她说着叹了一口气。

"从林秧开始生病以后，我们就一直在计划这个方法。最初我们是希望把舆论引导到关注对艺人的网络暴力现象上去，但是目前看来效果不是很好。"

"你们跟林秧商量过吗？"

"没必要跟她商量。"

何妍抱着一只手臂："公司的出发点永远都是为艺人好的。"

"既然如此，为什么不肯让她好好治病？"

"如果没有合约的问题，我们当然也想让她好好治病。"

"所以，你们宁可利用她的病，也不肯让她真正地休息？"

何妍不再说话，岳翎忽然觉得有一种由心而生的无力感。

"真是杀人不见血呀。"

何妍看着地面："我们也不想这样。"

——我们也不想这样。

岳翎的背脊一寒。这句话真的可以把一切责任全部甩开。岳翎回想起她的大学时光，那些窥探到她和余浙之间秘密关系的室友，一手把她捧成了学校的"风云人物"，然后委屈地坐在奶茶店里对她说——对不起呀，我们也不想这样。

那天奶茶店里的空调暖风开得很足，而她却感觉全身恶寒。

会有人真正在意另外一个人的精神死亡吗？太难了。只要人的肉体还活着，就会不断地被要求坚强、要求理解、要求容忍、要求从自己的身上找原因。

为什么是你的秘密被人找到？那是因为你有秘密呀，你要和有钱人纠缠不清。

为什么是你被骂？那是因为你活该呀。哦，你因为"拜金"和有钱人搞暧昧，别人还骂不得你了？

为什么，为什么？前因后果被外人杜撰出了一套又一套，那看起来完美的逻辑链，使当事人的辩驳成了狡辩。

所以，岳翎决定要把真相还给林秧。

岳翎想着，沉默地闭上眼睛，她已经很想哭了，但绝不能允许自己在何妍的面前哭出来。

"B 酒店的事情，我来澄清。"

她说完抿住嘴唇，心脏如同被一只手握住一般。她觉得从心脏到肺部，再到喉咙，都有一种无法逃避的窒息感，如同在八百米赛跑的起点处屏息做好准备，亲手把自己丢进漫长的挣扎之中。

"什么？"

何妍显然没想到岳翎会说出这种话。她今天请岳翎过来的目的，其实是想试探对方在录音这件事情上的反应。

"我是个'素人'，没有流量，所以在微博上发文澄清这件事，我要你们公司帮我。"

何妍审视着她的目光，试图从其中看出些什么，然而她始终只是看着前面的那一团光。

"岳医生，你想好了？"

"你没资格这样问我。我和你们公司不会存在任何的经济来往。我做我能做的，你们公司做你们公司能做的。"

何妍点了点头："当然，这样最好。不过，我还是希望你在发文之前能和我们通一下气，我们可以帮你审一下文稿。"

"不可能。"

"岳医生，我希望你……"

"我说了，不可能！我是个医生，我所有的善意只会给我的病人。对于我病人的状况，我有我自己的专业判断，我知道怎么表述对她的影响是最好的。所以，你们只需要做你们最擅长做的。"

何妍原本还想再说什么，但岳翎已经不愿意再在这个地方说任何一句话。转身离开的那一刹那，岳翎也终于被那一阵窒息的感觉逼出了滚烫的眼泪。电梯的门一打开，她就赶紧跨了进去。

冰冷的风不知道从什么地方吹出来的，钻进了她的衣袖，吹过她的全身。电梯门上扭曲的影子有些荒诞、好笑。好像在笑她，终于要把自己精心打理的这一层皮当众脱掉，接受来自四面八方的嘲讽和谩骂。

岳翎靠着电梯的墙壁，抱着手臂蹲下身，下意识地缩到了电梯的一角。

在来的路上，她以为自己做好了全部的准备，但是当她真正做出这个决定后，还是无法抑制地感到恐惧。

岳观的电话一刻不停地打过来，手机在她的手上不断地振动。但岳翎不想接，也不敢挂掉。她必须让岳观明白，自己还好，没有出事。哪怕她已经决定要把自己扔进深渊，预想着在万劫不复的境地再尝试着挣扎一次。

　　电梯抵达了地下一层。电梯门打开，外面没有人，只有幽暗的绿色的指引灯光落在她模糊的视线里。

　　岳翎把手臂从风衣里退出来，把风衣当成一整块毯子，尽量裹紧自己，之后又把手机放到地上，准备在自己冷静之后，给岳观回一个电话。

　　然而，她的眼睛受不住电梯外的风，一直在流泪。她索性把头埋到膝盖上，大口大口地呼吸，试图让自己的喉咙放松下来。没想到，这个举动却让她突然之间丢失了理智，肺部猛地一抽，哭出声来。

　　电梯门闭合之后，突然又打开。接着，有一个人突然温柔地拥住了她的身子，岳翎整个人浑身一颤，条件反射地猛推了那个人一把。

　　那人却没有因此而松手，搂着她的肩膀向后栽去，同时也实实在在地护住了岳翎的身体，岳翎听到"咚"的一声，类似于肩胛骨砸到地上的那种声音。她睁开眼睛抬起头，余溏正看着她。

　　"跟我说实话，不然我就自己上去问。"

　　岳翎想要挣脱他，然而她尝试了几次，却被他越搂越紧。

　　两个人都是一夜没睡，各有各的疲倦，相互抗衡了几分钟之后，都只剩下一点儿意念在坚持。岳翎首先放弃，松弛四肢伏在余溏的身上，忍着抽泣，偶尔咳嗽一两声。

　　余溏为了按住她，几乎用尽了最后一点儿力气。在她放弃挣脱之后，他一下子摊开了手，躺在地上尽力平稳气息。

　　电梯的天花板扭曲地映出两个人的身影。

　　两个人急促混乱的呼吸声渐渐地融合，最后终于慢慢地变成了一个频率。

　　岳翎趴在余溏的胸口上。虽然已经远离医院了，但他身上仍然残留着淡淡的消毒水的气味。这种让细菌和病毒恐惧的味道，代表着绝对干净、绝对安全，甚至是绝对正义，持续地给患者提供着安全感。岳翎突然渴望成为一个戴着手环的病人，躺在余溏所掌控的病床之上，安静地把那千疮百孔的一生治愈。

"我有一个很变态的想法。"

缓和了很久，岳翎终于撑起了上半身。仅剩的一点儿理智支撑着她去占领言语的上风。

她的头发在刚才的缠斗之中被弄散了，口红也花了，还蹭在余溏素来干净的衬衣领口上，把这个男人的疲惫变成了一种带着无数暗示的凌乱。

"你要在这里把我扒了吗？"

他躺在地上看着岳翎，一如既往地用认真的语气应答她，把左手颓然地放在耳朵旁边。

"你说实话，我让你扒。"

他又问："到底出什么事了？"

岳翎沉默了很久，一直没有说话。余溏突然翻身站起来，伸手就去按十八楼的电梯。

岳翎看到他这个举动，忙起身一把把他拽了回来。余溏回过头，却发现她的身体有些发抖，甚至连吞咽都有些不自然。他不敢再强行做任何事，只能迁就岳翎，转过身走到她影子的位置。

"你为什么这么在意林秧的事？"

他说着逐渐靠近她，声音压得很低，生怕刺痛到她。

"她到底跟你有什么关系？你为什么会为她这么难过？"

岳翎仍然拽着他的袖子，抿着唇摇头。

"岳翎……"

"余溏，我不扒你了，你也不要扒我好不好？我求求你了……"

岳翎的情绪忽然失控，尽管她尽力地想按住内心的恐慌和无助，身体却还是抑制不住地发起抖来。

"好，对不起，我不扒你，我不问了。岳翎，你听我说……听我说！"

他伸手把岳翎拥入怀中，用手掌护住她的脖子。

"听我说，岳翎，不要怕，我尊重你。咱们先回家再说。"

岳翎险些被揭开的人生，露出了一点儿黑暗的底色。

CHAPTER 08

年少的梦想

03:32

岳翎经历了离开余浙之后最崩溃的一天，既是因为她自己的决定，也是因为余溏的温柔。她对即将发生的一切感到恐惧，也气恼自己不够坚强、不够强大，竟然试图屈从于温暖的病床。

从余溏抱着她下车的那一刻起，她安宁的时光就开始了倒计时。她搂着余溏的脖子，任凭他把自己安置到任何地方。

他们在电梯里滚打了半天，现在都衣衫不整，满身是灰。但余溏还是把岳翎放到了柔软的沙发上，然后直起身，打开沙发旁边的落地灯。暖黄色的灯光照着岳翎的脸。

余溏蹲下身，帮她脱掉高跟鞋，又拿来拖鞋给她套上，然后他才独自走到浴室里去放水。水声盖过了他打电话的声音，但岳翎隐隐约约听得出来，他是在跟医院请假。

“岳翎，去洗个澡吧，然后到床上去睡一会儿。”

“不想动，好冷。”

余溏在岳翎的身边半蹲下来：“我试过水温了，现在的水温刚好合适。”

岳翎把头往毯子里缩了缩：“不想洗。”

“好，那就不洗吧。”

他说完沉默地坐下，低头看工作群里的消息。岳翎见状以为他不开心，于是又把头从毯子里探了出来。

"你怎么了？"

余溏放下手机："没怎么。"

"你……明天不上班吗？"

"嗯。"

他把脖子往后一仰，把头自然地平放到了岳翎的腿边。

"刚才请了个假，联系了同科室的医生帮我出上午的门诊。我今天晚上太累了，怕明天下午做手术状态不好。"

岳翎沉默地望着天花板，余溏闭着眼睛也没有说话。外面天快要亮了，窗外灰蓝色的天空格外地温柔好看。

"对不起。"

两个人几乎同时吐出了这三个字。

岳翎低头看着余溏："你为什么要说'对不起'？"

余溏伸直腿，侧过头看着岳翎："我太自以为是了，没有考虑到你也有你的隐私。我承认我之前有点儿着急了，因为我怕你在林秧的公司受委屈。不过我来找你的时候，确实没有想清楚自己是不是真的有资格帮你。"

岳翎悄悄地把双腿蜷缩起来，只从毯子里露出一双眼睛。

"余溏。"

"嗯？"

"林秧……还好吗？"

"还好。"

他这一句"还好"暴露了他做了一整晚手术的疲倦，但声音里透出来的温柔却让岳翎心安。

"你是一个比我优秀的医生。"

余溏摇了摇头，朝头顶的灯看去。

"咱们不一样。人心和心脏，听起来虽然很像，可是心脏的每一条血管，每一个瓣膜，都是可以在开胸之后被看到的，但人心一旦生病，却必须在看不见任何东西的情况下去修复。虽然我可以暂时地拖住林秧，不让她走入生命的绝境，但真正可以让她活下去的人，还是你吧……"

"真正让她活下去的人……"岳翎捏紧了毯子的一角。

余溏还不知道岳翎的决定，但这句话给了岳翎一些勇气。只不过，这比岳翎自己给自己的勇气要残酷得多——真正可以让林秧活下去的人，只有岳翎。

"是啊，我一定会让林秧活下去的。"

她说完这句话，又在心里反问了自己一句——那真正可以让我活下去的人，又是谁呢？

"余溏。"

"你今天特别喜欢叫我的名字。"

岳翎没有回应他，伸出一只手，拉起毯子遮住自己的头。

"如果有一天，你发现我是一个特别肮脏的人，你会怎么样？"

余溏没有立即回答，令人心慌的沉默充斥在客厅里。岳翎闭着眼睛，像等待审判一样等待着他的声音降临。

"我可以抱抱你吗？"

"什么？"

"我说，我可不可以起来抱抱你？"

岳翎在毯子里睁开眼睛，天已经亮了。透过轻薄的毯子，室内的一切都已经逐渐开始显露出模糊的样子。

"这不算回答吧？"

"我认为这已经算回答了。"

话音刚落，岳翎感到一只手拽住了毯子的一角，她连忙抓住了可以与之对抗的毯子的另外一角。

毯子那边的人没有贸然行动，他说："我读大学那会儿很喜欢读一本书，叫《悲剧的诞生》，尼采写的。其中提到了两个人物，一个是日神阿波罗，还有一个是酒神狄俄尼索斯。十几年前的我，一直觉得自己习惯像日神一样活着，冷静、理智、富有原则。直到在C城的那天晚上，你把我灌醉，扒光我，把我一个人丢在床上，我才慢慢地开始发现，我的人生也需要来自酒神的'伤害'。"

岳翎含糊地笑了一声："你说那本书的名字叫什么……"

"《悲剧的诞生》。"

"所以，你也明白那是悲剧，对吧？"

"是啊。不光如此，很多年以后，我还读到了三岛由纪夫的《丰饶之海》。我从这本书的两个角色中再次看到了酒神和日神的影子，最后，那个像酒神的角色病死在了他爱人所在的寺庙外，而那个像日神的角色经历了天人五衰，最后也消亡了。在我眼中，这是悲剧，但这也是唯一的结局。我会爱上你，是因为我根本不认可那个麻木了快三十年的自己。事实上，你也帮了我。你让我不再恐惧下雨天，不再忍受那种无端的愧疚感的折磨。你让我犯错和受伤，也让我直面了自己的内心。"

自从认识余溏，岳翎从来没有听他讲过这么多话。

"为什么我听你说这些话，会这么难过呢？说得好像我就快要把你毁掉了一样。"

"岳翎，咱们再试一次吧。"

岳翎浑身一颤，手指和脚趾同时抓紧。

"试什么？"

"我不扒你。我可以一直闭着眼睛，让你扒光我。"

男女情感的意义，终于在岳翎严丝合缝的自我防卫线上显露出了一点儿具体的样子。

她顺着这句话，想起现在仍然存在她手机里的照片。各种角度、各种方位、各种姿势，毫无美感。这无疑是她给余溏的伤害，可是他正坐在身边诚恳地告诉自己，他需要这种伤害，同样的伤害他甚至还想要第二次。

"你还是个处男，你知道吗？"

"啊？"

"在 C 城的那天晚上，什么都没有发生。我只是脱光了你，拍了你的照片，用来威胁你哥。你还是你，我也还是我，并且，我这一辈子只能是我自己。"

余溏很久都没有出声，岳翎猜不到他在想什么。

浴缸里的水很早以前就已经凉了，天花板上的水蒸气滴滴答答地落下来。岳翎缩在毯子里，吞了一口唾沫。

"我还是处男，是吧？"

他突然开口，岳翎整个人都随着他的话抖了抖。

"对。"

她调整了一下语气，刻意冷冰冰地回应他。但是要说慌乱，她比余溏还要慌乱得多。

在昏暗中，余溏的手突然开始拽岳翎身上的毯子。岳翎忙翻了个身，借用整个身体的力量压住毯子的另外一边，试图继续藏匿起来。

"不要拽！"

"给我手机！"

"我不！"

经过一番缠斗，她最终还是在这场抢夺里失了手。她的手机被余溏从腰下抽了出去，接着余溏轻而易举地用岳翎的生日数字解开了手机的屏幕锁，客厅里再次陷入了短暂的沉默。

岳翎恨不得把自己缩成一团，已经完全想不起自己当时是抱着怎样戏谑的心态拍下的那一组照片。但此时她内心的羞耻感却是真实的，真实得让她快要不认识自己了。

谁知道大概过了一分钟，身旁的人突然温和地笑了几声。岳翎偷偷从毯子里露出半个头，看见余溏坐在地上，半低着头，还在一页一页慢慢地滑，看着那几张他自己的照片。

他很平静，岳翎想象当中的愤怒、埋怨、失望、愤恨……都没有在他身上出现。

"我换一个要求吧。"

他好像发现了岳翎悄悄露出来的额头，于是突然转身。岳翎赶忙往毯子里缩。余溏撑起身，坐到沙发上。岳翎感觉一大片人形的阴影投了下来，却没有给她带来实质性的压迫。

余溏的声音就在她的头顶："我不想当处男了，我要当个好男人。"

好的情欲，就像舔舐伤口的舌。它奉献出脆弱的器官和皮肤，虔诚地交给另外一个人。这个过程虽然是相互的，但总有一方希望在这个过程中找到完全的归属感。不是"妻子与丈夫"这样的社会归属，而是可以和软弱、糟糕的自己坦然相处的一种心灵的归属。

十几年间，岳翎努力地读书、工作、赚钱、买车、存钱准备买房，但这些都没能真正地给她带来归属感。当余溏的双手禁锢住她的肩膀的时候，她觉得自己对这种感觉上瘾了。

"岳翎，从现在开始，你要做什么，就去做吧。"

余溏说这句话的时候喉咙有些沙哑。他把手臂放在脖子下面，睁着眼睛，望着头顶的吊灯。

"你不想说，我不会再问你。但不论你做什么，我都会很勇敢地保护你，就像保护我自己的信念一样。"

岳翎的眼眶发红。余溏的声音却没有停下来："我小时候的梦想是要做一个好医生，我现在的梦想是要做一个好男人。"

他说完翻身拥住岳翎，在她闭合的眼睛上轻轻地吻了吻。

岳翎的眼泪夺眶而出。与此同时，余溏也尝到了眼泪的咸味。他撑起手臂换了个姿势，沿着眼泪流淌的路径，一点儿一点儿地替她吻去泪水，最后将嘴唇停留在她的耳边。

"加油。"

岳翎的手掌猛地握紧，睁开眼睛却发现他也正望着她。

"加油，岳医生。"

岳翎抿着嘴唇，突然一把搂住了余溏的腰。扑入他怀中的那一刻，岳翎的鼻腔里瞬间充满了他混合着消毒水味的气味。

"躺在你这儿就跟躺在医院里一样。"

"那就请你像信任医生一样信任我。"

岳翎没有再说话，她按着余溏的腰，把他搂入怀中，任凭余溏这个人占据了她所有的感官。

周末的早晨依依不舍地和每一个囿于被窝的年轻人告别了。

两个人起来以后，余溏给岳翎煮了一碗面，然后洗澡、换衣服，拿着资料去医院上班了。

岳翎坐在餐桌边一边翻着碗里的面，一边打开手机，扫了一眼微博。林秧脱离生命危险的消息一直占据着热搜的榜首，其他几个和林秧相关的热搜也迟迟没有降下去。

岳翎不想点开任何一个热搜，直接登录了自己的微博。她的微博没有认证过，只有几百个粉丝，还是她在上学的时候偶尔发布一些心理学科普文章而积累下来的粉丝。

岳翎的微博头像是表情管理失败的"辣鸡"，她看着那个头像回忆了好久，记不起自己到底是什么时候换上的。

"辣鸡"在这个时候跳上了餐桌。岳翎把它捞下来放在腿上，它也就老老实实地趴着了。

　　岳翎把自己的手臂轻轻地靠在"辣鸡"的背上，闭着眼睛深吸了一口气，然后打开了微博的编辑界面。

　　如果不是在余溏的家里，这种疯狂扒开自己的过程，也许会让她在情绪上陷入万劫不复的境地。离开余浙后的那一段时间里，她一直在回避那些令她毛骨悚然的经历，然而就算她不去想，各种场景还是会侵袭她的梦境和思维。她虽然竭力地去稳住自己，却没有一日安心过。

　　但是此时此刻，虽然那些场景还停留在她的脑子里，但她已经不会再为它们战栗了。

　　岳翎在输入界面上敲下她的姓名和身份、她的社会关系、她和余浙的关系，以及那天晚上发生在 B 酒店房间里的一切。而后她暂时地退出去，打开相册，慎重地挑选可以作为佐证的照片。

　　这条微博她从上午编辑到下午。编辑完成之后，她又认真地推敲措辞，谨慎地删掉与林秧有关的任何一点儿信息。

　　她已经完全做好了准备，要以岳翎的名义把她和余浙的关系公布出去。不管最后这段令人难以启齿的关系，会不会顺着林秧的话题流量暴露在所有人的眼中，也不管她会不会就此被撕掉美好的皮囊，她都做好了决定，她会像迎接刀锋落下那般打起全部的精神去抗衡。

　　下午四点钟，岳翎最后顺了一遍微博的文案。"辣鸡"在她的腿上睡得正熟。岳翎站起身，把它抱到地毯上，准备去倒一杯水。

　　她刚一转身，忽然收到了微信语音电话。岳翎拿起手机一看，是余浙的助理陈敏打来的。

　　岳翎拿起手机到沙发上坐下，按下了接听键。

　　"好久不见了，岳小姐。"

　　"是啊。"岳翎垂下头，"好久不见。"

　　那边的人轻轻地笑了一声："岳小姐不要误会。我打这个电话来，没有任何要窥探你和余先生隐私的意思。"

　　"嗯，你不需要窥探，以前我的体检报告都是你拿的。"

　　陈敏停顿了一下："岳小姐，你能出来一下吗？有些事，余先生想单独跟你聊聊。"

　　"聊什么？"

陈敏清了清嗓子，尽量让自己的声音听起来正式一些。

"听说岳小姐接触过星天娱乐的何妍？"

"对，那又怎么样？"

"岳小姐承诺了何妍什么？"

岳翎抬起头，反问："你们什么意思？"

"不管你承诺了什么，余总都希望你再好好考虑考虑。"

岳翎冷笑一声："说吧，你们在什么地方？"

电话那边似乎是捂住了听筒，十几秒钟之后才回复说："余总说，时间、地点请岳小姐定，我们按时赴约。"

"好。"岳翎站起身，"那就 B 酒店的会所吧，时间就在今晚。"

"今晚？这个时间可能有点儿着急了，余总今天晚上在 C 城还有一个酒会要去……"

陈敏的话没有说完，就被那边打断。岳翎听到了余浙熟悉的声音，但听不真切他到底说了什么。

"好的，岳小姐，余先生同意了。今晚十点，在 B 酒店，我们等您。不过，在咱们见面之前，请岳小姐不要轻举妄动。"

岳翎冷笑一声："你们以为我要做什么？"

陈敏一时不知道怎么回应。

余浙接过了电话："喂。"

岳翎没有吭声。

余浙咳嗽了一声："星天娱乐不是密不透风的墙。我虽然不知道何妍是怎么胁迫你的，但你应该知道，如果泄露我的秘密，你会死得更惨。"

"哈。"岳翎握着手机，只是笑，仍然不说话。

"你在笑什么？"

"我笑咱们认识了这么多年了，你到现在为止还不知道我是一个什么样的人。"

她说完，从沙发上下来，靠着沙发腿在地毯上坐下，冲"辣鸡"招了招手。"辣鸡"一下子跳过来，柔软的身子蜷缩在她的怀中。岳翎摸着猫背上顺滑的毛，继续说道："也许在你眼中，我的人生、林秧的人生，和你的人生比起来不值一提。我曾经也和你一样恶毒，利用他人的真诚和善良来维护我自己。但现在我终于想清楚了，不论我们是谁，也不论我们经历了什么，都不可以让他人为我们献祭。"

余浙沉默了一阵，忽然冷笑："你还在幻想，你以为余溏在知道你的过去以后，还会回头怜悯你吗？"

"没有，我对我的未来没有任何幻想，甚至全部都是恐惧。我知道我会很惨，会被人骂死，也可能会被你掐死，但我一点儿都不害怕。你听好了，我一点儿都不害怕，我现在只想做一个好医生，我……"她说着顿了顿，"我要凭我自己一个人，把我的病人拽回来。"

"你……"

"电话里多说无益。余浙，见面再谈。"

B 酒店的行政酒廊的私人会议室内，岳翎穿着那条深蓝色真丝长裙，坐在靠窗边的位置上。

她开了车，只要了一杯橙汁。她刚刚护理过的指甲映着那新鲜的橙红色，让服务生都不禁多看了一眼。

岳翎看向落地窗，灰色的玻璃上映出她纤细的影子。

出门之后，她从容地去做了一次全身性的精油护理，又去常去的那家工作室做了头发，去名品店里取了一对很久以前就已经到货的珍珠耳环。总之，一切都修饰得恰到好处，就连此时她身上的香水气味都温柔而迷人。

和精心修饰过的女人一样，整个 A 市灯火通明，每一栋建筑物都在光影之中摇曳生姿。

从岳翎所在的位置看出去，可以很清晰地看见"A 大附院"的住院大楼在曼妙的浮灯之中素净而庄重地矗立着。

岳翎一直没有把目光从那栋大楼上移开，直到听到酒廊门口服务生的引路声。

"余先生您好，这边请。"

岳翎转过身，只见余浙带着陈敏从隔断后面走了过来，径直坐到岳翎的对面，抬起手冲陈敏摆了摆手："去挑一瓶酒。"

陈敏听他这样说，就没有坐下，拿起刚刚放在他身边的包，转身跟着服务生走了。

岳翎端起水杯，望向窗外。临近晚上十一点，有一些大楼的灯光已熄灭，秋天的夜晚陷入了一种谜语般的诡谲之中。

"看着我。"

岳翎撑着下巴笑了一声："我看着呢。"

她说完，冲着玻璃上的影子摇了摇手，露了一个藏着风情的淡淡的笑容。

"我让你转过来看我。"

"可以。"

岳翎说完，直接迎上了余浙的目光。她抬起手腕摸了一下余浙的头，甚至顺走了几根又粗又硬的头发。

余浙推开椅子站起身："你当我是狗！"

岳翎笑了笑："小声点儿。你不想当狗，我就当你是猫。"

她说完，抬头看着他，含笑又补了一句："乱发情的那种。"

"……"

余浙的手在桌面上握成了拳头。在岳翎露出她的真面目以后，他就再也没有赢过她。他跟岳翎的几次缠斗，她始终胜他一招，始终比他下手更狠。她抓住所有的机会，试图把过去几年间他强加给她的羞辱还回去。

余浙明白，现在绝对不是和岳翎做这些对抗的时候。于是他咬着牙点了点头，退后一步重新坐下，松开领带，靠向沙发的靠背。

"有必要一见到我就上牙咬吗？"

"不然呢？"她红唇开合，说出的话却像直接射出的利箭，"在这个地方又不能杀人放火。"

余浙笑了一声："我看你差不多了。说吧，你和星天娱乐究竟想要怎么样？"

岳翎放下撑在下巴上的手："你不是有你的门道吗？知道得还不够清楚？"

"基本上知道了，但我觉得你疯了。"

岳翎冲着他笑了笑："你害怕啦？"

"在问我害怕不害怕之前，你是不是应该先想想你自己的处境？"

他们正说着，陈敏选好酒回来了。她在余浙的身边坐下，轻声说了一句："酒选好了，正在醒。"

岳翎拢了拢头发："陈姐还是这么得力。"

陈敏低头笑了笑，然后客气地冲她点了点头："岳小姐比以前更漂亮、更优秀了，所以，我也希望岳小姐能好好考虑一下。如果您答应星天娱乐，曝光您和余总的关系，岳小姐以后可能就再也不能像现在这样光鲜了。"

岳翎看向余浙："你带着她一起来找我，是怕自己在我面前失控吧？"

余浙也看向她："岳翎，我知道你恨我。但是在撕破脸之前，我和你还是有必要做这次沟通。"

"行了吧。你说得越多，我觉得你越慌。但我不明白，你现在有什么好慌的？"

她说完，跷起了裙子下的一条腿，高跟鞋的鞋尖无意间点了点余浙的髌骨。他下意识地低头，却听到岳翎暗藏戏谑地说道："最多是你名誉受损，江山茶业股价崩盘。你这么大一个公司，还能被我这一条破命搞死吗？"

余浙压低声音："你要把这件事情暴露到什么程度？"

岳翎没有立即回答余浙，而是悄悄地松掉了高跟鞋的鞋跟，跟着酒廊里轻音乐的节律轻轻地晃动着架起的那条腿。

"我会说我的姓名、我的职业、你的姓名，以及你的职业；我会说出你伤害过我。同时，我也会承认你供我读书，甚至还送我出国游学；承认你对我的亲人不错，把我母亲送到 M 国治病，负担我弟弟读书期间的学费。怎么样，很真实吧？对你没有任何污蔑吧？"

"岳翎！"

"这会让你死吗？不至于吧？"她分明是在笑，"我还没准备曝光你利用余溏母亲的公司为自己洗钱的事呢。"

她说完，突然收住笑容："余浙，你给我好好记着，你如果不去伤害我妈妈还有我弟弟，这个把柄我会一直捏在手里。只要他们能好好生活，不论我之后有多惨，我都不会把它说出来。但如果让我知道你去骚扰他们，我一定让你和我同归于尽。"

她在说这句话的时候，眼眶有些发红，但她还是尽力地控制住了自己想要发抖的身体。

余浙露出了不可思议的神情："你能不能告诉我，林秧究竟是谁？她跟你有什么关系？你要这样去帮她！在娱乐圈混的那些女人，不管她们自己干不干净，被骂、被污蔑都正常得很，她们要做傻事是她们自己脆弱，你管那么多干什么？！啊？！"

　　"那我问你凭什么？"她目光冰冷，带着某种鄙夷。

　　"什么凭什么？！"

　　"凭什么别人什么都没有做过，就要被无端的恶意淹死？凭什么有一张嘴就能杀人？凭什么你跟我不能跪上刑场？"

　　余浙也被她的话逼得情绪要爆炸了，一掌拍在桌子上："你当自己是圣母吗？是活菩萨吗？好，好！岳翎，现在我可以给你自由，可以以后都不再打搅你的生活，但你能不能不要发疯？"

　　"你是混蛋！"岳翎爆了粗口，她站起身，又弯下腰直接逼到余浙的面前，"我的自由根本不需要你给。相反，你现在要求我，求我施舍给你多一条活路。"

　　余浙忍无可忍，一把掐住了岳翎的脖子，把她按到落地窗前。

　　陈敏忙站起身拉住自己的老板："余总！冷静一点儿啊。"

　　岳翎被迫仰着头，脸上却还在笑。

　　"就算你准备在今天晚上让人搞死我也没用。微博我今天下午就编辑好了，定时发送也设定过了。"

　　余浙的手指猛地一抠，在岳翎的脖子上留下了一块血印子。

　　岳翎看着他手腕上的伤疤："我建议你赶紧和公司的公关部门去讨论发通稿。我明天早上会发送那条微博，星天娱乐到时候也会联动推送。你还有几个小时的时间，可以开个线上会议。"

　　陈敏听岳翎说完这句话，抬头对余浙说道："余总，我们还可以派人再去接触星天娱乐的何妍。"

　　余浙抓到了陈敏这句话里的"梯子"，一点儿一点儿地松开了手："就凭你，想玩死我啊？"

　　岳翎按着脖子蹲下身，干呕了几下，眼前有些冒金星。她猛烈地咳嗽了几声："不光我在玩你，你身边的人也一样在玩你。"

　　她说着看了一眼陈敏，跟余浙说："你以为何妍是怎么知道我的？"

　　余浙一怔，转身看向陈敏。岳翎借着这个空当，按着脖子站了起来："你还有什么话想要跟我说吗？没有的话，我先走了。"

"你给我站住！"

岳翎的手在门把手上停住："有话就说吧。"

余浙走到岳翎的身旁。岳翎听着他的脚步声，放慢了呼吸。

"岳翎，你以前其实是个特别温柔的女孩子。我那个时候真的很喜欢你，所以你出车祸以后，我才会出钱救你。但你从医院醒来以后就跟变了一个人一样。"

岳翎回过头："变得又冷漠又狠毒？"

"你这么评价自己？"

岳翎抱起手臂，靠在门上："我不可能再想起我出车祸前的事情了，我也不想回想。我现在这个性格，我自己挺喜欢的。我觉得很痛快，一点儿也不憋屈。"

她说完，反手打开门朝后退了一步，抬起手朝他挥了挥，笑着说道："再见，余总，一起加油。"

门被她关上的那一刻，零点的报时刚好响起。

冰火两极的一天，终于过去了。岳翎走到酒店大堂，门口的服务生看她的脸色有些发红，忙走过来询问要不要帮她叫车，或者是叫代驾。

岳翎摇了摇头，坐在大堂里给岳观打了一个电话。岳观似乎在宿舍里，接通之后只发出了几个气声，接着就是一路小跑的声音。

"你终于舍得给我回电话了。"

岳翎没有吭声。岳观忙压低了音量："那什么……你还好吧？姐。"

"还好，什么事都没有。"

"没事就好……不是……是真没事吧？"

"真没事，能有什么事呢？"

"那你开个视频给我看看。"

岳翎笑了一声："快去睡吧，明天好好上课，姐姐也要睡了。"

岳观听到她的笑声，勉强松了一口气。

"那我明天来找你。我又给你买了一条裙子，特别好看。"

"波希米亚大红花的那种吗？"

"绝对不是，我让我们系里的'系花'去帮我参考的，她穿上喜欢得不舍不得脱。"

"然后呢？"

"然后我就让她脱了呀，我要买来送你的。"

岳翎抬起头，望着闪闪发光的水晶灯。

"岳观哪，你这样是找不到女朋友的。"

"那没事啊，反正现在你必须开心。对了，昨天我余哥找到你没有？"

岳翎点了点头："嗯。"

"行，那我去睡了。"

"好。"

岳翎说完，正准备挂电话，却听那边又着急地喊了她一声。

"姐呀。"

"还有什么事？"

"没什么事，就是那什么……你一定相信，你弟我会帮你干掉一切妖魔鬼怪。"

他说完好像自己又觉得有点儿肉麻，立即换了一个调侃的语气："成了，晚安，大傻瓜。"

岳翎放下手机，把车辆寄存牌交给服务生，自己一个人走出酒店。寒冷的秋风吹起她的真丝长裙，露出她的小腿，冷得她哆哆嗦嗦地站到了柱子后面。

她现在唯一需要做的就是等待。她也不想一个人回到家里去等，可偌大的 A 市也没有别的地方可以暂时收留她。

岳翎想着，下意识地拨通了余溏的电话，可余溏一直没有接。

"小姐，您的车钥匙。"

"哦，好，谢谢你。"

泊车服务生的语气客气而疏离，虽然是在跟她说话，却让岳翎产生了一种被社会提前抛弃的错觉。

她打开微博，选择定时发布，时间设定在早上八点。属于她身上这层皮的时间，还剩下不到七个小时。

岳翎撩起裙子坐进车里，突然做了一个决定——去找余溏。虽然她也不知道明天过后自己的生活会变成什么样子，但她还是希望在最后的这几个小时里，可以待在余溏的身边。

从 B 酒店到 "A 大附院" 平时大概需要半个小时的车程，但因为是在半夜，路上不堵，岳翎只用了不到二十分钟就把车开到了"附院"门口。

"附院"的内部停车场夜间是不允许社会车辆进入的，岳翎把车停在路边，并没有急着联系余溏。她知道，夜班医生接不到电话，很有可能是在做紧急的手术。于是她索性把座椅放下来，打开车顶的天窗，一个人静静地发呆。

没过多久，余溏的电话回了过来。岳翎按下免提，把手机放在副驾驶位上。

余溏似乎是在走廊上边走边打电话，脚步声穿过听筒传了过来。

"怎么了，睡不着吗？"

"嗯。"

岳翎侧头，望着不远处的住院大楼，虽然说不上灯火通明，但每一层都有那么几处令人心安的灯光。

"'辣鸡'呢？"

"我现在没在家里。"

余溏愣了愣，在走廊上站住脚步，下意识地朝窗外看去。

"你在哪儿？"

"我在你们医院外面。"

余溏忽然笑了笑："我看见你的车了。"

"你的眼神这么好吗？"

"对呀，你等一会儿，我出来接你。"

余溏从医院大门走出来的时候，岳翎已经下了车，孤身站在路灯下。余溏看着她身上的真丝长裙。因为长时间地穿着高跟鞋，她的脚踝骨位置稍稍有些发青。

"走，我回办公室给你拿衣服。"

岳翎也打量着余溏，他应该是刚刚结束了治疗或者手术，还没有换衣服，深绿色的手术服上沾着不知道是血还是别的什么体液。

"你是不是很忙啊？"

余溏摇了摇头，带着她往医院大楼走："还好，刚刚去帮急诊抢救一个煤气爆炸受伤的患者，就是最后没能救过来。"

岳翎走在他的身旁，随口问他："找你们会诊，患者是伤到肺动脉了吗？"

"嗯，呼吸道严重烧伤，引发肺动脉主干栓塞。人送来的时候就已经不行了，很可惜，是个很年轻的女孩子。我出来之前听她的家属说，是因为做饭忘了关煤气引起了爆炸。"

他说完转过头："对了，你想不想去看看林秧？"

"她还在你们医院吗？"

"在，她今天刚转出了 ICU，我一会儿要过去看看她。"

岳翎听到林秧转出 ICU 的消息，稍微松了一口气。这几乎是这两天来，唯一令她开心的事。

"我不是你们医院的医生，我就不去了吧？对了，你帮我……"

她说着，把自己手腕上的一根串着金珠的红绳子摘下来，交给余溏："把这个送给林秧。"

余溏低头看着那条红绳子："这是什么？"

岳翎抬起头笑了笑："你就告诉她，这是我上班以后买给自己的第一份礼物，不是很贵，但代表我对她的祝福，希望她出院以后不要放弃精神方面的治疗。"

余溏看向岳翎："你为什么不自己送给她？"

岳翎沉默了一会儿，目光里闪过一丝落寞："她以后会明白的。"

余溏还想接着问，胡宇的电话却打了过来："师兄，来四〇三帮忙。"

"好，马上。"

余溏一边答应着胡宇，一边看着岳翎，岳翎冲他点了点头："你去忙吧，不用管我。"

余溏放下电话，从兜里取出钥匙递给岳翎："去我办公室里坐一会儿吧。我的外套挂在门后面，你要是冷就将就穿一下。"

"好。"

"我先上去，等一会儿就去找你。"

岳翎看着余溏的背影——深秋的夜幕里，他的姿态看起来年轻得像一个中学时代的少年。岳翎忽然觉得这个场景很熟悉，好像在很多年以前也有那么一个少年，穿着运动鞋从容地从她的眼前这样跑过。那时候上课铃声很急，整个操场都是被风吹落后还来不及打扫的树叶。

岳翎很喜欢那个少年，虽然她不知道他的名字，甚至已经记不起那个人的样貌和声音，但她就是可以确定，在满世界都是"籔籔"落叶声的季节，她有过一次纯粹的心动。那种感觉，和现在面对余溏时的感觉是一模一样的。

这边余溏处理完最后一个病人，径直走回办公室。办公室的门没有锁，他轻轻地推开门，岳翎正趴在他的办公桌上，手臂下面压着他还没有补完的病案资料。

她睡着了，睡得安稳，呼吸声也很踏实。余溏没有叫醒她，取下门后的外套披在她的身上，轻轻地把压在她手臂下面的病案资料抽出来，又把电脑转向自己。

他去更衣室换了件衣服，回来坐在她对面继续补之前的病案。微弱的光线照在岳翎的身上，他才写了几个字，就忍不住伸手摸了摸岳翎的鼻子。岳翎打了一个小小的喷嚏，却并没睁眼，身体向后缩了缩，把整个脑袋缩入余溏的外套下。

"我知道你醒了。"

"没醒。"

余溏笑了笑，从笔筒里拿了一支笔，习惯性地挂到衬衣口袋上。他打开病案本："怎么突然想到跑到医院来找我？"

"你还记得咱们在 C 城一起参加的那次单纯性恐惧症的座谈会吧。"

"嗯。我记得你当时是跟我们这些患者坐在一起的，但是你并没有讲述你自己的病史。"

岳翎抬起头："我现在可以告诉你我怕什么了，我怕……"

"你害怕和男性进行肢体接触吧？"余溏打断了她，声音却很温和。

"你是什么时候看出来的？"

余溏轻轻地握住岳翎的手腕："不重要了。"

岳翎低头看着余溏那只白皙、干净的手，觉得他说得很对——已经不重要。

"我想再睡一会儿。"

"睡吧，我接着写，走的时候叫你。"

"什么时候走啊？"

"嗯……"余溏看了看手表，"要等交班，交完班我去换衣服，然后就可以走了。"

"好，那我等你叫我。"

她说完，又把头缩进了余溏的外套里。余溏拍了拍岳翎的脑袋，收敛精神，把注意力集中到了工作上。

东边的天空渐渐开始发白，就快到交班的时候了，胡宇站在办公室门口冲余溏做了一个手势。余溏走到门口轻轻地掩上门，胡宇似笑非笑地透过门上的玻璃往办公室里看了一眼："这不会是嫂子吧？"

余溏笑了笑，没有直接回答。

"上面病房还有事吗？"

"哦，没有了，我也准备走了，下来看看能不能蹭你的车。不过现在看来还是算了，我去男科那边看看魏寒阳走了没有。"

"他今天值班吗？"

胡宇点了点头："嗯，他今天替另外一个医生值班。"

"行，我跟你一块儿过去，我去交班。"

心胸外科这边上午八点准时开始交班。余溏交完班，又站在角落里跟另外一个医生做两个特殊病人的床头交接。因为病人的问题有点儿复杂，接班的医生提出要跟他一起去病房看一眼。余溏想着岳翎还没醒，就跟着往楼上的病房走去了。

余溏从楼上的病房下来的时候，已经接近上午九点了。他正准备去更衣室换衣服，刚好在楼梯口遇见了魏寒阳。

魏寒阳原本是跟他们的科室主任走在一起的，他看见余溏，连忙跟主任打了个招呼，把余溏拉到楼梯间里。

"怎么了？"

魏寒阳关上楼梯间的门，压低声音问道："那什么……你知道岳翎的微博账号吗？"

余溏没反应过来："你关心她的微博账号做什么？别拽着我，我现在要下班。"

"下什么班？"魏寒阳打开手机上的微博，把手机怼到他的眼前，"这个是岳翎的账号吗？"

余溏低头一看，便看见了"辣鸡"的头像。

"如果是，我就炸了！"

"你到底是什么意思？"

"你自己看！"

余溏拿过了魏寒阳的手机，往下翻看。魏寒阳指着手机屏幕，半天琢磨不出个适合的语气。

"我……我真的三观崩塌了，你那个老总哥哥跟岳翎……这是什么关系啊？原来是有人整那个女明星，还整得人家进医院了，结果岳翎才是……"

魏寒阳没有说出那两个名词，抓狂地在楼梯间里走来走去。

由于刚刚结束夜间所有的工作，两个人都还没来得及换衣服，身上那些乱七八糟的体液和血液散发着难闻的腥臭味。

余溏看到最后，喉咙里冒出了一丝血腥味。

魏寒阳终于站定，认真地看着余溏："余溏，我问你，你们的关系到什么程度了？"

"你别说话！"

魏寒阳被余溏的这句话顶得气一下子上来了："我怕我的兄弟被骗好吧？你自己看看她写的！"

他一把夺过余溏手上的手机，把那些扎眼的文字指给他看："你看看下面的这些转账记录，几百万哪！"

"你闭嘴！"

魏寒阳一愣，他还是第一次听到余溏这么跟他说话。然而还没等他反应过来，他就已经被余溏一把按到了墙上。

"你把话收回去！"

魏寒阳此时也意识到自己说的话过于难听，举起手说道："好，我收回去，但我还是建议你赶紧去找岳翎问清楚。好在你们还没有公开关系，要不然，我看你在医院也要被围攻！"

余溏听完魏寒阳这句话，忽然想起岳翎就在他的办公室里。同时他也把之前发生的所有事情都联系了起来。至此，他终于知道了岳翎和余浙的真正关系。

他终于明白她为什么会那么害怕和异性进行肢体接触；明白了在林秧参加发布会那天，她为什么会撒谎说自己去参加朋友的婚礼；明白了她为什么会逼岳观在林秧的电影主创见面会上帮林秧解围；明白了她为什么会在林秧出事以后，一个人去星天娱乐找何妍，事后又在电梯里哭得那么伤心；明白了她为什么会说她只是一层皮，为什么会在他问起她原因的时候求他不要扒光她；明白了她为什么会问他，如果有一天他发现她是一个肮脏的人，他会怎么办；明白了她为什么不敢亲手把那条红绳送给林秧。

她早就在为这一天做准备了，早就准备好把自己绑起来，然后跳进深渊去交换林秧。

想到这里，他放开了魏寒阳，推开楼梯间的门就往办公室狂奔，一路上听到了零星的几句相关的议论，"反转""网暴""道歉"这些词在此时格外刺耳。

当他跑到办公室的时候，岳翎却已经不在了。他的那件牛仔外套整整齐齐地叠在椅子上，椅子则被规矩地推进了桌子下。他临走时没来得及整理好的病案资料也被摞齐了，电脑处于待机状态，桌子上干干净净的，她没有留下任何信息。

余溏忙拿出手机打岳翎的电话，然而她的手机已经关机了。他又赶忙拨打岳观的电话，谁知道电话刚一接通，余溏还来不及说话，就听岳观冲他喊："我姐联系你没有？我打她手机打不通了！"

余溏的心一沉。

"她应该刚刚从我这里走。"

"你在哪里呀？"

"我还在医院。"

"什么？她昨晚来医院找你了，你为什么不跟我说呀？！"

"我怎么知道这也要跟你说？"

岳观不知道拍了个什么东西，气急败坏，也不知道是在骂岳翎还是骂他自己："她昨天跟我打电话，我就觉得她不大对劲。半夜十二点给我打电话，你知道吗？以前遇到再急的事她都不会十二点给我打电话的。我问她怎么了，她说她没事，还跟我说她要睡了。她装得跟真的一样，我可真是脑子进水了，我信了她的邪！"

余溏看着椅子上的外套："你也看到那条微博了，是不是？那到底是不是你姐的微博账号？"

岳观沉默了几秒钟："那个微博账号应该就是她的，我很早以前就关注过。"

他说完，突然提高了声音："那个跟你一个姓的人，什么江山茶业的那个老总，我现在只想杀了他！"

余溏闭上眼睛，没有回应岳观的这句话。

"你现在在哪儿？"

"我还能在哪儿？我在学校。"

"你今天有课吗？"

"有课我还能上得下去吗？对了，我刚才没想起跟你说，你知道最吓人的是什么吗？那个大傻瓜半夜的时候给我的银行卡上转了二十多万块钱，我刚才看到的时候汗毛都竖起来了！"

余溏抬起头："我先回去看看她有没有回家，你也直接到我家来。她如果在，那就好说；她如果不在，我们要商量一下去哪里找她。"

"好，我现在马上过去……"

岳观说完这句话，刚准备挂断电话，忽然又反应过来一件事："等一下，余医生。"

"怎么了？"

"你也看了那条微博吧？"

"嗯。"

岳观犹豫了一下："那你怎么想我姐？"

"你叫我姐夫，你觉得我该怎么想她？"

"你什么意思？"

"意思就是，如果我因为这件事情伤害她，你就揍我。"

"这是你说的。"

"对，我说的。"

岳翎不是不知道，岳观和余溏会因为她的消失而心急。但是身为精神科的医生，她也明白如何才能把自己的应激性创伤降到最低，所以她选择了暂时关掉手机、回避人群。

就像她之前告诉余溏的那样，人其实很简单，但人群太复杂。他们会裹挟个人的意志，甚至会逼个人向他们妥协，继而使人无底线地沉沦下去。

相比于把自己置身在人群的喧闹里，岳翎最终还是情愿一个人安静地坐在一边，等着刀锋向她逼近。不过，她对 A 市大部分的记忆都停留在出车祸以前，因此在这个时候，她没有过多的地方可以选择。家是不能回了，"A 大"更不能去，单位那边请过假，也没有理由再过去给科室添麻烦。于是，她在二环的高架上漫无目的地绕了一圈之后，不知不觉地把车开到了 A 市三中。

三中是 A 市的重点中学。虽然岳翎已经不记得车祸前的事情，但是她翻过岳观拿给她的相册，里面有她穿着三中校服参加市内青少年运动会长跑比赛的照片。照片上的她捧着奖杯站在跑道上，冲着给她拍照的人挥手，笑容肆意，看不见一点儿阴郁，足以证明她也有过很美好、很耀眼的青春。

岳翎把车停在路边的车位上，走到学校的大门口。

校门已经很老了，校门旁有一块墙壁却是簇新的，墙上刻着三中的校训——勤学笃思，德善家国。校训后面写着校训墙捐建校友的名字，岳翎一行一行地扫过去，在最后一行看到了余浙和余溏的名字。

岳翎伸手摸了摸余溏的名字，心里忽然有些温暖，原来他们曾经离得那么近。

她一边想一边转身走到传达室的窗户前，周末校门是封闭的，传达室的大爷正在太阳底下看报纸。

"您好，请问我可以到校园里去看看吗？"

大爷放下报纸，打量了一下岳翎的穿着，岳翎有些局促地把耳朵上的耳环摘了下来，又把头发拢到后面扎成了马尾。

"不好意思。"

大爷没多说什么，拿出登记的本子。

"今天是周末，里面都没有上班。"

岳翎拿起笔点了点头："我知道，我以前是这个学校的学生，今天是刚好路过这里，只想进去看看。"

"行吧。把姓名、身份证号，还有手机号，写在这儿。"

"好，谢谢。"

岳翎在窗边弯下腰，笔却在写姓名那一栏时顿住了。

"岳翎"这两个字现在应该已经在网上炸开了，不过好在学校门口的大爷只喝茶、看报纸，甚至还点评起她的字来。

"你这字写得还不错。"

岳翎听着，自嘲地笑了笑，继续认真地做完所有的登记，把本子还了回去。

大爷在经办人那里签了一个字，把小本子挂回窗口的钉子上。

"好了，可以了，你进去吧。"

大爷说完，走出来帮岳翎打开了校门侧边的小门。

岳翎走进校园，沿着靠西边的林荫道一直往前走。因为是周末，学校里只有零星的几个住校生在路上拿着英语书边走边读。他们以为岳翎是学校的老师，看到她后都很有礼貌地跟岳翎打招呼。

岳翎一路走到了中心操场。上午十点的阳光正好，温暖地铺在橡胶跑道上，操场上跑步的学生不快不慢地绕着圈子。旁边的羽毛球场地上，学生三三两两地凑在一起，说笑声和鸟叫声都是轻轻的，一点儿也不喧闹。

岳翎在正对主席台的看台最高处坐下来，伸长腿，用手托着下巴，看向宁静的操场。她准备在这里先等到晚上，再打开手机去迎接属于她的"风暴"。

身后的银杏树正大片大片地落着叶子，风卷起淡黄色的扇形叶片扑向操场的中心，同时也吹乱了岳翎的头发。岳翎刚想把头发重新拢好，却发现她头发上唯一的那根皮筋已经断掉了。

岳翎索性放下手，仰起脖子闭上眼睛，任凭秋风的声音充盈入耳。

"来，姑娘让一让，阿姨扫一扫这边的叶子。"

"哦，不好意思。"岳翎听见声音忙拿着包站了起来。

学校里的保洁阿姨冲她笑了笑："姑娘不是学校的老师吧？"

"嗯。"

岳翎让开，走到下面一层的看台上："我就是进来看看。"

保洁阿姨边扫地边笑着说道："那你以前应该是这个学校的学生吧？"

"对，阿姨怎么知道？"

阿姨坦然地笑了笑："阿姨在这个学校工作了很多年，好多学生阿姨都眼熟得很，你……看年纪应该是〇五、〇六级的学生吧？"

岳翎点了点头："我是〇六级理科一班的学生。"

"那你很厉害呀，咱们学校的理科很强的。"

"可惜我的学习成绩不是很好。"

"不要谦虚，学习成绩不好是进不了一班的。"

她说完，抬头打量着岳翎，看着看着，突然慢慢地收住了脸上和蔼的笑容。

"姑娘……你叫什么名字啊？"

岳翎怔了怔，有那么一瞬间，她下意识地想要逃走。可无论是自尊心还是道德认同意识，都不允许她那么怯懦。

"岳翎。"

岳翎说完这两个字，就已经做好了以沉默应对质疑的准备。然而阿姨却暂时放下了自己的扫帚，低头回忆了一会儿，有些不大确定地问她："那个……阿姨问你个问题，你不要介意呀。那个……你是不是好几年前出过车祸的那个学生？"

"对。"岳翎下意识地应了一声。

"哦。"

得到了确切的回答，阿姨也放松了一点儿："那次车祸还挺严重的，听说当时还有一个高三的男生为了救你差点儿被卷到车下面。哎哟！如果不是那个男生啊，你当时可能就被卷到车子底下去啦！"

"救我？"岳翎怔了怔，"有人救我？"

"是啊，不过时间有点儿久了，阿姨也记得不是很清楚了。你自己难道不知道吗？"

"我……"岳翎的喉咙有些发紧，"我手术以后就去外地读书了，我……我不知道当时那场车祸有人救我，救我的那个男生是谁呀？"

"那个男生在学校挺有名的，他爸爸好像是当时一个茶业公司的老板。他的学习成绩很好，那会儿刚刚高考完，学校好多老师听说他出事都很着急。至于他的名字……姓余，叫……哎哟，我去年还听别人说过……这会儿怎么给忘……"

"是叫余溏吗？"岳翎的声音几乎有些发抖。

"对，对，就是那个余溏，余医生。"

岳翎觉得胸口涌起一股很烫、很酸的潮气，一下子冲入了她的眼底，刺激得她不得不闭上眼睛。

她把一切都忘记以后，从来没有人跟她提过车祸过程中的事情。她只知道，当她可以从病床上站起来的时候，车祸的处理结果就已经出来了。当时那辆肇事车的车主负全责，至于那个车主是谁？长什么样子？他为什么要开车撞她？因为她的治疗周期过长，她一直没有机会弄清楚。

唯一目睹那场车祸的岳观，那会儿只有九岁，什么都不懂。他只记得岳翎当时满脸是血，其余也是一问三不知。所以岳翎一直以为，那只是她人生当中一次偶然的事故，是际遇所致，和任何人都没有关系。可是，余溏为什么要去救她呢？是出于他的品德吗？还是他们之前就认识？岳翎的内心同时感觉到了温暖和恐惧。

"那个男生后来还好吗？"

"听说还好，也救过来了，现在是学校的优秀校友呢！做了心胸外科医生。去年我老伴儿的瓣膜手术就是托他做的，他真的是个很好的医生，负责，医术也好，人也随和，而且还记得我和我老伴儿呢！查房的时候都'阿姨、阿姨'地叫。"

阿姨说完，看岳翎怔怔地站在原地发呆，以为岳翎是因为不知道有人救自己这件事而失落，于是好心地对她说："姑娘，我刚才不是说他是学校的优秀校友吗？你可以去礼堂那边看看，礼堂门口有一个优秀校友的橱窗，那儿应该有他的照片和他现在的工作信息。"

"礼堂在哪儿？"

"哦，你从这里走下去，穿过操场，从侧门出去，然后一直往前走，看到那个白色的圆顶建筑就是了。"

"好，谢谢阿姨，我去看看。"

岳翎说完，沿着楼梯跑下看台，径直穿过操场，果然看到了掩映在银杏林中的圆顶礼堂。

她按照阿姨所说的，绕到礼堂的正门，一眼就看到了那块橱窗。橱窗里展示着学校历届优秀毕业生的照片和他们的工作信息，信息后面还附着他们曾经在学生大会上演讲的讲稿原稿。

余溏的照片在倒数第二排。那个时候的余溏头发很柔软，穿着白色的衬衫，有着年轻人特有的清瘦感。

岳翎弯下腰，认真地去看他照片下的那份讲稿。行云流水的钢笔字写得出类拔萃，和讲稿的内容一样，并不是特别锋利，又不失少年人的自信。

讲稿中有一段是这样写的："我的梦想是做一个好医生，但在做医生之前，我希望我可以成为一个懂得尊重的人。尊重社会公德、医学伦理，尊重在座的每一位同袍，不负师长的期望，勤学笃思，德善家国。"

岳翎在校门口的校训墙上看到过"德善家国"这四个字，觉得用在中学的校训上似乎有些过大了。可是看完余溏的讲稿，她却突然感觉，真的有那么一些人会在他们的少年时代就立志修德，拥有超过成年人的思想和觉悟。

想到这里，她的脑子里忽然晃过一个画面，画面里有礼堂那座高高的台子，有炽热懵懂的高一新生。主持人在台上大声地控场："现在，我们高三的优秀学生代表余溏同学将给高一的同学们做一个分享。掌声有请。"

接下来的画面有些模糊，但那个人的声音却是清晰的。

"大家好，我叫余溏……"

岳翎闭上眼睛，尽力抓住那个声音，不让它散掉，终于在最后听到了那句一直悬浮在她记忆里的话："我的梦想，是做一个好医生。"

那是她喜欢过的人哪。

岳翎直起背再次朝余溏的照片看去，其余的记忆都还没有回来。但就凭这个她喜欢的男生，岳翎就愿意相信，以前的自己一定不算太蠢。

她想着，不禁走进了礼堂，在最后一排的座位上坐下。空气里散着一丝灰尘的味道，阳光穿过木制的门从她的背后漏进来，树叶的影子在光下轻轻地摇曳。

岳翎靠在椅背上，抬头望着空荡荡的讲台。时间开始冰冷地消磨，岳翎把自己窝进椅子里，感受到了前所未有的安定。

余溏在小区门口看到岳观的时候，网络上关于岳翎的消息已经铺天盖地了。

"你怎么也关机了？"

岳观早已等得要疯了，听到余溏的声音，迅速转身朝他跑来，一边跑一边说："不敢开机！一开机电话就会被打爆，全是记者！"

他说完，担心地又问了一句："余哥，你没被扒出来吧？"

"应该没有。"

"那你快看一眼微博。我的天，还好我妈不知道，要不然这会儿她肯定病倒了……"

余溏打开微博，岳翎的名字和林秧的名字一前一后地出现在热搜上。

他打开与岳翎相关的微博实时广场，岳翎清晰的照片以及关于她几乎全部的信息赫然在目。她的年龄、求学的经历、职业、工作单位、社会关系被传播了数万次。

互联网令人无处遁形的力量顿时令他毛骨悚然。如果说之前余溏还无法理解娱乐圈自杀事件的当事人，那么现在他完全能感受到他们的窒息。

"现在怎么样了呀？"

余溏没有说话，沉默地点开微博的投诉界面，看着"人身攻击"这条投诉理由，手指却停顿了下来。

有用吗？在A市这个没什么人注意到的小区门口，他自以为庄严地行使这个"神圣"的权利，就真的可以改变什么吗？换一句话说，他对一个人的爱、对一个人的心疼、对一个人的信任，真的可以对抗那一把大家合力劈向那个人的"刀锋"吗？

余溏很清楚答案，但他一点儿都不想承认。

岳观看他不吭声，性急地拿过他的手机："你投诉有什么用啊？你去刷刷林秧的超话，看看他们骂得有多狠毒！你觉得他们会怕你投诉？"

岳观说到这里，喉咙突然有些发热。他看到了人性的险恶，却对此无能为力，逼得他不想红眼也红了眼。

"我真的受不了，我姐这么搞是想帮那个叫林秧的明星吧？现在他们的偶像'洗白'了，为什么我姐反而该以死谢罪？这是什么道理呀？！"

"先找到她。"

"怎么找？"

岳观已经在暴走的边缘了："她在A市没找你也没找我，她会去找谁呀？难道她会去找我妈？"

"你妈在哪儿？"

"在 M 国呀，我跟你说过的。"

"那你们家以前的老房子呢？"

"老……房子？"

岳观一愣："老房子在平清路那边。"

"在平清路的什么地方？"

"就在平清路以前的那个啤酒厂的职工宿舍，之前政府一直说要拆，但一直也没拆的那栋。"

余溏听他说完这句话，忽然失神沉默了。

岳观所说的那栋楼，也是他小时候生活的地方。张曼和余溏的生父离婚之后，就带着他搬回了那栋老楼。这栋楼以前是属于啤酒厂的，后来因为啤酒厂改制成为私企，也就被当时的住户买断了产权。再后来，A 市开展拆迁重建的工程，买断产权的住户都想借机发一笔财，导致赔偿问题一直谈不好。结果最后楼没拆成，楼里却经常断水、断电。所以没过多久，楼里的人就陆续搬了家。

余溏知道，他家楼上好像住着一对母女，那个女孩儿的年纪和他相仿。但是，张曼不准他和楼里的小孩儿玩，所以他一直不清楚那个小女孩儿究竟长什么样。

余溏和张曼在平清路一直住到了他十岁那年。那年春天，张曼认识了余江山，经常在外面和他约会。她害怕余溏一个人出门危险，就经常把他锁在家里。

有一个周末，楼里因为电路老化短路，停了整整一天的电。张曼出门去了，余溏只好一个人在家里待到了晚上。那天晚上的风特别大，"呼呼"地吹着老旧的窗户，早已松动的玻璃响得像鬼叫一般。余溏实在害怕得不敢睡觉，就蹲在门口"啪啪啪"地拍门。

楼上忽然传来开门的声音，接着是拖鞋"啪嗒啪嗒"走下楼梯发出的声音。余溏有些害怕地往后躲，谁知那脚步声却在他家的门外停了下来。

"别拍了。"

听起来是孩子的声音，气焰却不小。

余溏被唬得愣了愣，小声地说道："好……"

"欸？你也是小孩儿啊？"

门外的声音好像对他提起了兴趣。

"你是不是因为停电了害怕呀？"

余溏吞了一下口水："你是谁呀？"

"我是住在你家楼上的邻居。嗯……你多大呀？"

"我十岁。"

"那我比你大，你要叫我姐姐。"

她这句话明显说得没什么底气，但余溏惹实，竟然信了。

"你把门打开呀，我有棒棒冰，请你吃。"

"我开不了门，我妈妈把门锁了。"

"哦……"

那个女孩儿的声音清脆，却并不刺耳。

"那你妈妈什么时候回来？"

余溏摇头："我不知道，她最近每天都回来得很晚。"

"嗯……那就没办法了，你又打不开门，也不能出来跟我一块儿玩。"

她说完，转身往楼梯上走，余溏忙蹲到门后面："你去哪儿啊？"

"我让我妈给我点个蚊香，我给你拿下来，楼道里的蚊子太多了。"

余溏听到了女孩儿穿着拖鞋飞快地朝楼上窜去时发出的声音。她好像生怕他久等一样，不一会儿又飞快地窜了回来。

接着，他真的闻到了一股蚊香的气味。

"我放在门缝这里，这样咱们都能被蚊香熏到。"

"谢谢你。"

"哎，你听不听 MP3？"

"什么是 MP3？"

"就是一个可以用耳机听歌的小盒子。"

她说完，似乎趴了下来："我从门缝里递一个耳机给你，咱们一起听。快，我塞进来了，你看到没有？"

余溏低下头。在昏暗的光线里，他的确看到了一根白白小小的手指推着一只耳机伸了进来。

"你把耳机塞进去。"

余溏听了她的话，小心翼翼地把耳机塞进自己的耳朵里。

"我给你听我最喜欢的一首歌——《双截棍》。"

她的话音刚落，余溏的耳朵就被"哼哼哈兮"给占满了——快使用双截棍，哼哼哈兮！

伴随着欢快的音乐，门外的女孩儿欢快地跟唱，余溏冷不防地听到了"咚"的一声。

"你怎么了？"

"哎哟，没事，我的头撞到门上了。耳机线太短，我趴着听的。"

余溏赶紧自己趴下来，把耳机线塞了一大半出去："我这边的耳机线长。"

门外的女孩儿揉着脑袋："算了，算了，我换一首安静一点儿的歌。"

她说完，按下了换歌键。

欢快的音乐被切断，取而代之的是一首余溏不知道名字的抒情歌。

门外的女孩儿没再说话。两个人隔着门，头对头地趴在一起，撅着同样脏兮兮的屁股，闭着眼睛"享受"着流行歌词当中那些属于成年人的饱满的情绪。

"好听吗？"

"好听。"

"那以后你让你妈妈把门打开吧，咱们可以坐在一起听歌，不用这样趴着。"

"我妈妈……她不让我和你玩。"

"为什么？"

为什么？余溏不想说。纵然他还很小，他也明白什么叫"楼上那家人是老赖"。

"不过，我也不能一直陪你玩。"

"为什么？"

"因为我妈妈生病了，经常要住院。我放学要去医院照顾她，还要回来做饭。我做饭可厉害了，我会炒鱼香肉丝，还会做葱花鸡蛋羹。"

余溏把脸贴在门缝上："那你妈妈生的是什么病啊？"

"心脏病，做过手术的。我告诉你呀，其实我特别讨厌医院，特别讨厌医生。"

她说这句话的时候，手指不自觉地在门板上抠着。

"医院里的医生对我和我妈妈很凶，让我妈妈住过道病床。她还站不稳呢，就逼她出院，我真的好希望以后我们能遇到一个脾气好一点儿的医生。"

余溥把手垫在下巴下面。外面不断飘散进来的蚊香的香气让他觉得心安。

"那你自己生病也不去医院吗？"

"我不去。我就自己在家睡觉、喝水，两三天就好了。"

"可是我妈妈说这样不好。小孩子生病了就是要乖乖地躺着，好好被人照顾。"

"我不需要，我可厉害了。"

她刚说完，就打了一个喷嚏。

余溥扒拉着门缝："你还好吧？"

"没事啊。"

"你是不是冷了？"

"呼。"她吸了吸鼻涕，"不冷啊，那个……你现在不害怕了吧？"

余溥怔了怔："嗯，你在外面，我不害怕了。"

"哈哈。"女孩儿爽朗地笑了一声，"你看嘛，我都说了我可厉害了。那以后你妈妈要是再把你关在家里你就敲门，我如果在家就下来跟你一起听歌。"

"好。"

余溥早就已经想不起，那年春天到夏天的短短几个月里，那个女孩儿到底把耳机从门口塞进来几次，也不记得他们头顶着头究竟听了哪些歌曲。但从那天晚上开始，他就一直记得那个女孩儿的妈妈有心脏病，她以后想遇到一个脾气好的医生。

只是那个时候，他并不知道这段只有声音没有画面的记忆会影响到他后来的人生选择，并且将在他之后漫长的求学和自我修行的道路上不断闪现。

CHAPTER 09

靠近真相

"余哥！快，快，快！我姐的电话！"

岳观激动地一边跳脚一边把手机递了过来。

余溏的思绪被岳观的声音打断，他低着头抓过手机，果然在来电显示上看到了岳翎的名字。他忙按下接听键，电话那边传来"咯吱咯吱"的响声，像是有一扇老旧的门被风不经意地吹开。

"喂。"

熟悉的声音通过手机的听筒传入余溏的耳朵。确认说话的是岳翎以后，他紧绷了一上午的神经突然松弛了下来，所有暴躁的情绪被一扫而空。面对岳翎，哪怕他再生气，也永远说不出重话。

"为什么不等我下班？"

"应激性创伤是不可逆的。"她的声音出乎意料地冷静，"在你面前，亲手揭开我自己的皮？我怕自己受不了。"

"你还好吧？"

"嗯，没事，我还活着。"

余溏抬起头："那你不见我，你是怕你自己受不了，还是怕我接受不了？"

"说实话吗？"

"嗯。"

电话那边的声音沉下来："那我告诉你，虽然你不是我全部勇气的来源，但你是我为自己找到的一点儿光。我不管你接受得了还是接受不了，我最终都会回来找你。不过，在见你之前，我希望自己能够平静一点儿。余溏，我可厉害了，我现在一点儿也不难过了。"

他又听到了那句"我可厉害了"。

她那嚣张的气焰，就跟十几年前一样。

"哎，我跟你说一件事，你听好了。"

"我在听。"

"我想起你是谁了。"

"什么？"

"'我的梦想是做一个好医生，但在做医生之前，我希望我可以成为一个懂得尊重的人，尊重社会公德、医学伦理，尊重在座的每一位同袍，不负师长的期望，勤学笃思，德善家国。'这是你在〇五级新生入学仪式上的发言，你自己还记得吧？"

余溏一怔："你在哪儿？"

"在我们的母校。"

"你在三中？"

"对。我现在就在三中的圆顶礼堂。余溏，你在三中的时候听过我的名字吗？"

"没有。"

"行吧，那就是我暗恋你。"

"你暗恋我？"

"嗯。"她说完坦然地笑了一声，"虽然我还没把具体的暗恋过程想起来，不过你既然说你没听说过我的名字，那就证明我应该还没干出写情书或者表白这种傻事。"

余溏一边听她说，一边招手示意岳翎上车。

"那都不重要，反正现在是我明恋你。"

"所以我就感觉很搞笑啊。"岳翎说着说着真的笑起来，"如果在 C 城遇见你的时候，我就想起这件事，在酒店的那天晚上我一定不会放过你，我会把你从上到下，全部吃干抹净。"

"你以后每天都可以不放过我。"

"你在说什么？"

她说完这一句，忽然沉默下来，过了好一会儿才重新开口，声音有些轻佻，像是蒙着一层虚幻的自我保护的膜。

"余溏溏，你看了我以前的经历，不会觉得我很可怕吗？"

"你那才到哪儿去了？"余溏转头看了一眼岳观，压住话筒对岳观说，"把耳朵塞起来。"

"什么？"

岳观蒙了。

"听话。"

岳观看着余溏认真的表情，还真的听话地抬起胳膊把耳朵塞了起来。

余溏这才转过头，低头对着手机话筒平静地说道："不管什么形式，只要你敢，我就都可以接受。"

"什么？"

岳翎愣了几秒钟，突然笑出了声，之后更是笑得按着肚子蹲了下去，浑身抖得像在筛糠。

岳翎在笑的同时，还有一点儿想哭。她本来想刺激一下他，看能不能根据余溏的回答来确定他对自己真实的想法，谁知他顺着她的问题回答，不按常理出牌。从这一刻起，岳翎才真正地意识到，他纯粹得像一张白纸，虔诚得像一个教徒，正经得像一个修行者，也搞笑得像一个傻瓜。

岳翎笑得暂时忘记了一切，过去的伤害和现在的谩骂都被挤出了脑子。

"不要笑了。"

"不行……你真的……太搞笑了。"

"你待在三中别走，我和岳观现在过去接你。"

"你说什么？岳观在你边上？"

"对，不过你放心，我让他捂住耳朵了。"

他说完，看了一眼岳观，岳观正在"享受"被迫掩耳盗铃的"快感"。余溏没在意岳观的表情，放下手机把车子开了出去。

"余哥，我这手可以放下来了吧？"

车已经开出去半天了，岳观这才僵硬地问了一句。

"可以了。"

"哒……好。"

岳观一边说，一边把车窗降下来一半，风吹打着他的脸。好一会儿，他的嘴巴才慢慢地利索起来。

"想不到啊，余哥，你这么开放。"

余溏握着方向盘，头也没回："你还小，你不懂。我只对你姐姐这样。"

岳观把头向后一靠："那个大傻瓜还挺幸运的。本来我今天是要被气死的，听你们在电话里聊了一会儿，现在心里突然又好受些了。"

他一边说，一边随手打开车里的广播。

余溏常听的调频是本市的一个经济类的广播。中午这个时间刚好是一档股市评价节目，两个主持人正在就江山茶业今早的股票下跌形势进行解读。

"等一下，别调频，我听一下。"

"哦。"

岳观把声音调大了几度，女主播的声音虽然有些不清楚，但大致能听出内容。

"我个人觉得，江山茶业的掌舵人这次被爆出丑闻，他要对今日的这个股票下跌形势负主要责任。"

另一个男主播笑了笑："目前定性为丑闻可能还有点儿太武断。欸？我们这个节目其实越做越像是早上八点的'热点直说'的性质了。"

"那也没办法，其实不光是持有江山茶业股票的股民，大家现在都很关注这个问题。"

岳观一边听着广播，一边抱着手臂冷冷地说道："这种事警方会介入调查吗？就算介入调查，是不是也很难取证？"

余溏点了点头："取证很难。"

岳观看向窗外："我不知道我姐当时是不是自愿跟那个叫余浙的人走的。那个时候我妈有病，我也是个累赘，这么多年……"

他说着说着，抿住了嘴唇，牙齿和牙齿碰撞出声来。

余溏侧过头看了他一眼："不要想不该想的，这件事跟你没有关系。"

"我以前也是这么想的，但现在觉得如果不是因为我和我妈，她当时是可以不去 C 城的。你知道我当时有多傻吗？我以为我们家遇到大善人了，我可以穿新衣服、吃好吃的，可以去游乐场玩，可以有钱……
对，有钱请女同学吃糖……"

他的话还没说完，就给了自己一个耳光。

"我就是个混蛋。那个叫余浙的人……"他边说边咬住嘴唇，"我一
定要把他给找出来。"

"你想干什么？"

"没想好，但如果法律制裁不了他，我也不会就这么放过他。"

余溏张口刚要说什么，张曼的电话突然打了过来，余溏示意岳观先
不要说话，按下了免提键。

"你在哪儿？"

"我在医院。"

"你不要骗我了！你到底在哪儿？"

余溏稳住车速："我在外面。"

"你是不是要去找那个叫岳翎的女人？"

余溏怔了怔："妈，您怎么知道？"

"我怎么知道？小溏，那个女的是什么妖魔鬼怪你都不知道，竟然
就把她带回家！"

"这个魏寒阳……"

"你先不要怪人家寒阳！"张曼的声音忽然变得有些尖锐，"要不是
他，妈到现在还不知道，你居然已经跟她住在了一起！"

"我已经是快三十岁的人了，我和谁住在一起难道还要跟您报备吗？"

"你跟谁在一起都可以，就是跟她不可以！"

"为什么不可以？"

"因为她跟你哥的过去！小溏，你好不容易成了医生。妈求你了，
你不要让她毁掉你好吗？"

张曼的话已经泄露出了余溏与余浙的关系。因为岳观在场，余溏不
得已直接挂断了电话。然而显然已经晚了，车里的气氛顿时变得紧张。

"你妈刚才说什么？我姐和你哥的过去？江山茶业那个人是你哥？"
他一边说，一边已经开始解开安全带。

余溏稳着方向盘扫了他一眼，立即减速把车子往路边靠。

"你等一下，我在开车……"

"你给我停车！"

"不是……"

"停车！"

岳翎在圆顶礼堂见到岳观和余溏的时候，余溏单方面挂了彩，衬衣领口的扣子被岳观扯掉了，露出有淤青的锁骨，白衬衣沾满了污渍。

岳翎在门口的自动售货机处买了两罐可乐回来，分别递给两个人，自己则在两个人中间的座位上坐下，左右看了看，问："你们俩搞什么？"

余溏打开可乐，随口说了一句："他打我。"

"噗。"

岳观听着"他打我"这三个字，差点儿把可乐喷出来，他"噌"的一下站起来："你三十多岁了，在这儿撒什么娇？！"

余溏望着地上岳翎的影子，头也不抬，慢悠悠地又跟了三个字："我愿意。"

"……"

岳观又想抢拳头，但他扫到岳翎的目光后立马怂了，愤愤地把手臂放下来，重新缩到椅子上。

岳翎看着岳观纠结在一起的眉毛："你打他了？"

"对呀，打了。"岳观心虚地仰着脖子说。

"干吗打他？"

岳观转过头，一把拽住岳翎的手腕，把她扯到自己这一边："那个余浙是他哥！你不会不知道吧？！"

"我知道。"

"所以……"

"所以你打不到他哥就打他，是吧？"

"……"

岳观无言以对，但他到底是看出来了，岳翎在"色"和"弟"之间选择了站在"色"的那一边。

岳翎看岳观不再闹了，这才转过身。

余溏正在她的身后，用纸巾擦拭伤口边缘的灰尘。他今天本来就穿得有些单薄，这会儿外套也不知道被岳观扯到哪里去了。他的后背迎着风口，难免时不时地要咳嗽两声。

"喂，你干吗不还手？"

余溏看了一眼岳翎，接着一边挽起受伤的那只手的袖子，抬起小臂，去擦拭肘关节处的伤口，一边没什么情绪地回应岳翎："他维护的是你，我还什么手？"

他说完把纸巾揉成一团揣进裤兜里："我跟他一直都是一伙儿的。"

"什么意思？就是犯起傻来连自己都打是吧？"

余溏想了想这句话，自己也觉得有点儿搞笑，不由得拍了拍脖子，自顾自地说道："也是。"

三个人至此都没有再表达对这次打架事件的立场。

岳观拿着余溏的手机，起来找了个角落坐下，继续刷关于岳翎的消息。

余溏把手搭在膝盖上，看着空荡荡的讲台："听到你说得这么自信，我就放心了。"

岳翎撑着下巴看向余溏："其实也没有什么大不了的。"她说完又看了一眼岳观："这种事，只要我活着，只要我不消失，我就不会输。"

余溏抬起头："你想怎么做？"

岳翎挽了挽耳边的碎发："我不会刻意做什么。这件事不管法律能不能最终给出界定，我都绝不容许它被歪曲成是我自甘堕落。我不奢求所有人都能看到我在余渗身边那些年的拼命挣扎，但我不会任凭他们靠想象去填满我的过去。换句话说，即便我的过去被曝光，我也认为自己仍然有资格堂堂正正地活在人群里。我绝对不会被网络上的声音逼退，也没想过逃避。我会继续好好地活着，毕竟在这件事情上，我唯一对不起的人只有林秧。她可以骂我，其他人……"

她说着，苦笑了一声："当然其他人也可以骂我，但我不会听。"

余溏点了点头："所以你不会辞职？"

岳翎点头："除非医院给出令我信服的理由，那我可以辞职。就算辞职也没有关系，哪怕以后我不再当精神科医生，哪怕我放弃专业去从事另外的工作，我也能够接受。我现在唯一想要做到的，就是不被这场舆论打垮，不受他们的操控。这也是我身为精神科医生，能为自己提出的唯一的一条治疗建议。"

"嗯。"余溏认真地听她说完，笑着伸出手，轻轻地捏了捏岳翎的鼻尖，"听你说这些话之前我还不知道应该怎么办，现在我倒是知道自己应该怎么做了。我……"

他稍微犹豫了一下，不断地从自己原本就不是很丰富的语言库里去挖掘合适的词语来表达。

"岳翎，我不止想要做你的那一点儿光，我也很想要成为你的底气。以我现在真实的社会身份，以我从医以来的医学信念和道德坚持，实名去支持你。"

"你干吗？要公开咱们的恋爱关系吗？"

"对，你愿意吗？"

岳翎笑了笑："你不怕你的名誉受损吗？"

"不怕。"

他说完，揽过岳翎的肩膀，闭着眼睛吻住岳翎的额头。

"只要咱们仍然是好医生，那咱们就都可以问心无愧。就像你说的，只要咱们活着，不消失，咱们就不会输。"

他用"咱们"这个词，把自己和岳翎实实在在地绑在了一起。在因为匿名而失控的网络之中，他要把自己的姓名放到岳翎的前面，成为她的避风港，也成为她的底气。

岳翎把自己的额头抵在余溏的下巴上："我在想，我有没有那段记忆都没有关系，不论什么时候遇到你，我应该都会喜欢上你。"

"我也觉得是这样。"他的声音很温柔，"其实，岳翎，我今天也想起你是谁了。"

"我？你不是说你在三中没有听过我的名字吗？"

余溏把岳翎搂入怀中："不是在我中学的时候，是在我更小的时候。你还记得我跟你讲过，我曾经和一个小女孩儿用一副耳机听 MP3 的事吧？"

岳翎点了点头。

"那个小姑娘就是你。"

岳翎抬起头："你说你不知道那个女孩儿的模样，现在怎么能确定那个女孩儿是我。"

"因为你一点儿都没变过，无论是八岁时的你，还是现在二十七岁的你，都一样勇敢。"

岳翎下意识地抓住他的肩膀："那你记得你在车祸那天救过我吗？"

余溏愣了愣。

"我救你？"

"是啊，据说那天如果不是你，我就被卷到那辆卡车下面去了。是你拽了我一把，所以我才活了下来。"

她说完，认真地看着余溏的眼睛："我车祸之前的记忆都没有了，但你是有以前的记忆的。在我在 C 城遇到你之前，咱们真的没有过交集吗？余溏，你试着帮我想想，车祸那天究竟出了什么事？"

余溏慢慢地松开了岳翎，用手撑着额头，垂下脖子。

"高三那年发生车祸之后，我有一段记忆缺失了，大概有一周的时间吧。当时的精神科医生说，这是人的应激自我保护，我也就没有刻意地去回忆。至于那场车祸发生的过程，我是后来听我妈和余浙跟我讲的。他们说是因为司机酒驾，那天雨又下得很大，轮胎打滑，意外撞伤了正在过马路的我。他们没有提到那场车祸里还有其他人……所以，你的意思是咱们遭遇的是同一场车祸吗？"

岳翎凝视着他："我妈也是这么说的，司机酒驾，我刚好在过马路，那场车祸里只有我自己，没有另外的人。"

余溏下意识地摸了摸脖子，岳翎接着说道："你不觉得奇怪吗？为什么你的母亲和我妈都要隐瞒这场车祸的真相？"

"你想查吗？"

岳翎点头："我想知道真相，也想知道我和你真正的关联。你呢？"

余溏没有立即回答她，而是沉默地靠向座椅的靠背，抬头望着礼堂的圆顶，突然放低声音。

"岳翎，我有点儿害怕。"

"为什么？"

余溏侧过头看向岳翎，眼底隐约可见几条淡淡的血丝。

"我现在都还记得，在 C 城的那场研讨会上你跟我说，我需要找到自己对雨水恐惧的根源，才能进行有效的脱敏性治疗。我当时也跟你讲过，我面对雨水的时候，内心与其说是有恐惧感，不如说是有愧疚感……"

"你怕你在那场车祸之前伤害过我？"他的话还没有说完，她已经敏锐地觉察了他的想法。

余溏原本还想用更多的语言去铺垫，此时被她陡然揭穿，顿时不知道该怎么说下去了："我……"

"你能对我怎么样？"

她突然笑了："前天晚上之前你都还是个处男，高三那年你能对我怎么样？"

她一边笑，一边挑衅般地又问了一遍。

"再说，那会儿是我暗恋你，所以就算咱们怎么样了，也是我岳翎睡了你余溏。"

余溏一怔，脖子渐渐地僵了起来，心里却突然释然了。

"是，一直都是你睡我，以后也是。"

岳翎满意地拍了拍他的头："好了，躲了一天了，我要准备开机了。余浙和江山茶业的人找我应该要找疯了。"

她说完从包里取出自己的手机。

"哦，对了，江山茶业的股票现在是什么情况？"

"现在还没有收市，但我估计应该是跌停。"

"余浙找过你吗？"

"目前没有。他知道找我是没有用的。"

岳翎点了点头，站起身冲岳观喊："你过来一下。"

岳观在不远处被迫塞了一嘴"狗粮"，极不情愿地转过身："干什么？！"

"把人家的手机拿过来，你自己又不是没有。"

岳观站起身走向岳翎，边走边骂："我的手机现在还敢开机吗？"

"有什么不敢开的？开静音模式啊。"

岳观把手机递还给余溏，冲岳翎竖了个大拇指："你可真厉害。"

"岳观。"

"啊？"

"你刚才说很多记者在找你，是吧？"

"对啊。"

"那你一会儿帮我记录一下，分别是哪些媒体。"

岳观挑眉："你要干什么？"

"不干什么呀，满足一下大众的好奇心。我要说出真相，然后试试看能不能利用媒体……"她说着看向余溏，"去挖一挖当年那场车祸的事情。"

说完，她一把握住余溏的手："余糖糖，你不准尿啊，你可是我岳翎睡过的男人。"

余溏喜欢这样的岳翎，即使摔到最低处，也依然有办法让自己从容地爬起来。

几天过后，针对岳翎的网络暴力越演越烈，有些林秧的极端粉丝甚至开始在岳翎的工作单位门口蹲守。

余溏偶然听到过岳翎与院方领导的通话。对方的情绪不是很好，但岳翎仍然很冷静，逻辑清晰地应答着院方的问题，陈述事实，不掩饰也不分辩。同时，她也接受了院方的暂停工作的安排。

岳翎接受了一个自媒体的采访。余溏在魏寒阳的手机上看完了这段采访。采访中，岳翎并没有再解释 B 酒店的乌龙事件，而是把话题直接引向了余浙。

她是学临床心理学的，太清楚应该用什么样的语言去挑逗网民的好奇心了。她用一种自我调侃的口吻谈及她在 C 城的那一段经历，有意无意地提起余浙的名字。

"受害者？我不是这件事的受害者，林秧小姐才是。至于你刚才问我，我在这个事件中是什么角色，对吧？"

采访视频里，她在说到这个地方的时候，轻轻地撩了撩耳旁的碎发，耳朵上的珍珠耳环轻轻地晃动着。接着，她抬起眼睛，笑着看向镜头："所以，余总你说我应该是什么身份？"

岳翎的这句话藏着无数的微妙暗示，瞬间勾起了网民的猎奇心和好奇心，大家纷纷准备好了"放大镜"和"显微镜"，意图在于彻底地看清楚岳翎在余浙心里究竟是什么"角色"。于是，在这一段采访发布以后，网络舆论开始往另外一个失控的方向奔去。以林秧的粉丝为首，各大平台开始掘地三尺般地挖掘岳翎的过去，也终于揪出了这段狗血的关系中的男人——余浙。

关于余浙的各种信息在网络上疯狂地传播，真真假假、五花八门，江山茶业的股价也因此一跌再跌，一周之内连续四天跌停。

岳翎凭一己之力，操控人心朝她指定的方向奔赴。这对余浙这个上市公司的掌舵人来讲，无疑是一场非常严重的公关危机，但这明显还不是最致命的。

国庆节假期放假的前一周，微博上的一个自媒体账号突然发布了一篇文章，之后立即被微博各个"大V"转发，文章的标题是"车祸之后她经历了什么"。

第二天，同一个账号又发布了一篇名为"车祸之时她经历了什么"的文章。如果说第一篇文章只是为了吸引眼球，那这第二篇文章就逐渐开始想戳破多年前的那场车祸背后的事情了。

九月三十日这一天的晚上，余溏下了手术回来，买了一大堆食材和岳翎煮火锅。岳观出去买蚝油；岳翎一个人抱着毛毯缩在沙发上看电脑；余溏穿着围裙从厨房里出来，倒了一杯果汁递给她。

"还在研究那篇文章啊？"

岳翎吸了吸鼻子："好冷啊。"

"那要怎么样？我抱着你看？"

岳翎笑了一声："你越来越搞笑了。"

余溏没说什么，擦干净手把"辣鸡"抱到腿上："你觉得这篇文章的可信度有多少？"

"百分之三十吧。"

"这么低吗？"

"嗯。"她说完盘起腿，把电脑转过来放在膝盖上，"这篇文章最关键的地方在于那个卡车司机。你还记得吧？当时咱们的家人告诉咱们，那个司机是因为酒驾才意外撞伤我们的，而且那个司机的家庭条件不好，一直拖欠赔偿款。但是这篇文章里却提到那个司机在事发后一年举家迁到国外去了，他们哪里来的钱？"

余溏在岳翎身边坐下："你是怎么想的？"

岳翎抓住余溏的手腕："我说我的真实想法，但我希望你不要激动。"

余溏点了点头："嗯。"

"我觉得，你父亲或者你母亲用钱让那个司机说了假话。至于他们为什么这么做，我觉得我失忆之前应该是知道的，但我现在想不起来。你害怕下雨，车祸那天是下了雨的，你心里的愧疚感，可能跟这件事情有关。"

余溏没有说话，只是看着围裙上的一块油渍出神。

岳翎跟着他沉默了一会儿，然后轻声说道："余溏，我很想知道当年到底发生了什么，以及到底是什么改变了我的人生。"

她说着，用握在余溏手腕上的手轻轻地捏了捏。

余溏点了点头："我没事，你查。"

"你如果不想我查，我也可以不查，毕竟有可能会涉及你妈妈。"

"没关系。"余溏的声音有些沙哑，"你有权利知道这件事情的真相，而我也很想知道，我对你……"他说着，摸了摸岳翎的脸，"我对你为什么会有愧疚感。放心，我不会厌的。"

岳翎听到他这样说，内心释然："那咱们先吃火锅？"

"不等岳观了吗？"

"没事，我给他打个电话。"

她一边说一边起来找电话，刚从沙发缝里捞出手机，就在来电显示上看到一个提示为本地公安的电话号码。

"喂，请问是岳翎吗？"

"是我。"

"你好，我是A市公安局的民警，我姓周。"

"你好，周警官。"

"是这样的，你的弟弟岳观刚才出了车祸，现在人已送往'A大附院'，请你过来协助后续的处理。"

岳翎后背一僵："车祸？他人现在怎么样？"

电话那边似乎在和同事核实情况，隔了几秒才回答她："应该是轻伤。"

岳翎松了一口气："好，谢谢警官，我现在马上过来。"

余溏站在厨房门口，看着她抓起外套就要出门，忙把围裙摘下来："怎么了？"

"岳观出了车祸，现在在你们医院。"

"那我跟你一起去。"他说完快速地关掉厨房里的火，抓起沙发上的车钥匙。

岳翎朝窗外看了一眼："在下雨，我来开车吧。"

余溏已经打开房门走到了门外："没事，我可以。我先下去把车开出来，你直接下到一楼去小区门口等我。"

"附院"急诊科的外科治疗室里，岳观按着胳膊，疼得龇牙咧嘴的。他一看见岳翎和余溏走进来就喊："姐，那个司机我必须告他！这绝对是谋杀！"

岳翎看了一眼他身上的血："你在说什么呢？"

余溏弯腰查看岳观胳膊上的伤口，回头问护士："在等谁缝针？"

护士回答说："张医生他们做手术去了。我们给住院部的医生打了电话，但他们那边今天晚上好像也有情况，说马上过来。"

余溏站起身："那你让他们忙吧，我来缝。"

岳观一听急了："我不要你缝。"

护士在旁边笑了一声："我们余医生给你缝还不好啊？他现在很少给人缝针了。"

岳观看了余溏一眼："你不是做心胸外科手术的吗？缝针技术好吗？"

"比你的画图技术好。"

他说完，转身对岳翎说道："我去准备一下，马上过来。"

岳观的脸一下子涨红了："他嘲笑我的画图技术！"

岳翎按住他的胳膊："别闹了，缝针是外科的基本功。你消停点儿吧，现在让你买个蚝油你都能撞到车上。"

"不是我撞到车上，是那辆车故意撞我。我在路边走得好好的，是那辆车朝我冲过来的！都没减速！话说……不会是林秧那些疯狂的粉丝干的吧？"

岳翎在他的胳膊上掐了一把："你能不能不要凭着一张嘴就造谣？"

岳观咬牙切齿："我就是吐槽一下，又没到网上去说。"他们正说着，余溏已经换了衣服回来，对岳观说道："你躺着就好，最好不要看。"

岳观没办法，只好认命躺下："轻点儿啊。"

岳翎看着余溏用手术钳翻开皮肉检查伤口，有点儿担心："这伤口算深的吗？"

余溏放下钳子，拿过双氧水，点头应她："算深的，一会儿打了麻药，这边多余的组织要剪一点儿。"说完他看了一眼岳观，"你这伤口是在哪里划的呀？"

岳观紧紧地闭着眼睛："不知道，应该是在花台的什么地方划到的。"

"花台？车冲到花台上去了吗？"

"对呀，所以我说是疯狂粉丝嘛！"

余溏继续问护士："首诊后医生怎么说的？"

"说是缝针之后在观察室观察一晚上，因为他好像自述被撞到了头。"

"好。"

余溏抬起头，对岳翎说："要不然我在医院陪他，你跟民警回派出所了解一下情况吧。这种敏感的时候，他的担心也不是没有道理。"

"你陪他？可是你明天要上班哪。"

"没关系，我早就习惯这种工作节奏了。还有，我是男的，我陪他总比你陪他方便吧？"

岳翎点了点头，冲着岳观说道："你晚上消停点儿啊。他明天是要做手术的。"

岳观把白眼儿翻上天："你现在越来越维护他了。"

"那又怎么样？你不服气？"

"服，我今天晚上有尿都憋着，行吗？"

岳翎笑了一声，对余溏说道："那我走了。"

"等等。"

"嗯？"

"车钥匙在我办公室里的外套兜里，你开我的车去，一定要小心。"

"好。"

岳翎拿着余溏的车钥匙去停车场取车，一面走，一面跟派出所联系。

"嗯，对，我现在就过来协商，大概半个小时到，麻烦你们……"

她的话还没说完，突然被对面车的远光灯刺得睁不开眼睛。

她忙用手挡住眼睛，逐渐认出了那辆林肯车。

"厉害呀。"

岳翎放下手，走到一旁的阴影里。

"追我追到这儿来了。"

"呵呵。"

余浙从车上走下来。黑色的西装把他的脸也衬得极其阴沉。

"我是看你玩疯了，所以好心来喂你吃颗药。你如果再不收敛，你弟弟就不是磕碰一下这么简单了。"

岳翎目光一寒："你什么意思？"

余浙站在车前："你之前对我做的事情我都可以答应你不计较，就当是这几年我欠你的。但你得寸进尺，要拖我和公司一起死，那就别怪我手下不留情了。"

岳翎靠在车门上："你想踩法律的红线？还是……你当年就已经踩过了？"

她说着看了一眼对面的高照灯，站起身挪到有光照的地方，接着说："你一直没有告诉过我，为什么当初你一定要让我离开 A 市去 C 城。你那个时候根本还没有在 C 城开厂。"

余浙冷笑："带你走不好吗？你和你那个当老赖的妈留在 A 市也是让人看不起。"

岳翎的声音往上一挑："所以我在你家的人心里值这么多钱？"

余浙被她突然切断了逻辑，有些没反应过来。

"什么值这么多钱？"

岳翎抬起头："最近网络上扒出了一些我自己以前都不太清楚的事情，其中有一份清单，我看了以后觉得特别有意思。当年那场车祸后，你帮我妈还清借贷，送她出国治病，支付我所有的医药费，有几百万元甚至上千万元吧？可是你当时还只是个二十岁出头的混混，你根本不可能有那么多的钱，所以这些钱应该都是你妈或者你爸出的。"

她说完，又逼向余浙："可是这就奇怪了，你家里出钱让你养着我吗？他们为什么要这么做？我……"

她说着摊开手，为这种荒唐一笑："我有这么好？"

余浙没有说话，岳翎偏过头凝视着他："你现在心里很害怕吧？害怕我突然把过去的事情想起来，或者害怕现在互联网和媒体神通广大，把你扒得底裤都不剩？"

余浙看着站在灯下的岳翎，朝她走近了两步："我发现，你不演戏的时候比你演戏的时候更性感。"

岳翎绕到他身边，冷冷的灯光好像切割了她的侧脸。

"怎么？你还想再跟我打一架？打完去坐牢的那种？"

余浙转过身："我就不明白了，你为什么宁愿毁掉自己，也要报复我？你如果听话一点儿、乖一点儿，你要什么生活我不能给你？这么多年了，就算我脾气不好，对你不够体贴，但你心里也应该明白，我是喜欢你的。这么多年你看见我对哪个女人好过？没有！你是唯一的一个！"

"我知道你喜欢我。"她昂起头，"但那又怎么样？不是每一个女性都喜欢你这个类型的男人。我曾经那样哭着求你，不要那么对我，你是怎么说的？"

她说到此处，眼角有些撕裂般的痛，好像有一些细小的缝隙被灌入了高盐分的液体。虽然这不至于令她尖叫，却痛得她握紧了十指。于是，她索性转过身，握着拳在他的肩膀上不轻不重地敲着。

"你说我和你以前就在一起，你说我很喜欢你这样对我，我说我不相信。但那个时候我很怕你，我怕我的人生就此被你毁掉。现在我才发现，毁掉我人生的除了你，还有我的隐忍和沉默。"

"我毁掉你？"余浙一把扣住岳翎的手，"你后来过得那么好，读书、留学、做医生，你工作体面、生活优渥，有多少女孩子羡慕你？这难道不都是我给你的吗？"

岳翎反手在他的手腕上狠狠地一掐："这是我自己拼来的。为了不在你身边发疯，我决定攻读心理学；为了不让我自己发疯，我在大学期间求助了无数个心理医生；为了让自己可以远离你，为了供养我妈和我弟，我拼命地做学术、写论文、搞项目、挣钱。可是……"

她笑了一声，接着说："可是，我最后才看清，皮就是皮。不管我再怎么努力，我都是假的。只要你还活着，只要你还要来找我，我就还是那个当年在你身边苟延残喘的岳翎。我以为我斗过了你，我以为我可以让自己自由，我以为我可以一辈子绷着这张假皮活下去，结果我没有成功。该来的始终会来，该暴露的始终会暴露，该剥皮抽筋的时候我根本跑不掉！我知道现在你手里还握着最后一张牌，是我的那些照片，对吧？"

她轻轻地抽出手，反手握住余浙的手腕："你发呀。整个互联网都在期待着我们之间更劲爆的过去，我根本不需要动手，他们就能顺着网线把你送入监狱，把你的人生送到火葬场里去。"

余浙望着岳翎的眼睛，沉默了很久。他知道岳翎狠，但他没有想到的是，她竟然会利用伤她最深的那股力量，一面义无反顾地对抗他，一面承受那股力量的反噬。

"你就那么恨我？咱们之间一点儿感情都不能谈吗？"

岳翎笑出了声："不要用感情来给我洗脑。这是我的专长，但是我根本不屑于对你用这一手。你的那颗心，恶心得让我连操控都不想操控。我告诉你，余浙，这就是报应。咱们的关系曝光的时候，被定在耻辱柱上的绝对不会只有女人。网络的恶意也不是只会杀人，用得好也能成为自卫的武器。我不是林秧，我不会用逃避来解决问题。我要和你斗，和那些键盘侠斗。我要利用最恶心的东西来杀死最恶心的东西。我现在还不知道，你当年究竟对我做过什么，所以我还可以留着你的性命。一旦我知道之后，会有仇报仇，一定不会对你手软。"

余浙侧过脸："跟我玩命？"

"对呀，我玩得起呀。"

她冷笑了一声："你现在除了能用那几张照片威胁我，你还能怎么样？拿我弟弟的性命来威胁我？"她说着撇了撇嘴，"怜悯"地看着他，"你特别可怜。你明明知道，如果我弟弟出事，我会变成疯狗咬死你。所以，从头到尾你能做的，也就只有威胁而已。我根本不怕跟你玩，因为玩不起的是你，是江山茶业。"

余浙背脊发凉："你到底是什么样的人？被骂得体无完肤了居然一点儿都不难过？我的要求很简单，你配合江山茶业澄清我和你的事情，我可以让公关团队帮你恢复名誉。我和你没必要走到现在这一步啊。"

"你刚才不是说，是我得寸进尺，不要怪你手下不留情吗？怎么现在又要求我了？"

"……"

岳翎说完，没有再给他说话的余地，回头打开了车门："好了，我要去派出所了。你好自为之。"

余溏站在走廊的窗边，时不时地看表，照时间来算，岳翎五分钟就能把车开出大门，但现在显然有点儿晚了。

岳观在病房里用一只手艰难地去够桌子上的饼干，不小心撞翻了水。余溏听到声音忙走回来，却看见病房里另外一个穿着病号服的人正蹲在地上帮岳观捡杯子。

岳观显然有些尴尬："那个……我自己下来捡吧。"

"没事。"

那个女孩子的声音细细的，人年轻，声音也好听。

她扶着病床站起身，冲余溏笑了笑："余医生。"

岳观看了看那个女孩子，又看了看余溏："你们认识啊？"

余溏转过身："你应该也认识她啊？"

"我认识？"岳观重新把那个女孩儿打量了一遍，"你是哪个系的？"

女孩儿有些尴尬，小心地把杯子放到桌子上："我叫林秧。"

"林秧？天哪，你化妆跟不化妆的差别也太大了吧？"

"啊？"林秧愣了愣，之后自己也笑了，"以前我听不得别人这样说我，现在我自己也这么觉得。"

余溏把自己的椅子拖到林秧的身边："今天感觉怎么样？"

林秧扶着余溏的手坐下来："还好，没什么不舒服的。"

"这么晚怎么还过来了？"

"哦，何姐说想过来问一些事情。我也有点儿担心，就一起过来看看。"

他们正说着，何妍拿着林秧的外套走进来，跟余溏打了个招呼："余医生。"

随后，何妍四下看了看，见岳翎不在，便问道："岳医生不在吗？"

"我姐去派出所了，你找她干什么？"

何妍看向岳观："你就是岳同学吧？"

"同学？"

"哦，不是，岳先生。"

林秧忍不住笑了一声。

"你笑什么？"

"没什么，不好意思。"

何妍看了林秧一眼，继续说道："我过来，主要是想澄清一下岳先生发生车祸的事情。我们刚知道的时候也有一点儿担心，怕这件事和林秧后援会的人有关。但是我们刚才和后援会的几个负责人联系了一下，暂时还没有发现有粉丝做这种事。嗯……过来说明一下是希望你们放心。另外，我们也在尽力地引导粉丝，希望可以让岳医生尽快地恢复正常的工作和生活。"

"行了吧。"岳观嫌弃地看着何妍，"你能说点儿人话吗？我姐帮林秧澄清，结果粉丝还把我姐当成罪人，这是什么逻辑呀？这群人都没脑子吗？啊？"

他说着，看向林秧："喜欢你的人是不是都没有脑子？"

"那你喜欢我吗？"

"我……我……你……你脑子有病吧？我恨死你了，早知道是现在这个情况，在你那个破见面会上我就不该听我姐的去帮你拉电闸，就该让你在上面被骂。"

林秧一愣："是你拉的电闸呀？"

"不然呢？！"

"谢谢你呀。"

她声音软软的，又看向余溏说："我也特别想谢谢岳医生。"

她说完，抬起手臂。她的腕带后面戴着岳翎托余溏带给她的红绳。

"我知道她不是你姑妈了，她是余医生喜欢的人。你们两个都是救过我命的好医生，嗯……怎么说呢？我现在没有什么能力帮她，但是我已经跟何姐说了，她也同意了，只要岳医生有需要，我们可以介绍一些跟我们公司有合作的媒体给她。"

余溏看向何妍："这是你们公司的意思吗？"

何妍摇头："不算，是我和林秧的意思。说实话，虽然我之前就希望她可以帮林秧澄清，但当她真正站出来的时候，不得不说，我很佩服她。"

"我也是。"林秧跟了一句，"她给我的鼓励我收到了，我也要学她，绝对不退缩。"

"所以现在是这样的，粉丝这边我们会负责解释和管控，有其他任何需要你们也可以找我们。我们现在知道江山茶业的公关应该在网络舆论上下了功夫，但是问题并不大，毕竟在这一方面，我们才是专业的。"

"好，谢谢你们。但是据我所知，她现在想要查一件很多年前的事情，你们有办法帮忙吗？"

何妍问："什么事情？"

"几年前三中门口的一场车祸。"

何妍低头想了想："可以，我试着用我们自己的途径去挖一挖信息，不过毕竟过去好几年了，有些细节肯定都不清晰了。"

余溏点了点头："没事，其实现在整个网络舆论已经给我和岳翎提供了一个方向，我们现在缺的就是信息。不管信息完整不完整，对我们都很重要。"

何妍应了一声："可以。"

她说完，拍了拍林秧的肩膀："走吧，回病房去休息吧。"

林秧抬起头："还早呢。"

余溏蹲下身看了看林秧手背上的留置针："你手上这个针回血了，回去让护士帮你推一点儿。你差不多就回去吧。"

他说完又看向何妍："下个月看情况，林秧可能还要做一次手术。"

"嗯，听你们医院的安排。我们最近半年都不会让林秧接任何的工作。"

林秧拽了拽余溏的袖子："你能帮我跟岳医生带句话吗？"

"你说。"

"你跟她说，等我出院了想找她做咨询。"

余溏怔住，抬头问何妍："你们也同意吗？"

何妍耸了耸肩："对艺人好的事，我不会反对。"

岳观在一边使劲地拍了拍床："我不同意呀，我不会让我姐勉强工作。"他说着又看了一眼余溏，"你也不会吧？等明年我毕业了，咱们两个大男人养着她，她爱怎么玩就怎么玩。"

余溏笑了笑，竟然附和他，说道："嗯，我们好好工作，她想买什么就买什么。"

观察病房里的气氛出奇地好。

林秧和何妍走后，余溏给停车场的保安打了一个电话，问自己的车开出去没有。保安那边查看了监控后回话："余医生，你的车是一个女士开出去的，出停车场的时间大概在八点左右。"

余溏这才安心地在岳观的床边将就着趴下，感觉没睡多久，天就亮了。

上午的手术有些复杂，等余溏返回通过间换衣服的时候，已经过了中午十二点，魏寒阳也刚好在换衣服，看见余溏后，他有些不好意思地打招呼。

"喂，你没生兄弟的气吧？"

余溏坐下来换鞋，一边绑鞋带一边随口回应他："什么呀？"

"岳医生那个事情，可能是我话太多了。"

余溏头也没抬："没事，反正也和你没关系。"

魏寒阳被他的软刀子捅了，挠了挠头，无可奈何地笑了笑："欸，也对。"

余溏站起来就往外面走，魏寒阳忙换了鞋追上他："你现在就走啊？"

"嗯。"

"等我一下吧，我也回家。今天下暴雨。"

余溏停下脚步："我现在还好，下雨天可以一个人走。"

魏寒阳挡在余溏的面前："你从什么时候开始不怕下雨的？"

"和岳翎同居以后就不怕了。"

"她还能治这种恐惧症？"

余溏绕过他继续朝门口走："不是她治的，是我这个人就服她。"

魏寒阳问："你现在一举成功了？"

余溏半天才"嗯"了一声，耳朵红得有些不自然。

魏寒阳看着他那副样子，摊开手问道："就这？"

"什么就这？"余溏看着手表，显然已经不耐烦了。

"没别的啦？比如感受如何啊？"

余溏随手扣好第一颗领扣："我为什么要告诉你？"

"也……也……也是……"

余溏推开通过间的门，下意识地甩了甩头。魏寒阳的话让他回想起了一些旖旎、温暖的画面，但在医院这样的公共空间里，他不愿意纵容自己去想那些。

他想要保护的岳翎，是一个什么都不在意的女人。但正因为是这样，余溏才想要把自己当成她最私密的人。她曾经那么恐惧亲密关系，如今愿意敞开心扉和他一起做最笨拙的尝试。这对于岳翎来讲，是出于爱，也是出于勇气。

余溏不想让任何一个人从自己的口中听到关于她的皮肤、毛发的描述，那是他想要保护的人，也是他最珍视的记忆。

余溏一个人走出医院大楼，外面果然在下暴雨。虽然天气预报昨天已经提醒市民，受气旋的影响，今天上午整个市区会有大雨，但雨势如此之大，令人意想不到。

城区出现内涝，多趟公交停运，环线的地铁也暂时封闭了。余溏的车昨天已经被岳翎开走了，现在的处境着实有点儿尴尬。他撑着伞站在路边，正在纠结要不要回去找魏寒阳，忽然看见一辆白色的车停在他的面前。

余溏偏过头朝车内看去。虽然雨势过大模糊了车窗，但他还是辨认出车里的人是张曼。

司机打开车门，撑了一把伞跑向他。

"小余先生，上车吧。"

这个路口原本是不能停车的，加上又是大雨天，路上堵塞得厉害，不一会儿后面就排了好几辆车，纷纷不耐烦地按喇叭。

"小余先生，先上车再说吧。"

余溏看着张曼，她也正隔着车窗的玻璃望着余溏，目光有些微妙。

余溏把伞收好。司机忙替他撑好伞，护着他走到车边，又帮他打开车后座的门。

车里正在播放一首余溏不知道名字的钢琴曲。张曼递了一瓶水给余溏："才下手术吧？喝口水。"

余溏没有接，张曼也没觉得尴尬，把水放到余溏的手边。

"吃饭了吗？"

"我要回去做饭。"

"跟妈去吃个饭吧？"

余溏把手握在两膝之间，后背脱离了车后座的靠背坐直。

"有话说吧，说完了我好回去做饭。"

张曼张口，声音轻了下来："就算那天妈对你说话的语气不好，你也没必要用这个态度对妈。"

"对不起。"他说着埋下头，"我只是突然发现，咱们当了这么多年的母子，我却不是很了解您。"

张曼转过身看他："你了不了解妈妈不重要。你只要知道，这个世上妈只为你好。"

"那我哥呢?"余溏忽然抬起头,"其实您大半生的心血都在他身上,至于我,只是让您特别省心的亲儿子而已。您这次来找我,还是为了他和他的公司吧?"

"你不能这样想,江山茶业是我和你爸打拼大半辈子换来的,虽然目前是你哥在管理,可是以后我的股份全部都是你的。我不可能看着江山茶业就这么被毁掉。"

"我根本就不想要。"

余溏回过头。雨的声音像一阵一阵让人感觉悲哀的鞭炮声,在他的耳边炸响。

"我很满意我现在的工作和生活,收入也够了。"

张曼摇了摇头:"我没让你改变现在的工作和生活。妈也很喜欢你现在的职业,只是……你能不能不要和那个女人……不是,你能不能不要和岳翎在一起?"

"我不和她在一起,你们就要对她下手了是吗?"他的声音突然冷下来。

张曼有些急切地说:"小溏,你难道到现在还看不出来,目前所有针对你哥的舆论都是她引导的吗?江山茶业股价上的不稳定,已经导致很大的市值蒸发。如果这次的公关问题再不见转折,江山茶业很快就会遭受狙击……"

"所以呢?"余溏转过头,"你想干什么?"

张曼感觉到了余溏对她的疏离,虽然她不是第一次在自己的儿子身上感受到这种疏离,但如今令她心灰意冷的是,此时他好像已经完全站到了自己的对立面。张曼忽然被一种无力感打得浑身发软。

"离开她!"因为觉得解释显得苍白,所以她选择用语气直接带出自己的诉求。

谁知面前的人大声地顶了回去。

"她不要我,我都不会走!"

张曼浑身发抖:"你怎么会这样……"

"你根本就不知道,你以前无数次地把我锁在家里,每一次都是她趴在门口陪着我听歌,我那会儿就很想把自己交给她了。我学心胸外科是因为她，我想要做一个好医生也是因为她。虽然那个时候我不知道她长什么样子，但是为了未来可以跟她有那么一点儿零星的缘分，我一直在提醒自己，要善待每一个病人，要尊重每一个病人的家属，因为出现在我面前的人，有可能就是她。妈，如果你问我为什么会这样，我想说，是你生下我的，你应该知道我一直是一个很木讷的人。我不会谈恋爱，不会和女孩儿相处，但我和岳翎不需要相处，我们第一次见面的时候，我就觉得我是属于她的。"

张曼听完这一段话，几乎捏扁了手里的矿泉水瓶。

"你当时为什么不跟妈讲？你们小的时候……"

"还好我没有告诉你。告诉你，你会怎么样？把门口的最后一条缝也堵上吗？"

"小溏！"

"据说多年前的那场车祸，是我救了岳翎。关于那场车祸，你到现在为止都没有告诉我实情。我不知道你为什么要骗我，但这个现在对我来说并不重要。我很开心的是，还好是我保护了她，保护了我这辈子最想保护的女孩儿。多年前是这样，多年后的今天也是这样，不论你和余浙要做什么，我都会挡在她的前面。"

他说完，不再多言，拉开车门撑伞下车。张曼试图去拽住他，却只拉到了他的半个衣角，因为他走得很果决，所以一瞬间，他的衣角就从她的手中滑脱了。

余溏回到家里的时候，人已经淋得像一只落汤鸡了。

岳翎从厨房里走出来，看着他的模样，忙去卫生间拿了一条毛巾出来："你干吗？"

余溏看了一眼厨房："你干吗？我的厨房没事吧？"

岳翎笑出声："我就把昨天没来得及吃的火锅煮上了，其他的什么也没动。你没有车开就给我打电话呀，我去接你，反正我现在也是待业的状态。"

她说完，顺手把车钥匙从鞋柜上拿起来还给他。

余溏接过钥匙，认真地说道："岳翎，你最近少开车。你要去哪儿跟我说，我会抽时间送你。"

岳翎有些诧异，摘下身上的围裙去厨房里拿碗，一边走一边问："你怎么了？"说完把碗筷拿出来递给他，"是不是遇到你妈了？"

余溏接过碗筷："你怎么知道？"

岳翎站在洗碗池边洗手，"哗啦啦"的水声把她的声音冲得有些微弱："江山茶业现在正在股市上被狙，可能已经面临被恶意收购的困境。余浙已经来找过我了，那我猜张总也应该去找过你。"

"余浙什么时候找过你？"

岳翎捏了捏手腕："就是昨天晚上找过我，在医院的停车场。"

"我就说……"

"不重要的。"岳翎打断他，"有件事情我觉得现在有必要告诉你。但是你知道以后，最好暂时不要有太多的思想包袱。还有一点，你不要急着去质问你的母亲。"

余溏点了点头。

"你知道你母亲名下有一个宏仙茶业有限公司吧？"

"嗯。"

岳翎把手揣到了居家服的衣兜里："这个公司和江山茶业没有从属关系，你母亲是这个公司唯一的法人。前几年这个公司在浙江还经营着几个小茶厂，但是最近这一两年已经完全变成了一个空壳公司。那几个茶厂早就停产了，但是江山茶业却仍然有很多账目记在宏仙茶业这个公司。"

余溏皱着眉，却没有出声。岳翎拉起余溏的手，试图安抚他："我大概是去年的十月份知道这些内情的。我也私下查过，余江山还在世的时候，宏仙茶业这家公司就已经和江山茶业有项目往来，但这些项目都是在余浙的名下。也就是说，余江山不一定知道宏仙茶业与江山茶业的关系。所以，这是你母亲的私人行为。"

余溏抬起头："可是她为什么要这么做？"

"我也一直没有想明白这个问题。这个公司是在余浙去 C 城发展之后建立的，在这之前余浙还只是一个不务正业的浪荡公子哥，你母亲应该没有什么把柄在他的手上。"

余溏的手指下意识地握了握："你觉得这件事跟我有关？"

"嗯。"岳翎点了点头，"也许也和那场车祸有关。"

她说完这句话之后，没有再说别的，她松开余溏的手："先吃火锅，吃完火锅以后你好好睡一会儿，我去医院接岳观。"

"岳翎。"

岳翎正准备去冰箱里拿食材，听到余溏叫她的名字，手一下子撞到了冰箱的把手上。

"嗞……"

余溏忙轻轻地托住她的手指："我知道你在担心什么。"

岳翎看着余溏的手掌，他的掌纹间干净得没有一丝污垢。

"我在担心什么呀？"

"担心我知道真相后会不知道怎么面对。"

岳翎轻轻地抽回手："如果我和江山茶业合作，让这件事情平息下来，也不是不可以……"

"但我并不希望你这么做。"余溏说着张开手臂，"你过来，我想抱你一会儿。"

岳翎笑了笑，伸手搂住余溏的腰，把头靠在他的肩膀上。

他身上一直有一股若有似无的消毒水的味道，像一道写满"道德律"的屏障，也像现代医学和细菌长年抗争的决心，一直没有瓦解过。

"你以前说你像一张皮，你说余医生是真的，岳医生是假的。但其实……如果可以，我希望你能找到真正的答案，哪怕找到这个答案需要审判我。"

岳翎吸了吸鼻子，他白色毛衣上的绒毛好像在摩挲着她鼻腔的内壁，那感觉又酸涩又温暖。

"昨天晚上何妍和林秧来找过我，他们说愿意给我们提供一些媒体上的资源和帮助。你如果愿意寻找真相，我们就联系他们。另外，我也可以试着去问问以前我在三中认识的同学，看看他们有没有什么有用的信息。总之，你放心，岳翎，我一定帮你把你想知道的答案都找出来，但在此之前你一定要小心地保护好自己。我在医院有工作，不能一直陪着你。这样吧，从今天起你开我的车。"

"那你上班怎么办？"

"我可以找魏寒阳一起上班。"

岳翎看着余溏微微拱起的手指关节，没有拒绝他。她靠在余溏的肩膀上点了点头："行，吃饭吧。"

之后两个人安静地吃了一顿火锅，虽然食材已经是隔夜的，但余溏还是吃了很多，甚至感觉以前不怎么爱吃的内脏也逐渐有了神奇的滋味。

岳翎用蒜泥、香菜、小米辣调出了地道的火锅小料。锅里一片毛肚被滚烫的油料吞没，捞出来的时候，满满的红油和着黄澄澄的香油"吧嗒吧嗒"地往下滴。她把毛肚放到余溏的碗里。余溏在热腾腾的蒸气后面低下头，夹起毛肚，一口塞进了嘴里。

余溏口腔里的辛辣感直接冲上头顶，但他一点儿也不想犹豫，有些慌乱地咀嚼着那一块带着粗糙颗粒感的皮肉，任凭各种辛辣香料的味道在他的口腔内壁上碰撞。如果说味觉是一个江湖，那么他终于成了和岳翎在这个江湖中并肩作战的那个男人。

哪怕多年来的饮食习惯和肠胃状况令他在当天晚上备受溃疡的折磨，但他还是觉得很痛快，就像和岳翎肌肤相亲时一样。

吃完火锅的那天晚上，岳翎把岳观从医院里接出来送回了学校。她回家的时候，躺在书房里补觉的余溏已经醒了，正坐在沙发旁边看文献。

他穿着乳白色的毛衣，褐色的棉麻料子的裤子，"辣鸡"趴在他的腿上，睡得直打呼噜。

他看见岳翎回来，把头从电脑前抬起："岳观没事了吧？"

"嗯。没事了。我……先去洗澡。"

她说完这句话，逃进了卫生间。

余溏摸着"辣鸡"的背，摇头笑了笑。他看着电脑屏幕上的文字，突然大声地对着卫生间的玻璃门问："岳翎，我想跟你商量个事。"

淋浴的声音很大，致使岳翎听不清他在说什么，余溏听见里面的水声停了，没一会儿，岳翎包着浴巾的脑袋从玻璃门后钻了出来。

"什么？"

余溏用手撑着地毯，伸开腿，偏过头看向岳翎。

"没什么，我给你买了一瓶新的沐浴露，想问你看见没有。"

"我用了，味道很好闻。"她说完揉了揉头发，"你……真的就想和我商量这个？"

余溏笑着合上电脑，把"辣鸡"放到沙发上："也不全是。"

他一边说，一边穿好拖鞋走进卧室，把所有的窗帘都合上了……

第二天，岳翎在闹钟响了三次之后仍然起床失败。余溏起来洗完澡，穿好衣服坐在床头："我要去上班了。"

岳翎睁开眼睛，窗帘还没有被拉开，只留着一条透着淡淡的光线的缝隙，照进来温和的光。

余溏的头发刚刚才洗过，这会儿还是湿的。岳翎跟他说："吹干头发再走。"

余溏用手随便抓了抓头发，弯下腰吻了吻岳翎的额头："我知道。"

岳翎抓住余溏的手腕："我想就这么躺一早上。"

余溏揉了揉她的头发，点头答应："躺吧，你难得放这么久的假。要不要把'辣鸡'抱过来陪你？"

岳翎翻了个身："'辣鸡'在哪儿啊？"

余溏朝外面看了一眼："在和猫抓板玩。"

岳翎闭着眼睛笑了笑："我不想当猫抓板。"

余溏引着她的手朝自己的背靠去："摸得到吗？"

岳翎没有睁眼："什么？"

"你抓的。"

岳翎笑得呛了一声："我下午把指甲剪了。不过你也真是的，被抓疼了怎么不叫啊？"

余溏低头看着岳翎，竟然真的回应了她这一句揶揄："我不会呀，不知道男人怎么叫才不会破坏气氛。"

岳翎有些"上头"，忙把手缩进被窝里："好了，赶紧换衣服吧，你要迟到了。"

"好。"他听话地站起身，打开灯换好衣服走到门口，按着开关对岳翎说道，"饿了记得叫东西吃，别动厨房啊。"

岳翎含糊地应了一声，在灯灭之后轻轻地按了按自己的腰。天哪，酸得要命。

她的眼皮有些发沉，不知不觉又睡了过去。

上午十点左右，岳翎才被手机的铃声吵醒，揉了揉眼睛从床上坐起来。"辣鸡"也跳上了床，往她的腿上缩，岳翎一手摸着猫肚子一手拿起手机。电话那头不是岳观也不是余溏，是何妍。

"岳医生吗？"

"是。你怎么知道我的新手机号的？"

"是余医生告诉我的。你现在方便出来一趟吗？"

"辣鸡"蹭着岳翎的手掌，发出了"呼噜呼噜"的声音。岳翎按下免提键，把"辣鸡"抱到自己的肚子上，稍微提高了一些声音。

"有什么事吗？"

何妍那边的环境虽然有些嘈杂，但她的声音很清晰。

"关于三中的那场车祸，我得到了一些相关的资料。如果你现在方便出来的话，可以来我的公司，具体的咱们当面说。"

岳翎沉默了几秒钟："好，我现在过来。"

"好的，我今天有些忙，午餐的时间留给你。"

岳翎在何妍的公司楼下见到她的时候，刚好是他们中午下班的时间，写字楼附近的餐厅里吃饭的人很多。何妍把岳翎带到了一家卖融合菜的餐厅。她们在角落里的一张摆着留位牌的桌子旁坐下。

"吃什么？"

"不重要。"

"那行。"

何妍说完把菜单还给了服务员，抬头说道："还是要你们东南亚系列里的那个双人套餐吧。"

服务员点了点头："好的，两位稍等。"

岳翎添了一句："麻烦给我一杯热水。"

"好，您稍等。"

何妍等服务员走了以后，才从自己的包里取出一个文件袋，推到岳翎的面前。

"这是我们本地的几个传统纸媒对当年那场车祸的报道，你可以参考一下。"

岳翎伸手接过了文件袋，直接打开。

何妍喝了一口柠檬水，看着岳翎的手继续说道："这几个纸媒现在已经没落得差不多了，但这些都是官方的刊物，上面的报道可信度还是很高的。拿给你之前，我也大概扫了一眼，其他刊物的报道都没什么，A晚报的那一篇报道你可以着重看一下。那一篇里有当年那个肇事司机的部分个人信息，我们根据这些信息，帮你查出了这个司机目前的状况，在最后的那一份资料上，你现在可以拿出来看看。"

岳翎照着她的话翻出了最底下的那一份资料，何妍接着说道："这个人叫江凡，之前是江山茶业副总张曼的司机，后来他自己买了一辆卡车，干长途运输。车祸当天，他就是开着他自己的卡车在三中门口行驶，但是这个地方有一点值得注意，就是三中门口的那条路并不准许大型运输车辆通行，所有的卡车都必须从郊区道路绕行。"

岳翎看着资料上的照片："有人让他故意在那儿等着我？"

"这个是极有可能的。"

岳翎抬起头："那会儿余浙的年纪还不大，所以……应该是张曼……"

"没错，你应该也知道，这场车祸里不止你一个人受伤。张曼的儿子，也就是余医生，他也是伤者之一。但是根据报道来看，张曼并没有在这件事情上提起诉讼，你的母亲后来也撤销了诉讼，这其中的原因就很微妙了。"

岳翎点了点头，接着往下面看去。何妍压下资料的半页纸，指着一处勾画的地方给岳翎看。

"最关键的就是这个，之前网络上有传言说这个司机后来得了一大笔钱移民去了国外，这个信息并不真实。事实上他去了C城，在C城买了好几套房，现在在C城的大学城里做餐饮生意，收入应该还不错。问题是，他哪里来的做生意的本钱？"

何妍说完，松开手指，敲了敲面前的桌面："这些资料虽然可能不足以证明什么，但是我觉得你可以向警方申请，请他们介入调查当年的那场车祸。如果立案还需要什么其他的资料，我们这边也会尽量帮你找。"

岳翎捏住了手指："谢谢你，你帮了我很多。"

何妍摇了摇头："不要这么说，这也是林秧的想法。我们也想问问岳医生，最近……"

"我挺好的。"岳翎打断她的话，喝了一口服务员端来的热水。

"不愧是精神科的医生，林秧被折磨成了那样，岳医生还能有这样的状态。"

岳翎放下水杯："也没有那么玄乎。人的思维是极度复杂的，林秧受到那种伤害并不是因为她脆弱。我现在这样也不是我自己愿意的，不过是被逼到了这一步，不得不反抗而已。"

何妍点了点头："我其实蛮佩服你的。干我们这一行，人情冷暖看得多了，能用钱去交易的，我们都不会用情去交易，但你是我用钱和情都没能交易成功的一个人。你愿意站出来帮助林秧，帮她恢复名誉和商业价值。我至今都没有想通，你是为了什么？"

岳翎摇了摇头："就是很简单的一个道德观念而已，我要保护我自己，但我不能为了保护我自己而置别人的名誉和人生不顾。"

何妍点头："那我懂了。你和给林秧做手术的那个余医生，在某些方面还真是有些像。"

岳翎没说什么，冲她举了举杯子。

两个人一起吃完饭，岳翎抱着文件袋往地下车库走，途中给岳观打了一个电话。

岳观正在图书馆里补笔记，看到岳翎给他打电话，赶紧跑到开水房里接电话："喂，干吗？我在上自习。"

岳翎边走边说："黄警官他们有没有找你去补口供啊？"

岳观"嗯"了一声："找了，我说我下午去。唉，不过我觉得补了口供也没用，他非说是他慌了把刹车当成了油门踩，我能怎么样啊？"

"我跟你……一……"

岳翎那边的信号似乎有些不好，话说得断断续续的。岳观看了一眼自己的手机信号："喂，你在哪儿啊？我听不太清楚。"

"哦，我在往地下车库走。我刚才说，我一会儿过来接你，我们一起过去。关于我之前的那场车祸，现在……"她的话到此处突然停止了。

"喂，喂……"岳观在电话挂断的前几秒，听到了一点儿不太寻常的声音，但他并没有立刻分辨出来。等他再打过去，电话已经打不通了。

"什么鬼？也不说几点过来，在哪儿接我啊？"

CHAPTER 10

等待刀锋已久

◀ ❚❚ ▶ ——— 04:35

下午余溏在呼吸科的会诊里拖了很久才结束。由于病人的情况复杂，会诊结束以后，呼吸科的主刀医生又把他拉到走廊交流了半个小时。余溏下楼的时候刚好忘了带手机，等他再回到办公室的时候，岳观已经等在门口了。

余溏摘掉听诊器，打开办公室的门："你的伤口有问题吗？"

岳观还在打电话，并没有立即回话。余溏走进办公室，随口说道："我收拾一下，带你到下面的诊室看看。"

岳观这才放下手机跟在余溏的后面走进办公室。

"我的手没事，就是我联系不上岳翎了，所以过来你这边看看，但也没找着她。"

余溏拿起杯子接了半杯水，一边喝，一边关电脑："她没在家吗？"

岳观摇了摇头："没在，我专门去你家看了，保安说她上午就开车出去了。"

余溏听他这么说，放下杯子走到窗边给岳翎打了一个电话。

"你打得通吗？"

余溏摇了摇头："她关机了，你着急找她吗？"

岳观的神色有些不安："倒不是我着急找她。是她中午那会儿给我打电话，跟我说要和我一起去见黄警官，结果还没说什么时候在哪儿见，她那边的电话就断了。我再打电话一直打不通，后来她的电话直接就关机了。我觉得不大对，再怎么忙她也要跟我说一声啊。"

余溏看了一眼手表，已经是晚上七点了。

"怎么办啊？"

余溏放下手："你先坐着等我一下，我出去打个电话。"

他说完抓起外套，快步走到走廊尽头的窗边。

外面有些飘雨，雨不大却特别的密集。深秋的黄昏很冷，皮肤接触到雨丝的时候甚至有些疼。余溏背对着风口，翻出了张曼的电话。

通话提示音响了两声，电话就接通了，但接电话的人却不是张曼："喂，小余先生好，张总正在和余总还有其他几个董事开会。"

余溏强迫自己压下情绪，用平和的声音说："请她接一下电话，我只耽误她五分钟。"

电话那边的声音没有什么情绪，像是早已做好了应付他的准备："是这样的，小余先生，张总他们的会议大概会在晚上九点结束。会议结束以后，张总会联系小余先生的。"

余溏听完这句话，意识到自己和张曼基本上没有沟通的可能，他挂断电话快速走回办公室，岳观看见他神色不好，忙问他："不会出什么事吧？不行，我得去问问林秧……"

"别去。"余溏下意识地抓住了自己的手腕，"跟她们那边没有关系。"

"那怎么办？"岳观看着已经黑透的天，"报警吗？从她失联到现在还不到十个小时，警察会受理吗？"

余溏的手指几乎抓白了他自己的手腕关节。如果警方不立案，那么凭他和岳观根本没有办法找到岳翎，而且就算警方立案，在没有证据的情况下，也很难精准地把调查方向指向张曼和余浙。

余溏拖开椅子，重新坐下，沉默了几分钟以后，突然决定赌一把。于是他打开手机微信，给张曼发了一条短信："车祸前发生的事情我今天已经全部想起来了。"

发完这条信息，他迅速地关闭了微信界面，站起身对岳观说道："走，先去警局。"

秋风大面积降临，大片大片的银杏树叶感知到秋意迅速变黄。

A市城郊的钟山别墅里，岳翎抱着手臂坐在树影深深的落地窗前。

她的妆容已经开始有些花了，但她没有刻意去补妆，只用了一支正红色的口红，对着玻璃窗边上的黄铜装饰瓶，为自己补了一个完美的唇妆。

张曼坐在岳翎对面的沙发上："很抱歉，用这样的方式跟你见面。"

岳翎抬起头说："没关系，我已经做了很多天的准备了。"说完她揉了揉自己的头发，冷静地笑了笑，"跟余浙保持了那么多年的关系，都没有正式地见见你，说起来好像是我比较唐突。"

张曼对她的挑衅感到一丝不舒服，她下意识地咳了一声，把头转向一边："你和余浙之间的事情，不是我想问的。"

"那你想问什么？我和余溏之间的事情？"

张曼的手在沙发上一抓，她意识到了岳翎在尝试控制她的情绪。

"你没有必要把我当成你面前的病人。"

岳翎用手撑着后脑勺儿，鞋尖轻轻地摩挲着茶几的铜座："那就请你有话直说，我没法儿当你是长辈，也不喜欢你在我面前找那种上等人的优越感。"

张曼一时没说出话。岳翎松开手，随意地理着自己眼前的几根刘海儿："不好意思，我有职业病，喜欢猜别人的意思，心情不好的时候又有点儿毒舌。"

张曼拿起茶几上的白瓷杯，抬头喝了两口红茶，这才把心里的情绪压下来。

"好，那我就直说了。虽然我知道余浙今天会把你带到这个地方，但是我来见你这个事情余浙是不知道的。我接下来给你看的东西，对你来讲可能会比较残忍，但是我希望你看了以后，可以好好考虑一下你后面的行动。"

岳翎抱起手臂靠入沙发："什么意思？"

张曼站起来朝她走近几步，低头看着她说："你不是一直很想知道，你出车祸之前究竟发生了什么吗？我今天可以告诉你。"

她说完，回头看了一眼陈敏："给她看吧。"

陈敏点了点头，把一台笔记本放到了岳翎的面前。岳翎低头看见屏幕上有一个黑白的监控画面，镜头是从上到下俯拍的，从画质上来看已经是有些年代的视频了。但即便如此，她还是一眼就看出了画面中的那个穿着校服的女孩儿就是她自己。至于她身边的那个人，则是余溏。

"这是什么时候的监控？"

陈敏回头看了一眼张曼。张曼沉默了几秒，再开口的时候声音有些发哑："你和小溏出车祸的前三天。"

等陈敏说完，张曼冲陈敏点了点头："放吧。"

陈敏按下了播放键。

视频是没有声音的，在开头的部分，岳翎看着自己跟余溏一起走进了一栋陈旧的公寓楼里。视频里的她用手轻轻地牵着余溏的衣袖，虽然看不清表情，但少女的羞涩已经流露在了她的步伐里。陈曼把视频的进度条向后拖了一大半，接下来的画面让岳翎竖起了身上所有的汗毛。

视频画面里的岳翎披头散发地从楼栋里冲出来，上半身的衣服凌乱。余溏从后面追出来，一把将她搂回了怀里，脱下自己的外套罩住她的上半身，拼命地把她往楼栋里带。

岳翎看着视频当中的两个人影，脑子里忽然"轰"地响了一声，像是有什么东西突然倒塌在水里，击起了巨大的浪，致使她的胃里也开始翻江倒海。有那么一瞬间，她想要吐。

视频里的余溏最终还是把她拖回了楼里，画面也在此处戛然而止。

陈敏合上电脑，轻声问了一句："岳医生，你要不要喝一口水？"

岳翎站起身径直走向张曼："你们为什么会有这个视频？！"

张曼看着岳翎的眼睛："你相信你看到的东西吗？"

岳翎一怔，眼前好像突然晃过余溏的那张脸。他没有戴眼镜，没有留胡楂儿，看起来干干净净、清清爽爽。

她深吸了一口气，眼眶虽然红了，声音却还是稳的："你要让我还原在那栋旧楼里发生过什么？"

"对。"

岳翎捏了捏手指："我现在还原不出来。"

张曼点了点头："所以就算你相信我的儿子，你也解释不了这个视频，对吧？"

岳翎没有说话。张曼继续说道："这个视频，是平清路上的一家银行门口的监控，你看到的这个已经是个复制的版本，余浙那里还有几个视频的副本。我记得你之前私下查过江山茶业和宏仙茶厂之间的关系，现在你明白我为什么要用我自己的公司来帮余浙做账了吧？"

岳翎的后脑勺儿传来一阵尖锐的疼痛，她不得不退回沙发上坐下来。

"给她倒一杯热茶。"

"不用。"岳翎反手按住自己的后脑勺儿，"你知道我为什么会在那天跟余溏去那栋楼吗？"

张曼摇了摇头："我不知道，不过那栋旧楼是我和小溏之前居住过的地方，也是你和你妈妈当时住的地方。小溏告诉过我，你小的时候，经常隔着门陪他听音乐。我猜那一天，他应该就知道你是谁了，所以才会和你一起回平清路。"她说到这个地方，忍不住叹了一口气，"岳翎，不要怪我说话残忍，我必须要告诉你，你在那一天被余浙侵犯过，但是监控只拍到了你刚才看到的那一段。一旦公安介入，我的儿子百口莫辩。"

岳翎勉强顶在胸口的那一股气，在听到"侵犯"两个字后，突然被呕了出来。她肩膀一塌，险些栽倒下跪下去。

"我的儿子是那年三中的理科状元。他要报医科，想要当一个好医生，这是他的梦想，也是我这一生的希望。我其实不太在意别人怎么看我。我所做的事情，包括我的婚姻，都是想要给他更好的环境、更好的资源，所以……"

"所以才有了那一场车祸，你想让我永远闭嘴是吧？！"岳翎突然抬起头，双眼通红，肩膀止不住地颤抖，"为什么不给我机会报警？！我当时明明知道发生了什么！"

"因为你当时太小、太蠢。余溏回来告诉我，你被侵犯以后拼命地洗澡，该留下的生理性证据一样都没留下！"

"然后呢？！我被侵犯了，我应该死掉？你还是人吗？"

张曼抿着嘴唇看着她，良久才开口说道："你要报复我吗？可以。"

她说着朝外面指了指："你去毁了小溏啊！"

岳翎双腿突然一软。这么多年以来，她在心理攻防上从来没有输过，但这一刻，她却发现自己好像赢不了。

张曼看见她不说话，慢慢地走到她的面前蹲了下来。张曼抬头看向她，声音不大但语气诚恳："我承认，当年那场车祸不是意外，如果你事后想要追究责任，可以追究我的责任。"

岳翎没有直接回应她的话，转而问她："余溏当时知道你要做的事情？"

张曼点头："对……"这一个"对"字带着很长的气声，"他偷听到了，所以才会不要命地去找你。"

岳翎笑了一声："那你后悔吗？"

张曼沉默了良久，伸出手轻轻地握住岳翎的手："如果你当时知道这个视频的存在，你会怎么样？"

岳翎仰起头，忍住即将夺眶而出的眼泪："如果我当时知道这个视频的存在，我会退后，因为我也想要保护他。"

张曼听她说完这句话，喉咙里呼出一口滚烫的气："岳翎，我真的……很后悔，很后悔……"

岳翎一点儿一点儿地抽出自己的手："可惜晚了。我现在不会放过你，也不会放过余浙。"

张曼含着泪摇头："你不放过我可以，但你必须要放过余浙……"

"那属于我的公道呢？"岳翎将膝盖紧紧地靠在一起，以抵御浑身的颤抖。

张曼双膝触地，那膝盖骨与地面接触的声音，令岳翎的背脊发僵。

"也是……我也没有资格要求你和我这个做母亲的一样……"她说完，伸手捂住了脸，身体颓然地靠在了岳翎的腿边。

"岳翎，你要我做什么……才可以放过……"

"我也不知道。"岳翎打断了张曼。她其实有很多尖锐的话想说，可是因为张曼提到了余溏，她就自然而然地把面前这个女人和他联系到了一起。

这是余溏的母亲，为了余溏不择手段的母亲。岳翎不认可她做过的任何一件事情，却不得不承认，自己想保护余溏的心和她是相似的，所以她把那些诛心的话收了回去。

"我也很爱余溏，他治愈了我人生当中所有的恐惧，但这并不代表我可以就此原谅你们给我造成的伤害。余溏的好是他自己的，没有办法用来洗刷你们的坏。"

张曼摇着头说："你要做什么？这件事现在走司法程序已经晚了。你跟余浙保持了这么久的关系，你跟他之间的事情根本说不清楚！如果他反诉，名誉尽毁的只有你和余溏！"

"我说过了，我也想要保护余溏！"

张曼有些不可思议地看向岳翎，心里甚至有些恐惧。

"你究竟要做什么……"

岳翎摇了摇头，没有说话。

张曼正要站起来，一个踉跄险些向后栽倒，陈敏忙扶住张曼的肩膀。

"差不多了，张总。余总的飞机已经落地了，您也该走了。"

张曼不甘心地望着岳翎："你告诉我好不好？你究竟要干什么？！"

岳翎最终还是没有出声，陈敏把张曼的手机递了过来："张总，您先看一眼这条消息。"

张曼低头，手机上的页面是余溏的微信窗口。她看了一眼最后一条信息，赶忙踉跄着往外走，边走边对陈敏说："给他打电话！问他在什么地方？！"

"问过了，小余先生说他在去警局的路上。"

"再给他打。"

"恐怕您得亲自给他打才行。"

张曼踉跄着站起身："不行，走，开车过去，我要亲自找他。"

别墅的大门一开一闭。张曼她们走远以后，内室里就静得只能听见钟摆来回摆动的声音。岳翎弯腰脱下了自己的鞋，躺在沙发上把自己蜷缩起来。

内室的灯很亮，灯光照在岳翎的背上甚至有些温暖。岳翎闭上眼睛，将自己强行按入黑暗里，而在这片黑暗之中，她不允许余溏出现哪怕一秒钟的时间。

她逐渐有了自己的决定。

她明白，很多时候人的际遇会让法律显得无能为力。但她并不想因此而质疑法律存在的意义，毕竟身为一个崇高而无情的意义，它曾经在阳光下保护过很多人，并且一直是受难者的希望。到现在为止，岳翎仍然相信它的至高无上，相信它最原始的理念，相信它被文明创制时的初衷。只是法律有它自己的范畴，而人性这个东西没有而已。

古董钟在十二点准时报时。钟响过十二下之后，外面突然亮了起来。岳翎睁开眼睛，瞬间又被穿过落地窗的车灯灯光刺得闭上了眼。她坐起来，伸手拉上了窗帘，转身给自己倒了一杯热水，仰起头一口一口地喝完。

别墅的大门被打开，余浙把雨伞放在门边，示意门口的人关门。

岳翎端着茶杯走向余浙："你的招数用尽了吧？"

余浙笑了一声，走到沙发前坐下，岳翎却反手一把揪住他的衣领把他拽起来。余浙没有防备险些被她拽倒，反应过来之后立即扼住了她的手腕，一手掐住她的脖子，把她抵到了落地窗上。

"你以为你还能再搞我一次吗？"

岳翎被迫仰起脖子，目光却暗含讽刺。

"你的公司要完了吧……"

余浙听完一把将她甩到沙发上，抄起何妍给她的资料拍在她的脸上："我再给你最后一次机会，起来把这些烧了，然后配合我澄清！"

"澄清？"岳翎仰面躺在沙发上，笑着望向他，"澄清几年前你在平清路的旧楼里侵犯过我？"

余浙一怔："你说什么？"

岳翎趁着他的慌乱，伸手再次抓住他的衣领，将他拉到自己的身上，又反手把他往地上一带，自己跟着他一起滚到了茶几的边上。

"你……"

"余浙，你这个人真的恶心到让我想吐。"

余浙索性伸开腿，把茶几向后踢了半米的距离："你想起来了？哈哈，那你再想想是谁恶心？啊？谁恶心？你当时又是什么好货色？我拿出真金白银来追你，想跟你在一起，你跟我装清纯。你照着这儿打……"他指了指自己的左脸，"对，就这儿！"

他的话刚说完，岳翎突然冲着他手指的地方狠狠地给了他一巴掌。

"像这样？"

"你找死！"

余浙起初被她打蒙了，回过神之后坐起身，再一次掐住了岳翎的脖子。岳翎拼命地抠着他的手指："我……今天没想活着。"

"不要说这样的话，人知道得越多就越危险。如果你不去查车祸的事情，你是可以好好活着的。"

"那你这个人渣呢？你这个人渣曾经对我做的那些事情呢？我都不该知道吗？"

余浙冷笑："你忘都忘了，还算什么伤害？你都看不见刀子，哪里会痛？"

岳翎靠在沙发上，笑着说道："余浙，可惜我是个怪人，比起看不见刀锋，比起感受不到痛，我情愿等待刀锋。我就是要清楚地看到伤害，透彻地理解伤害，然后再选择原谅还是不原谅，选择自愈还是反击。对于我来讲，无论哪一件事，我自己的选择权都是最重要的。"

"选择权？"余浙笑出了声，"你现在这个样子，还能要什么选择权？你想知道我怎么侵犯你的是吧？可以呀，我告诉你。是我告诉余溏，你住在啤酒厂的旧楼里，让他知道你就是之前陪他隔着门听歌的女孩儿。所以那天，其实他是想要带你回他以前住的地方，然后跟你告白的。"

"你利用他？"

"对，我利用他，利用完他还把他锁在外面。那栋楼是废楼，除了你们家，所有人都搬走了。他想帮你，但他没有办法。你被我侵犯之后就跟个疯子一样。那天他几乎拿了他所有的衣服来裹住你，可惜后面的画面监控没有拍到。你现在知道真相了吧。"

他说着摊开一只手："你哪里有选择权？"

"没有选择权的人是你。"

"什么？"

岳翎松开手，绷起脚尖，尽力给自己的喉咙找到发声的空间。

"你现在只能威胁我，让我停止引导舆论，停止对当年车祸的调查，因为一旦警方介入，宏仙茶厂和江山茶业的事情就要曝光了。就算你侵犯我的事情无从取证，但你也要身败名裂。"

她说完，伸手扳正他的脸，迫使他看向自己。

"你看我，看我这张脸，看我的眼睛，你还想要我吗？"

她声音不是很大，却让余浙心惊。

"不想了吧。那你想杀了我吗？"

不知道为什么，她说完这句话，余浙的手竟然下意识地松动了。岳翎侧过头猛烈地咳嗽了几声，放低声音说了一句余浙没有听清的话。

"你在说什么……"

岳翎张了张嘴，声音仍然很小，余浙只得弯腰凑近她去听。

岳翎顶起腰凑到他的耳边，声音不轻不重地说道："我现在可以选了，我选择亲眼看着你进监狱。"

张曼在警察局门口见到余溏的时候，余溏一个人站在树下，身上的外套几乎湿透。

张曼从车上下来，急切地走到他的面前："你跟警察说了什么？"

余溏抬起头："我还没有进去。"

张曼听他这样说，稍微松了一口气："小溏……"

"告诉我岳翎在什么地方？"

"小溏，你不要再管这件事了。你只是一个医生，你管不了！"

余溏看着张曼，沉默了几秒钟后，突然站起身往外走。张曼忙拽住他的袖子："你要干什么？！"

"岳翎在哪儿？！"

张曼含泪看着自己的儿子："你到底想起了什么……"

"我没想起什么，我只是想告诉你，如果我这一次救不了她，我就去陪她。"

张曼几近崩溃："为什么你还要去陪她？！"

"其实不是陪她。如果可以，我愿意拿我自己去换她。"

张曼再也说不出别的话，她转身走了几步，又突然折回来："她在西郊的钟山别墅……"

西郊的钟山别墅位于 Z 山山麓，是整个 Z 山唯一的一处由私人物业管理的别墅。

在集群性的别墅区内，余浙所买的那一栋别墅是其中面积最大的，离山麓的高尔夫球场很近。

余溏和张曼抵达别墅区外围的时候，警方已经封锁了整个别墅区和后面的高尔夫球场。余溏在急救车旁看见了"附院"急诊科的总住院医生宋葵，以及当天在急诊科支援的胡宇。

"现场封锁，不能进去。都退后，先生，请你也退后！"别墅外维持秩序的警察挡住了余溏和张曼。

余溏顾不上那么多，冲着胡宇喊了一声。胡宇听到声音忙走到警戒线的后面："同志，不好意思，这是我们医院心胸外科的副主任。"

负责封锁现场的民警这才抬起警戒线，余溏弯腰穿过警戒线，径直朝救护车奔去。

胡宇跟在他的后面说道："是警方联系你们的吗？"

"什么？"

"你哥出事，是警方联系你们的吗？"

"我哥？"余溏一下子站住，胡宇没刹住车，险些撞到他的身上。

"你……"

"出事的不是……"余溏忽然意识到这句话在这个场合下是万万不能说出口的，忙咳嗽了几声做掩饰。

胡宇以为他咳嗽是因为着急，忙换了个语调安慰他："你先不要着急，现场的急救还是很顺利的。人的情况暂时稳定，马上准备转送医院。你要不要跟车？"

余溏看向站在警戒线外面一脸惶恐的张曼，转身对站在车下的宋葵说道："你们马上就走是吗？"

宋葵正准备上车，听见余溏问他，回头回应说："对，马上要回院手术。"

"那我让我妈跟你们先去医院。"

"行。"

宋葵说完又对胡宇说："胡医生，你和余医生两个人再留一会儿，配合一下警方。"

胡宇答应下来，回头看余溏的时候还是有些诧异地说："你不跟着你哥回医院吗？"

余溏转过身答非所问地说："只有他一个人吗？"

"什么？"

"我问你现场只有余浙一个人吗？"

胡宇这才反应过来他的重点在什么地方："哦，我们过来的时候现场只有他一个人，他胸部中刀，失血量很大。但是据警方调取监控后判断，现场应该还有一个女人，事发时在别墅内，后来受伤逃走了，所以现在整个别墅区包括下面那个高尔夫球场都被封锁了，警方还在搜查。"

"受伤？为什么会判断出逃走的人受伤了？"

"那儿，"胡宇指向门外，"有延伸的血迹。"

余溏快步朝别墅门口走去，此时别墅里的灯从一楼到二楼全部是亮着的，茶几前面的地毯已经快被血水浸透了。除此之外，室内的陈设和家具都非常整齐。

隔着落地玻璃窗，余溏在沙发上看见了岳翎的一只耳环，是珍珠质地的，安安静静地躺在沙发靠背的缝隙处，沾着深红色的血，已经看不出本色了。如果不是站在门外，余溏简直想要弯腰把它捡起来，仔细地擦干净，然后好好地放进胸口的口袋里。但是它最后被警方的人捡了起来，装进了证物袋中。

"师兄，电话……你的电话响了。"

余溏低头看了一眼手机屏幕，是岳观打来的。

"喂。我这边的笔录已经做完了，我姐的情况我也跟警方说了。你怎么样？联系上我姐了吗？"

余溏怔怔地握着手机，那些字句像是被推向他一样，蹦入了他的耳朵里。

岳观似乎感受到了他反常的情绪："你怎么了？说话！"

余溏转过身，背向身后别墅的灯光："你……"

"你那边在干什么？怎么那么吵？"

余溏仰起头说："你听我说，你赶紧回学校。如果岳翎找你，你马上告诉我。"

岳观沉默了几秒钟，突然说道："她出事了是不是？她是不是自己跑去找那个人渣了？是不是？！"

余溏惊异于这种来自血缘的恐怖的第六感，他听到最后甚至无言以对。

"你先别慌，她现在不在余浙这里。"

"我要去找她。"

"你留在学校！她根本不可能让你找到她！"

"那我也要找！她不能这么自私，什么事情都一个人解决，她以为她是谁呀！她就是一个什么都不懂的傻……瓜，大傻瓜……"

电话那边的声音越说越混乱，余溏不得已提高了声音。

"你是她唯一的弟弟，她现在绝对不可能把你牵扯到这件事里面来。

你只能等，等她找你！你相信我，她一定会找机会跟你联系。你哪里都不要去，把你的手机看死！我这边还有别的事，先不跟你说了。岳观，求你帮忙，不要在这个时候添乱。"

"可是她要怎么办？！岳翎她一个人……到底要怎么办？我想都不敢想……"

余溏握紧了手指，放低声音说："谁说她是一个人？我要去找她。"

他说完，挂断电话，对胡宇说："余浙有任何情况，给我打电话。"

"行，你现在去哪儿？你不回医院的啊？欸，你……"

胡宇的话还没说完，余溏已经穿过警戒线离开了。

后半夜，大雨倾盆。

车子的雨刮器在路上几乎不起作用，好在路上没有车辆，余溏用了一种不要命的方式在半个小时之内从西郊把车开回了家。一路上，那股血腥味好像一直没散，被车载香水一刺激，反而变得更加浓烈。

岳翎开走了他的车，而他现在开的这辆张曼的车并没有录入小区的系统，因此他只能把车停在路边。

下车的那一瞬间，他下意识地抬头看了一眼。临街的十三楼，只有一扇窗户是亮着灯的，就像一只疲惫到极点的眼睛，为了等待什么人而费力地睁着。

余溏的心脏狂乱地跳动了一阵，他一时分不清楚自己的内心是狂喜还是恐惧。但他的身体此时却别无选择，只想朝那一只"眼睛"奔去。

房门一打开，"辣鸡"就惊恐地窜了出来，窜到了余溏的怀里。

岳翎一个人缩在沙发上，没有穿鞋，头发蓬松，满身是血。她抬起头来静静地看向余溏，冲着它怀里的"辣鸡"扬了扬下巴："它刚才抓我。"

余溏听到这一句话，鼻腔里的酸气刺激得他被迫闭上了眼睛。他抱着"辣鸡"慢慢地在门口蹲下来，大口大口地缓着气。

岳翎红着眼睛看着他："'辣鸡'不认识我了，你也不认识我了吧。"

"没有，无论你变成什么样子，我都认识你。"

岳翎笑了笑："撒谎，读中学那会儿你就不认识我。如果你在见到我的时候，就认出我是那个陪你在楼道里听 MP3 的女孩子，我就不会一个人暗恋你那么久。"

"对不起，岳翎，对不起……"

他抱着猫，站起来朝岳翎走去。猫在这时尖锐地叫了一声，从他的肩膀上翻了下去，一下子钻入了书房。

岳翎在灯下揉了揉眼睛，望着站在自己面前的余溏。虽然他浑身湿透，身上纯色的毛衣看起来却依旧很干净。

"算了，应该说'对不起'的人是我。"

她说完，伸出自己的左手。她的虎口处被刀划伤的地方还在流血，血液顺着她的手腕浸红了她的整条袖管。

"我太自以为是，我让自己陷入绝望了。"

"岳翎……"

面前的岳翎目光中带着脆弱："可是，余溏，我最难受的是我一定让你失望了。"

她说着仰起头："我搞脏了你的沙发、你的猫、你的床，还有你这个人。我搞得你的生活变得乱七八糟，最后……我又没有办法对你负责到底。"

她的手摸到了余溏的脸，伤口被拉扯的疼痛让她瞬间嘴唇发白。余溏忙蹲下来迁就她的手。

"去医院……这里要缝针。"

"我不去……"

她说完这句话，手就脱力了。余溏忙托住她的手："那我帮你包扎。"

岳翎咳嗽了几声，肩膀有些不可抑制地抽搐、耸动。尽管她想要放松自己的表情，但疼痛还是迫使她锁紧了眉头。

余溏伸手摸了摸她的额头，那皮肤上的温度烫得吓人。

"我去拿纱布和冰块……"

"我没事啊……"

她抓住了余溏的衣服的一角，但因为没有力气，并没有抓稳。

"你回来……哪儿也别去，我就想跟你待一会儿……"说完身子向下一滑，整个人伏在沙发上，"余糖糖，你说你一个医生，怎么能跟个甜豆子一样？我一看到你，就一点儿苦都不想吃，只想吃甜的，吃好吃的……"

余溏忙托着她的背，将她抱起来，让她靠在自己的怀里，扯起搭在沙发上的毯子裹住她冰冷的脚。

"你为什么自己去找他？为什么不告诉我？"

岳翎在他的怀里笑了一声："因为，我有我想保护的人……"

她说着，有些艰难地抬起头看向余溏。她的话被一连串带着血腥味的咳嗽打断，余溏忙搂住她。

"岳翎，你不要说话了，咱们去医院好不好？我求求你……"

岳翎笑着摇头："余溏，听我说完吧。"

"你这样会出事的！"

"我已经出事了。"

余溏一愣，眼前说话的人嘴唇苍白，满眼悲戚。他没有办法强迫岳翎，只能用手尽力地压迫住岳翎的伤口，试图让血液流淌得慢一些。

"我真的……还好。"

岳翎看着他焦急的神情，冲着他的眼睛轻轻地吹了一口气。

余溏闭上眼睛："你好好说，不要气我好不好？"

"好。"

岳翎笑了笑，轻轻地捏住了他按在自己虎口上的手指。

"当医生真好啊，好像什么都懂。余溏，我虽然只当了一两年的精神科医生，但我很喜欢这个职业。我以前一直以为，我可以利用这个专业治愈自己，后来我也因此救过很多人。可是，我现在才明白，治愈我的根本不是心理学的专业知识，而是你这个人。而我……永远救不了自己。"

她轻轻地咽了一下口水，脖子上乌青色的血管也随着这个动作颤抖了一下。

"我不是故意要伤他的……"

余溏抱着岳翎，一句话都说不出来。

"我没有错……对不对？"

她虚弱地问他，但没有得到他的回应，她似乎有些着急地又问了一遍。

"我没有错的，对不对呀？"

"对呀，我的岳翎没有错……"

他一边说，一边搂紧了她，把自己的额头贴在她的眉骨上："你哪里都不要去，我保护你。"

岳翎的眼角处突然接到了一滴温暖的液体。

"你哭了吗？"

"我没有。"

"你不要为我哭好不好？"

"我说了我没有哭！"

他说完抬起头，用力地揉了揉眼睛。

窗外的雨声大得吓人。那是入冬前的最后一场雨，天穹像被刀剖开了一道口子，好像要把整个秋天所积累的伤感全部诉说干净。

余溏踢掉了鞋子，陪着岳翎一起在沙发上蜷缩起来。岳翎感觉到了背后的那个人身上的潮气，但因为接触到他的体温，岳翎并不觉得冰冷，反而有些温暖。

她背后的那个人仍然执着地压迫着她伤口的前端，手法精准得令人安心。

"你总是能让我做你的病人……"

"你以后一直做我的病人吧，躺在我的身边，哪里都不要去。"

岳翎笑了笑："你在写什么发神经的诗吗？"

余溏在她的背后摇头："我在请求你，请你实现我的愿望。你对我负责吧……"

他的声音里忽然带出了一丝颤音，他把头慢慢地埋入了她的颈窝："你再试一次好不好？你对我负责吧。你不要在我终于找到你的时候，又把我踢走。你让我救你好不好？我求你了，岳翎，我求求你了……"

"我就知道，你哭了。"

她说完，将另外一只手从脖子前面绕到了后面，摸了摸余溏的耳朵。

"别哭了，傻瓜……"

她说着仰起头，冲着温暖的灯光继续说道："我一直都是你的病人，我今天……回到这里……也是因为我受伤了觉得很疼，我想要找到我的医生。只有在我的医生面前，我才会有安全感。所以你不要哭了，余医生。你知道的呀……岳医生是假的，她被扒掉皮以后，就再也不能救人了。但余医生是真的，你以后还可以救更多的人……做更多的事情……"

"为什么你的话听起来这么像是告别？"

岳翎没有回应他的话。

"余溏，帮我把电视打开吧……"

"你要干什么？"

"我想看看新闻，我想知道余浙……是不是死了……"

余溏听完这句话，看着怀里浑身发抖的岳翎，情不自禁地收紧了喉咙。

"余溏……"

"你不用看新闻，我帮你问。"

余溏打断了岳翎的话，轻轻地松开按着她的伤口的手，翻身坐起来，拿出自己的手机按亮了屏幕。

电话那边，胡宇已给他打了几十个电话，此时仍然在执着地不断打来。余溏接通电话，竭力控制着自己的声音。

"喂。"

"师兄，你终于接电话了，你现在在哪里呀？！"

"我在家。"

"你赶紧来医院吧，徐主任今天在外地开会。"

余溏转向岳翎。她也转过了身，睁着一双通红的眼睛，静静地看着余溏。

"他现在情况怎么样？"

"目前情况还算稳定，但还是需要你尽快过来。"

"好，我知道了。"

余溏说完，挂断了电话。

岳翎抬起沾满鲜血的手，轻轻地揉了揉眼睛："他死了吗？"

"还不知道。"

"……"

岳翎露出一个不明悲喜的笑容，余溏被这个笑容彻底地刺伤了。

"你要去医院吗？现在……"

"对。"

"那你帮我问问，有没有人在他的身上看到我的耳环……掉了一只，那是我很喜欢的耳环。"

"好，我去帮你问。你也答应我，留在这里不要走好吗？等我把耳环给你拿回来。"余溏安慰她，他没有告诉她耳环被警察拿走了，很可能拿不回来。

岳翎冲着他点了点头："这里是我的家，我不会走的……我等你回来。"

余溏低头望着她的眼睛："你不能骗我，听到没有？"

"我听到了，我不会……不会骗你。"

"如果你骗我怎么办？"

"如果……如果我骗你……那我就把'辣鸡'的猫粮全部都……吃光……"

她说完，自顾自地笑了一声，满头的长发垂在沙发的边缘。她神色黯然，看起来像极了一幅残酷血腥的旧画。

"余医生……你身上都是血，把衣服……换了。"

余溏突然冲她吼："你能不能不要管我？！"

这是那天夜里他对岳翎说的最后一句话，包含着很多情绪，心疼、恐惧、无助、卑微、失落、惊悚……

说完这句话，他甚至无法面对岳翎，径直出了门，然而直到把车开到医院，他仍然没有把这些情绪全部消解掉，情绪反而在心里翻起惊涛骇浪，让他难以平静。

他还是沉默地走进了医院大楼，医院里灯火通明，又高又厚的墙甚至阻隔了大雨的声音。

张曼和陈敏站在急诊科外面，她们看见余溏走过来，忙上前拉住了他的手。

"你能不能不要参与这次手术？"

余溏甩开她的手继续朝里走："主任不在。他的冠状动脉断裂，今天暂时只有我可以参与手术。"

余溏转身看向走廊那头迎面向他走来的胡宇："里面准备好了吗？"

"准备好了，我今天也跟你做手术，走吧，去刷手。"

"你不用跟我。"

听到余溏突然说了这么一句，走在前面的胡宇一顿，回头不解地问他："为什么呀？"

余溏解开衬衣的纽扣，边往通过间走，边对他说道："这一次的手术没有任何观摩的意义，所以你不用去了。"

他说完，转身走进了通过间。

余溏刷手后走进手术室，巡回护士已经配合麻醉师做好了静脉复合麻醉和气管插管。

手术室里的大多数人都知道，手术台上躺着的是余溏的哥哥。因此即便是平时喜欢说说笑笑的麻醉医生，这次也都没有吭声。

"液体用的什么？"

"平衡盐。伤者目前为止还没有出现休克。"

余溏低头看着躺在自己面前的余浙。他比余溏大四岁，虽然是江山茶业的老总，但是他对于自己的饮食一直很克制，从来不暴饮暴食，并且坚持健身，平时很少生病。上回他因为割腕入院，余溏顺便安排他在"附院"做了一个全身性的检查。检查报告是余溏取的，在余溏的记忆里，他的各项身体机能都没有问题。

余溏想起岳翎问他的那一句："他死了吗？"

死了吗？他作为心胸外科的医生，他的病人大多数都在死亡的边缘挣扎过，虽然手术的过程复杂，手术中的状况大多无法预料，但他还是希望尽自己所能把这些人都从死亡的边缘拉回来。

他精进专业、修炼自身。不管科室和医院的人际关系有多复杂，他都时刻提醒自己要和而不同，要尽量跳脱出来，去做一个治病救人的好医生，做一个温和纯善的人，不要让自己的患者和家属像那个楼上的小姑娘一样绝望。

他最不愿意在手术室做的事情，就是宣布死亡时间。用这种冰冷的数字来终结病人一切社会性的关系，在令家属痛苦的同时，也会令余溏对自己失望。

然而此时，他站在无影灯下却觉得很讽刺。这次好像无论如何他都会让自己失望，因为手术的难度太大了。

"余医生。"器械护士喊了他一声，"准备开始吗？"

余溏轻轻地握了握自己的手："开始吧，开胸探查，准备清理心包填塞。"

他说完这句话后没有再做任何的犹豫，从余浙身体的正中开胸后，进入心脏开始手术。余溏很快探查到了心包积血，果断地切开了心包。护士配合他顺利地清除了积血，缓解了心包压力，接着就在余浙的左心室前壁发现了那条长度接近两厘米的伤口。

伤口呈喷溅式出血，包括余溏在内的四个台前医务人员都在一瞬间被喷了一脸的血。

余溏看着余浙心肌上的伤口，心口突然也猛地刺痛了一下，麻醉师喊着："血压在掉，余医生。"

麻醉师的话音刚落，余浙的心脏出现了骤停，器械护士也慌了，喊："余医生！"

"别慌。"

余溏迅速地翻出壁伤，按住出血口。

"我按稳了，你准备做心包内按压。"

"好……"

器械护士忙将右手伸向余浙的心脏后侧，用手指向余浙的胸骨背侧挤压心脏，试图让余浙的心跳恢复。然而令器械护士恐惧的是，在第二次按压的时候，余溏手指按住的上方的心壁突然破裂。器械护士立即松手，然而已经来不及了，伴随着按压，大量的鲜血喷溅而出。余浙的心肌瞬间失色，血压直接掉到了零。血液像水流一样喷出来，余溏的眼前一下子模糊了。

"天哪！"

"找出血口！"

"余医生……"

"找出血口啊！"

没有人回应余溏。

麻醉师再次确认了一遍仪器，开口说道："余医生，十点零五分，你尽力了。"

余溏仍然按着余浙的心壁没有松手，护士也不敢松开自己握着的心脏。

"松手吧……余医生。"护士的声音有些发抖。

"好。"

余溏放开手指，那颗温热的心脏一下子落回了它主人的胸腔。余溏往后退了一步，靠着手术室的墙壁，缓缓地蹲了下来。

手术室外面，张曼抱着手臂，沉默地看着手术室的指示灯熄灭。

护士从手术室走出来，询问说："请问哪位是余浙的家属？"

张曼没有出声，站在一边的陈敏只好说道："我是余浙的秘书，请跟我说吧。"

"好的。我们很抱歉，伤者在手术中死亡，希望您现在先配合我去办理遗体保存手续，后续还有一些问题……"

张曼突然开口说道："主刀医生呢？"

"医生有很多后续的工作要做……"

护士后面还说了什么，张曼已经听不清楚了。她迫切地想要找到余溏，但显然余溏并不想给她这个机会。

此时不光是张曼，整个医院都找不到余溏。

由于江山茶业集团的品牌部需要了解余浙手术的详细情况，医院科室就召集了这场手术的所有参与人员，但唯独找不到余溏。

魏寒阳本来在男科病房值班，胡宇直接到值班室把他拽了出来："帮忙联系一下师兄。"

魏寒阳刚才趴在桌子上打盹儿，这会儿人还不是很清醒。他被胡宇拽出来之后，还迷迷糊糊地一边掏手机一边问："怎么了？"

胡宇着急地说："余总的手术刚结束，科室在找师兄，但他换了衣服就不知道去哪儿了。"

"这……关机了呀……有可能在做别的手术吧？"

"手术你个鬼呀！他哥的手术刚刚失败，现在所有参与手术的人包括急诊科的人都到医院办公室去了，但师兄人不见了。"

魏寒阳捏着手指："找不到余溏，就找岳医生。"

"对呀……"胡宇拍了一下大腿，"你有岳医生的电话吗？"

"有，你等一下。"

魏寒阳说完看了一下四周，男科的病房晚上一般都比较消停，这会儿病房都已经熄灯了，走廊上也没有什么人。但他还是把胡宇拉回了自己的值班室，谨慎地锁上了门，这才拨通了岳翎的电话。

电话响了两声之后，被人接通了，魏寒阳忙按下了免提。

"喂，岳医生，你在哪里？"

谁知电话那边停顿了两秒，却传来一个男人的声音："我是 × 分局的民警，我姓黄，请问你是岳翎的什么人？"

魏寒阳一怔："哦，我是她的朋友……"

"那你现在方便过来现场吗？"

"现场……"魏寒阳心里有一种不祥的预感，"请问是出了什么事吗？"

电话那边的声音很冷淡："平清路旧楼这边有人坠楼，初步怀疑坠楼身亡的人是你的朋友。"

"什么？！"

平清路啤酒厂的旧楼只有十层，岳翎一个人几乎用了半个小时的时间才爬上了楼顶。

楼顶上无人照看的花台里开着的无数不知名的小野菊，在深夜渐渐地停下来的雨里散发着令她无比熟悉的清香。

她按着自己虎口处的伤，慢慢地在花台前蹲下，贪婪地吸了一口气。小野菊的花香沁人心脾，她索性背过身，靠着坐在花台上，远处的城市霓虹好像把天幕染成了暗调的深蓝色，绚烂又诡异，像极了她那条真丝长裙的颜色。

岳翎在一片流彩之光中闭上眼睛，多年前的记忆像是慢慢地从地狱里爬了出来。她此时才发现，过去的事情并不是被她遗忘了，而是她自己不敢回想。

她不敢。

那时的余溥，穿着白色的 T 恤衫，从她的身边跑过去。操场上人来人往，喧闹声让她隐于人群。他当时跑得太快了，岳翎还没来得及开口说什么，他就已经跑远。岳翎只能看着他的背影，把人生的第一封情书，也是最后一封情书，"扼杀"在了校服的袖子里。

所以，作为女孩儿，表白的时候不应该害怕，害怕就会留下遗憾。不要因为他走了就站在原地，要转身去追，否则后悔就来不及了。

是啊，后悔已经来不及了。岳翎把头慢慢地埋进自己的手臂里，高处的风和着雨丝吹冷了她的脊梁骨，她强迫自己从回忆里抽离出来，去想除了情书这件事情之外她还有什么别的感到后悔的事情。

她有很好的学历背景、过硬的专业能力、不菲的收入、姣好的面容、匀称的身材。除此之外，她还一直都是一个努力学习、努力生活、努力工作的人。她坚强冷静、正义善良，她救过很多临近崩溃的人，她把林秧拽出深渊，她承受很多来自他人的恶意和伤害，但她从来没有认输过。哪怕是这一次，她也并不认为自己是输家。

如果非要说出让她后悔的事情，也许只有一件，就是她这一辈子说了很多的谎话。再往下想，令她最难过的，是她说过要等余溏回来，但是她食言了。

她最终无法面对她最爱的那个男人，她害怕再次见到他，她现在就想要活下去，屈辱、狼狈地活下去，在暗无天日的生活中活成她自己都看不起自己的模样。岳翎好像什么未来也看不见了。她明白，君虽在咫尺，但终须一别。

她想着，扶着花台慢慢地站起身，朝向"附院"的方向轻轻地开口说道："我想起来了，余溏，那年的我很想要保护你，很想要你清清白白地成为你想要成为的人。如今的我还是一样，我希望……"

她说着笑了笑："你能做一个好医生。"

余溏回到家的时候，客厅里的血腥味已经淡了，灯仍然是开着的，"辣鸡"蹲在玄关处，脚边整整齐齐地放着两双棉拖鞋。余溏看着沙发，她盖过的毯子还挂在沙发的靠背上，她喝过的水杯也还放在茶几上，她好像和从前一样，只是出去上班了。

余溏走进客厅，低头看见茶杯下压着一张纸，他忙移开水杯，岳翎的笔迹清晰地映入眼中。她的字体很端正，笔锋和字的框架甚至有些像男生写出来的。

余溏靠着沙发坐下来，把整张纸展开在灯下，纸上的文字如下：

余糖糖：

　　谢谢你。这句话是我一直都很想对你说的。

　　我以前从来不认为我是一个可悲的人，但我也绝对算不上一个幸福的人，可是遇到你之后，我觉得我比大多数人都要幸福。我记得我在 C 城的时候跟你说过，人并不复杂，但人群很复杂。到现在为止，我仍然认为这句话是残酷而精确的，所以我选择了最简单的方式来面对人群，我不想牵扯其他的人，我希望一切的伤害和痛苦都在我的身上全部了结。

余糖糖，我不知道你什么时候才能想起你丢失掉的那一段记忆，如果你想不起来就算了吧。我不想你和我一样绝望，更不希望你变成我现在这个样子，我情愿你什么都不知道，从此以后自由、磊落地面对人群。你是一个很好很好的外科医生，你是这个世界上珍贵的医疗资源的一部分。虽然我很想一个人拥有你，但我也明白，你不能只做我一个人的余医生。

对不起，原谅我食言，没有等你。我不是不想见你，我是害怕见到你的时候，你会把我拽回到你的身边。

我并不想弄伤余浙，可跟他争吵的时候不该发生的事还是发生了。虽然那是一场意外，但对我来讲已经不可以回头了。

你和我都明白，道德是那么崇高的东西。不管我曾经有多偏激，也不管我现在有多绝望，我都不允许自己去诋毁它的崇高。可是事实上，每一个人都可以轻易地举起它，并弃掉它原本的精神，利用它最锋利的刀刃作为武器，目的仅仅是为了发泄自己的情绪。余溏，原谅我忍受不了这些声音，也原谅我必须要离开你。但你放心，我并不想死，我只是还没有做好准备来面对我的结局。我想静一静，然后去承担应该承担的责任。

我还是想要告诉你，我活了二十七年，真正自由的日子，只有今年的夏、秋这两个季节。很开心的是，我和你同居了。同居以后我才明白，两个人一起生活原来那么温暖。拖鞋可以买两双，杯子也可以买一对。咱们晚上开着灯坐在一起吃火锅，吃完之后我写病案你看文献……如果可以，这样的日子我愿意再过一万年。

只要我回归到生活里，我就会完全沦为你的"病人"，完全地信赖你、依赖你。你一直是那个治愈我的医生，但我好像没有给你的人生带来什么，所以我整理一些我的东西放在茶几下面的抽屉里，那些都是我很喜欢的贴身物件，我也不知道应该把它们交给谁，如果可以，你替我收着吧。

余溏看到此处，低头拉开了茶几的抽屉，里面躺着一个蓝色丝绒的首饰盒，首饰盒里装着岳翎的手表、项链、耳环、手链和一支新买的还没来得及拆封的口红。

物欲还未丧失，她还想好好活着。

余溏怔怔地合上那个首饰盒，将它抱入怀中。他的胃里翻江倒海，喉咙里却发不出一丝声音。

信上的文字只剩下最后的几行，被她的泪水浸染过，有些地方的字迹被晕开后甚至有些看不清了。

　　　　余溏，送我千里，终须一别。

　　　　　　　　　　　　　　　　　　　　——岳翎

信至此结束，"辣鸡"不知道什么时候扒拉开了窗户。寒冷刺骨的风一下子灌满了客厅，余溏跪坐在地上出神了好久，终于回过神来。他四处找自己的手机，终于在沙发下找到了，可是打岳翎的电话已经打不通了。他顾不上别的，抱着那个首饰盒就往楼下冲，在地下停车场一头撞上了魏寒阳。

魏寒阳什么都没说，一把将他扔上了副驾驶位，"砰"的一下关上了车门。余溏想要下车，却被魏寒阳拼命地按了回去。

"你要去哪里？！"

"我要去找岳翎！"

"你找不到她了！"

"不可能！"

"她死了！"

"……"

余溏一怔，魏寒阳顺势锁住了车门："听明白了没有？！她已经死了，她在啤酒厂那栋旧楼上坠楼了，现在尸体都已经被殡仪馆接走了！你去哪里找？！去殡仪馆吗？要去我现在就开车带你去！"

余溏没有出声，手机却一直在响。魏寒阳一把拿过他的手机朝车外摔了出去，回头扳过余溏的头："你先给我回神！"

"你先告诉我，她为什么会死？！"

深夜的地下停车场里一片死寂，偶尔有那么几辆车进出，亮着冷漠的灯光，各自匆忙。

魏寒阳突然说不出话来了。

"余溏……"

"我想起来了。"

"什么？"

"我想起来了。"他的手指紧紧地扣着首饰盒的外壁，"我想起高三那年的暑假发生的事情了……"

魏寒阳愣怔在驾驶位上："你是说你想起车祸的事情了？"

余溏没有回答魏寒阳，不知道为什么，他觉得此时此刻一切都变得有些荒诞。

他记起了在平清路旧楼里发生的事情。那天余浙告诉他，他们学校高一实验班上的那个叫岳翎的女生就住在啤酒厂旧公寓的四楼。他得知这件事情以后，连晚上的同学聚会都不想去了，跟张曼打了一声招呼，就一个人骑车回学校。

高一年级还没放暑假，下午四点左右，第二节课正上到中途，留着"地中海"发型的物理老师正在讲台上一门心思地做实验，余溏站在走廊上，忽然被一个走神的女生看见了。

"喂，喂，喂……你看，是高三的那个余溏……"

教室里同学的注意力被这一句带着气声的话打散了，女生们纷纷朝窗户边上看过来。

物理老师捏着两根试管，感到莫名其妙，抬起头问："你们看什么呢？"

余溏看着坐在教室中间的岳翎，她趴在桌子上正在睡觉，被同桌拍了拍才睁开惺忪的眼睛看向窗户。

他们的目光相接，余溏冲她笑了笑，岳翎忙把目光收了回去。

"这位同学，毕业了就好好玩，回学校来影响学弟学妹们学习吗？"

物理老师显然认识余溏，他举着试管走到教室门口，半开玩笑半带着责备地跟他说话。

佘溏赶忙站直了身，认了个错："对不起老师，我去楼下等岳翎同学。"

"啊……等岳翎啊……"

班上短暂地炸开了锅。

岳翎僵着背坐在位置上，耳根红了。可惜佘溏没有看到。

他一直在楼梯口站到了下课。女生们拥着岳翎走下来，之后都趴在楼梯的栏杆上不想走。

岳翎抬头望着天："能换一个地方说话吗？"

"去哪儿？"

"不知道。"她边说边往校门走，"我要回家了。"

佘溏转身跟上她："回平清路吗？"

岳翎没有回头："你怎么知道我住哪里？"

"你还记不记得我啊？"

"什么……"

岳翎站住脚步，佘溏顺势走到她的面前："MP3。"

岳翎怔了怔。

"我以前住你家楼下。"

岳翎一时不知道说什么，只觉得自己的耳朵跟要烧起来一样："我要……我要回家了……"

佘溏回头继续追上岳翎："我跟你一起走。"

到现在为止，佘溏已经分不清楚，是应该庆幸还是应该后悔当时跟她一起走进了旧楼。

回忆里所有的细枝末节他都想记起来，唯独这一段他不忍回想。

少年时的智慧过于纯粹，未经历过社会的教训，纯粹到只能用来解题。当岳翎反锁上门将他从家里赶出来之后，他原本想去派出所报警，却在半路上被张曼拽回了家。

那个时候，他选择相信大人，相信他们可以公平、正义地处理这件事情。他把余浙的暴行和岳翎的遭遇全部告诉了张曼，然而令他没有想到的是，张曼再一次把他锁在了家里。

那段时间已经临近高考填报志愿，张曼每天陪着他选择学校，却绝口不提岳翎的事情。

被锁在家两天以后的下午，外面下着大雨，他坐在电脑面前，第一次对自己习惯倚靠的力量失望了。甚至，他偷听到了张曼找人伤害岳翎的计划，他趁着张曼跟公司的人打电话的空当，从家里溜了出去。

雨天的工作日，街上的行人很少，他没有打伞，顶着外套一路往派出所奔跑，谁知却在路口处听见有人喊他的名字。

"余溏！"

他回过头，岳翎穿着一条蓝色裙子，淋着雨站在对面的红绿灯下面。

"你要去哪儿？！"

"我要报警！"

"不要去！"

"为什么？你已经报警了吗？"

对面的女孩儿抬手抹了一把脸上的雨水："没有……我没有报警……"

余溏抬头看了一眼红绿灯，红灯还剩下三十秒。

"那跟我一起去报警吧，我帮你做证！"

"你做不了证！余浙有一个视频，他拿给我看了！视频在旧楼外面，只拍到了你和我……如果我报警，余浙会把视频交给警方，到时候你也完了！"

她说完，深吸了一口气："余溏，我告诉你，我一个人傻兮兮地暗恋了你一年，你连我是谁都不知道，但我一点儿都不生气。我特别开心，因为住在你家楼上的那个女孩子是我。你听我说，你还没有填报志愿，你还没有上大学，你自己的梦想也还没实现……"

"那你怎么办？"余溏打断她的话。

"我吗？"她冲他笑了笑，"你放心，我会为我自己讨回公道。"

她边说边往前走，余溏的耳边突然传来路人的惊呼声："我的天，这车疯了吗？欸，欸，欸！人行道上有人！"

余溏的记忆在这个地方被脑中一声尖锐的声音打断了。

魏寒阳眼中的余溏，此时就像一个堕进冰窟窿里的人，连呼吸声都在颤抖。

"余溏，你还好吗？你整个人都在抖……"

余溏没有说话。回忆至此他终于明白，那个女孩儿当年就想要保护他。多年以后，她仍然在最后一刻选择自己一个人迎接面前的恶意，试图保全他的人生。但讽刺的是，他所有的梦想都是因岳翎而立，所以比起保全自己的人生，他更希望那个女孩儿"功德圆满"……

结局美好的小说里都写着，两个相爱的人在一起就会成为更好的自己。可事实上呢？即便无法成为更好的自己，他们也还是想要在一起。

"我要去平清路看看。"

魏寒阳发动了汽车："不行，科室的人在等你，再说……"

他顿了顿："已经晚了。"

是啊，已经晚了。

余溏直起身体，仍然把那个首饰盒护在膝盖上，掏出手机打开微博的界面。

余浙、江山茶业、岳翎，同时占据了微博热搜的前三位。余溏点开岳翎的名字的话题，话题里热闹得好像她并没有死。各种猜测、各种诋毁和中伤、各种调侃和污蔑仍然存在，只不过在这些侮辱之上覆盖着一层人群对于亡者的悲恸，但那只是一层薄薄的带着猎奇心的遮羞布。

岳翎说，她不愿意跪在这些声音里。余溏抬起头朝车窗外看去，霓虹璀璨，所有的城市灯光好像都在朝一个方向涌动。

也好，她不用跪在这些声音里了。

二〇一八年的秋天沉默地走到了尽头。天气在一瞬间陡然变冷，岳观办完岳翎的丧礼，开始准备毕业设计的资料。

期末的图书馆上自习的人很多，开水房里聚集着三三两两出来透气的学生。岳观拿着保温杯站在水箱的旁边，准备给自己冲一包感冒冲剂。站在他旁边的一个男生对一个女生说道："你关注之前江山茶业老总的那个案子了吗？"

"怎么了？你有他们家的股票啊？"

"你在说什么呀？"

女生捧着保温杯："你怎么看这个案子？"

"我呀……"男生望向远处，"我觉得那个男的该死，他就是一个败类。"

女生听了却沉默了一阵，然后说道："我觉得那个岳医生很勇敢。"

岳观冲好冲剂，站在窗边，一口一口地吞咽着。

外面刚刚下过一场大雪，操场上还没有人踩过的痕迹，远处的树冠白茫茫的一片。

"我挺心疼她的。"女生喝了口热水，又轻轻地说了一句。

"那是因为她死了。"岳观忽然在窗边接了这么一句。

刚才说话的两个人怔了怔。男生没有说话，女生却下意识地说了一句："对不起。"

岳观拿起自己的杯子往开水房外面走，一边走一边对她说："没事，反正她也死了。"

他说完走回到自己的座位上，把所有的书都收拾进了背包，一个人走出图书馆。

作为雪停后第一批走进雪中的人，岳观对打破眼前的宁静这件事多多少少有些负罪感。

不得不说，岳翎的死在一夜之间改变了他很多，大到对自己的认知，小到说话做事的方式。他开始不再任性而为，不再只管自己开不开心，也不再轻易张口评价任何事情。虽然他至今也不能理解姐姐为什么会是这样的结局，但他决定接受现实。

在她死后，真相终于不再是肮脏的了。她亲手揭掉了那些丑陋的疮疤。在舆论的视野里，岳观亲眼见证了她的蜕变，她变得白璧无瑕、变得完美、变得不可亵渎。

也许这就是她想要向人群索取的东西吧？不论如何，她最后得到了想要的。

"岳观。"

背后忽然有人叫他。岳观停住脚步回头看去，林秧穿着厚厚的羊羔绒大衣站在雪地里。

"你来干什么？"

她踩着雪跑向岳观，一边跑一边说："妍姐说，岳医生葬礼的各项事情都已经结束了。她让我把最后的资料带给你，你核对一下，看看还有没有什么问题？"

岳观接过她手中的资料袋放入背包里："谢谢你们这次这么帮忙。"

林秧搓着手摇了摇头："没有，岳医生的事情……我真的非常难过，我一直在想还能帮她做点儿什么，但我这个人没什么脑子……"

"你活着，我姐应该很开心。"

林秧无端地被这句话刺痛了。她仰起头，勉强忍住眼泪。

"岳医生百日那天，我跟你去看看她吧。"

"好。"

"余医生会去吗？"

"余溏……"岳观低头看着干净的雪地，"会吧。"

"对了，葬礼之后我就没见过他了，他去哪里了？"

"他请了长假，在装修房子。"

"他不是有房子吗？"

"卖了。"

岳观抬起头："他把自己的房子卖了，买了楼下的那间房子，我姐姐以前租住的房子。"

林秧的眼泪夺眶而出。岳观转身看着她："林秧，你没必要哭，毕竟我姐做到了她想要做到的一切。有几个人能像她这样勇敢呢？"

林秧含泪点了点头。

所以，诸君也无须对此唏嘘。

毕竟，她等待刀锋已久。

云泥之别

◁ ⏸ ▷ —————— 05:06

我妈叫李小丽，但我觉得我爸跑了以后，她好像就自己给自己改了一个名字叫"李大力"，大力水手的那个"大力"。

我爸是什么时候跑的，我已经记不起来了。反正我在很小的时候，就知道我妈挺不容易的。

她那会儿很喜欢骂我爸。家里的燃气灶坏了，她会骂："都是那个死男人，要不是他跟野女人跑了，咱们家今天晚上也不至于开不了火。"

买回来的牛奶忘记放进冰箱，第二天起来全坏了，她也骂："那个死男人不跑，你妈我现在也不至于舍不得扔这些馊牛奶。"

反正都是我爸的错，好像如果他当时没跑，我就能活成公主一样。

"翎翎，你以后一定要嫁一个有钱的人，然后管住他的钱，干掉他在外面的女人，给妈好好争一口气。"

这句话在我的青春期里出现了很多次。当我第一次对男人的身体产生好奇，刚刚开始在荷尔蒙的推动下对自己的性欲有所认知的时候，就被这个自认为生活失败的中年女性灌输了这些观念。你们能想象到那种感受有多么神奇吗？为了金钱去结婚，然后作为一个"正房"去和"小三"战斗，掌握经济大权，站在女性食物链的顶端，就差举一把火炬给自己弄个雕像了。在我妈的眼中，这就是人生赢家。霸气、稳定、疯狂，然后干掉同性、处死爱情、甩掉男人，最后成为"称孤道寡""一统天下"的人生赢家。

是不是很封建？但好像又不得不承认她把两性关系看得特别透彻，甚至带着一丝"先锋女性主义"的决绝。我试图理解她，但最终没能理解。

我一直很想知道，在我妈的世界里，男人到底是怎样的存在？其实她这个人在我爸死后，就没有什么欲望了。她在啤酒厂的名声不是很好，大家都说她为了养活家里两个小孩子四处借钱，借了钱也不还，实在拖不下去了就会和债主出去快活。

虽然前面大半段的说法其实是对的，但是后面半段我必须跳起来反驳。我亲眼看见过我妈拿着刀站在厨房门口，逼着那个穿着"火炮儿"（短裤）的大爷滚蛋。那时候她像只母豹子一样，张牙舞爪，声音压得很低。

"你滚不滚出去？我告诉你，我儿子和我女儿在里面睡觉。如果让他们看到你，你和我今天就都别想活了。"

我捂着岳观的眼睛躲在房间的门背后，透过门缝儿往外面看。那个大爷被我妈逼到了门口。

"就千把块钱，你今天如果愿意，下次还好再借……你这样是要干什么？"

"我呸！"我妈握着刀说，"我女儿以后是要嫁有钱人的。等她嫁了人，我连本带利地全部还给你。今天你想乱来，绝对不可能！"

大爷笑了一声："你女儿嫁有钱人？你女儿才几岁啊？"

岳观掰开我捂在他眼睛上的手，一把推开门，特别大声地喊了一句："我姐姐今年十三岁了！"

我目瞪口呆地看着站在我身后一脸天真的岳观，又看了一眼我妈。我妈脸上的表情复杂，这情形荒唐得让我觉得有些担心又有些好笑。

那一年我十三岁，啤酒厂的旧楼公寓正在闹拆迁，来不及搬走的居民和我还有我弟一起见证了一场大戏。

我妈穿着灰绿色的睡衣，追着一个穿着红色"火炮儿"的大爷暴打。最后大爷摔掉了一颗牙齿。我妈把他逼到了顶楼的花坛上，气势汹汹地对他说："我说了，如果让我女儿和我儿子看到你今天的样子，我们俩今天谁也别活。"

"火炮儿"大爷上气不接下气地喘息着，伸出一只手求我妈冷静。

"这样……你放过我……我再给你一千块钱……"

"拿来！"

"我……我下去拿，你不要动手，不要动手了……"

我和岳观傻兮兮地站在家门口，看着我妈拿回一沓蓝绿色的钞票。她把钱放进门口的那个破皮包里，蹲下来准备摸我弟的脑袋，没想到却一头栽倒。

我弟回头对我说："姐，妈妈开心得摔倒了。"

她不是摔倒了，她是突发心脏病了。

我骨子里其实是有一点儿像我妈的，或者说自从我爸跑了以后，我妈成了我幼年时代唯一的"偶像"。不对，我还要在这句话里再加一个词，自从我爸跑了以后，我妈"被迫"成为我幼年时代唯一的"偶像"。

那个做饭、洗衣服无所不能的李小丽，虽然有心脏病，却总能一次又一次地从病床上爬起来战斗，而且把我和我弟所有的错误全部都归结在我爸的身上，不讲道理地站在我们这一边。她从来不打我们，也不骂我们，还给我买好看的裙子，带我烫头、化妆、喝汽水，牛得就像一个女超人。

她不相信男人，男人也不值得她相信。她相信钱，相信强势的力量。哪怕她是一个病秧子，她仍然可以把男人打得抱头鼠窜，而且还能逼迫他们给她钱花。

你们看，小时候的我三观有多么"歪"。

我的中小学老师在修复我三观的路上并没有起到多大的作用，不过在他们传授给我知识的同时，还是扭转了我的金钱观。

当我发现成为一名医生、一名工程师、一名律师可以赚钱、独立生活的时候，李小丽在我心中的偶像形象就崩塌了一半。没错，只崩塌了一半。

我觉得李小丽的局限性大多在于她文化程度不高，但我相信这一定不是她自愿的。除了没有文化知识没办法找到一个体面的、赚钱的工作，同时也没有一个健康的身体能自食其力这两件事，她在其他的事情上战斗力都是处于"爆表"的状态，就和那个拿着火炬的自由女神像一样。三观再歪曲我也要说，在我的人生当中，再也没有见过比她更适合给"自由"做注脚的女人了。

我之前一直暗暗发誓，要像她一样强大，还想要超过她。我想成为一个独立、优秀的女性，然后拿着很多钱站在她的面前对她说——你看，我比你厉害，我不靠掌控男人、不靠和同性争斗也可以走向人生巅峰，你服不服？

　　可惜，我没有做到。

　　读书的那几年，除了转变我金钱观的老师之外，还有一个转变了我感情观的人。

　　虽然自诩"斗士"的我对班上那些愣头小子一直没什么好感，但还是对他印象深刻。高一那年，那些初中阶段没有发育的男孩儿在经历了一个暑假之后，身高整整比我高了一头。虽然他们仍然稀里糊涂地学习，稀里糊涂地面对自己的青春期，爱点评女孩儿的胸部和腿，但是他们还一点儿都不明白成年人真正的乐趣在哪里。

　　又俗又傻，这是我当时对男孩子高傲又无礼的偏见。

　　直到我遇见了余溏，我开始思考，像我这样从小到大都"画风清奇"的人，究竟有没有可能臣服于一个正经的好人？我以前觉得绝对不可能，但事实上颜值是可以改变一切的，荷尔蒙好像可以在任何时候把人装进袋子里打蒙。看到余溏以前，我以为自己是"性冷淡"的"人设"，看到余溏以后，我才发现自己是一个肤浅的"白衬衫控"。

　　他和我认识的所有男性都不太一样。他年轻、皮肤白皙细腻、头发柔软、眼神干净、身材高瘦，成绩更是在年级里"一骑绝尘"。他没有女朋友，收到情书以后会偷偷地藏起来，然后私底下去找给她送情书的女孩子，认真地跟女孩子道谢，说自己和她都还是学生，现在的任务是好好学习，谈恋爱是以后的事情。

　　如果说，年轻的女孩子身上的气质，会让她们看起来有一种未经人事的脆弱感，那么余溏身上的气质，就会让人有一种他凭一己之力在和这个世界对抗的感觉。荒唐又孤独，偏偏又让人觉得很珍贵。

　　不管其他人怎么想，反正我是这么觉得的。我甚至在那个时候就萌生了让他的气质终结在我的石榴裙下的想法。不过这个想法大概只持续了几分钟，就被他那一身"禁欲"的白衬衫给打败了。

　　唉，他要是能早一点儿认出我就好了。我上辈子不知道是跟他修了什么样的缘分，这辈子才住到了他家的楼上，而且和他听了很久的 MP3。

照理说，我应该是他的"童年女神"哪。结果在高一那一年，我却是个白日梦做得比谁都厉害却始终默默无名的暗恋者，混迹在一堆又一堆的"花痴"的妹子里，在他的白衬衫上幻想自己无处安放的青春，最后连上去跟他说一句话的勇气都没有。

后来，我在某一节语文课上积累到了一个好词——云泥之别。

当我刚刚把这个词写到我的笔记本上的时候，他就走进了我们班的教室，对语文老师说："老师，不好意思，打扰一下。我们班的白粉笔没有了，可以跟您借两根粉笔吗？"

班上的女生开始窃窃私语，他自己也有些尴尬，低头退到了教室的外面。从我坐的位置看过去，就只能看到他的半个侧脸。他没说话，无意地看向黑板上的粉笔字。我低下头看我的笔记，"云泥之别"这四个字一下子变得特别刺眼。

"你们不要再说话了。人家是实验班的第一名，是考'A 大'的苗子。你们要学就学人家好的地方。"

语文老师"咔咔咔"地敲着讲台，借着这个小插曲开始给我们上思想政治课。

"大家现在才刚刚上高一，都还有机会成为优秀的同学。我希望咱们班的同学都紧张起来，你们也是高一年级的实验班，你们班上以后也是要出好苗子的。现在虽然还没有分班，但是大家也要找到自己的比较对象，比如说……岳翎，你的数学成绩很好，但你的语文成绩我就不想说什么了，你要是能在语文学科多拿个十分，也有和余溏同学一样的潜质。"

啧啧，这就是老师们的肤浅之处，他们以为成绩一样好，就可以拥有同样的人生。实际上呢？我一边听他讲话，一边狠狠地戳着"云泥之别"这个词语。

这就是记忆之中出现 bug（故障）的可悲之处，如果我知道我是余溏的"童年女神"，我一定会像个"大姐大"一样把他拴在我的身边，带着他耀武扬威地在三中横行霸道。

然而我不知道我是他的"童年女神"，他也不知道。没错，他连我的名字都不知道。但他又把他自己许给了我，所以活该他二十八岁的时候还没谈过恋爱。

我从小就是"姐"，在三四十岁的男人面前也毫不露怯的"姐"，所以我打死也不会承认我暗恋余溏。因为我不肯承认我和余溏的故事还没有开始，我就被一个叫余浙的人给那什么了。

　　针对这一段经历，我其实特别想要一个犀利的记者来采访我，可惜采访我的记者都太正经、太平和了。我清晰地记得，我把我和余浙的关系主动曝光之后，好几个找上我的记者都问了我这个问题——你如何界定你和江山茶业余总的关系？

　　我说我们是罪犯和受害者的关系，这个答案后来被改成了加害者与受害者的关系。好吧，我忍了。

　　他们还问了我一个特别蠢的问题——现在你想要对余浙说些什么？

　　我记得我当时坐在灯光下面，挺直了腰杆，情绪饱满地说了两个字，最后这两个字也被改掉了。

　　采访播出的综艺效果满分，但是可能在很多人心中，我被当成了一个没心没肺的人。你懂我在说什么吗？我试图用最符合大众第一反应的语言去和大众共情，如果把理智再卸下一点儿，我甚至可能就会上演暴跳如雷、歇斯底里的戏码。然而那位自媒体的记者，她用她身为媒体人的自觉以及对大众传媒的责任感，把我塑造成了一个坚强而不失幽默的小姐，这样也不错。

　　现在我要来回顾我和余浙的那一段纠缠的经历了。

　　我先声明，我并不想死，我还想和余溏白头偕老。可惜那天晚上我实在是太疼了，疼得有些恍惚，忘记了我家的楼顶没有栏杆，所以才会失足掉下去。

　　不过现在这样也挺好的，现在的我好像占据了全知全能的视角，这样我就可以用一种特别自我悲悯的态度来谈论这件事情。

　　我们第一次见面是在夜市里，那会儿我在一家店里吃完东西已经准备走人了，他是到店的最后一拨客人之一。他以为我是店员，坐下就问我要酒，并且问我能不能喝酒。

　　我这个人又不傻，绝对不会跟他们喝酒，所以我揉了揉太阳穴，打算直接离开。在场没什么人为难我，除了余浙。

　　他已经喝醉了，跷着二郎腿，拍了拍自己身边的座位，张口就是一通又难听又无耻的调侃。我打开一瓶啤酒，照着他的头就浇了下去。

事实证明，不作死就不会死，当一个没有任何背景的人为了不在这场羞辱之中占据下风，而干出拿酒浇人头这种事情之后，这件事就朝着一个不可控的方向奔去了。

后来我们又在夜市上见过几次面，我不断地拒绝他，用他羞辱我的方式犀利地还击，最后彻底把他变成了我的仇人。这个过程当中最不公平的事情，就是我从头到尾不过是在以牙还牙。照理说，先生气的人应该是我，先展开报复的人也应该是我，结果……

我们来讨论一件事情。

不是你们告诉女孩子对于坏人要勇敢地说"不"吗？结果女孩子受伤以后你们又埋怨女孩子："唉，一看她就是没接触过社会，面对坏人应该要战术性服软，不能硬碰硬。"

好吧，话都让你们说了。你们是保护女孩子的"卫士"，靠着一张嘴"撕"遍天下的"渣男"，女孩子可以"挂"，"渣男"必须死，而你的"嘴炮"绝对是正义的，绝对不能"哑火"。

我谢谢你们了。

从当年被侵犯到后来遭遇车祸失去记忆，再到后来我在 C 城遇见余溏，几年的时间就这么过去了。羞于启齿的经历让我失去了所有的外援，就连我身边的那个"女斗士"李小丽也安分地躺在了 M 国的病床上。我不太敢跟她打电话，因为她以为我实现了她的人生理想，找到了一个"人傻钱多"的"富二代"，爱我爱得发疯，还捎带着对她和我弟爱屋及乌。

但是她不知道，我一次又一次地垂死挣扎，想问余浙死没死。

那几年对我来讲，是一场没有武器的战斗，甚至没有观战的人。在我和余浙的实战之中，我基本上没有赢过，但在精神上，我也没有输过。我把什么都忘了，但我就是莫名其妙地记得，我喜欢的那个人他的梦想是当一个好医生。余溏当时什么都不知道，结果他却成了我的精神堡垒。

我之前说过吧，余溏和我见过的所有男人都不一样。他特别的一以贯之，从身体发肤到品德修养再到职业道德和精神世界，好像都是和他身上的白色衬衣贯穿在一起的，洁净、无瑕。他是个外科医生，和我这种学临床心理学的不太一样，他们是浸泡在消毒水中的那一类人，接触无菌的环境。

什么叫无菌？就是绝对洁净、绝对冰冷。

各种明晃晃的医疗器械、冷绿色的刷手服、恰到好处的手臂经脉和只能看见一双眼睛的那张被包裹严实的脸，以及他叫你的名字时那种疏远又冷漠的隔阂感。

绝了。

有那么一瞬间，我的荷尔蒙为这样的人在偷偷地燃烧，然后又被这几年之中的恐惧感全部浇灭。我拿着手机坐在床边，有一种被水从头到尾淋得湿透的感觉，又空虚又失落。然而，余溏是那么朴实又诚实的一个"三杯倒"，被我扒光了衣服干干净净地躺在被子里。

大千世界里，电光火石间。在面对他的时候，李小丽的那些理论自动地被我否定了。

我不用在嫁给他之后费尽心力地去掌握他的金钱，因为他被我"仙人跳"了以后还上赶着来找我负责。他也不可能招惹一堆"小三"来给我拿来当"小怪兽"打，那么我踩着他的肩膀也无法登上女人的人生巅峰。

他躺在那儿，清冷、干净的皮肤仿佛在对我说——岳翎，你看，这是一个好人。

世界给我带来了更大的挑战——承认自己是一堆"大众评价体系"里的泥巴。看好了，不是我自认为是"泥巴"，是"大众评价体系"里的泥巴。然后，"泥巴"要去尝试着和头顶的"云朵"在一起生活。

真的，余溏带着我在"好好生活"这件事情上抄了一条近路。虽然在这之前我也一直在笨拙地尝试好好生活，给自己买品质好的衣服、换价格贵的口红和护肤品、买体面一点儿的皮包、租个像样的房子、在冰箱里塞满饮料和水果……但这一切都是表面上的生活假象。

所以，从本质上来讲，我仍然是"假"的。无论我多么努力地想要把自己装成一个未受伤害、光鲜可爱的小姑娘，但一回到黑暗里，我还是一个脸色苍白的病人。病人不就是应该乖乖地躺在医生的身边吗？

我在余浙的污言秽语中苟延残喘地生活了很多年，干净又好听的描述亲密关系的用语我早就说不出来了。我即便尝试去表达，也是张口就觉得恶心。在这个情况下，余溏的那一套理论无论是从心理上还是生理上，都彻底地治愈了我对亲密关系的恶心感。

或许有些女孩儿会觉得，这样的语言会让自己丧失掉在亲密关系上的激情，但我却很喜欢这样。也许是因为我对云霄飞车不再感兴趣，只能坐在摩天轮上慢慢地让耳水平衡；又或者是我吃多了麻辣火锅，必须要蹲在路边吸一罐酸奶。总之，我羡慕年轻又开心的姑娘们，你们和伴侣还有冲击云端的无限可能，姐姐我已经玩病了，现在躺在床上想着自己还不到三十岁，虽然心有不甘，却也只能在医生的手底下才能继续"享受"一点儿人生乐趣。

感谢余医生，如果不是他，那么我在死之前可能还有点儿遗憾。

说起遗憾吧，现在想想好像还真有，我觉得我知道真相知道得太早了一点儿。怎么说呢？如果我再晚十年知道真相，我应该能把余溏他们家楼底下的那间房子买下来。那样的话我就算真正有一个家了，甚至还可以养一只像"辣鸡"那样的"神仙猫猫"。

我在想，等到那个时候，我会不会因为我自己拥有了很多世俗的财富而舍不得死呢？

现实世界告诉我，绝对不可能。

我早就是一个病人了，而且除了余医生，没有人救我。但我过于自负，或者说我过于清醒，从我选择临床心理学作为我自己的专业开始，我就已经走在了为自己讨要公道的路上。

很难理解对不对？我稍微一解释你就懂了。

如果我不那么看重"岳翎"这个女人的意识，把自己平放在余浙的床上，那也许我就能跟着余浙的思维，体会到他感觉到的那种欢愉了。余浙也就不再是个罪犯，而是电视剧里的那些充满魅力的"霸道总裁"。

如果我不靠着专业去维持自己在精神上的边界感，那么也许我会在二十二岁的时候和余浙结婚，会在二十六岁的时候跟他有一个三四岁的小孩儿，陈敏会叫我"余夫人"，江山茶业会有我的股份，我将彻底实现李小丽毕生所追求的人生梦想。

如果我把记忆里的那个人忘了，那么我一定不会再遇见余溏，也不会再想起他。我所有的记忆都不会醒来，但我会正常地工作、生活、老去。

你们明白吗？如果我尝试去做一个"看得开"的人，那么我就会把余浙忘掉，不会觉得不甘心。可惜我一直都看不开，所以我能怎么办？

我明白，很多人都在为我感到可惜，好像我为了一个"渣男"把自己的人生全部都毁了。大家在网络上一遍一遍地问我——你为什么这么傻？为什么这么偏激？为什么这么脆弱？为什么要用别人的错误来惩罚自己？

我很无奈，我没想弄伤他呀！我想看到他进监狱呀！只是他想伤害我，却不料自己意外地扑向了他用来伤害我的刀锋。

怎么说好呢？因果轮回、报应不爽，他就这么死了，看似……死在了我的刀锋下。

在旁人眼中，我太傻了。然而，我没有想死啊，我只是没站稳，不小心"飞"了一次。

我比你们想象的强大得多好不好？

不过话说回来，没有一个人觉得我很勇敢、很帅气吗？

算了，这个问题有点儿残酷。我希望我在解释的时候，语气尽量平和一点儿，但如果有任何让你们觉得冒犯或者不开心的地方，请多多包涵，毕竟我现在不知道自己正飘在哪里，你想打我，也打不到；你想骂我，我也可以当作没看见。

我选择做一个刚烈的人，选择直面令我恐惧的人和过去。你们不要责备我偏激，其实从我决定守住精神的界限，不沦为权利和金钱的奴隶那一天开始，这个荒唐的决定就已经做出来了，只是当时的我尚不知道而已。

我跟余溏说过很多次，人其实很简单，但人群很复杂。当法律、经济、社会、道德介入人生的时候，偶尔也会变成在精神上给你洗脑的力量。你们要相信，我这样说绝对没有诋毁这些东西的意思，它们是特别无私、正向的力量，他们的初衷永远是为了解救无助的人，维护大环境的稳定，让更多的人好好生活。只是因为我太自我了，如今法律公正的力量也没有办法温柔地拯救我。这是我自己的问题，是我一个人的问题。我希望你们永远不会遭遇我经历的事情，我希望你们一定不要学我。

我现在唯一值得骄傲的事情是——我不会老了。

但我的余溏，他慢慢地变老了。

小时候的我，根本想象不到那个穿着白衬衫的少年以后会走向什么样的结局，至少我不觉得他会孤独地老去。他应该像刻在三中大门上的校训一样，无论过去多少年都带着清新、向上的气质。可是，他后来沉迷于装修房子。我那个两室一厅的房子被他翻来覆去地捣鼓，换了一批又一批的家具。他每天在家里煮饭、喂猫，"辣鸡"老死以后，他又养了一只胖得不行的银渐层猫。

那个房子和我有关，又好像和我没有关系了。

讲到这里，我有点儿想哭。

听说后来，张曼被警方追究了策划车祸故意伤人的刑责，坐了牢，出狱后不久就病死了。岳观帮着余溏一起料理张曼的后事。下葬那天，岳观把一张存有二十万元的卡交给了余溏。那张卡是我当时留给岳观的，是我短暂地工作后积累下的全部财富。

岳观说现在通货膨胀得厉害，二十万元虽然没有什么太大的作用，但他觉得这是我的遗物，所以一直没有取出里面的钱，现在连同利息一起交给余溏，算是给他留下一点儿纪念。

我特别感谢岳观一直叫余溏"姐夫"，哪怕我和余溏还来不及有任何法律上的关系，哪怕我从来没有叮嘱过他要替我照顾这个男人。但岳观做得特别好，他当余溏是亲人，在生活上给予了他很多的照顾。

余溏后来很喜欢旅行，一年有一大半的时间都开着车在外面逛。他是个有钱的老爷爷，有好多漂亮的老太太都想和他谈朋友，但是他都拒绝了。他特别傻地跟别人说他有老婆，他的老婆是一个精神科医生。

他六十岁那年一个人去了佛寺，住在精舍里，没事的时候就去山上绕佛塔。有一年冬天，他上山给我摘了一大把梅花，在下山的路上边走边说："今天坐火车回 C 城去找你，花会不会谢了？"

他说找我，是去我的墓地找我。岳观把我安葬在半山腰的一个公墓里，最初岳观想付管理费，但余溏不答应。很好玩吧，这个老头子啊，真是想尽办法地在向别人宣示他的主权，又搞笑又心酸。

那把梅花被放到我墓碑前的时候，已经有些凋谢了。他蹲在我的墓碑前，跟我解释着这一把枯梅的艺术美感。

可以呀，他这几年虽然老了，但书读得是真多。

我这么揶揄他，不知道他听到了没有。总之，他看着墓碑上我的姓名，脸上露着淡淡的笑容。他说："岳翎，我很想念你。"

我也很想念你，余糖糖。

后来，他每年都来看我，时间不算特别固定，有的时候是三月，有的时候是寒冬腊月。他来看我的大部分时候都带花，偶尔也会带一些吃的。

有一年冬天他没来，岳观和林秧抱着一大束百合花来看我。林秧一直哭，岳观也不说话。

那天的雪特别大，视线里面是白茫茫的一片，到处都是松柏沁人心脾的味道。岳观站在那里，特别蠢地跟我说着一堆当年的伟大发明，诺贝尔奖花落谁家。说到最后，他自己也哭了。

我觉得我不需要再往下猜，也知道发生了什么。因为我看见岳观在临走的时候把我后面十年的墓地管理费都交了。如果他还在的话，这件事他一定不允许。

于是，我转过身奔向我眼前那片长年不散的混沌里，边跑边喊："余糖糖，你来找我了吗？"

面前的混沌里传来一个年轻的声音："是啊，跟我回家吧……"

你知道吗？写到这里，"我"真的哭了。

见者有缘。"我"是一个纠结的人，虽然"我"羞于启齿，但"我"等待刀锋已久。

如果还能······

◀ ⏸ ▶ ——— 05:18

　　余溏和岳观在"A大"附近吃火锅。

　　冬季的晚上,没有下雪,店外面天寒地冻。店里沸腾的锅底不断冒腾起白烟,在玻璃窗上蒙起了一层厚厚的水雾。

　　圣诞节快到了,火锅店里的节日氛围很浓。穿着圣诞老爷爷服装的店员敲门进来:"您好,先生,我们店里今天有特供的圣诞草莓慕斯蛋糕,要不要给你们来一份?"

　　余溏在认真地看菜单。岳观一边接电话一边回答:"来一份吧。"

　　"好的,先生,那圣诞特饮也一并给您下单,好吗?"

　　"什么?"

　　"圣诞特饮。"

　　服务员凑近岳观,解释说道:"这是我们用丹东草莓作原料,特调的一款饮品。"

　　岳观的精力显然还集中在电话那头,他随口答应下来:"那什么,要三杯吧。"

　　余溏抬起头:"不好意思,请问饮品里有没有酒精?"

　　"先生,这一款里是没有酒精的。"

　　"好的。"

　　余溏低头继续点菜,岳观则拿着电话站起了身,走到包间外面去了。

　　因为工程的电气原理图还在修改,要赶在月底前交图,所以从接上余溏到进入火锅店里，岳观的电话就没有停过。岳观记得在大学选专业的时候，岳翎对他说过，能学土木就学土木，学不了土木就学电气。他想都没想，就在志愿表上填了这两个专业。后来，土木与建筑工程专业果然差了几分，电气工程及其自动化专业录取了他。他一路学习得得心应手，硕士毕业以后，轻松拿下了高薪的 offer（录用函），工作虽然忙，但毕竟顺利踏上了岳翎心中的人生坦途。

　　说起来，岳翎已经死了三年了。

　　岳观挂了电话，顺便翻了翻和岳翎的微信对话框。

　　她死之前，没有来得及和这个唯一的弟弟告别，最后一条微信还停留在一句漫不经心的调侃上——你准备好养我吧。岳观当时回复了一个"翻白眼"的表情，结束了这段他认为没有营养的对话。

　　在姐弟斗嘴的这二十多年里，岳观从来没有赢过岳翎。

　　而李小丽也不是个疼小儿子的妈，她甚至比岳翎还要不靠谱儿。

　　在这两个强势女人的手底下讨生活不容易，但日子还算过得很有滋味。如今岳翎走了，李小丽还在国外治病，逢年过节，岳观只能去找余溏混时间。奈何余溏比他还忙。

　　当医生成为孤独的个体以后，反而更让人信赖。绝对无菌的手术刀，本来就需要更纯粹的内心。

　　岳观代替岳翎，见证了余溏独自精进的这一路。

　　他不知疲倦地工作、学习、进修……在患者之间有口皆碑，职称越来越高，脾气却比原来更好。

　　余溏工作之余，就在家里捣鼓，今天添一个壁炉，明天换一张地毯，后天又搭一个猫爬架。约他出来吃饭并不容易，除非是约他吃火锅。这么些年过去了，岳观其实看不出来，他对火锅的耐受度有多少提高，但是这并不妨碍他"人菜瘾大"。岳观、魏寒阳，甚至林秧，他们陪着余溏吃遍了市内大大小小的特辣锅，直到他对市内火锅的味道了如指掌，特色菜如数家珍。

　　"点好了吗？"岳观收了手机走进包间，脱下外套挂上。

　　余溏还在低头皱眉看菜单："这家没有腰片。"

"我看看。"

余溏把菜单递给他:"我就说多开一会儿,去之前的那家。"

岳观接过点菜的笔:"谁让你下班这么晚?这会儿上高架就是给自己添堵。"

他说着,扫了一眼余溏点好的菜。

毛肚、鸭肠、黄喉、千层肚,还有一份红薯粉。

"我说你一个心胸外科的医生,怎么这么喜欢吃内脏?"

余溏没有回答,也站起来脱了外套:"你们今年什么时候放假?"

"和去年一样吧,不过我准备提前几天走。"

"要出国吗?"

"对,我去把我妈安排一下。我在想要不要明年就把她接回国,那样花销小一些。"

"你不用在意钱。"余溏倒了一杯热水,"我说了会负责,就会一直负责下去。"

"呵呵。"岳观笑了一声,"你这样算什么?岳翎又没真的嫁给你。你哪里来的义务照顾李小丽?这几年我都很不好意思了。现在我工作稳定下来了,没问题的。"

余溏握着水杯,沉默了一阵:"国外的医疗条件还是要好些。"

"那再看看吧。"

他们正说着,服务员端来了蛋糕和饮品。

余溏看着那块铺满了草莓的蛋糕,问岳观:"还约了谁?"

"哦,林秧。"

"她这几天能出来吗?"

"不知道,是她约的我。"岳观喝了一口饮料,"她现在越来越好了。岳翎要是在天有灵,肯定每天都笑嘻嘻的。"

"是啊,"余溏低头,"她能走出来不容易。"

"那你呢。"

"什么?"

"差不多走出来了吧?"

这话一问出来,两个人都沉默了。

服务员端进锅底,火一点燃,没多久锅里就"咕嘟咕嘟"地沸腾起来。

岳观的电话适时响了起来。

"喂，到了吗？"

"嗯，在停车了。你们在哪儿啊？"

"你从停车场出来后，直接从门店上来，我们在楼梯口往右第二个包间。"

"好。"

余溏问道："林秧来了吗？"

"对，后面她也没什么工作了。我在想等你放假，约上寒阳哥，咱们出去玩一次也不错。"

正说着，林秧开门进来："有没有热的水？给我喝一口。"

岳观给她倒了一杯茶："你着急干什么。"

林秧站着灌完了一杯茶："我是从饭局上溜出来的。"

余溏笑着问她："后面还有红毯走吗？"

"哪儿有那么多红毯走？"

她说完脱了外套坐下："余医生点菜就是厉害。我不管你们了，我要开始吃了。"

她一边说着，一边挽了袖子去拿筷子。

岳观认真看着她手腕上的那条手链："上热搜的是这一条。"

"什么？"

"我说你上热搜的手链，是不是手腕上的这一条？"

林秧抬头笑了起来："对呀，我一直戴着呢。"

余溏问道："手链也能上热搜吗？"

岳观点了点头："她不管参加什么活动，做什么造型，都戴着这条手链。"

"这是岳医生送给我的。"

"我姐给你的？怎么以前没听你说呀？"

林秧放下筷子："干吗要跟你说？这是我们女生之间的事情，你又不懂。你认识我这么久了，你没发现我一直在戴这条手链吗？"

"你什么意思？"

"没什么意思。"

"你……不忌讳吗？"

"忌讳什么？"

"我姐毕竟……"

"岳观，你别乱说。"

林秧托着下巴："我就是觉得，岳医生还没走。"

"我都不敢说这话。"

"你要是害怕，就别听啊。"

"呵，我怕什么？那是我姐。"

"这不就是了？"林秧揉了揉眼睛，"有岳医生的礼物陪着我，我什么都不怕。我现在已经不需要吃药了，只是定期做心理咨询，工作和社交都没有问题。上次去看岳医生，我也跟她说了我没辜负她，能好好生活了。现在回想起她做过的事情，我觉得她真了不起。"

余溏听完林秧的话，沉默地点了点头。

"余医生。"

"嗯？"

"我们都好了，你呢？"

问题又回来了。

大概每一个人都会在漫长的岁月里，不知不觉地修复自身。

无论经历过多么巨大的悲伤，只要当时活下来了，就一定能活下去。

长远看来，人都不是喜欢自我折磨的动物。失去了喜欢的东西，就会去找填补的东西，得到了填补的东西，就会慢慢忘记失去的东西。所以歌里会唱："没有什么会永垂不朽。"

岳翎的人生虽然不完整，但她的经历给了林秧莫大的勇气，也让岳观迅速成长。

大家都在她的身上汲取到了精神的力量，从而更好地往前迈步，只有余溏没有好起来。魏寒阳不止一次对他说过："我觉得你需要去做心理咨询，因为你根本就没有从岳翎的事情里走出来。"

"你怎么知道我没有走出来？"

魏寒阳拍了拍大腿："你如果走出来了，就不会天天捣鼓岳翎的那个房子，就会去谈恋爱，就会去结婚生子，就会去……"

他说着说着，也说不下去了。

"喂。"

"什么？"

"你就没有哭过一场吗？"

对。

余溏就没有哭过一场吗？

没有。

在岳翎的丧礼上，很多人都以为余溏会哭得不能自已，然而他没有。

他很冷静地处理完她的身后事，平静地和她告了别。

丧礼结束以后，岳观坐在岳翎的照片面前，哭得连林秧和魏寒阳拉都拉不起来。

余溏就坐在椅子上，仰着头，看着那张年轻的照片一言不发。

从始至终，他就是没有哭。

但是，没有哭声的告别好像缺少了应有的仪式，活着的人和死去的人好像都没有彻底甘心。因为死去的人不肯走远，活着的人也不能转身。

"我也不知道，怎样才算好起来。"余溏夹起一块毛肚，投入滚烫的锅底，"现在这样也不错。她希望我做一个好医生，我勉强做到了吧。"

岳观看了看林秧，对余溏说："那万一我姐希望你好好生活呢？"

余溏把毛肚夹到碗里："我也没把日子过得乱七八糟的。"

"万一她希望……"

"她没这么大度。"余溏打断了岳观的话，"你不要自以为是地替她做决定。"

岳观无话可说了。

林秧站起来下菜："算了，吃火锅吧。"

吃完火锅出来，正是外面最热闹的时候。

突然有人喊了一声："下雪了！"店里的人听见声音，都走到了街沿上来。

雪一下子下得好大好大，几乎模糊了人的视线。不过十来分钟，街边的树上就铺了白茫茫的一片。

　　余溏告别了林秧和岳观，一个人在街上走。

　　他走到快转角的时候，突然想起自己的围巾丢在火锅店里忘记拿了。他裹好大衣折返回火锅店，还没有进去，却看见靠窗的座位上，有一个扎着马尾的女孩儿独自坐在雪白的烟气里。

　　冥冥之中的关联未断，人间总会有不少奇遇。

　　看客可以相信，并为此赞叹，赞叹深情总有回响。

　　但当事者不能相信，不能相信深情必有回响，不能相信这世上还有重逢。

　　分离就是分离，失去就是失去。

　　除了"怀念"之外，一切都是娑婆世界的虚像。

　　所以余溏从柜台上取了围巾，径直走了出去。

　　外面大雪漫天。

　　坐在火锅店里的女孩儿低下头，对着面前的手机自问："如果还能再跟你吃一顿火锅……"

SPECIAL 03

通往你的道路

◀ Ⅱ ▶ ———— 05:25

岳翎：

见信如晤。

我刚从南方旅游回来。

这次没有把计划去的地方都走完，原因是我在半路上生了一场病。我拖了几天，病情竟然严重了起来，就在当地住院，折腾了一个多星期才慢慢好了。

我也不敢继续在外面走了，于是买了机票回来，在家里休息几天，精神恢复了不少。但我也是一个闲不住的人，去年看到家具店里的实木书柜打折，质量又很好，没什么甲醛残留，就买了一个回家。谁知道后来接连出去旅游，一直没空把它用起来。

趁着现在是春天，天气暖和，刚好把你留下的那一堆书好好整理出来，分门别类罗列在书柜里面。于是我找了魏寒阳帮忙，两个人收拾了一天，终于把你的书全部理了一遍。

我发现，你在看书方面，也是一个很无趣的人。你竟然只看专业书，连小说、漫画都不看，而且每本专业书都厚得像砖头一样。也许咱们两个人年轻的时候，是真的很像。

趁着这几天精神不错，我开始读你留下的一些专业书了。

说实话，我可能是因为年纪大了，没有年轻的时候那么强的精神和理解力，有些地方竟然也不大看得明白。不求甚解地读了几本，发觉当年的你真的很了不起。以我现在这样的年纪，已经无法在你的专业上有任何领悟，但我发现，这些专业书是一条让我通向你的道路。

我以前一直不明白，你说的"人群很复杂"到底是什么意思，但现在开始领悟了。这几年我离开人群很远，只和你的弟弟和母亲有一些交流。对平时在工作中看到自己患者的遭遇，我也不再思考过多。这样一来，我不在人群当中生活，反而看清楚了"人"的经历。

人心可能真的不复杂，但人群很复杂。人心在油锅般沸腾的人群里煎熬久了，长出的病灶并不像外科手术可以去除的组织一样。你的专业更需要你有抽丝剥茧的能力，需要更冷静、更纯粹的内心。

都说医者不能自医，我今年心脏也出现了一些小问题，作为一个在心胸外科里工作了几十年的医生，我也不得不把自己交给我的学生们。我也懂得了你当初为什么会跟我说，你治不好你自己。

你一定挣扎过，在你那些复杂的专业书本、学术理论里挣扎过。

我如今看这些书，心情还算平静，看不懂就略过了。如果有一两句话让我得以更清楚地理解当年的你，我还是会把它摘录下来，没事的时候再仔细想想。

我刚才说，这些书通向你。

对，它们带领着我，通向那个年轻而勇敢的你。

岳翎，你知道吗？当年岁不断叠加，我也越来越衰老的时候，我竟然开始不敢再想念你。把我即将衰亡的形象和你联系到一起，好像是对你的一种冒犯。我糊涂地活到了现在，腿脚逐渐开始变得不方便，经常咳嗽，心脏功能也开始衰弱。这样的一个我坐在床前，给年轻的你写信，总是难免让人伤感。

但是，我现在终于可以坦然地向你表达我内心真实的想法了。

我独自生活了几十年，一个人看世界杯，一个人吃火锅，一个人过年……刚开始的时候，岳观和魏寒阳都在劝我，要我走出来。

什么叫"走出来"呢？

我觉得"走出来"就是把你忘了。

唉，岳翎，我这个想法是不是有点糊涂？

可是我就是想得这么简单。

走出来，就是把岳翎忘掉。

可我不想忘掉岳翎啊。

忘掉了你，我也没必要再继续做你希望我做的好医生了。

岳翎，我最近在读你的书。书的作者在思考一个问题：人活着的动力到底是什么？他讨论了不少的模型，说到后面就变复杂了，我也没太看明白。但我想，我活着的动力，可能就是你吧。

你知道吗？

你走了以后，我好像在这个世界上看到了不少的神迹。比如，返回火锅店拿围巾的时候，我会看到一个很像你的女生独自坐在店里吃火锅；在外面旅游的时候，我会遇到很像你的人跟我借雨伞；有的时候，我甚至会听到你跟我说话。

我不能相信这些所谓的神迹，因为我是无神论者，而你也是。我相信你一直是最决绝、最坚毅的人，不会借由这些虚像重新出现在我的面前。

可是，岳翎。

我真的很想念你。

我还有多久才能见到你呢？

我既期待，又很担心。

我希望人归于天的时候，会恢复到年轻时的模样，不然，我要如何才能面对你呢？

我这一生都没有忘记你。

而当我也故去，你我就要在人间的这一场雪里清清白白地被掩埋了。

希望你我，届时都不要有遗憾。

我的一生漫长而无聊，你的一生短暂却璀璨。

久别重逢时，比比看，咱们谁能讲出更多的故事。

余溏

图书在版编目（CIP）数据

她等待刀锋已久 / 她与灯著 . — 北京：中国致公
出版社，2024.1
ISBN 978-7-5145-2055-2

Ⅰ.①她… Ⅱ.①她… Ⅲ.①长篇小说 – 中国 – 当代
Ⅳ.① I247.5

中国版本图书馆 CIP 数据核字（2022）第 215192 号

她等待刀锋已久 / 她与灯　著
TA DENGDAI DAOFENG YIJIU

出　　版	中国致公出版社	
	（北京市朝阳区八里庄西里 100 号住邦 2000 大厦 1 号楼西区 21 层）	
发　　行	中国致公出版社（010-66121708）	
特约监制	鹿玖之	
责任编辑	贺长虹　高　瑞	
责任校对	魏志军	
策划编辑	鹿玖之	
封面设计	小　茜	
责任印制	长　安	
印　　刷	大厂回族自治县德诚印务有限公司	
版　　次	2024 年 1 月第 1 版	
印　　次	2024 年 1 月第 1 次印刷	
开　　本	880mm×1230mm　1/32	
印　　张	10.25	
字　　数	323 千字	
书　　号	ISBN 978-7-5145-2055-2	
定　　价	49.80 元	